CB069446

Coleção
CARPE DIEM

HOSMANY RAMOS

GERAÇÃO
EDITORIAL

SEQÜESTRO
SANGRENTO

SEQÜESTRO SANGRENTO

Copyright © 2002 by Hosmany Ramos
1ª edição — Novembro de 2002

Editor
Luiz Fernando Emediato

Capa e projeto gráfico
Victor Burton

Foto da capa
Guido Paternó

Diagramação e editoração eletrônica
Abbã Produção Editorial

Preparação de texto
Marçal Aquino

Revisão
Hebe Ester Lucas

Dados Internacionais de Catalogação na Publicação (CIP)
(Câmara Brasileira do Livro)

Ramos, Hosmany
 Seqüestro sangrento / Hosmany Ramos.
-- São Paulo : Geração Editorial, 2002.
(Coleção Carpe Diem)

ISBN 85-7509-068-2

1. Ficção policial e de mistério (Literatura brasileira)
2. Romance brasileiro. I. Título. II. Série.

02-5739   CDD-869.93

Índices para catálogo sistemático:

1. Romances : Literatura brasileira   869.93

Todos os direitos reservados
GERAÇÃO DE COMUNICAÇÃO INTEGRADA COMERCIAL LTDA.
Rua Cardoso de Almeida, 2188 – 01251-000 – São Paulo – SP – Brasil
Tel. (11) 3872-0984 – Fax: (11) 3862-9031

GERAÇÃO NA INTERNET
www.geracaobooks.com.br
geracao@geracaobooks.com.br

2002
Impresso no Brasil
Printed in Brazil

Para o meu filho Erik:
brilhantismo encoberto por
grande simplicidade, percepção além
da imaginação, senso de humor
imcomparável e um grande coração.
With all my love

Apresentação

Este livro é uma obra de ficção.

Para benefício do leitor mais apressado e curioso, que pode querer associar o destino de pessoas *reais* com as personagens da trama, esclareço que muitas das informações e situações narradas foram baseadas em pessoas que conheci e com quem convivi. Gente que, por alguma razão, se sente em perigo, vulnerável à Justiça, ou *sub judice*, não podendo, portanto, levantar poeira na imprensa.

Entendo que uma obra literária é sempre original, e que, por sua própria natureza, surgirá como uma surpresa mais ou menos chocante. A passagem pelo mundo das prisões me possibilitou conhecer o submundo das drogas, do crime e das anomalias psicológicas. Tanto, que meu texto apresenta uma escrita que duvida da existência do caráter humano e acredita que somos todos oportunistas, em qualquer circunstância. O que importa não é a personalidade, mas a excitação devido ao tipo de acontecimento. Ao transformar, num momento decisivo de um capítulo, o instante qm que o gatilho é acionado, creio estar sinalizando uma filosofia de vida de vida cujo niilismo é o do cotidiano da violência que vivemos. A linguagem é forte, direta e despojada de retórica, sem maquilagem, imposturas ou embelezamentos, certamente apra quebrar – literalmente – o marasmo textual de nossos dias.

Eu procurei conceber este livro para pessoas sintonizadas com a realidade violenta que vivemos, pessoas que acompanham os noticiários e vivenciam os fatos. O leitor atento constatará que pincelei passagens do meu crime particular e de outros seqüestros badalados, como foram os casos Bacchin, Luiz Salles, Abílio Diniz, Silvio Santos e outros mais. Um escritor não pode ignorar o lado mau das coisas, e fazer de conta que a violência só existe para os outros. Por isso, tento devolver o crime e os atos anti-sociais às pessoas que os cometem – por motivos concretos, e não por esporte. Colocar no papel a realidade criminal como ela é, inclusive utilizando vulgos e gírias, acompanhando as personagens nos seus lugares, falando e pensando na mesma linguagem que utilizam.

A arte literária exige um "olhar que pensa", e muito cuidado a fim de tornar um prazer o ato de escrever um romance, já que abusar do estilo realista é fácil: por pressa, falta de atenção ou incapacidade simplesmente.

A realidade que nos cerca hoje em dia é de uma brutalidade inacreditável: é a violência da corrupção. Vivemos num mundo anormal, onde políticos corruptos controlam orçamentos, governam estados, participam de falcatruas e amealham fortunas inacreditáveis, num país mergulhado em roubalheira, com uma Justiça a reboque das elites abastadas; onde um juiz que preside um tribunal – acima de qualquer suspeita – acaba condenado por roubar uma fortuna do erário, para no final cumprir pena em sua casa; enquanto simples mortais são mandados para a cadeia por terem roubado um pacote de fraldas ou um sorvete barato.

Um mundo onde o presidente do Senado pode, por dinheiro, ser cúmplice de falcatruas e crimes graves; onde pessoas normais não podem sair às ruas porque a lei e a ordem são coisas que o Estado não garante; um mundo onde é possível assistir a crimes bárbaros à luz do dia e fazer de conta que não se viu nada. Um mundo onde o comércio de drogas violento transformou o dia e a noite num pesadelo, com chacinas em que todos são eliminados: pai, mãe, velhos, crianças ou qualquer vizinho curioso que abra a janela...

Não é um Brasil muito bonzinho, mas é o Brasil onde vivemos, e como escritor de mente forte e espírito frio e calculista, tento transportá-lo para as páginas de livros. Sei que não tem nenhuma graça uma mulher ser seqüestrada, estuprada e morta, mas aconteceu de verdade – e até parece piada que esse tipo de crime seja o preço do que chamamos civilização.

Nenhum escritor pode agradar a todos. Aliás, não deveria fazê-lo. A temática deste romance, brutal na sua essência, não precisa morar nas sombras do passado e nem dever fidelidade aos clássicos. Procurei, aqui, criar uma ficção realista em sentido moderno, acrescentando uma dose de pretensão intelectual, de forma a conseguir o tom da página literária do jornal diário, fazendo com que o leitor não desgrude do fio condutor.

Nas entrelinhas do texto não tive a intenção de glorificar ou ser condescendente com criminosos, policiais corruptos ou *socialites* depravadas. Minhas opiniões causais acerca da política e da corrupção do poder foram coletadas a partir da mídia – em especial das revistas *Veja*, *Época*, *IstoÉ*, *Playboy*, *Sexy* e *Vip Exame* e de jornais que cito no decorrer da trama. O perfil psicológico de algumas das personagens, em particular dos seqüestradores, foi definido a partir de minha convivência com criminosos que praticaram esse e outros tipos de delitos.

O tom da narrativa corresponde ao meu convencimento, fruto de experiência pessoal, de que muitas vezes o criminoso, o político e a lei estão do mesmo lado do muro. Em nenhum momento pretendi questionar a ordem jurídica vigente, fazer apologia do crime ou criticar métodos e resultados do trabalho policial... Mas a verdade é sempre uma faca afiada.

Como obra de arte, *Seqüestro Sangrento* transcende o seu aspecto expiatório. Mais importante do que seu valor literário é o impacto ético que ele deverá ter sobre o leitor sério, pois nas suas entrelinhas está uma pungente e oculta lição geral, advertindo a todos sobre as tendências perigosas que unem tiras desonestos, milionários inescrupulosos e políticos corruptos. Creio que *Seqüestro Sangrento* certamente funcionará como um colírio para alertar futuras gerações sobre o que é preciso fazer em prol de um país mais seguro.

Finalmente, tomo a precaução adicional de oferecer uma renúncia oficial: os nomes de todas as pessoas não são verdadeiros. E, por Deus, espero não haver atingido ninguém. Também os locais e as cidades foram mudados, misturados e distorcidos. Qualquer semelhança com locais ou pessoas vivas, eu, antecipadamente, reconheço não ser mais do que mera coincidência. Fiz o máximo esforço, ao contar minha história, para dissimular as loucuras dos ricos e vaidosos. Enfim, não tenho nenhum desejo de perpetrar calúnias, maledicências ou difamações contra quem quer seja.

O autor

"A criança pergunta: 'Qual é a história do mundo?' O adulto, homem ou mulher, reflete: 'Para onde vai o mundo? Como é que ele acaba – e por falar nisso, qual é a sua história?'

Para mim só existe uma história no mundo, e uma única, que nos tem assustado e inspirado. Os seres humanos são apanhados – em suas vidas, em seus pensamentos, em suas fomes e ambições, em sua avareza e crueldade, em suas bondades e generosidades – numa rede de bem e mal. Acho que essa é a única história que temos, e que ocorre em todos os níveis do sentimento e da inteligência. A virtude e o vício foram a urdidura e a trama de nossos primeiros atos conscientes, e serão a tessitura do último, a despeito das transformações que impusemos a rios e montanhas, à religião e à moral. Não há outra história. Depois que limpou a poeira e os cavacos de sua vida, o homem só fica com estas perguntas límpidas ou incômodas: 'Foi um bem ou foi um mal? Fiz bem – ou fiz mal?'

Só temos uma história. Todos os romances e toda poesia são erigidos sobre esse infindável contexto de bem e mal que existe em nós. E ocorre-me que o mal precisa renascer constantemente, enquanto que o bem, a virtude, é imortal. O vício tem sempre uma face nova e limpa, enquanto que a virtude é o que há de mais vulnerável no mundo."

JOHN STEINBECK, *EAST OF EDEN*

"Bem, tem-se necessidade, em primeiro lugar, de ordenar os fatos que a gente observa e dar sentido à vida e, juntamente com isso, há o amor pelas palavras por si próprias e um desejo de manipulá-las".

ALDOUS HUXLEY, SOBRE O POR QUE ESCREVER.

Todas as personagens deste livro são puramente fictícias e não têm qualquer semelhança com pessoas reais, vivas ou mortas. O ambiente, entretanto, é fatalmente uma mistura de realidade e ficção.

O AUTOR

Primeira Parte

Capítulo Um

No Morumbi, em São Paulo, uma residência palaciana, localizada numa das ruas mais valorizadas da parte alta, é protegida vinte e quatro horas por dia. O índice de assaltos é enorme na cidade, daí a necessidade de um esquema especial de segurança. Um Omega azul – com o nome *Seguritex* – fica parado fora, junto a um muro alto de pedras que envolve todo o terreno. Uma dupla de guardas, com uniformes azuis, patrulha os jardins internos, armados de revólveres e portando rádios de comunicação. O proprietário nunca sai às ruas sem a escolta, pois já foi vítima de duas tentativas de seqüestro.

Albert Goldenberg era um sujeito maduro, de porte avantajado, cabelos grisalhos e andar um pouco claudicante. Sua aparência era decidida. Rosto sisudo, amante do xadrez, ele prezava seu anonimato. Nunca dava entrevistas e escondia-se atrás de um batalhão de empregados, guarda-costas, secretárias, advogados e relações-públicas. Ninguém sabia ao certo onde ele dormia, comia, passava férias ou cuidava da saúde. Tudo o que se conhecia a seu respeito provinha de notas redigidas por uma equipe de relações-públicas, paga regiamente para criar e manter sua imagem imaculada e asséptica. O que se dizia sobre ele nas colunas sociais não precisava ser verdadeiro; bastava ser coerente com o esquema idealizado para projetar uma imagem séria e útil.

As únicas coisas que se sabiam era que ele comandava a maior construtora do país; que era uma pessoa rica, influente e que lidava com milhões de dólares todos os dias. Por precaução, seu nome não constava das listas telefônicas. Os telefones estavam registrados em nome dos empregados. Freqüentemente os números eram mudados e isso ajudava a manter sua privacidade, afastando os *gossipers*.

Pouco depois das onze horas daquela manhã de terça-feira, o *Comendador* – como ele gostava de ser chamado – desceu as escadas do *hall* em direção à biblioteca. Sentou-se à janela, olhando o gramado viçoso e o jardim ensolarado, repleto de flores variadas. Ele amava as flores, as árvores e a natureza.

Sempre que entrava naquele recinto ele pensava no tempo em que seu sonho era começar a escrever o livro sobre a sua vida. Uma obra cristalina direta e sem máscara. No livro, contaria seus pequenos crimes, seu jogo de influência sobre os políticos e, sobretudo, a respeito da corrupção no Congresso. O melhor livro que já fora escrito, em termos de biografia. Um Prometeu moderno, desagrilhoando o seu interior e dando nome aos bois... Ateando fogo atômico para acordar o gigante adormecido, antes que os ratos comessem o seu fígado.

Mas isso havia sido num outro tempo, quando ninguém ainda conhecia esse projeto íntimo. Nem mesmo sua companheira Linda, a belíssima ex-modelo com quem vivera – e que fora a causa do furacão que agora vivia... Ficou parado, olhando sua figura refletida no vidro. Estava alquebrado, curvando-se ao peso dos acontecimentos e da idade. Ficou ali por um instante, examinando seu próprio rosto, e depois deu de ombros. Decidiu que estava tão saturado da violência física como um psiquiatra deveria ficar das aberrações mentais dos seus pacientes. Examinou os jornais sobre sua mesa e constatou que as matanças ainda continuavam: bombas explodiam na Bósnia, na América Central, na Colômbia e até nos Estados Unidos. Escorregou os dedos sobre as notícias, parou em cima de uma fotografia e leu o título da matéria, em letras garrafais:

JOÃO CARLOS NEVES DA SILVA CONTA TUDO NA CPI.

Realmente, tudo estava começando a ruir. O depoimento de João Carlos seria uma verdadeira bomba... Mas antes de apagar esse incêndio, tinha que descer ao Guarujá para a reunião no *Albatroz*... E Goldenberg voltou a passar a mão sobre o jornal...

Então se lembrou do dia em que tudo aquilo começou: ele usava roupa esporte e óculos escuros, como se estivesse indo para um campo de golfe. O motorista, como sempre fazia, fechou a porta do Mercedes delicadamente e perguntou:

— Para onde, Comendador?

— Hotel Della Volpe.

Sentado no banco traseiro, olhando para a paisagem ensolarada através do vidro fumê, tornou-se um espectador que mergulhava nos seus negócios. João Carlos Neves da Silva havia sido cuidadosamente pesquisado e estudado. Parecia o indivíduo perfeito para a função: economista, inteligente, ambicioso e com um pequeno deslize de personalidade — havia sido preso na juventude, por roubar um automóvel para passear com a namorada. Esse incidente, apesar de anti-social, era irrelevante para o futuro dele na construtora.

Goldenberg meteu a mão no bolso, e retirou um resumo do *curriculum vitae* de João Carlos: quarenta e cinco anos, alto, grisalho, aspecto físico agradável, casado e infeliz, dado a festas, embalos e *voyeurismo*. Pai de uma única filha adolescente, por quem nutria verdadeira adoração. Tinha inúmeras amantes e uma situação financeira abalada pela crise econômica que assolava o país.

Pelo *curriculum*, parecia o sujeito ideal. Goldenberg era experiente, sabia exatamente qual o tipo de pessoa de que necessitava. Ademais, precisavam dele com determinada urgência para ocupar o lugar deixado vago após a morte suspeita do economista-chefe do Orçamento da União.

Sem dúvida, João Carlos era o homem.

* * *

Christiano Fonseca acalentava o sonho de tornar-se um grande astro de televisão. O seu talento, ele reconhecia, podia não ser dos melhores, mas era um sujeito esforçado, que dava o melhor de si. Acreditava piamente na expressão "*can be done*", que aprendera ainda criança. Mas, nas suas andanças pelos estúdios, acabava apenas fazendo sucesso com o sexo oposto. Ele era bonitão, bem-dotado, e exercia uma atração considerável sobre as mulheres de meia-idade, embora sua preferência fosse pelas mais jovens. No entanto também apreciava as coroas volumosas de seios, altas e bem-torneadas. E, se calhasse aparecer alguma inteligente, a situação ficava mais excitante. Para ele, se mulher bonita e burra era coisa boa, as dotadas de cérebro eram muito melhores.

Bem antes de iniciar sua experiência na tevê, ele havia se formado no Curso de Letras da Universidade do Rio, chegando a completar um curso de pós-graduação em *Creative Writing* na Universidade da Califórnia. Nessa ocasião freqüentou, à noite, um curso básico para atores, com sucesso. Esforçou-se a tal ponto para representar seu papel que acabou na cama da professora de dramaturgia, com quem viveu algum tempo, antes de voltar ao Brasil com uma excelente carta de recomendação.

De novo no Rio, passou um período dedicado exclusivamente à literatura. Cercado por centenas de livros, adorava passar as tardes relaxado sobre uma toalha de praia, lendo um bom romance de Dostoievski ou de Stevenson. Adorava Górki, Tchekov, Turgueniev, Goethe, Nietzsche, D. H. Lawrence, Byron, Shakespeare, Thomas Mann e Hemingway. Suas grandes paixões eram Joyce e Kafka; os mais detestados, Proust e Faulkner.

Escrevia diariamente, à noite. Acreditava que, se escrevesse todos os dias algumas páginas, manteria a atividade criadora aquecida, como os guitarristas, que necessitam exercitar os dedos, o prolongamento dos seus cérebros. Enchia laudas e laudas com contos e crônicas calcadas na observação do dia-a-dia. Escrever era, para ele, um impulso espontâneo, às vezes aumentado pela solidão e pelo tédio da sua vida de solteiro.

O país atravessava uma fase difícil. Parecia uma verdadeira escola de samba de miseráveis. Ele andava pelas ruas e observava a realidade que o cercava. Quando parava num sinal, aparecia sempre uma criança para limpar os vidros do carro e mendigar dinheiro. Os jornais estavam repletos de brutalidade, violência e miséria. Essa realidade crua transformava-se em mágico e fantástico nos seus escritos, única maneira de enfrentar o terrível quadro que envolvia a todos.

Desiludido com a crise e com a falta de perspectivas de publicação, voltou temporariamente – pelo menos ele assim pensava – sua atenção para o cinema. Fez papéis menores em filmes de terceira categoria e comerciais para a televisão. Chegou a participar de um pornô, naturalmente porque precisava de dinheiro.

Durante essa fase da vida, acabou usando o seu corpo como degrau. Dormiu com atrizes e encarregadas de produção que conseguiam os papéis e o presenteavam com camisas de seda e *jeans* da moda. Chegou mesmo a fazer um papel significativo numa série especial da tevê Globo, quando encarnou a personagem de um mercenário violento em crise, que veio para o Brasil vender seus préstimos como matador profissional. Nessa ocasião, Christiano teve aulas com um ex-guerrilheiro chamado tenente Washington, que havia sido um dos principais homens do grupo de Lamarca, na década de 1960. Ele lhe ensinou tudo o que sabia sobre armas e artes marciais. O sucesso do seu desempenho foi relativo – a ponto de continuar freqüentando as aulas de Washington, mesmo depois do trabalho na tevê –, mas a diretora de produção se apaixonou por ele. Foi exatamente nessa época que ele se deu conta de que se tornar um grande astro da televisão era o que realmente queria.

Enquanto a fama não chegava, Christiano Fonseca alugou um apartamento de quarto e sala no posto seis, em Copacabana, e teve sérias dificuldades para sobreviver. Economizava até o último centavo, numa verdadeira ginástica para poder pagar o aluguel, fazer uma refeição quente por dia e tomar um chopinho de vez em quando. Para completar o orçamento, ele começou a fazer traduções para uma editora de *best-sellers*. Passava manhãs inteiras e parte das noites traduzindo livros. Chegava a traduzir um *best-seller* por quinzena, mas era um trabalho chato e mal-remunerado. Por sorte, a revista *Playboy* publicou um de seus contos, *O pênis pródigo*. Foi um sucesso que abriu espaço. Continuou escrevendo crônicas para os jornais e contos eróticos para as revistas masculinas. O trabalho era satisfatório, mas a grana continuava curta e os artigos nem sempre eram aceitos.

Então algo inesperado aconteceu. Um artigo que ele havia escrito caiu nas mãos de Beth Cochrane, uma dama influente no eixo social Rio-São Paulo. Ela ficou tão empolgada pelos dotes intelectuais de Christiano Fonseca que resolveu promovê-lo. Era uma mulher sensível, dotada de grande personalidade, bela e rica. Do tipo sem rodeios, que ia direto ao fundo das coisas, sem temor. Uma noite, na sua cama redonda, ela acendeu um cigarro, ajeitou o travesseiro embaixo dos ombros, olhou fundo nos olhos dele e disse:

– Você tem um enorme talento para escrever. Deveria dedicar-se, exclusivamente, à literatura.

– Você acha?

– Li todos os seus contos e senti muita força neles.

– Pode ser, mas livros não dão dinheiro. Escritor morre de fome no Brasil.

– Eu sei. Mas acontece que você não tem talento para ser ator. Você é bonito, atraente, musculoso... mas não é suficiente. Como ator, você não tem o mínimo futuro.

– Por que você fala assim? – ele perguntou irritado.

– Você tem que me entender. Falo para o seu bem. Você só serve para compor o cenário, dar um toque de beleza, nada mais. Está na hora de parar de se iludir.

Ela fez uma pausa, ajeitou-se na cama:

– Você diz que livros não dão dinheiro. Mas sem escritores não existem roteiros. Os autores são as pedras fundamentais dos filmes e das novelas.

Ele escutou o discurso da amante atentamente. Ela era segura e tinha uma maneira clara de colocar as palavras. Era incapaz de mentir, dizia tudo de forma direta, limpa, objetiva.

– Eu quero ajudá-lo. Quero ver seu sucesso como escritor. Vejo futuro para você, neste campo.

Mas o fascínio por tornar-se um ator de sucesso era a coisa que mais o excitava. Christiano estava surdo para conselhos. Não podia mais aceitar um futuro escrevendo livros, recluso, casado, cheio de filhos. Não era do tipo que dava o braço a torcer com facilidade. Mas sentiu satisfação por ouvir Beth dizer aquilo. Sabia que finalmente podia, de certa maneira, contar com alguém.

* * *

Mas havia outros homens interessantes no esquema de Goldenberg. Um deles era Pedro Paulo Alarcão Jeremias, o PP, que beirava os cinqüenta anos de idade. PP não era sócio. Fazia trabalhos de intermediação, na base de comissões. Sua função era, na maioria das vezes, intermediar negócios e *descolar* contratos de grandes obras para a Construtora Albert Goldenberg. Ele tinha trânsito livre e uma influência enorme no governo. Havia participado da campanha eleitoral do presidente, transitava pelo congresso acompanhado por um batalhão de políticos. PP era vaidoso, usava ternos de oitocentos dólares vindos diretamente de Paris, para onde Alma, sua mulher, viajava com freqüência.

Ele atravessou o *hall* do aeroporto de Congonhas e tomou um táxi, seguindo rumo ao Hotel Della Volpe. Consultou o relógio, olhou para João Carlos, sentado ao seu lado, e disse:

– Você vai conhecer um dos homens mais inteligentes do país. Um verdadeiro Rei Midas. Tudo o que toca vira ouro.

Meia hora depois entraram no *hall* do Della Volpe e seguiram direto para o restaurante. O *maître* os recebeu.

– Temos um encontro com o Comendador Goldenberg – disse PP.

– Pois não, podem me acompanhar.

Andaram até uma mesa dos fundos do salão, onde um homem já aguardava:

– Pedro Paulo? – disse Goldenberg com um largo sorriso. – É um enorme prazer encontrar você novamente.

– O prazer é todo meu, Comendador. Além do mais, trago o homem.

Voltou-se para o acompanhante e disse:

– João Carlos, apresento-lhe o Comendador Goldenberg, diretor-presidente da Construtora Albert Goldenberg.

– É um grande prazer conhecê-lo, Comendador.

– O prazer é todo meu, doutor João Carlos. Pode me chamar de Albert. Eu tive as melhores informações a respeito do senhor.

– Isso me deixa lisonjeado. O Pedro Paulo teceu todos os elogios possíveis sobre o Comendador e seu império no ramo das construções.

– Bondade de Pedro Paulo... Somos uma construtora bem organizada, dotada de um perfeito planejamento. Não admitimos erro.

O garçom apresentou a sugestão do *chef*: pintado à navegantes e alcachofra recheada, como entrada, e torta de ricota com frutas como sobremesa. A sugestão pareceu ótima para todos e Goldenberg comandou:

– Traga sugestão do *chef* para os três e uma garrafa de vinho.

– Para três, não – PP disse e se levantou sorridente. – Prefiro deixá-los a sós, já fiz a minha parte. Agora, se me dão licença, vou cuidar de outro assunto importante.

Goldenberg não falava mais do que o necessário. João Carlos notou seu tique de apertar as mãos antes de falar: a voz segura, com um discreto sotaque do sul, meticulosamente controlado: como que chamando a atenção para o que ficava suspenso por trás das palavras.

– Você deve estar curioso com esse encontro, não?

– O PP me explicou, por alto, que o senhor precisava de um economista.

Goldenberg examinou com atenção o rosto de João Carlos.

– O senhor foi muito bem recomendado.

– Posso saber quem me recomendou?

– Alguém que sabe da sua conduta e do seu passado. Posso adiantar que foi isso que nos interessou.

João Carlos riu. Ele falava de maneira cadenciada e sua voz era agradável.

– Quem me recomendou deve ter *carregado nas tintas*. Sou um simples economista desempregado.

– Isso não significa nada. Para nós, importa mais o fato do senhor ser capaz de calar, mesmo sob pressão. Sabemos muito a seu respeito.

Goldenberg colocou os cotovelos na mesa, agradeceu quando o garçom serviu o vinho e disse:

– A razão deste encontro são os negócios. Já vou entrar nos detalhes, mas antes gostaria de falar um pouco da nossa empresa.

O Comendador, então, falou por muito tempo da Construtora Albert Goldenberg. Explicou que eram diferentes de tudo que havia no mercado. Tinham orgulho do seu passado e dos seus empreendimentos. Uma construtora de porte internacional, com obras nas mais importantes capitais do país. Pagavam os maiores salários e ofereciam os melhores benefícios adicionais do mercado de trabalho.

– Somos uma verdadeira família. Nós pesquisamos e buscamos os bons funcionários, estejam onde estiverem. Agimos como os grandes times de futebol ao selecionar e contratar seus craques. O senhor pode tirar as informações que quiser a nosso respeito.

– Sou avesso a isso – João Carlos falou. – O PP já me disse tudo que eu precisava saber, na ponte aérea.

– Como vai seu casamento?

– Tenho que falar sobre isso?

– Eu gostaria de saber, para conhecê-lo melhor – o Comendador explicou. – Mas, se houver algum inconveniente, não precisa falar.

– Não tenho nenhum problema. Minha mulher e eu vivemos um casamento aberto. Ela é uma profissional, tem o seu emprego, sua vida... Não a questiono, nem ela me questiona. Nossa filha está se preparando para o vestibular de arquitetura, e eu tenho um irmão que é pastor evangélico.

– Qual igreja?

– Reino Universal do Senhor.

João Carlos ficou com a sensação de que Goldenberg estava dando voltas. Talvez ele não passasse de um curioso, pensou. Um milionário excêntrico, interessado em ocupar seu tempo.

– Qual é a proposta que vocês têm para mim?

– Muito dinheiro espera por você – Goldenberg disse. – É um assunto sigiloso. Um assunto em que deveremos testá-lo, primeiro.

– Testar? Como?

– Você conhece Brasília?

– Não.

— Breve, destacaremos você para lá. Não é uma cidade ruim para viver. O único problema é a falta de umidade no ar.

João Carlos sorriu. Goldenberg colocou os talheres sobre o prato e voltou a falar:

— De início você vai passar por uma fase de adaptação e reconhecimento. Participará de reuniões com a cúpula da construtora para inteirar-se de todos os nossos projetos. Depois, ocupará a vaga de economista junto ao Orçamento do Congresso. Irá a muitas festas e reuniões, geralmente tediosas, mas será muito bem-remunerado. Com a economia mesmo, você não precisará se preocupar em demasia.

— Qual será a remuneração?

— Discutiremos o montante depois que você chegar a Brasília e decidir se quer viver lá pelos próximos anos.

— De quanto estamos falando?

— De muito dinheiro. Posso adiantar que, se tudo der certo, você estará milionário em curto espaço de tempo. Serão no mínimo cento e cinqüenta mil dólares garantidos por ano, além das comissões, uma mansão no Lago Sul para recepcionar os amigos, um Mercedes executivo, motorista, despesas de casa e todos os cartões de crédito que você quiser. Tudo por conta da construtora!

— Parece uma oferta irrecusável — disse João Carlos. — Fale mais da construtora.

— Nós, os construtores, definimos as prioridades do Estado. Existe um acordo entre as grandes empreiteiras em torno de um único objetivo, conseguir mais e mais obras públicas. Sejam ou não de interesse da população.

— Dessa maneira não existe falta de obras.

— Nunca. No ano passado ganhamos mais, por obras executadas, que todas as grandes empreiteiras do país. Atualmente, só aceitamos obras do governo. Mesmo que algumas delas nos tragam algum aborrecimento.

— Como assim?

— Com certeza você ouviu falar das concorrências fraudulentas do governo. Lembra-se do escândalo envolvendo o ministro? Pois é, acabou dando em nada.

– Os ricos dificilmente se queixam, não é mesmo?

– E o governo menos ainda. O segredo das concorrências está nos presentes. No Natal nossa construtora presenteia com agendas, bebidas, livros, aparelhos eletrônicos, obras de arte... e até com belas acompanhantes. Os políticos adoram presentes. Teve até um que ganhou um *jet-ski*, pode?

– Napoleão disse que políticos são como as crianças, adoram brinquedos.

– Nós só investimos em pessoas que podem nos dar retorno.

– E, no meu caso, quais as chances de fazer carreira na construtora, ocupar cargos de diretoria?

– Existem grandes chances, mas sua tarefa é na linha de frente, é atuar para aprovação dos projetos. Ali a coisa rende tanto dinheiro que, dentro em breve, você só vai querer se aposentar e desfrutar sua vida.

Ao fim do almoço, Goldenberg acendeu um charuto. Parecia um homem tranqüilo e satisfeito. João Carlos olhou para ele e disse:

– O senhor não se arrependerá por ter me escolhido.

– Eu gosto de investir em pessoas que têm futuro. E eu vejo um grande futuro para você.

– E quando será?

– Breve. Logo você será contatado.

* * *

João Carlos saiu do hotel e tomou um táxi para o aeroporto. Os corredores estavam repletos de pessoas tentando embarcar na ponte aérea para o Rio de Janeiro. Chegou a tempo de comprar a passagem e embarcar no vôo das quinze horas. Recostou-se numa poltrona de janela e ficou olhando o horizonte, enquanto o avião sobrevoava as nuvens. Ficou assim um longo tempo. Considerava-se um profissional que não agia por entusiasmo e, por isso, era mais calmo e menos propenso a cometer erros elementares. Não sendo um idealista, não tinha escrúpulos de última hora. Seu interesse era somente o dinheiro.

Quando o avião tocou o aeroporto Santos Dumont, no Rio, ele pôs-se a avaliar Goldenberg, um megaempresário de sucesso, com quem, certamente, se daria muito bem. E, como uma personagem romântica, seria salvo do cadafalso no último instante. Estava cheio de dívidas e aquela proposta era a solução para todos os seus problemas.

João Carlos saiu do aeroporto, tomou um táxi e foi para Ipanema. Sabia que sua mulher só chegaria em casa por volta das sete da noite. Dirigiu-se a uma banca na Praça da Paz, comprou um jornal e andou até uma choperia da moda. Pediu um chope gelado e acomodou-se na banqueta. A atmosfera do local era de falso Primeiro Mundo: tudo tão polido, tão brilhante, tão americanizado. Espelhos esmaltados e cromados em todas as direções, menu em inglês, uma coisa ilusória que ele não admirava, mas que dificilmente podia ignorar. Tudo era apresentado em caixas ou latas, retirado diretamente do refrigerador ou esguichado de uma torneira. Nenhum conforto, nenhum isolamento. Bancos altos, substituindo cadeiras. Bancadas estreitas para refeições.

Tomou um longo gole e abriu o jornal. A manchete da primeira página era inacreditável: *Cabeças Humanas Encontradas*. Duas cabeças haviam sido achadas numa lata de lixo, em pleno saguão do Barra Shopping. Tentou encontrar uma posição mais cômoda e tomou mais um gole, pensando em como os crimes estavam se tornando estúpidos. Tudo se resumia em retalhar as pessoas e deixar os pedaços espalhados por aí. Nenhum sinal dos velhos dramas domésticos de envenenamentos, como nos romances de Agatha Christie.

Terminou o chope, pediu outro. Viu na vitrine um doce de aspecto convidativo. Permitiu-se mais aquela extravagância. O garçom trouxe o chope e a bomba de chocolate. Vista de perto, aquela coisa não parecia ser tão saborosa. Tinha uma consistência borrachuda, e sua dentadura não estava bem ajustada. Teve que fazer uma espécie de movimento de serra antes que seus dentes pudessem cortar o doce. Sua boca se encheu de algo... plop! Que gosto tinha? A mistura gosmenta banhou sua boca e ele descobriu o sabor: doce de leite açucarado. Uma bomba de chocolate feita com doce de leite. O mundo estava mesmo mudado.

Voltou à leitura do jornal. A foto das duas cabeças, ambas sem os olhos, era horrível. João Carlos respirou fundo e olhou de relance seu rosto refletido no espelho. Sua aparência não era tão má. Admitiu que estava mais para a faixa dos fortes que dos esbeltos, mas algumas mulheres apreciavam o seu rosto de barba grisalha e cabelos prateados. Fez uma careta para o espelho. Depois, chamou o garçom e pagou a conta.

Ele andou calmamente em direção à sua casa. Olhava o vai-e-vem das pessoas, quase todas sem expressão alguma nos rostos; motoristas neuróticos buzinando; gente aflita andando apressada para chegar a lugar nenhum. Um barulho infernal, suficiente para acordar um anestesiado.

Chegou em casa. Ana Lúcia o esperava. Não eram felizes, mas mantinham as aparências.

– Como foi lá em São Paulo? – ela perguntou.
– Nem te digo... Ótimo. Bom de verdade.
– Que bom! Tanto tempo sem notícias boas.
– Troca de roupa para comemorar. Vamos jantar fora.

Ele foi até o frigobar e preparou um uísque.

– Tive um grande dia. O melhor dos últimos anos.
– Posso saber detalhes?
– Lembra do PP? Aquele que fez a campanha do presidente? – ele perguntou, virando a bebida.
– O gordo de óculos, que parece um padre?
– Ele mesmo. Pois é, o PP me botou numa tremenda jogada.
– Táxi aéreo.
– Nada disso. Ele me colocou em contato com a maior construtora do país.
– Construtora?
– Melhor. Empreiteira de âmbito internacional... Mas tem um porém.
– O quê? – ela perguntou.

Cerimoniosamente, ele preparou outro uísque. Depois, abriu uma lata de castanhas de caju e tomou uma longa talagada de bebida.

– Vamos ter que morar em Brasília.
– Brasília? Pelo amor de Deus. Eu detesto aquela cidade.
– Não será por muito tempo. Enquanto isso, asseguro que você terá vida de rainha. Mansão, Mercedes e motorista. Os três principais emes do *status*. Sem falar nos cartões de crédito para comprar todos os vestidos que puder usar.

— Não diga! Já começo a gostar do Distrito Federal.

Ela colocou os braços em volta dos ombros dele, fez um discreto carinho, e disse:

— Quanto será o salário?

— Em dólares? Cento e cinqüenta mil anuais, para começar. Livres.

— Livres, como?

— Todas as mordomias extras, como casa, despesa, carro e cartões, por conta da construtora.

— Você está mesmo falando a verdade? Não está sonhando?

— Verdade. De agora em diante nada mais de miséria, de economia caseira, de sufoco... Agora é classe AA em tudo. Vamos comemorar no melhor restaurante do Rio.

Ana Lúcia mastigou um punhado de castanhas. Parecia que sonhava acordada.

— Mas o que é que você vai ter que fazer para merecer tanto — perguntou —, traficar drogas?

— Nada disso. Eu sou economista, vou trabalhar no Orçamento da União, entendeu? No Orçamento!

— Vou ter que transferir o meu emprego.

— Isso não será problema. O departamento jurídico da construtora cuidará de todos os trâmites legais. Você já esteve em Brasília? — perguntou ele.

— Uma vez, na posse do presidente Sarney, lembra?

— É verdade, tinha me esquecido.

— Me pareceu uma cidade desvitalizada, muito concreto... Só me lembro, mesmo, do lago Paranoá. Um lugar maravilhoso.

No restaurante, eles brindaram com o melhor vinho da casa. Por um instante a figura de Goldenberg iluminou a mente de João Carlos. A sorte estava lançada. A primeira peça do xadrez já tinha sido movimentada.

Capítulo Dois

Pelo espaço de cinco gerações, a família Goldenberg fora pobre. Descendiam de um barão alemão de origem judaica, que emigrou para Portugal fugindo da Inquisição. Posteriormente, ele veio para o Brasil, em busca de ouro, e com o tempo acabou formando um verdadeiro clã.

Ulisses Goldenberg, pai de Albert, mudou-se aos dezoito anos para o Rio de Janeiro. E um dia, em Copacabana, um acontecimento fortuito mudou o curso de sua vida. Era uma manhã ensolarada de domingo e ele paquerava as turistas em frente ao Copacabana Palace Hotel. De repente, percebeu que alguém parecia se afogar no mar. Heroicamente, Ulisses entrou na água e conseguiu salvar a vida de um desconhecido. Posteriormente, ele descobriu que o desconhecido era Henrique Lagos, o milionário das minerações, que passava férias no Rio.

Até então Ulisses Goldenberg era um jovem sonhador, voltado para as coisas da natureza. Gastava tudo que conseguia ganhar. Entretanto, nutria algumas fantasias a seu próprio respeito. Freqüentemente dizia: "Meu império vai começar a acabar comigo". Ele tinha um físico atlético e um rosto de grande beleza; olhos azulados claros, contrastando com os cabelos louros ondulados. Vivia imitando as maneiras dos artistas da época.

Durante grande parte do tempo que viveu no Rio trabalhou, vendendo livros ou qualquer outra coisa que proporcionasse ganho imediato – tinha uma inclinação nata para farejar bons negócios. Seu corpo musculoso e sempre bronzeado pelo sol das praias lembrava um deus da mitologia grega. Conheceu inúmeras mulheres, nas suas paqueras e na sua atividade de vendedor de livros, e, como elas se apaixonavam, passou a tratá-las com desdém – as mais jovens, porque queriam se casar; as outras, porque queriam tolher a sua liberdade e controlar os seus passos. Ele encarava a vida como uma festa. Tinha planos de se casar somente depois dos trinta anos. Mas era um sentimental, e seu coração vivia sempre oscilando entre uma vontade e outra.

Na verdade, a vontade de progredir e tornar-se um homem rico era a única meta da sua vida. Essa obstinação o perseguia desde criança. Admirava o universo de pompa que circulava em torno do Copacabana Palace enquanto ele passeava na calçada, diante daquele templo da burguesia. Cada dia que passava acrescentava algo às suas fantasias e procurava acercar-se de gente mais informada e em melhor posição social do que ele. Tinha verdadeiro horror às pessoas pobres e malsucedidas. Jamais seria capaz de tornar-se amigo de alguém menos inteligente do que ele. Pensava, com freqüência: "Alguns são toleráveis durante uma hora... poucos são toleráveis por mais de duas horas".

E então salvou a vida de Henrique Lagos.

Lagos, um grande magnata da mineração do norte do país, estava com quase sessenta anos. Viajava sempre que podia para o Rio, onde freqüentava os cassinos da Urca e do Copacabana Palace. A exploração das minas de manganês e alumínio no Norte o tornara milionário. Apesar da idade, era robusto e bem-apessoado. Tinha dois vícios: o jogo e a bebida. E também era mulherengo, estando naquela ocasião loucamente apaixonado por Josefina, uma cantora que fazia sucesso no Cassino da Urca.

Não demorou e Ulisses caiu nas graças do magnata solitário. Para um jovem ambicioso e inteligente como ele, a amizade de Lagos significava todo o sucesso e fascinação com que sonhara.

Henrique Lagos mandou investigar a vida de Ulisses e constatou que, além de inteligente, ele era honesto, dotado de sensibilidade, senso de humor e extremamente ambicioso. Em suma, o tipo de filho que a vida lhe negara em seu casamento frustrado. Logo Ulisses foi levado por ele às melhores lojas da moda. Do dia para a noite, ele transformou-se num verdadeiro dândi.

Passou a ser apresentado como secretário particular do doutor Lagos. Viajaram juntos para a Europa e Estados Unidos. Com o passar do tempo, passou a ser uma peça indispensável na vida do milionário: era amigo, filho, consolador, secretário, conselheiro, administrador e, até mesmo, carcereiro – pois quando Lagos bebia além da conta, ele o trancava no quarto até passar a ressaca.

A relação entre eles já durava dois anos, quando Ulisses conheceu Mona Lisa, a filha única de Lagos, que vivia na Itália. Lagos havia sido casado com uma nobre italiana que não se adaptara ao calor e aos mexericos do Brasil. E trocou o milionário por um pintor italiano e levou a filha com ela, para viver em Turim.

O amor de Ulisses por Mona Lisa foi à primeira vista. Com o apoio de Lagos, casaram-se em três meses e voltaram para o Brasil. Lagos nem chegou a conhecer Albert, o seu neto, pois uma crise de cirrose hepática o levou à morte, no oitavo mês de gravidez de sua filha.

Como marido da herdeira única, e já administrador dos bens da mulher, Ulisses conseguiu triplicar sua fortuna enquanto viveu.

Quando completou dezoito anos, Albert Goldenberg ingressou nas fileiras da maçonaria. Recebeu a régua e o compasso, a alavanca e o esquadro – que eram as armas do arquiteto – para o preparo de uma obra durável. E foi por influência da maçonaria que ele conseguiu participar do fechado círculo de construtores que edificaram Brasília. Para isso, fundou a Construtora Albert Goldenberg, que o tornaria, em curto prazo, um dos homens mais ricos e influentes do país. Um império que faturava mais de dois bilhões de dólares por ano. A CAG era a *holding* de um conglomerado de vinte e cinco empresas que atuavam nas áreas de construção, mineração, agropecuária, transportes, plantações de soja e cana-de-açúcar. Ele tinha apenas uma grande paixão na vida: sua filha Nadja, fruto de um romance infeliz de muitos anos antes.

João Carlos Neves da Silva era o oposto de Goldenberg. Tinha uma inteligência privilegiada, apesar de não ser nenhum gênio, e era relativamente bom de cintura em situações delicadas. Cursou Economia na Pontifícia Universidade Católica e fez pós-graduação na Fundação Getúlio Vargas.

Sua família, os Neves da Silva, descendia de um nobre português arruinado, que fugiu para o Brasil quando Napoleão invadiu Portugal. Com o fim da monarquia, impossibilitado de voltar para Portugal, ele investiu seus últimos recursos num negócio de panificação no Rio, ao qual parte de sua família se dedica até hoje.

No fim da década de 60, João Carlos foi mandado para servir no Oriente Médio, como integrante das forças da ONU. Ele apreciou aquela experiência, voltando para casa com uma nova visão do mundo. Queria ganhar dinheiro e viver como um milionário. Com a ajuda dos parentes conseguiu um emprego público. Casou-se com Ana Lúcia e logo tiveram a primeira filha. A situação econômica do país, na última década, havia transformado sua vida num pesadelo. Agora, a proposta de Goldenberg parecia prometer noites mais tranqüilas.

Na segunda-feira seguinte, João Carlos desembarcou em Brasília. Seguiu de táxi direto para o edifício-sede da Brasjet, a empresa de PP. Ficou parado um bom tempo em frente ao prédio, admirando suas linhas arquitetônicas semelhantes às dos projetos de Niemeyer. Não lembrava em nada os edifícios velhos e sujos do Rio de Janeiro. A construção era quase toda de vidro e aço polido, refletindo o céu azul e o verde das árvores. João Carlos gostou da primeira impressão. Sentiu o poder do dinheiro pairando no ar. Era aquilo que ele queria.

A secretária, dona Marinete, recebeu-o:

– Fez uma boa viagem? Me acompanhe, o doutor Pedro Paulo espera pelo senhor.

Tomaram o elevador e seguiram em direção a uma sala luxuosa.

– Como vai, meu caro João Carlos? – Abraçaram-se calorosamente. – Fez boa viagem?

– Ótima!

– Eu já adiantei todo o expediente. Goldenberg fez todos os contatos, sua transferência para a comissão de orçamento do Congresso foi publicada no *Diário Oficial* de sexta-feira.

– Eu fiquei sabendo.

– Vamos até lá que o pessoal aguarda você.

Seguiram no Omega executivo de PP, conduzido por um motorista que parecia um misto de guarda-costas e *gangster*.

O edifício do Congresso, belíssima obra da era JK, compreendia um enorme complexo arquitetônico, com duas torres que nasciam no centro de uma enorme base plana, ladeadas por duas superfícies: uma côncava e outra convexa. Atrás, distante, uma fileira de edifícios iguais, dispostos como caixas de sapatos enfileiradas. Ao lado, o Palácio do Planalto, que mais parecia uma enorme estufa de orquídeas.

Entraram no saguão e percorreram enormes corredores, tudo muito limpo e movimentado. Uma secretária, trajando um estranho conjunto *jeans*, cumprimentou PP de forma amistosa e disse:

– Ele deve ser o novo economista, não é mesmo? O chefe da Comissão de Orçamento está esperando por ele.

Então ela os conduziu até a sala do chefe. Um grupo de parlamentares, secretárias e funcionários estava sentado em volta de uma enorme mesa oval. Fizeram uma pausa quando PP e João Carlos entraram. O deputado Silva Bravamel, chefe da comissão, se levantou para recebê-los.

– Este deve ser o doutor João Carlos.

– Ele mesmo – PP confirmou.

Bravamel voltou-se para todos e disse:

– O doutor João Carlos chegou para integrar nossa equipe. É um patriota, e muito competente na sua especialidade. Veio para este setor muito bem recomendado. Tenho certeza de que será uma peça valiosa na aprovação dos nossos projetos.

As pessoas lhe deram as boas-vindas e trocaram apertos de mão. Pedro Paulo voltou-se para João Carlos e disse:

– O Bravamel é o decano dos deputados. Está no Congresso há mais de trinta anos. É um verdadeiro patrimônio, uma reserva moral do país.

Silva Bravamel pediu licença aos outros deputados e foi sentar-se com João Carlos num sofá no canto da sala. Falou por algum tempo do orçamento da União, da enorme cifra que envolvia e, em tom monocórdio, discorreu durante quase uma hora, abordando os meandros do Congresso. João Carlos parecia um colegial escutando as explicações do mestre.

– Todas as pessoas que trabalham aqui são da mais alta respeitabilidade – disse o deputado. – Normalmente profissionais bem-sucedidos e políticos de nome.

João Carlos olhou em volta: os homens usavam paletó cinza, camisa branca e, na sua grande maioria, gravata vermelha. As mulheres vestiam conjuntos *jeans* desbotados, um lenço de seda no pescoço e cabelos excessivamente armados por gel. Ninguém demonstrava dar muita importância para a moda ou grandes costureiros. As roupas pareciam ser do tipo que se encontra nas liquidações dos grandes *shopping centers*. A aparência das pessoas, ali, não era de grande relevância. Alguns, como Silva Bravamel, passariam por figuras saídas de um pesadelo. Outros tinham barbas pouco cuidadas e cabelos encaracolados e nunca penteados – era a moda PV, com predominância de feios e mulatos.

Depois de explicar todos os detalhes da função, o deputado disse:

– A secretária mostrará para você o seu escritório. Espero que goste. Logo mais, à noite, teremos uma recepção no restaurante Tarantela e, amanhã, você está convidado, juntamente com sua senhora, para um jantar em minha casa. Se não gostar da sua sala, poderemos arrumar outra.

João Carlos apertou a mão do deputado de forma educada e, ao sair da sala, despediu-se de PP, que disse:

– Agora você está em casa. Te vejo mais tarde no Tarantela, ou então amanhã, na casa do Bravamel.

– Agradeço. Você foi um amigo e tanto.

João Carlos deixou a sala em companhia da secretária, que continuou mostrando os diferentes setores e promovendo apresentações. Até que ela parou diante da porta de uma enorme sala refrigerada.

– Esta é a sala de arquivo dos projetos em tramitação. Todos os que foram aprovados recentemente, ou estão em vias de aprovação, ficam nesta sala. Temos cerca de vinte funcionários trabalhando nesse setor. Qualquer processo que o senhor necessite ver, é só pedir.

Passaram por uma sala com uma enorme mesa no centro. Ela disse:

— Esta é a sala para discutir a montagem dos projetos já aprovados. Fazemos isso antes da publicação no *Diário Oficial*.

— Quantos projetos são aprovados, diariamente? — João Carlos perguntou.

— Muitos. Depende do andamento das sessões.

Passaram a outra sala, repleta de computadores.

— Este é o nosso centro de processamento de dados. Ele facilita todo o nosso trabalho. O governo gasta, anualmente, uma fortuna para que o orçamento possa ter os mais modernos e eficientes computadores do mundo.

João Carlos entrou no CPD, onde a temperatura era bem mais baixa. O encarregado do setor aproximou-se e a secretária o apresentou:

— Este é o doutor João Carlos, o novo economista do orçamento.

O homem apertou a sua mão e disse chamar-se Roberto. Depois, convidou-o a sentar-se e falou:

— Nossos terminais podem apresentar ao senhor todos os detalhes dos projetos do orçamento em questão de segundos.

Roberto indicou um computador em funcionamento:

— Está vendo aí? Acabamos de fechar o projeto do Canal da Paternidade, em Roraima. Um negócio bilionário da Construtora Goldenberg.

— Escutei alguma coisa a respeito — disse João Carlos. — Acusam um ministro de ter recebido propina...

— Papo de imprensa, doutor. Isso não dá em nada.

Quando João Carlos e a secretária deixaram o CPD, ela comentou:

— O Roberto é nosso melhor profissional. Todos o chamam de Alemão. Recebe uma fortuna só para operar os computadores, mas vale cada centavo que recebe.

Os dois caminharam até o final do corredor, onde a secretária informou:

— Esta é a sua sala, doutor.

Ela foi até o fundo da sala e descerrou as cortinas, deixando à vista o Palácio do Planalto. João Carlos gostou do que viu: a sala era magnífica. Tinha cerca de oito metros de comprimento por cinco de largura, uma mesa no canto e um conjunto de sofás, dispostos ao lado da parede lateral. O tapete era cor de café, felpudo, e a temperatura interna, glacial.

– A vista não é das melhores – disse a secretária –, mas com o tempo o senhor acaba se acostumando.

– É uma sala agradável. Eu gosto dela.

– O antigo ocupante tirou todos os quadros, pouco antes de morrer.

– Morrer?

– O senhor não ficou sabendo? Foi encontrado em casa, morto, com um tiro na cabeça. Foi suicídio, e uma surpresa para todos nós. Ele não aparentava ser alguém capaz de tirar a própria vida.

– Ele estava trabalhando muito?

– Havia acabado de voltar de férias do Uruguai. Estava bronzeado e muito bem disposto num dia e, no outro... pimba! Estava morto.

Saíram do escritório e percorreram outro corredor, até uma sala ampla, onde a secretária reuniu todas as pessoas do escritório e comunicou:

– A partir de hoje o doutor João Carlos é o nosso economista-chefe.

Todos o cumprimentaram calorosamente. Sabiam que, para ter chegado ali, ele tinha contado com o apoio de alguém muito influente. Ou seja, contava com um excelente padrinho. Agora, todos teriam que se adaptar a ele. Ou melhor, adaptar-se às novas regras do jogo.

* * *

No final da tarde, Alma, mulher de Pedro Paulo, dirigiu seu carro conversível até o aeroporto. Havia combinado por telefone apanhar Ana Lúcia e hospedá-la temporariamente em sua casa, até que ela e João Carlos estivessem instalados na casa oferecida pela Goldenberg.

No carro, as duas aproveitaram a discreta brisa que soprava no Planalto Central.

– Fez boa viagem? – Alma perguntou.

– Ótima. Adoro voar.

– Você está muito bem. Linda mesmo. Vai fazer sucesso por estas bandas. Mulher aqui nesta terra faz muito sucesso.

– Imagine. Bondade sua...

Ana Lúcia era uma mulher de cabelos negros, esportiva, com enormes olhos castanhos e boca carnuda. Uma jovem de classe média que se casara cedo, depois de cursar a faculdade de Letras. No fundo ela se considerava uma vidente. Gostava de fazer previsões, acreditava em horóscopo e sabia ler mãos.

O carro de Alma parou diante de uma elegante mansão às margens do lago. Ana Lúcia admirou o ambiente bem-decorado e cálido, a sucessão de portas blindex refulgentes sob o reflexo de holofotes inferiores. A piscina era deslumbrante e colocada bem no centro do relvado que circundava todo o jardim. Pedro Paulo apareceu na sala com seu uniforme de *jogging* tão colado ao corpo obeso que parecia um artista circense. Era um sujeito vigoroso, de modos um tanto arrogantes, preocupado com a própria aparência – estava sempre fazendo regimes.

– Que bela casa – Ana Lúcia disse. – A Alma tem muito bom gosto.

– Que bom que você gostou de nosso ninho – disse PP, após cumprimentá-la.

Depois apontou o braço na direção do bar e disse:

– Aceita um drinque?

Ana Lúcia balbuciou um sim quase inaudível, ainda impactada por todo aquele luxo.

– Vou preparar para você meu drinque preferido.

Ela voltou a dizer sim, e observou os quadros nas paredes, decifrando as assinaturas famosas: Portinari, Di Cavalcanti, Iberê Camargo, Lasar Segall, Magritte...

– É um daiquiri todo especial – disse PP, desviando sua atenção –, você vai adorar.

– E o João Carlos? Quando vai chegar?

– Vamos encontrá-lo mais tarde no jantar do Tarantela. Ele vai direto do trabalho para o restaurante. Você sabe, primeiro dia de trabalho é fogo!

Nesse instante Alma apareceu na sala, vestida como se fosse a um baile na corte.

– Acho melhor você trocar de roupa – disse para PP.

Depois mostrou a casa para Ana Lúcia, falou dos seus projetos e de sua criação de cavalos.

– Adoro cavalos – disse Ana Lúcia –, sempre sonhei em ter um pequeno haras.

– Não se preocupe. Logo vai ter o que quiser. Aqui em Brasília a gente consegue tudo que quer.

Alma disse isso de maneira tão segura que Ana Lúcia não teve dúvidas de que ela falava a verdade.

– Vocês têm idéia de onde vão morar? – Alma perguntou.

– A construtora vai conseguir uma casa.

– Isso é bom. Eles têm casas espalhadas por toda a cidade. Você vai ter a opção de escolher a melhor das residências.

Ana Lúcia sorriu e balançou a cabeça. Estava impressionada com a maneira de ser de Alma.

– Você trabalha? – perguntou.

– Trabalho para mim mesma. Administro o dinheiro do meu marido, faço investimentos. Poucas mulheres trabalham aqui. Aliás, mulher de marido importante não trabalha; faz benemerência social.

Ana Lúcia sorveu lentamente um gole do seu daiquiri, e disse:

– Eu gostaria de trabalhar. Vou transferir meu emprego para um dos ministérios. Não gosto de ficar em casa vendo televisão.

– Parece divertido. Eu já cansei de trabalhar. Agora, quero apenas desfrutar a vida e viajar.

Antes que ela terminasse a frase, Pedro Paulo reapareceu na sala trajando um terno escuro, sem gravata, e com a gola da camisa sobre o paletó. Pouco depois, foram para o restaurante.

No carro, Ana Lúcia sentiu que alguma coisa não identificada a inquietava. Um presságio estranho. Como se o destino lhe reservasse um futuro incerto.

* * *

No Tarantela o clima era de euforia. O lugar estava cheio de gente bem-vestida e falante. A casa era considerada o *must* da Capital Federal naquele momento. Um ponto de encontro obrigatório de políticos, atores, militares graduados, diplomatas e jornalistas. As reservas tinham de ser feitas com relativa antecedência.

— Tive uma idéia — disse Alma olhando para todos em volta da mesa —, sei que a Construtora Goldenberg tem uma casa bem próxima da nossa.

— A casa onde morava o senador do Acre. É uma ótima residência — disse Pedro Paulo.

— O que aconteceu com o senador? — João Carlos perguntou.

— Brigou com o pessoal da construtora. Eu estou tentando botar panos quentes, mas a coisa está preta entre eles.

Ana Lúcia levou o copo de vinho à boca e disse:

— Seria uma boa morar perto de vocês. Eu e Alma poderíamos fazer *cooper* juntas todas as manhãs.

PP olhou para o seu corpanzil de quem pratica, como único exercício físico, o levantamento de copo, e disse:

— Como foi o dia de trabalho no Orçamento?

— Ótimo — disse João Carlos.

— Goldenberg disse pra você que o homem-chave é o deputado Silva Bravamel?

— Não falamos sobre isso.

— Não tem importância. Ainda esta semana o Bravamel vai dar uma festa enorme. Com certeza, o Goldenberg vai estar lá. Aí, ele deve falar com você a respeito disso.

— O deputado me pareceu muito simpático. Gostei dele de verdade. Ele já me convidou para a festa.

— Deve ter o dedo do Goldenberg nisso. O Bravamel, apesar de deputado e chefe da Comissão de Orçamento, come na mão dele. Aliás, metade de Brasília faz isso.

Alma tentou mudar de assunto. Olhou para Ana Lúcia e disse:

— Vocês vão precisar de um carro. Aqui tudo é muito longe e táxi é difícil de pegar, principalmente em dias de chuva.

João Carlos disse:

— Junto com a casa vem um carro incluído. O Goldenberg prometeu um Mercedes. Acho que tudo ficará resolvido amanhã, quando eu for ao escritório da construtora.

– Já sei – disse Alma –, tenho certeza de que vão dar para vocês a casa do senador e o mesmo Mercedes preto que ele usava. É um carro lindíssimo.

Pedro Paulo riu baixinho, como se já conhecesse a história. João Carlos voltou-se para ele e perguntou:

– Você sabe o que aconteceu com o sujeito que substituí lá no trabalho?

– Uma história triste. Cometeu suicídio. Ninguém esperava. Parece que o cara tinha algum problema psicológico.

– As secretárias acham esse caso muito estranho – disse João Carlos.

– Você sabe, essas secretárias falam demais.

João Carlos tomou um gole de vinho, voltou-se para todos e disse:

– Eu estou exausto. Trabalhei feito um condenado hoje. Tudo o que eu queria agora é uma cama.

Pagaram a conta e seguiram em direção à casa de Pedro Paulo. Antes de entrar, Alma disse:

– Vocês podem usar o outro carro amanhã. Vou dizer ao motorista para ficar à disposição.

– Eu agradeço – João Carlos disse. – Vou precisar de verdade. Amanhã logo cedo pretendo resolver o assunto da residência.

Depois, disse boa-noite e encaminhou-se para o quarto.

Capítulo Três

Não demorou muito e Christiano Fonseca mudou-se para a residência de Beth. Era um apartamento amplo no Leblon, de onde se descortinava uma vista de cento e oitenta graus da praia.

A vida dele mudou da água para o vinho. Parecia um sonho. Ela era bela, inteligente, uma amante como nunca havia conhecido, antes. Acabou se envolvendo profundamente com ela. Foi um tempo intenso e feliz. Christiano produziu intelectualmente como uma usina. Escreveu como nunca e seus contos foram bem-aceitos. Criou roteiros para novelas e para filmes de televisão, casos especiais, minisséries e até um romance de ficção. Podia trabalhar com a maior tranqüilidade, pois não tinha preocupações menores como aluguel, alimentação, empregados.

Com o passar dos meses, o amor foi esfriando e Beth mudando de comportamento. Aos poucos foi se transformando numa mulher ciumenta, obtusa, teimosa e egoísta. Queria Christiano só para ela. A única coisa que restou entre os dois foi a cama, mas a cama não era tudo para um homem como Christiano. Assim, para escapar ao tédio da relação, ele buscou cada vez mais o prazer no trabalho. Ela então resolveu fazer uma viagem ao exterior. Acabaram separando-se de forma desgastante. Entretanto continuaram amigos. Ele mudou de endereço e prosseguiu trabalhando feito louco para sustentar o novo padrão de vida a que se havia acostumado. Chegou a adotar três pseudônimos diferentes para dar vazão à sua produção literária. Escrevia, escrevia, escrevia. Até ocorrer um fato que iria mudar sua vida.

Aconteceu por acaso. Ele tinha escrito um roteiro para um caso especial da Globo, que caiu nas mãos de Vitória Lins, uma autora de telenovelas. Vitória gostou tanto do roteiro que convocou Christiano à central de produção.

– O roteiro é bom, mas precisa de algumas modificações – ela disse, de forma direta. – Se você aceitar, posso fazer as alterações e entro de co-autora do caso.

– Acho uma boa idéia – ele disse, sincero –, eu não tinha certeza de que esse roteiro seria aceito.

Ela explicou as mudanças que pretendia fazer, e ele concordou. Eram insignificantes, não alteravam em nada o sentido do texto. Christiano então percebeu que Vitória, uma mulher gorducha, tinha mais do que um senso de humor aguçado. Ela parecia ser o tipo de pessoa que gosta de cobrar alto. Mas como ele precisava de dinheiro e ela tinha o canal...

– Isso vai ser um sucesso – ela disse, satisfeita.

– Vamos torcer.

Um sorriso iluminou a face de Vitória quando o contrato foi assinado. E ele estava mais feliz ainda. Havia conseguido descolar uma boa grana por um texto que não lhe custara muitas horas de trabalho.

– Tenho outros roteiros em fase de acabamento – ele falou. – Se você quiser, posso mostrar...

– Não agora. Estou com viagem marcada para Paris. Vou ficar escondida até escrever os cento e oitenta capítulos da próxima novela.

– Tudo isso? É trabalho para enlouquecer.

– Você sabe. Eles pagam bem, mas exigem melhor ainda... Como você está de trabalho?

– Fraco. Confesso que estou meio a perigo. Muita produção e pouco retorno.

– Talvez eu possa conseguir uma coisa boa para você – Vitória disse.

– O quê?

– Uma biografia.

– Biografia? Explica melhor.

– Uma amiga minha, a Hélène Lupin, aquela que escreveu o livro *Nossa Sociedade*, me disse que tem um magnata em São Paulo procurando um escritor para escrever sua biografia.

– Parece interessante. Quem é Hélène Lupin?

– Você não leu o *Nossa Sociedade*? – ela perguntou, espantada. – É a mais completa listagem de colunáveis. Endereços, *hobbies*... Um livrinho descartável. Os babacas pagam verdadeiras fortunas para ter o nome num livro que pode ser chamado de *Yellow Pages* do café *society*.

– Escrever uma biografia não é uma tarefa difícil.

– Ótimo. Tenho um convite para um *cocktail* logo mais. Se você quiser, venha comigo que eu te apresento a ela.

– À *Nossa Sociedade*? – ele perguntou em tom jocoso.

– Seu bobo. Vou te apresentar para a Hélène.

– Combinado. A que horas?

– Às oito, no Castelo da Lagoa. Será um *cocktail* de gente chique. Portanto, capriche no traje esporte fino.

Ele passou o resto da tarde preparando-se para aquele encontro. E exatamente na hora combinada encontrou Vitória na porta do Castelo da Lagoa.

– Você está irreconhecível.

Foi tudo que ela conseguiu dizer. Em seguida entraram e foram conduzidos pela recepcionista até um salão espelhado, lotado de gente alegre. Vitória olhou ao redor e disse em voz baixa:

– Nem todo mundo aqui é de família rica. A maior parte é papagaio de pirata e alpinista querendo escalar o sonho impossível.

– Alpinista?

– Alpinista social. Eles se digladiam para serem incluídos no livro de Hélène. Logicamente, aqueles que não podem pagar para ter os seus nomes listados.

Vitória afastou-se por um momento e Christiano se interessou pelo ambiente animado. Alguns casais balançavam seus corpos ao som de um conjunto musical. O garçom passou equilibrando uma bandeja e ele pegou um copo de uísque. Vitória reapareceu acompanhada de uma mulher de cabelos escuros, pouco elegante, e com uma cara estranhamente plastificada.

– Hélène, quero apresentar a você o escritor Christiano Fonseca. Ele pode escrever aquela biografia. Como você sabe, eu estou impossibilitada por causa da novela.

– Ótimo. Ainda hoje o Goldenberg me cobrou isso.

– O magnata das construções? – Christiano perguntou.

– Ele mesmo. Você conhece?

– De nome. Li vários artigos sobre ele na *Veja*. Me parece uma pessoa incomum.

– Pois é. Agora, no ocaso da vida, ele está procurando um escritor para redigir sua biografia. Eu conheço o Goldenberg faz tempo, esse é um sonho antigo dele.

Hélène fez uma pausa e depois disse:

– Só tem uma coisa: é assunto sigiloso. Por isso ele preferiu optar por um escritor em vez de jornalista. Ele quer alguém confiável, de fora de São Paulo.

Fazia sentido, Christiano pensou. A revista *Veja* havia descrito Albert Goldenberg como um recluso rico, acostumado a comprar as pessoas e a pagar por tudo. Certamente estava pagando bem a Hélène para aliciar um escritor desconhecido. Em sociedade todos tinham seu preço. Christiano começou a imaginar que tipo de biografia poderia ser escrita sobre um sujeito sombrio como uma galáxia distante. A imaginação fez sua mão tremer. Ele levou o copo até a boca, bebeu e disse:

– Tudo bem. Como é que vai ser?

– O quê? – Hélène parecia não escutar muito bem.

– Como faço para conhecer o homem?

– Em Brasília. Na sexta-feira, o deputado Silva Bravamel vai dar uma grande festa. O Goldenberg vai estar por lá. Será uma ótima oportunidade para colocar vocês em contato.

– Parece bom.

– Você vai se divertir. Eu prometo.

E, enquanto entregava um convite a Christiano, ela completou:

— É uma festa a rigor. O deputado Bravamel vai comemorar trinta anos de mandato. Não vá me aparecer de roupa esporte, hein? O traje é *black-tie*.

Christiano colocou o convite no bolso e agradeceu. Ela ergueu a taça de champanhe e desejou sucesso. Depois, saiu de fininho, como se existisse algo melhor para fazer.

* * *

O Omega preto seguiu em direção à sede da Construtora Goldenberg. No assento traseiro, João Carlos e Ana Lúcia admiravam a manhã ensolarada da cidade. O carro aproximou-se do majestoso edifício da construtora, considerado um marco da cidade. Acima da enorme estrutura metálica, via-se um letreiro luminoso, com a sigla gigante – CAG – já um pouco suja e desgastada pela poluição e pela ação do sol e da chuva.

O prédio de dez andares fora projetado e construído pela própria empresa, e quase metade dele era ocupado por grandes depósitos de material de construção e vagas de garagem. A parte administrativa estava instalada apenas nos quatro últimos andares.

A entrada era imponente e luxuosa – e João Carlos notou vários seguranças circulando pelo prédio. No *hall*, câmeras de circuito interno filmavam todos que ali chegavam. Uma recepcionista negra recebeu o casal com um sorriso simpático.

— Meu nome é Vera, sou a secretária do doutor Lindomar. Ele está aguardando pelo senhor. Por favor, me acompanhem.

Ela os conduziu até um elevador espaçoso, que subiu até a cobertura do prédio. A secretária abriu a porta de uma sala luxuosa e anunciou:

— Doutor Lindomar, o doutor João Carlos chegou.

O homem levantou-se de sua mesa.

— Eu sou Lindomar Guimarães, o gerente de operações da construtora.

Trocaram um aperto de mãos como se fossem amigos de longa data.

— O senhor deve ter vindo pela casa, não é verdade? A construtora reservou o que há de melhor: uma casa com vista para o Lago, ampla e confortável. E o carro está lá, na garagem.

João Carlos observou a aparência do gerente de operações. Parecia ser nordestino, tinha um rosto de traços fortes, olhos escuros e duros como pedra. O cabelo crespo, cortado rente, dava a ele uma aparência militar. Porém o que mais chamava a atenção era seu olhar: quando falava com as pessoas, Lindomar desviava os olhos para baixo, não encarava o interlocutor.

— Onde fica a casa? — perguntou João Carlos.

— Perto da residência do doutor Pedro Paulo.

— A casa onde residia o senador — Ana Lúcia comentou.

— A senhora adivinhou. Como ficou sabendo?

— A Alma me disse que é uma excelente casa.

— Então vocês já sabem de tudo. Isso me economiza explicações — Lindomar disse e encarou o economista. — O senhor pode entrar um segundo? Tenho um recado pessoal do doutor Goldenberg.

João Carlos e Lindomar sentaram-se num sofá no canto da sala. A voz metálica do gerente de operações soou quase ríspida — e João Carlos sentiu-se desconfortável ao seu lado.

— O projeto do senador Tavares tem que sair o mais breve possível. A CAG já investiu uma fortuna nele e a coisa está demorando além da conta.

Depois, num tom de voz mais suave, Lindomar falou sobre o esquema do orçamento. Contou a respeito da intervenção da construtora no suborno do senador. Explicou o projeto, um negócio de bilhões de dólares: a construção das hidrelétricas do Alto Paraná. João Carlos ouviu em silêncio.

— Este caso tem prioridade total, entendeu? É uma ordem do doutor Goldenberg. Não podemos perder mais tempo, temos que aprovar urgentemente este projeto na Comissão de Orçamento.

— O Bravamel sabe do caso?

— Claro que sabe. Ele é o grande interessado. A maior fatia da comissão vai para ele.

— O que está acontecendo com o senador Tavares?

— O pilantra está fazendo jogo duro e amarrando o caso, talvez para prejudicar a CAG. Mas nós vamos detonar o maldito, você vai ver.

— Detonar?

— Desculpe a minha maneira de falar — Lindomar disse, sorrindo. — Mas o senhor pode ter certeza de uma coisa: pode preparar a papelada que o senador vai aprovar o projeto antes da festa do Bravamel. E nós vamos comemorar isso juntos.

Então Lindomar levantou-se.

— Agora, o senhor deve tratar de tomar posse do seu novo lar. Se quiserem mudar qualquer item da decoração é só falar. A CAG se preocupa com o bem-estar de cada membro do seu quadro de funcionários graduados.

João Carlos saiu daquela sala tentando entender o jogo do poder. Agora a coisa começava a fazer sentido. Imaginou o projeto milionário. Tudo dependia de uma simples assinatura, tudo dependia da influência do senador Tavares, e eles estavam em suas mãos. Imaginou a figura de Lindomar. Quem era aquele homem que parecia ter poder sobre todos? Uma espécie de testa-de-ferro de Goldenberg. Um espremedor. Ele sabia que todo ferreiro tinha sempre na retaguarda alguém com uma marreta para modelar o ferro quente. Lindomar era, sem dúvida, o homem da marreta.

O Audi seguiu seu trajeto em direção ao Lago Norte. Vera, sentada ao lado do motorista, explicava todas as vantagens da casa. Falou da decoração, dos móveis, dos cômodos, da piscina, dos jardins e da empregada, Vilma. Quando chegaram à casa, foi amor à primeira vista. Era uma imponente mansão branca, em estilo moderno, construída no centro do terreno e rodeada por jardins verdes e bem-cuidados. A garagem era ampla e, de longe, dava para avistar o Mercedes 380 SE, preto. João Carlos olhou para Ana Lúcia e disse:

— A casa é sua, madame, pode tomar posse. Eu vou para o trabalho. Tenho assuntos importantes para resolver.

E saiu, achando que tudo era mesmo maravilhoso.

* * *

A encomenda foi entregue na portaria do Hotel Havon Plaza. Era um pacote do tamanho de uma caixa de sapatos e trazia um nome escrito: Senador J. Tavares. Ele recebeu o embrulho e o examinou com cuidado. O senador era um homem idoso, cabelos ralos no alto da cabeça, rugas em torno dos olhos e pele queimada de sol. Seus olhos desconfiados pousaram sobre o porteiro e ele perguntou:

– Quem deixou isso?

– Não sei, doutor – o porteiro se desculpou. – Deixaram sobre a mesa enquanto eu atendia outro hóspede. Provavelmente foi um mensageiro, ou alguém que parou o carro em local proibido e estava com pressa.

– Você não viu se usava uniforme?

– É possível, não tenho certeza. Mensageiros entregam encomendas aqui o dia inteiro. Algum problema?

– Não, de forma alguma. Está tudo bem.

O senador Tavares colocou o pacote embaixo do braço, arrumou o nó da gravata e seguiu em direção à porta de entrada. No mesmo instante, o porteiro levantou o braço e um carro preto oficial aproximou-se. O senador entrou no carro e, como fazia todas as manhãs, ordenou:

– Vamos para o Senado.

O sol estava forte e o dia estava prematuramente quente e seco. O velho político pensou em abrir a caixa. Estava curioso, mas preferiu pegar o jornal e ler as manchetes. O senador estava cansado da vida parlamentar. Pensava com freqüência em abandonar a política e voltar para o Acre, para junto do pequeno grupo de gente sadia que ainda existia. Queria trocar aquela vida alucinante por um local bucólico, cercado de verde, para desfrutar a tranqüilidade de uma pescaria. Viver, enfim, uma aposentadoria serena e pacífica. Estava farto daquela vida de lutas, de confrontos, de concorrências. As coisas estavam se tornando insuportáveis e ele não sabia explicar direito por quê. O recente incidente com o pessoal da Goldenberg havia sido muito desagradável. Para não se aborrecer, abandonou a casa cedida pela construtora e foi morar no hotel. Ele não precisava de ninguém. Tinha prestígio, dinheiro e dignidade.

O senador Tavares desceu do carro, tomou o elevador e foi direto para sua sala. A secretária serviu um cafezinho e ele avisou:

– Não quero ser incomodado nas próximas horas.

Apanhou o pacote e balançou, tentando sentir o conteúdo. Quebrou o lacre superior, tirou meticulosamente o papel que o embrulhava e abriu a tampa. A primeira coisa que viu foram cinco pacotes de cédulas de mil dólares e, ao lado, uma fita cassete. O dinheiro estava em blocos de cinqüenta mil, totalizando duzentos e cinqüenta mil dólares. O senador vasculhou o interior da caixa à procura de algo que identificasse o remetente. Ficou intrigado: não existia o mínimo vestígio de quem a tinha enviado. Ele contou os pacotes novamente, examinou cada cédula, refletiu sobre o caso. Fechou a caixa e acendeu o primeiro cigarro do dia. A velha dor na coluna voltou a incomodar. Abriu a gaveta da mesa e apanhou um gravador. Colocou a fita cassete no aparelho, ajustou o fone de ouvido e apertou a tecla *play*.

O senador Tavares sentiu um arrepio assim que escutou os primeiros sons. Deixou a fita correr até não ter dúvidas quanto às vozes. Para confirmar, voltou a fita ao início e escutou de novo. Vermelho de indignação extravasou seu desespero:

– Malditos! Desgraçados!

Ele ficou arrasado. Era extremamente sensível em relação a tudo que dizia respeito à sua vida privada. Não teve dúvidas sobre o significado daquela gravação. Porém não conseguia imaginar de que forma ela fora obtida. Pessoalmente, não ligava a mínima para quem trepava com quem. Aquela gravação, entretanto, ameaçava sua reputação e sua carreira política. Ela o envolvia diretamente num escândalo de desdobramentos imprevisíveis. Recostou-se na cadeira e, muito tenso, juntou as palmas das mãos como se fosse rezar. Sem dúvida, era uma chantagem eficiente. Uma manobra ardilosa que o deixava sem defesas.

Voltou a abrir a caixa e examinou os números de série das cédulas. Eram todos diferentes. O dinheiro era verdadeiro. Colocou as notas de volta na caixa, trancou tudo dentro da gaveta da escrivaninha. Apertou o interfone e avisou:

– Se telefonar alguém que não queira se identificar, pergunte se é sobre uma caixa. Se for, eu atendo.

Depois tentou relaxar o corpo na poltrona e avaliar a gravidade daquela ocorrência. Ele sabia que a situação era delicada. Pouquíssimas pessoas conheciam seus vícios. Ninguém, até então, havia levantado qualquer suspeita contra sua integridade moral. Estava claro por que a fita havia sido enviada. Pensou no pequeno círculo social de Brasília, imaginou os colunistas, anteviu as fofocas. Ali, todo mundo falava da vida dos outros. E os políticos tinham de ser como a mulher de César: não bastava serem honestos, tinham que parecer honestos.

O senador começou a sentir arrepios. E resolveu ouvir outra vez a gravação. Antes, trancou a porta da sala, encostou as janelas, acionou o ar-condicionado e regulou o controle da temperatura. Então colocou os pés sobre a mesa, fechou os olhos e concentrou-se nos sons da gravação. O volume estava no máximo e ele escutava tudo de forma muito nítida.

Não havia dúvidas: aquela voz era a sua. Alguém havia instalado um dispositivo de escuta no seu quarto. Às vezes, o som se modificava e um ruído diferente era ouvido. Um som de ar-condicionado zunindo, de carro passando na rua, de música tocando. Vozes de duas pessoas que se movimentavam pelo ambiente, se aproximando e se afastando, até que as palavras se tornavam incompreensíveis.

Reconheceu parte da sua fala. O rádio ao fundo, na estação local, o som estridente da sua música favorita. O barulho de copos, um garfo contra o prato. E depois a voz rouca, um pouco longe do microfone. Palavras indistintas.

– Puxa, que calor – o senador disse na gravação.

– Você quer mais um drinque?

A conversa, em tom íntimo, tinha um conteúdo insignificante: a qualidade da bebida, compras, presentes, novelas, roupas. Nada de natureza política. Uma cadeira estalando – estaria ele sentado? A outra voz queixava-se de alguém que havia traído a esposa. Risos. Reminiscências de infância. Praias. Recordações sobre o pai violento.

O senador apertou a tecla *pause*. Aquilo era nitroglicerina pura. Como haviam conseguido aquela gravação? Ele levantou-se da cadeira e andou pela

sala para esticar as pernas. Depois, retornou ansioso ao gravador. Escutou ainda um longo trecho de conversa. E sua atenção fixou-se no final do diálogo:
– Vamos usar camisinha?

A voz que respondeu soava muito baixa, quase num sussurro:
– Camisinha não. Você sabe que eu detesto. Gosto assim, amor...

Ele avançou a fita. O maldito rádio interferia e dificultava a identificação dos sons e dos diálogos. A voz soou nítida novamente:
– Mais, mais forte.

Um suspiro aqui e outro ali:
– Sim... Sim, amor. Meu Deus.

Uma pausa que durou alguns segundos. Respiração mais ofegante. Sons perdidos em meio à dissonância da música. E outra vez a voz rouca. E feminina:
– Não, espera. Quero mostrar uma coisa. Por favor, você...

Risadas. Dele? Dela? Positivamente dele. Murmúrios excitados. Sons característicos de cama. Palavras sussurradas bem próximo ao microfone. Suspiros mais altos, respiração forçada audível, grunhidos. Ruídos sexuais ritmados. Gritos de orgasmo. Silêncio temporário.

Mais conversa. A voz dela:
– Acenda um cigarro, amor.

Ruído de fósforo sendo riscado. Uma queixa:
– Nem sei por que vim com você. Se não precisasse do dinheiro, talvez não tivesse vindo.

Pausa demorada.
– Você vai me ver outra vez, vai?

Outra pausa longa.
– Talvez. Eu gostei de você...

Mais uma pausa. E depois a confissão completa de outros encontros passados.

O senador desligou o gravador. Acendeu um cigarro e tirou uma longa baforada, pensativo. Imaginou a dimensão da encrenca que aquela gravação poderia desencadear, caso caísse nas mãos da oposição, ou da imprensa sensacionalista. Ainda que não houvesse qualquer coisa politicamente comprometedora, a simples acusação de homossexualismo, claríssimo nos sons da fita, bastaria para arruinar a sua carreira.

A dor na sua coluna havia piorado. O ar na sala estava frio e fedendo a cigarro. O senador sentia-se num porão pestilento de navio. Já estava cansado daquela vida. Cheio daquele ambiente. Farto da sua posição política. De analisar, julgar e aprovar projetos do governo. Para o diabo com tudo aquilo.

Andou pela sala de um lado para outro, aflito. Talvez pudesse negociar aquela fita e abafar o escândalo. Negociaria até as últimas conseqüências. Pensava em desaparecer com a gravação, desaparecer com quem fez a gravação e, se possível, desaparecer também com a pessoa que participou do ato.

* * *

O detetive Condor telefonou para o Hotel Havon Plaza e certificou-se de que a encomenda havia sido entregue ao senador Tavares. Depois ligou para Lindomar Guimarães.

– O velho já pegou o torpedo. O que eu faço, agora?

– Dá um tempo e depois ligue para ele, conforme combinamos. Fale curto e grosso. Entendido?

– Certo, chefe. Pode deixar comigo.

Condor era uma espécie de *espremedor* a serviço da CAG. Quando as coisas ficavam difíceis, ele era acionado. Oficialmente, era detetive particular, com escritório estabelecido, registro legal e impostos em dia. Por baixo dos panos, tinha um único cliente secreto, a Construtora Albert Goldenberg. Recebia sempre em dinheiro e não dava recibo por trabalho executado. Era amigo pessoal de Lindomar havia muitos anos.

Condor começara cedo no crime, tendo passado a maior parte de sua infância e juventude no reformatório para menores de São Paulo. Seus pais eram pobres e ele logo conheceu as dificuldades da vida. Passava os dias inteiros fora de casa, aprendeu a praticar pequenos furtos. A mãe acabou se tornando alcoólatra – e não demorou para que as brigas com o marido se tornassem insuportáveis. Até que ele se cansou e a expulsou de casa.

Vivendo sozinho com o pai, Condor passou a odiar a mãe. Em pouco tempo, ela foi consumida pela bebida. A última vez que Condor a viu, ela estava completamente disforme, num leito de hospital. Havia anulado o seu amor-próprio e acabou se suicidando. O pai, desgostoso, mudou-se para Santos. Condor fugiu de casa e caiu na rua. Sofreu horrores no reformatório, até conseguir escapar na companhia de outros pivetes. Ficou alguns anos "na escola do crime", até ser novamente preso e mandado de volta para o reformatório. Ali aprendeu a ler e escrever e, devido ao bom comportamento, foi libertado pouco antes de completar dezoito anos. Tinha consciência de que a partir de então seria responsável pelos seus atos. E de que se continuasse à margem da lei, acabaria numa penitenciária.

Condor prestou serviço militar, tomou contato com todos os tipos de armas e aperfeiçoou sua pontaria. Deu baixa e foi trabalhar numa academia de caratê, que pertencia a um sargento que ele conheceu no quartel. Comia, dormia e limpava a academia. Logo se interessou pelas artes marciais e, com muito esforço, conseguiu sua faixa preta, transformando-se em seguida em instrutor.

Tempos mais tarde, Condor se desentendeu com o sargento e resolveu tentar a vida por conta própria. Trabalhou em várias funções: segurança, frentista, garçom – até conhecer Penteado, o indivíduo que o levaria de novo para a cadeia. Certa noite, quando saíam de um inferninho, Penteado falou sobre o plano de assaltar um banco:

– É a maior moleza. Será como tomar doce de criança.

As coisas, porém, não saíram como planejavam – e Condor acabou condenado a oito anos de prisão. Fugiu em menos de um mês.

Na clandestinidade, ele passou a atuar como pistoleiro de aluguel, a serviço dos contraventores. Executava atravessadores, inimigos e inconvenientes. Saiu-se tão bem nas suas empreitadas que foi destacado para um "serviço" em Brasília. Executou o contrato e acabou caindo nas graças do mandante do crime: Lindomar Guimarães. Daí surgiram a amizade, a confiança e o mútuo respeito. Lindomar conseguiu para ele uma carteira de detetive particular e regularizou sua situação com novos documentos. O investimento valeu a pena. A CAG passou a ter um profissional capaz de resolver qualquer parada. De suas tocaias, ninguém escapava.

Condor consultou o relógio e ligou para o senador Tavares. Disse à secretária que desejava conversar com o político sobre um pacote – e em seguida escutou a voz preocupada do senador. Foi direto ao assunto:

– Aqui fala Condor. Temos algo importante para tratar. Algo do seu interesse exclusivo.

– Do que se trata?

– Não posso falar por telefone. O senador escutou a gravação?

– Escutei.

– Recebeu os dólares?

– Recebi.

– Os dólares representam apenas uma indicação da importância que atribuímos ao nosso assunto.

– Quando podemos nos encontrar? – o senador perguntou, ansioso.

– Hoje à noite. Uma hora do seu tempo será suficiente.

De repente, o senador Tavares considerou a possibilidade de a conversa estar sendo gravada.

– Talvez o senhor não compreenda. Eu sou um parlamentar e...

– Logo mais, às oito da noite, em frente ao Havon Plaza – Condor o interrompeu.

– Bem, eu...

– Às oito, senador. Esteja lá!

E desligou.

Capítulo Quatro

Na sexta-feira pela manhã, Christiano Fonseca pegou o telefone e ligou para um amigo em Brasília.

– Quanto tempo, hein? Pensei que você tinha se esquecido da gente.

– Estou indo hoje para Brasília e não consigo reservar hotel. Está tudo cheio – Christiano disse. – Você pode me hospedar por um dia?

– Será um prazer enorme, meu amigo. A que horas você chega?

– No vôo das onze.

– Ótimo, estarei no aeroporto esperando por você.

Christiano desligou o telefone, preparou uma maleta com o essencial, tomou uma ducha e ligou a televisão nos noticiários. Os preços continuavam subindo. Na Bósnia e no Oriente Médio as populações continuavam matando-se umas às outras da maneira mais brutal possível. Os políticos faziam as mesmas promessas vãs, e as pessoas demonstravam não mais acreditar nas CPIs da vida. O país parecia marchar para o caos. Não conseguiu suportar o telejornal até o fim. Desligou a televisão, trocou de roupa e saiu em direção ao aeroporto do Galeão. O dia estava quente e a viagem até o aeroporto foi morosa e desconfortável. Passou todo o tempo do vôo dormindo, largado sobre a poltrona. Quando chegou a Brasília, Antônio Augusto o esperava na área de desembarque.

Ele notou que o amigo não havia mudado muito, apesar do aumento de peso. Antônio Augusto era alto, tinha uma cabeça grande, ligeiramente calva. Seu rosto gorducho era liso e os lábios, carnudos.

– Como é que vão as coisas? – Christiano perguntou.

– Me dei muito bem em Brasília. Sou gerente de um banco multinacional. Melhor do que isso só a presidência. E você, o que faz aqui?

– Vim para uma festa.

– A festa do deputado Silva Bravamel?

– Como é que você sabe?

– Está em todos os jornais. Festa de comemoração dos trinta anos de atividade parlamentar. Tem convidados vindo de todas as partes do Brasil. Você conhece o deputado?

– Não conheço pessoalmente, mas fui convidado por uma outra pessoa. Uma espécie de promotora social, entende? Vou fazer um contato importante durante a festa.

– Vai ser uma festa e tanto.

Antônio Augusto acelerou e o carro deslizou como uma lagarta pelo asfalto.

– Você almoça comigo? – Antônio Augusto perguntou.

– É uma boa idéia.

– Então vou levá-lo ao meu restaurante favorito. É o ponto de encontro dos homens mais importantes do Planalto.

O local estava cheio de gente elegante. A decoração era luxuosa e aconchegante. Assim que entraram um garçom ofereceu um drinque.

– É *poire* – ele explicou –, uma cortesia da casa.

– O que você está fazendo agora? – Antônio Augusto perguntou, enquanto consultavam o cardápio.

– Sou escritor. Escrevo novelas e roteiros para a televisão. Tenho um romance em fase de acabamento.

– Dá muita grana?

– Não. É um trabalho sofrido, suado. Às vezes me pergunto por que ainda escrevo.

– Acho que você é o único da turma da escola que trilhou esse caminho.

Christiano virou a bebida e pediu outra.

– Você gosta de beber – Antônio Augusto observou.

– O álcool é, no meu processo criativo, o mesmo que o sangue para os vampiros. Ele descontrai e libera a imaginação. Gosto de uma bebidinha.

– Você vai ter oportunidade de beber bastante hoje à noite. Do bom e do melhor. As festas do deputado Bravamel são famosas pela quantidade e pela qualidade das bebidas.

– Não vou beber nada lá.

– Por quê?

– Estarei a trabalho – Christiano disse.

– Trabalho? Numa festa?

– Vou fechar um contrato para escrever uma biografia.

– De quem?

– Não me leve a mal, mas é um assunto sigiloso.

* * *

O detetive Condor consultou o relógio: oito em ponto. Ele olhou para o perfil moderno e imponente do hotel. Admirou a iluminação em néon da placa e caminhou impaciente, vigiando os carros que chegavam. Dez minutos após a hora combinada, viu um homem sair de um táxi. Vestia um terno cinza e sapatos marrons polidos. E caminhava de um lado para o outro, como se estivesse muito nervoso.

– Senador Tavares? – Condor se aproximou.

O velho político ficou parado, sem saber se dava ou não a mão. Condor rapidamente estendeu-lhe a sua, que o senador apertou sem vontade.

– O senhor está atrasado.

– Tive problemas para achar um táxi.

Condor o conduziu para o *lobby* do hotel.

– Gostaria que o senhor compreendesse que sou apenas um subordinado. Estou aqui cumprindo ordens.

– O que o senhor quer de mim?

— Negociar. Tenho aquilo que o senhor quer.

O senador acendeu um cigarro. Não conseguia disfarçar sua impaciência.

— Como vai ser? O que o senhor tem para negociar?

— Acho que o senhor gostaria de ver o teipe, não é? — Condor falou.

— Teipe? Que teipe?

O detetive dirigiu-se à recepção do hotel e pediu a chave do apartamento. Depois, voltou-se para o senador.

— O senhor ouviu apenas o áudio. O melhor está por vir. Temos a filmagem completa. Venha comigo. Tenho tudo preparado no apartamento.

Tomaram o elevador em silêncio. Condor podia escutar a respiração ofegante do velho político. Quando chegaram ao apartamento, o detetive abriu a porta e o senador viu uma suíte de duas peças, com um confortável sofá vermelho na sala. Ao lado do sofá havia uma mesa, um frigobar e uma televisão acoplada a um videocassete. Condor serviu duas doses de conhaque e abriu uma lata de castanhas de caju.

— Aceita um conhaque para relaxar?

O senador recusou educadamente. Então Condor ligou a tevê, colocou a fita no vídeo e apagou as luzes da sala. A imagem apareceu nítida na tela. Mostrava duas pessoas num longo e apaixonado abraço. O detetive assistiu ao vídeo sem fazer qualquer comentário. Apenas sua boca se contraiu ligeiramente, num sorriso cínico, quando o rosto suado do senador apareceu. O corpo do político surgiu por inteiro, enquadrado pela câmera numa posição obscena – que ressaltava a flacidez característica da idade –, num bombeamento trabalhoso e difícil, colado ao corpo de uma criatura de sexo indefinido. A criatura estava de costas, com o rosto inacessível às câmeras. Pernas compridas, entrelaçadas, as nádegas erguidas. A fusão de órgãos sexuais era uma visão estranha e desagradável. Ali não estavam o senador e uma mulher, mas ele e um travesti sem nome e sem face.

O político levantou-se da poltrona, apanhou o outro cálice de conhaque e o esvaziou num só gole. Sentia-se assustado. Aquela sucessão de cenas chocantes era uma verdade terrível, ainda que profundamente ridícula. Aquele bater ritmado de carnes poderia arruinar a sua carreira e destruir sua vida. Não existia dignidade naquele teipe, apenas o desmoronamento de sua integridade moral. As imagens mostravam tudo. A identificação do seu rosto era clara. Um coito homossexual estrelado pelo todo-poderoso senador J. Tavares e um travesti de terceira categoria. Uma manchete e tanto no horário nobre da telinha...

Ele acompanhou o teipe até o fim. Quando a gravação terminou, Condor apertou a tecla *eject*, retirou a fita e a colocou dentro de uma caixa. E permaneceu sentado no sofá, aguardando a manifestação do senador. Sabia que ele estava derrotado. Logo, tentaria um acordo. Controlou seus impulsos e procurou demonstrar calma. O senador acendeu a luz, colocou mais conhaque no copo, bebeu lentamente e falou:

– Quanto você quer por isso?

– Meu caro senador, não é dinheiro o que nos interessa. Mandamos uma pequena fortuna junto com a fita como prova de nossa boa vontade. Queremos apenas um favor do senhor.

O senador parecia ter envelhecido ainda mais.

– Que favor é esse?

– Uma única assinatura. A aprovação do projeto das hidrelétricas do Paraná. A aprovação da concorrência, com a escolha da Construtora Albert Goldenberg.

– Filho-da-puta! – o senador deixou escapar. – Então é isso? Agora entendi por que ele me ofereceu a casa do Lago para morar. Esta filmagem foi feita lá, não foi?

– Agora é tarde, senador.

Condor lançou um olhar que pareceu ter penetrado alguns centímetros na pele do senador.

– Acho que não tenho outra saída. É uma chantagem perfeita... Mas que garantia vou ter de que não existem outras cópias?

O detetive mordeu os lábios e exibiu o seu lado durão, falando com segurança:

– O senhor está lidando com profissionais. Temos uma confissão por escrito do travesti, dizendo que tudo não passa de uma armação e que a fita é uma montagem.

– Vocês pensaram em tudo, não?

– Tomar precauções faz parte da minha profissão.

– A votação do projeto será amanhã... Eu não tenho escolha.

Condor serviu mais dois conhaques.

– Vamos brindar ao nosso acordo?

– Não tenho nada que brindar. Só espero que vocês cumpram o trato comigo.

Condor exibiu a fita e disse:

– O senhor terá a fita e a carta assim que o projeto for aprovado e sair publicado no *Diário Oficial*.

Quando se despediram, o detetive se sentia muito satisfeito. A primeira fase do plano de Lindomar estava concluída. Agora, cabia a ele executar a segunda parte, a mais difícil.

O senador seguiu na direção do elevador. Condor acompanhou seus passos até que a porta se fechou e ele desapareceu. Voltou ao quarto, foi até o telefone e ligou para Lindomar Guimarães.

– O homem mordeu a isca. Agora é só aguardar a segunda etapa.

– Muito bem – Lindomar estava eufórico. – Você está de parabéns! O chefe vai ficar muito contente com essa notícia. Quando ele vai assinar?

– Amanhã. Antes de sexta-feira estará publicado no *Diário Oficial*.

– Perfeito. Não esqueça que a segunda etapa tem que ser feita com todo o profissionalismo, ou botará tudo a perder.

– Pode deixar, chefe. A coisa será feita lá na terra natal dele, no fim de semana. Ele vai embarcar na sexta à noite para o Acre. Já tenho tudo planejado.

Condor desligou o telefone, andou até o banheiro e abriu as torneiras. Preparou um relaxante banho com sais, depois encheu novamente o copo de conhaque. Despiu a roupa e encarou seu rosto refletido no espelho. Olhou profundamente dentro dos seus olhos e viu ali um olhar de vencedor. Entrou na banheira. Ensaboou os braços e, com o auxílio de uma esponja, passou a esfregar as costas e as espáduas. Enquanto relaxava, pensou no senador. Teria de ser um assassinato acima de qualquer suspeita.

* * *

O sol já havia desaparecido quando o Comendador Goldenberg chegou à sede da CAG. Lindomar esperava por ele. Os dois subiram para a cobertura e entraram numa ante-sala, onde um funcionário uniformizado controlava vários monitores de televisão. Goldenberg acomodou-se solenemente numa poltrona e Lindomar sentou-se ao seu lado. O Comendador acendeu um charuto e soprou uma forte baforada.

– Vocês têm acompanhado o João Carlos?
– Sim, chefe. Temos várias horas de gravação sobre ele.
– E o que você me diz?
– O cara está empolgado com o trabalho. Me pareceu competente.
– Vocês conseguiram monitorá-lo em casa? No quarto?
– Um espetáculo diferente – Lindomar disse e sorriu. – O cara tem mais de trinta vibradores, anéis, camisinhas, guaraná, *ginseng*, fitas pornô, revistas eróticas... O escambau!
– Não diga. Será que ele é *gay*?
– *Gay* nada. Numa das gravações, ele aparece enfiando um pênis de borracha no ânus da mulher, e ainda fez amor com ela por trinta minutos seguidos.
– O que ele faz pouco importa. Mas isso pode ser providencial. Vai gravando e estocando. Esse material pode ser útil, mais cedo ou mais tarde. Você tem notícias do senador?
– Ele assinou direitinho, e a aprovação já foi publicada no *Diário Oficial*. Exatamente como havíamos previsto.

Goldenberg bateu o charuto no cinzeiro e tirou nova baforada.

– Não podemos deixar o senador por aí, não é mesmo?
– Se preocupa não, chefe. O nosso homem foi despachado. Já deve estar viajando para o Acre. Amanhã ou depois o assunto estará encerrado.
– Isso é bom, isso é bom. Tem que ser muito bem-feito.
– O Condor é especialista, profissional de verdade – Lindomar disse. – Tudo vai sair bem, pode ficar tranqüilo.
– Voltando ao caso do João Carlos: você conheceu a mulher dele?

— Ficou encantada com tudo. Adorou a casa, o carro, a cidade. Me pareceu uma carioca deslumbrada, uma mulher de classe média que agora está sentindo a possibilidade de virar madame de verdade. Além do mais, parece que ela se deu muito bem com a Alma.

— Alma?

— A mulher do Pedro Paulo — Lindomar explicou.

— Ah, isso é muito bom. O importante, agora, é investir bem no João Carlos. Aliás, gostei dessa história de perversão sexual. Ainda vai ser útil. Pode ajudar a conquistar o baixo-ventre dos nobres deputados. Nada melhor do que uma suruba com parlamentar e prefeito para conseguir liberar verbas. Uma estrada de dez milhões de dólares pode sair, para a gente, por um investimento mínimo de mil, com uma puta refinada.

Goldenberg conhecia bem os bandidos explícitos e implícitos. Para ele, todos os que se locupletavam com comissões misteriosas, ou aceitavam propinas para liberar concorrências, eram bandidos. Brasília estava cheia de canalhas, que se vendiam por um ato sexual idiota. Canalhas que se vendiam por um punhado de dólares. O país vivia tempos de total perda de valores morais. E isso era bom para a CAG. O governo era corrupto. A impunidade era um fato. Os ladrões legais e os bicheiros viviam à solta. O governo loteava cargos, promovendo *trens da alegria*, dando calote na dívida externa. Não existia mais a menor compostura. Era cada um por si e Deus por todos.

— Você já preparou a casa para o governador de Roraima?

— Tudo devidamente monitorado — Lindomar informou. — Ele deve chegar ainda hoje, para a festa. Já preparamos até as mulheres.

— O caso do Canal da Paternidade está demorando muito para ser aprovado. Esse governador parece durão... A gente tem que começar a amaciar o homem. Será que o danado vai trazer a família?

— É uma possibilidade. A gente nunca sabe.

— Se trouxer, nada feito.

— Quem sabe? — Lindomar sorriu. — De repente, a gente encontra uma surpresa com vibradores e pênis de borracha, semelhante ao João Carlos.

— Isso seria o máximo! Tudo que a gente podia desejar. Voltando ao caso do senador, a Polícia Federal não pode nem sonhar...

— Por que os federais iam se dar ao luxo de desconfiar?

— Eles têm uma razão — Goldenberg disse. — Ainda não engoliram o suicídio do fulano lá do Orçamento. Estão sabendo que fomos nós que indicamos o João Carlos. Esses caras não são bobos.

— O *acidente* vai acontecer lá no Acre. Tudo vai parecer uma vingança. A fita vai ser abandonada no local e, quando a polícia descobrir aquelas imagens, vai entender os motivos do crime.

— Você conferiu a fita? Editou direitinho?

— Tudo. Preparamos tudo muito detalhadamente. Não dá para identificar o local, não dá para imaginar que foi feito secretamente. Para todos os efeitos, foi filmado por eles próprios.

— E a família dele, será que sabe?

— Sabe nada. É um segredo que ele vai levar para o túmulo.

— Vai ser um bochincho dos diabos. A imprensa vai deitar e rolar — Goldenberg bateu outra vez a cinza do charuto.

Depois, levantou-se apressado, olhou para o relógio e disse:

— Tenho que ir. Preciso tomar uma sauna, cortar o cabelo, me preparar para a festa do Bravamel.

— A gente se encontra lá.

* * *

Condor preparava-se para a viagem. De tanto ler seus apontamentos sobre o senador, conhecia seus hábitos, manias, vícios e preferências. Consultava a cada momento as suas anotações, conferindo todos os dados sobre a cidade, as estradas, as saídas. O mais importante era conhecer todas as saídas.

Sua missão era encontrar o senador no seu haras. Teria de fazer o serviço como a precisão de uma cirurgia. Tinha dois dias pela frente, não precisava ter pressa. Passou no aeroporto e comprou uma passagem para a manhã seguinte. Voltou para o hotel, tomou nova ducha, trocou de roupa, desceu para o *lobby*, sentou-se num dos sofás e ficou ali, admirando as pessoas apressadas no seu vai-e-vem. Brasília era uma cidade insana, cheia de tiras, neuróticos e cagüetes. Muita corrupção e bastante complicação. Um bando de forasteiros à cata de vantagens e de dinheiro fácil.

Pensou no senador. Àquela hora, ele já deveria estar voando para seu paraíso particular. Era lá que Condor pretendia surpreendê-lo. Faria isso de qualquer maneira, ainda que tivesse de esperar por mais tempo do que o previsto. O detetive estava imaginando como seria a ação quando notou que uma jovem, na faixa dos vinte anos, não tirava os olhos de cima dele. Condor se levantou e tomou a iniciativa:

– Aceita um drinque?

– Aceito.

Era uma garota morena, de ar decidido, e ele foi logo perguntando:

– Você é daqui?

– Acabei de chegar de Curitiba.

– Passeio?

– Sou jornalista. Vim fazer a cobertura da festa de um deputado.

Era uma garota agradável, não oferecia risco para ele. Mesmo assim, Condor se manteve alerta. Ela parecia inocente e seus olhos escuros eram tristes e desamparados. Sua pele morena exalava sexo e seu sorriso era franco e convidativo.

– Você quer jantar comigo? – ele perguntou.

– É justamente o que eu estava precisando. Estou morta de fome.

Comeram bem e falaram bastante. Ele preferiu um frango grelhado com legumes cozidos. Ela escolheu um peixe grelhado com *sauce a la manière*. De sobremesa, pediram sorvete de frutas. Depois subiram até o apartamento dele para tomar um licor. Passaram algum tempo conversando e bebericando. O corpo dela, que antes parecia perfeito, sem roupa mostrou-se flácido apesar da pouca idade. Não fazia seu tipo, mas a inocência e a inteligência aguçaram seu instinto.

– Não posso demorar muito – ela disse –, tenho de chegar ao local da festa antes da meia-noite.

Passaram o restante das horas trocando carinhos. Antes de partir, ela perguntou:

– Vamos nos ver amanhã?

– Infelizmente, não. Estou de partida.

Condor a acompanhou até a porta. Ela mostrou-se agradecida quando ele esticou uma nota de cem dólares e a colocou na sua mão – "pra comprar um presentinho". A jornalista guardou a nota no bolso, emitiu um sorriso enigmático e desapareceu no corredor.

Capítulo Cinco

A NOITE ERA DE OUTONO, o clima ameno. A festa estava animada quando Christiano Fonseca chegou ao local. Era uma mansão enorme, cercada de jardins, com salões repletos de gente bonita. As mulheres trajavam, na sua maioria, vestidos escuros, exibindo os últimos lançamentos da moda. Traziam cabelos esvoaçantes e bolsas finas debaixo dos braços.

Os garçons passavam a todo o instante, equilibrando bandejas de canapés e drinques, que eram rapidamente consumidos pelos convidados nos jardins e nos salões internos. O ambiente era muito alegre. A todo instante, aparecia um convidado novo, acompanhado por duas ou três pessoas. Alguns vagavam solitários com um copo na mão, enquanto moças alegres, trajando vestidos mais ousados, procuravam chamar a atenção. Era o que se pode chamar de uma *boca-livre* em alto estilo, reunindo as melhores safras de bem-nascidos e de bem-sucedidos. Ao entrar, todos assinavam um livro de presença. O acontecimento era único e o deputado anfitrião queria tudo registrado para a posteridade.

Christiano percorreu a lista e entre os presentes descobriu uma infinidade de nomes de personalidades da vida política e artística, principalmente da televisão. Começou, então, a andar pelos salões procurando as principais personagens do evento, e anotando os seus nomes. Poderia ser útil, futuramente, para a sua biografia. Ali estavam os Monteiro, os Carvalho e um ilustre chamado Sahione, que ele havia conhecido numa festa no Rio. E ainda o famoso doutor Pitarsky, que estava em todas as colunas sociais e havia operado meio mundo. Os Klavin e os William, bem como todos os irmãos Peterjonhsons, que estavam sempre juntos e distinguiam-se pelas maneiras aristocráticas, aprendidas em algum internato suíço. Merval Pereira, Moreira Leite, Vaia, Souza Cruz – e também Mário Guinle, cujas esculturas eram vendidas a preço de ouro.

Marília Gabriela estava na companhia de Hélène Lupin e, quando a *empresária social* o avistou, fez as devidas apresentações.

Christiano continuou circulando e observando. De São Paulo estavam os Matarazzo, os Safra, os Morais e os Spada, acompanhados do *promoteur* Bob, considerado o melhor partido do momento. Junto a um grupo de esportistas capitaneado pelo Rei do futebol, estava o governador da Bahia, que lembrava *Goldfinger*, personagem de Ian Fleming, com seu nariz apontando para o ar.

A figura mais exótica da festa era mesmo Patty, filha de Bravamel, que voltava de uma temporada de férias nas ilhas gregas, e que estava acompanhada do embaixador francês, com quem tinha relações. Christiano também encontrou Gilda Garden, a linda e renomada colunista social do Rio, com seu acompanhante obeso. O Venâncio, das construções; os Souza, dos edifícios; os Bezerra e os Mello, dos hotéis e da política; e o Diniz, que pouco tempo depois seria assassinado pelo amante da própria esposa.

Do Rio Grande do Sul vinha o pintor e escritor Camacho, que havia assassinado um homem à queima-roupa, numa discussão de rua. De Santa Catarina, o prefeito perfeito, que sonhava com a presidência e construía rodovias suspensas. Dos veículos de comunicação estavam os Marinho, os Macedo, os Mesquita e os Frias que, embora concorrentes, mantinham uma conversação enganosamente educada. E ainda Boni Filho e Úrsula Santos Abragranel – que, embora se detestassem, mantinham conversação enganosamente animada. Christiano avistou também a Pascovisk e o Fraga, considerado um dos dez mais chatos – que mais tarde cometeria suicídio atirando-se do último andar do César Palace.

Também estavam os empresários da construção naval, alguns quase falidos, os Steinbruck, Luciano *big-nose*, Ratinho e o deputado Buizza, envolvido no escândalo da merenda escolar. Acompanhada do escritor Sabino, a fotógrafa "avião" Pernille circulava clicando os "in", enquanto o simpático colunista Ricardo Boechat anotava o nome das dondocas que desfilavam por ali.

Gustavo Liberatto estava acompanhado da sua turma, falando aos risos com o Gabeira e o Coelho. Da TV destacavam-se Bial, Bonner, Henning e Bóris, que observavam, silenciosos, Danusa, Glória Maria, Xuxa e a Galisteu comentando animadas as loucuras da Narcisa. Do pessoal do teatro destacavam-se Antunes, Plínio, Fagundes e Moacir. Entre as meninas, a Fisher, a Savalla, as Montenegro e Sérgio Stolz, posteriormente envolvido com drogas.

O bonitão Erick Bernardo, namorado da filha do anfitrião, estava rodeado de belas garotas, e Christiano ficou observando aquela figura marcante, aguardando uma oportunidade para aproximar-se. Notou que as garotas eram parecidas umas com as outras e, na sua maioria, louras-burras oxigenadas.

Vestindo um elegante conjunto, o anfitrião sentia-se deslocado em sua própria casa. Fugindo de alguns colegas de Câmara, aqui e ali trombava com algumas de suas ex-amantes. Sentia-se solitário, à parte da multidão, mas não podia deixar que os outros percebessem. Assim julgou melhor aproximar-se do presidente da CAG.

– Salve, Goldenberg! Que prazer enorme vê-lo – sua voz não saiu tão decidida quanto gostaria. – Pensei que você não fosse aparecer.

– Isso seria um desrespeito à nossa amizade. Jamais iria faltar à comemoração dos seus trinta anos de dedicado serviço parlamentar.

Bravamel agradeceu, como se não percebesse a hipocrisia, e depois falaram longamente sobre o projeto recém-aprovado para construção das hidrelétricas; sobre os projetos em andamento e sobre a atuação de João Carlos.

– O novo economista que você indicou para a comissão de orçamento me parece o homem certo no lugar certo – Bravamel disse.

– Espero que vocês se entrosem. É importante que isso aconteça.

Uma bandeja com champanhe flutuou em direção a eles. Apanharam duas taças e sentaram-se próximo à piscina, observando os pares que dançavam numa pista improvisada. O cantor iniciou um samba e a animação da festa cresceu ainda mais. A lua desenhava uma esteira prateada sobre o espelho d'água. Os sons estridentes das pessoas conflitavam com os acordes da orquestra.

— Meus parabéns! Sua festa é a mais bonita e animada que já vi. — Goldenberg disse ao deputado.

Bravamel agradeceu. Ambos sabiam que nas reuniões sociais daquele tipo o que se encontrava eram sempre as mesmas pessoas, grande parte recrutada por Hélène Lupin, que algumas deslumbradas preferiam chamar de "Mãe da Bíblia do *Society*". Hélène, por sinal, se aproximou nesse momento de Goldenberg, acompanhada por um jovem de boa aparência.

— Como vai, Hélène? — disse Goldenberg.

— Muito bem. A festa está uma maravilha, não acha? A propósito, este é o escritor de quem falamos. É um artista muito competente e, tenho certeza, escreverá uma ótima biografia para você.

Goldenberg e Christiano se cumprimentaram.

— A Hélène já deve ter falado a respeito. Gostaria de contratá-lo pra escrever minha biografia. Mas esse é um assunto para ser tratado em particular, concorda?

— É claro que sim.

— Ótimo! Aqui está meu cartão. Eu espero seu telefonema na segunda-feira, em minha casa, para tratarmos dos detalhes.

— Tudo bem. Ligarei na segunda — disse Christiano, guardando o cartão.

Hélène convidou o escritor para dançar.

— Adoro o Goldenberg — ela disse ao seu ouvido, enquanto dançava. — É uma alegria saber que fui eu que consegui encontrar você para escrever a biografia.

Ficaram no salão por mais algum tempo. Christiano divertiu-se com a sua maneira desajeitada de dançar e o seu mau gosto no vestir. Depois andaram pelos jardins. Ele ficou o tempo todo em silêncio. Ela falava sem parar.

— Já estou cheia da sociedade. A vida desta gente é mesmo uma futilidade.

Christiano riu e concordou. Depois, disse:

– Tenho que agradecer por tudo que você fez por mim.

– Agradecer, não. Quero dez por cento do contrato que você fizer com Goldenberg. É o mínimo que eu aceito como agradecimento.

Christiano desviou o olhar com certa timidez. Ele sabia que as promotoras sociais eram movidas a propinas.

– Está bem. Você terá sua fatia do bolo.

Christiano saiu antes do final da festa. Caminhou pelas ruas desertas sentindo-se feliz. Agora podia contar com um trabalho que, com certeza, seria bem-remunerado. O futuro parecia uma luz verde e brilhante. E assim, embriagado por essa perspectiva, andou em direção à casa do amigo, sem saber que o perigo rondava sua vida.

* * *

O delegado Santos começou o domingo com uma missa na Igreja. Depois, foi para a delegacia, atravessando um trânsito moroso. Começou a pensar na vida e imaginou o futuro que teria naquela pacata cidade. Refletiu sobre o turismo e sobre a estação da pesca – únicas atrações daquele recanto distante. Sua função em Eldorado era zelar pela integridade física dos turistas e pela segurança do senador J. Tavares, proprietário do Haras Golden Stalion, que freqüentemente passava os fins de semana na região. Quando o senador estava ali, a segurança era reforçada e ele ficava todo o tempo preocupado. Sabia que, se algo acontecesse ao velho político, certamente estaria com a sua carreira policial encerrada. O que ocorrera com Chico Mendes serviu para mostrar a fragilidade de qualquer esquema de segurança no Acre. Aquilo não saía da sua cabeça. Tinha a noção exata do poder do dinheiro e de como os criminosos encontram fórmulas inesperadas para conseguir os seus objetivos. Além disso, o policial conhecia com clareza os limites de sua delegacia, e o quanto estava desaparelhado em relação aos criminosos profissionais.

A polícia era uma profissão de amanhã incerto – e isso o assustava. Sabia que, de uma maneira ou de outras, os seus protegidos estavam expostos às balas dos assassinos. Por sorte, jamais enfrentara qualquer situação difícil.

Considerava-se um profissional competente, que daria conta do recado quando fosse preciso.

Ele não temia os pistoleiros locais. Os pequenos criminosos ocasionais da região, com os quais lidava diariamente. Eles não eram brilhantes. Eram indivíduos limitados por uma visão primitiva do mundo, e que praticavam crimes pela necessidade, sem nenhum profissionalismo. A maioria das ocorrências registradas na sua delegacia era constituída por roubos com a finalidade de subsistência, ou por assassinatos, tendo como causa as rixas ou a vingança.

Os assaltos eram raros. Quando aconteciam, não passavam de crimes banais, planejados no impulso da maconha ou do álcool. Nada cuidadosamente planejado ou imaginado em detalhes, e executado com esmerada exatidão. Como policial experiente, Santos sabia que para a prática dos assaltos eram necessários homens com um certo acúmulo de experiência, conhecimento, malícia e astúcia. Homens capazes de planejar e executar manobras arriscadas, e isso, ali, era inexistente. Imaginou um atentado contra algum turista, como acontecia quase diariamente no Rio de Janeiro, mas era uma possibilidade remota, já que todos eram protegidos dia e noite. Ele em pessoa supervisionava o esquema.

Sentado ao volante, o delegado continuou refletindo sobre essas questões. Até que chegou ao portão da casa, no Haras Golden Stalion. O segurança se aproximou do carro.

– Tudo bem por aí? – o delegado perguntou.

– Tudo tranqüilo, chefe.

O senador J. Tavares apareceu na porta da luxuosa residência de campo e gritou para Santos:

– Entra, delegado. Vem tomar café.

* * *

O aeroporto de Brasília estava repleto de gente apressada e maldormida, carregando embrulhos e sacolas de compras. Condor embarcou e, quando o avião ganhou altura, ele observou Brasília, a cidade que os jornais chamavam de "a mais perfeita obra de arquitetura do mundo".

Condor era um perfeccionista. Em seu trabalho, gostava de ser rápido e preciso. Jamais usava subterfúgios ou rodeios. Agia da mesma forma com as mulheres que o atraíam: ia diretamente ao ponto. Para ele, o resultado final era o que importava. A missão estava cheia de riscos, que ele conhecia bem.

O passageiro no assento ao lado, um velho de aspecto cansado, olhou para Condor com curiosidade.

– Para onde o senhor vai?

– Acre – ele respondeu.

O tom seco foi usado para deixar claro que ele não queria muita conversa. Sabia que o mundo estava cheio de curiosos. A estratégia não teve efeito: o ancião começou a contar que era comerciante em Rio Branco e que estivera em Brasília para visitar filhas e netas. Meteu a mão no bolso, sacou uma carteira cheia de fotos.

– Estas são as minhas filha e netas.

As aeromoças deram início ao serviço de bordo. Condor pediu uma Coca-Cola e comeu um sanduíche de queijo com presunto. Um turista com cara de americano usava uma câmera para registrar cenas do interior do avião. Disse que sofria do coração e que o médico havia recomendado o clima do Acre para curar sua hipertensão arterial. Estava acompanhado da esposa, uma loura gorda e falante.

Depois do lanche, o interior do avião voltou ao sossego e o detetive abriu o jornal. A coluna social, cheia de fotos, atraiu sua atenção:

O deputado Silva Bravamel foi homenageado numa sensacional recepção para quinhentos convidados, em sua mansão do Lago Norte. Uma festa que resgatou os tempos dos políticos da velha guarda. Tudo foi perfeito: comida de primeira e bebidas finas. A mansão é fantástica e não perde em nada para as mais luxuosas de Hollywood. Ali tinha de tudo, desde o megaempresário Goldenberg, das construções – que em voz alta propôs um brinde ao megacontrato publicado para a construção das hidrelétricas do Paraná –, até mulheres belas, totalmente desconhecidas do panorama social do Planalto. Sem dúvida, foi o acontecimento social do ano em Brasília.

O piloto comunicou que iria iniciar o processo de aterrissagem e os passageiros começaram a movimentar-se em seus bancos. Condor apanhou sua bolsa – estava um pouco pesada, mas ele não queria separar-se dela. O detetive sentia que o perigo se aproximava. E seu desejo era ir ao seu encontro.

* * *

Ana Lúcia apareceu na biblioteca com uma bandeja de café. Ofereceu uma xícara a João Carlos, que estava debruçado sobre um monte de papéis.

– Você está trabalhando demais.

– Tenho que terminar esse projeto. Ele precisa estar pronto até segunda. O relator vai apresentá-lo nesse mesmo dia.

– Construção?

– É um projeto tipo "normas de consenso".

– Não entendi...

– Bem, a coisa funciona como um acerto. A CAG consegue uma obra e a repassa para outra empresa de construção, que vai tocar os trabalhos por um preço menor.

– Interessante – Ana Lúcia disse. – A Goldenberg acaba faturando mesmo quando não trabalha, é isso?

– Negócios são negócios. Veja só esse outro caso aqui: é um projeto milionário, que envolve até um ministro de Estado.

– É mesmo?

– A Goldenberg usou o ministro para convencer o governador de Roraima a aprovar a obra. A drenagem de um rio. Este projeto está se arrastando há quase um ano, e o doutor Albert já não agüenta mais de tanto injetar propina.

Ana Lúcia aproximou-se e folheou a pasta.

– Esse governador é queixo-duro – João Carlos continuou falando. – É um paulista radicado em Roraima. Seu nome é Jason Rabelo. Mora em Boa Vista e dirige um império de 50 milhões de dólares, que vai desde empresas de ônibus até mineração e fazendas de gado. É um político honesto e pouco populista. Vai acabar se dando mal.

– Mal? Como?

– O pessoal da CAG está pronto pra espremê-lo.

— Como é que se faz para "espremer" um governador?
— Todo mundo tem seu ponto fraco. Até mesmo os políticos todo-poderosos têm seu calcanhar-de-aquiles. Este projeto deverá voltar à Comissão de Orçamento. Se não sair aprovado desta vez, vai ser um grande prejuízo.

Ana Lúcia fechou a pasta.

— Vejo que você vai ter muitos fins de semana de trabalho pela frente...
— A maré está boa. Os ventos da corrupção estão soprando favoravelmente. Nunca se sabe quanto tempo isso vai durar. Aliás, essa foi a primeira lição que aprendi com o deputado Bravamel.
— Que lição?
— Ele disse que os projetos são como peixes. Tem época em que é possível pegar um arrastão. Em outras épocas não se pega nada. A lua agora é favorável ao arrastão, não posso me esquecer desse detalhe.
— Isso me parece muito bom.
— É o que estou sentindo. Em pouco tempo, vamos ter muito dinheiro. Aí, poderemos passar o resto da vida com uma aposentadoria dourada.
— Foi o que sempre sonhei.
— Outra coisa — João Carlos ficou sério. — Nunca comente nada com ninguém. É assunto proibido, entendeu?
— Você sabe que da minha boca não sai nada.

* * *

A tarde prometia ser escaldante. Condor havia alugado, com identidade falsa, um Toyota-utilitário e seguia lentamente pelas ruas esburacadas. Enquanto dirigia, o detetive refletia sobre o significado da vida. O mundo era um lugar hostil — e matar, às vezes, era apenas um mecanismo direto ou indireto de defesa. Havia aprendido desde cedo a cultivar a Deusa da Violência. Ela era forte, sedutora e permanecia num pedestal de granito — o granito da indiferença humana. Seus olhos não estavam vendados, porque ela escolhia as suas vítimas. Tinha numa das mãos a espada do ódio e na outra uma tábua, em que estava gravada a inscrição reveladora do seu poder: "Que a humanidade continue na falsa crença de que a violência acabará por si mesma". Desde que Condor era criança, a violência fazia parte do seu dia-a-dia. A passagem pelos reformatórios havia destruído sua mente e desintegrado sua estrutura humana.

Ele pensava nessas coisas enquanto o Toyota seguia sacolejante pela estrada, passando por um aglomerado de fazendas, repletas de gado. A região era fértil, delimitada por campos verdes e áreas de mata ainda preservada. Um bando de papagaios passou fazendo barulho, cortando o ar, e Condor imaginou os milhões de jacarés e cobras que eram mortos indiscriminadamente para virar sapatos, jaquetas e bolsas. Ali, naquelas bandas, a morte de uma pessoa tinha a mesma importância que a morte de um jacaré. Depois de horas de estrada, ele chegou a Eldorado e seguiu direto para o Hotel Rondon.

O hotel ficava numa rua pouco movimentada, próximo à igreja e à estação rodoviária. Era um edifício pequeno, de linhas clássicas, pintado de branco e com apenas dois andares. O *hall* tinha estilo colonial, rústico e requintado. Um produto do fausto da era da borracha, quando naquela região se exploravam as seringueiras. Ele preencheu a ficha usando os dados da identidade falsa e pagou adiantado, em dinheiro:

– Vou ficar apenas um dia – disse.

Condor subiu até o quarto e examinou o local com cuidado: uma cama grande e confortável, um sofá, uma televisão e um banheiro amplo, com banheira e *box* de chuveiro. Abriu o janelão que dava para a rua e respirou aliviado o ar não poluído. Depois, tomou uma longa ducha fria, sentindo o cheiro do sabão de ervas da Amazônia. Acabou relaxando sobre a cama e dormindo.

Acordou na manhã seguinte com o barulho infernal da enceradeira que lustrava o corredor. Sentia fome. Desceu e tomou um café completo, com frutas tropicais e bife acebolado. Uma experiência gastronômica diferente, que ele adorou. Em seguida, voltou ao quarto e trancou-se no banheiro para defecar. Enquanto cumpria o ritual de todas as manhãs, imaginou como seria o lance do assassinato. De acordo com seu plano, aguardaria próximo ao haras o momento em que o Cherokee do senador aparecesse. Sua mente dava voltas e ele imaginava todas as hipóteses possíveis. Ficou ali sonhando acordado, até que sentiu as pernas dormentes e levantou-se do vaso.

No momento em que ele abria a janela do quarto, o telefone tocou. Era o recepcionista.

– Tem uma visita para o senhor.

– Pode subir – ele disse.

Era o delegado Santos, que chegou usando seu disfarce de pescador da região, com direito a chapéu de palha e camisa estampada. Trazia uma bolsa a tiracolo.

– Pensei que você não fosse chegar mais.

– Relaxa – Condor disse, enquanto se cumprimentavam. – Temos tempo de sobra.

– Passei na casa dele ontem. Está tudo normal. Você não terá problemas para fazer o serviço. Trouxe meu dinheiro?

– Claro. Está aqui.

O detetive fez algumas perguntas sobre a rotina do local e os hábitos dos moradores. Passaram quase meia hora no quarto, discutindo o plano. Por um instante, Condor fixou os olhos de Santos. Ele parecia frágil e inseguro, apesar do seu porte atlético.

– Com o que você está preocupado?

– Nada. Estou é com pena da vítima, é um bom sujeito – o delegado disse.

– Os bons morrem primeiro.

Quando saíram, Condor vestia uma calça *jeans*, uma camisa preta e uma jaqueta *double-face*, cinza por dentro e preta por fora. Um pouco antes do meio-dia, alcançaram a estrada que levava ao haras. Era um momento tenso. Condor estava psicologicamente preparado para executar seu plano, que não se limitava à morte do senador. Estava um pouco nervoso, como sempre acontecia nessas ocasiões.

Olhou para Santos, que estava ao volante, e depois abriu o zíper da sacola e conferiu suas armas. Voltou-se para o delegado e disse:

– Esteja lá naquela estrada de qualquer maneira. Dentro de pouco tempo o senador será um homem morto.

Santos não disse nada. Continuou tentando controlar a direção trepidante do carro. Sentiu que a sorte havia sido lançada. Dali para a frente, até o silêncio final, nada podia sair errado.

Capítulo Seis

O ENCONTRO DE CHRISTIANO FONSECA com o Comendador Goldenberg aconteceu antes do previsto. No domingo à noite, Christiano estava em São Paulo, pensando em ligar para o Comendador. Mas o acaso entrou em cena. Christiano encontrou-se com Joyce, uma velha amiga, com quem foi jantar num restaurante da moda, em companhia do ator de novelas Frederico Sanches. O restaurante era o ponto de encontro dos *socialites*, artistas e novos-ricos.

O trio sentou-se a uma mesa e, de imediato, o olhar de Christiano foi atraído por duas mulheres, que ocupavam uma mesa oposta à deles. Ele não conseguiu mais afastar os olhos de uma das mulheres. Tinha o brilho de uma fonte luminosa. Havia nela algo de muito especial: era muito bonita, tinha um rosto oval e expressivo, queixo ligeiramente quadrado e a linha do nariz no prolongamento direto da fronte. Seus cabelos castanho-claros estavam puxados para trás. Apesar da intensidade de sua beleza, Christiano achou que seus olhos tinham um quê de melancolia. As mãos eram longas, mas foi a postura do seu corpo o que mais chamou a atenção do escritor.

Ele observou a mulher. E, naquela hora, jamais imaginaria que ela seria vitimada por um dos acontecimentos mais trágicos já ocorridos com o *tout-monde* de São Paulo. Uma história que ocuparia enormes espaços nos jornais.

Christiano também notou quando um homem de aparência familiar entrou no restaurante e foi conduzido à mesa das duas mulheres. Ele pareceu desculpar-se pelo atraso, sentou-se e logo estava à vontade. Era o Comendador Goldenberg em pessoa. Christiano levantou-se e foi até a mesa.

– Com licença. O senhor se lembra de mim?

– Claro. Sente-se, quero lhe apresentar minhas acompanhantes.

Ele olhou para as mulheres e disse:

– Izabella é a inteligência, Linda é a beleza. Tem o rigor de um mármore ático, você não acha?

– É um nome adequado para uma mulher tão bela – disse Christiano, perturbado com a proximidade de Linda.

– Linda é minha esposa – Goldenberg informou. – O que você acha da inteligência?

Christiano tentou disfarçar a decepção, e como Izabella estava com um elegante turbante que cobria parte da sua cabeça, ele disse:

– Ela me parece uma virgem florentina.

– Ótima resposta – Goldenberg riu. – Mas não é uma espécie vulgar, é uma virgem secularizada.

Todos riram.

– Quando você poderá ir até a minha casa?

– Amanhã, está bem? – perguntou Christiano.

– Ótimo. Mandarei meu helicóptero apanhar você. Esteja no Campo de Marte às dez da manhã.

– Estarei lá – disse Christiano, despedindo-se e retornando à sua mesa.

* * *

O carro aproximava-se do Haras Golden Station e Condor estava impaciente.

– Que tipo de segurança ele tem lá?

– Um guarda-costas e um policial daqui.

Condor começou a discorrer sobre a polícia. Primeiro fez uma análise sobre a realidade de Brasília, que ele conhecia bem. Falou sobre o contingente policial da capital, calculado em cerca de vinte mil homens.

– É pouco se a gente considerar o número de habitantes. Praticamente corresponde a um policial para cada trezentos habitantes.

– Você acha pouco? – Santos perguntou.

– Claro que não é suficiente.

E Condor continuou dizendo que um policial não era suficiente para impedir que trezentos cidadãos cometessem crimes. Santos parecia não entender aonde ele queria chegar.

– Você acha que um tira pode controlar tanta gente?

– Aqui eu controlo mais que isso.

– Mas aqui é o fim do mundo – o detetive comentou. – Estou falando da selva de pedra. Polícia não tem bola de cristal, não pode estar em todos os lugares ao mesmo tempo. Essa é a enorme falha que beneficia o crime. Além disso, o criminoso conta sempre com o fator surpresa, a mais poderosa das armas.

– Você disse tudo. A surpresa é uma grande arma. Contra isso não existe defesa.

Condor encolheu-se no banco e acendeu um cigarro. Santos diminuiu a marcha do carro e disse:

– Lá está o haras!

Condor saiu do carro e, ocultando-se atrás da vegetação, moveu-se até uma posição de onde podia observar os dois seguranças. Viu um homem baixo e gordo, que portava um velho trinta-e-oito, parado na frente da casa. O detetive pulou o muro com agilidade e correu até a casa, sempre se movendo com rapidez. Então sacou a arma e andou colado à parede. O suor começava a molhar sua camisa. De repente, ele escutou passos e vozes. O senador passou da sala para a cozinha da casa. Condor abriu a janela e saltou para dentro, de arma em punho. O senador chegou a vê-lo, mas não teve tempo para esboçar nenhuma reação. O detetive atirou duas vezes. O barulho foi intenso dentro da casa. A empregada gritou desesperada. Ele viu um homem correr e atirar em sua direção. O detetive revidou, ao mesmo tempo em que se jogava no chão. O segundo homem entrou na casa. Condor disparou em sua direção. Um tiro, dois, três. O homem tombou ao chão.

O detetive saiu correndo pelos fundos da casa e pulou o muro. E continuou correndo até chegar ao carro.

– Deixa que eu dirijo – gritou para Santos.

O delegado saiu do carro para mudar de assento. E nem chegou a perceber direito o que acontecia. Condor apontou a pistola para sua cabeça e apertou o gatilho.

– *Adiós*, amigo.

Em seguida, o detetive sentou-se ao volante e saiu em alta velocidade.

* * *

Christiano chegou ao Campo de Marte por volta das dez horas, conforme combinado. Dois homens de uniforme já o aguardavam e o conduziram de imediato até o helicóptero. Depois que ganharam altura, um dos pilotos ofereceu-lhe um drinque.

– Não, obrigado – Christiano disse.

O co-piloto despejou uísque no copo e entregou-o ao companheiro. Serviu-se e também bebeu. Christiano preferiu não aceitar porque pensou que pudesse estar sendo testado. O ambiente ficou descontraído e o comandante perguntou:

– Você já esteve em Concusión, no litoral?

– Não estamos indo para a residência do Comendador Goldenberg?

– Para a casa de praia. Ele está lá. É um verdadeiro paraíso. Concusión é o mais belo recanto do litoral paulista. É o esconderijo do Comendador.

Christiano ficou pensando naquele nome. Sua memória deu voltas, até que encontrou: Concusión era o nome da ilha de Sancho, no *Dom Quixote*, de Cervantes.

O co-piloto voltou-se para Christiano e perguntou:

– Você conhece a quinta dele em São Paulo? A mansão?

– Vi uma reportagem na revista.

A resposta pareceu encorajar o piloto, que passou a descrever a mansão com o entusiasmo de uma criança. Disse que era um edifício de quatro andares, rodeado de jardins. Tinha biblioteca, *home-theater*, piscina, sauna, ginásio para exercícios, salões, sala de computadores e heliponto.

Quando o helicóptero se aproximou de Concusión, o impacto da vista aérea fez com que os três ficassem em silêncio. A paisagem era deslumbrante: uma espécie de península arredondada, com uma mansão ao centro e um helicóptero ao lado. O piloto fez um sinal e apertou os cintos. A aterrissagem foi tranqüila. Um local perfeito para se escrever um livro, Christiano pensou, logo que saiu do helicóptero.

Um serviçal apareceu e o conduziu até uma sala ampla, coberta de tapetes persas e decorada com extremo bom gosto. As paredes estavam repletas de obras de arte. Por um instante, Christiano examinou seu rosto num enorme espelho no canto do vestíbulo. Passou as mãos pelos cabelos e ajeitou as roupas. Ele esperou ali por um longo tempo, e chegou a pensar que havia sido esquecido. Ele então sentou-se numa poltrona e pegou um álbum de fotografias que estava sobre a mesa de centro. Eram imagens de Goldenberg quando jovem – ele aparecia velejando, caçando na África, pilotando aviões. Estava observando as feições daquele jovem um tanto desajeitado, com o pé sobre a carcaça de um leão morto, quando escutou passos no corredor. Ele se levantou da poltrona no momento em que Albert Goldenberg entrou na sala.

Christiano olhou para ele e constatou que o vigor que vira nas fotos havia desaparecido por completo. Visto à luz do dia, a idade era aparente. O rosto estava enrugado, os olhos empapuçados, a pele debaixo do queixo flácida e mole. Um homem cansado. Seu olhar, porém, se mantinha duro e pouco amistoso.

– Você deve estar achando estranho esse pingue-pongue entre a gente. Primeiro Brasília, para entregar um cartão, depois São Paulo... agora aqui. Na verdade foi um teste para sentir se de fato você estava interessado no trabalho.

Goldenberg explicou que era uma rotina dele, testar as pessoas antes de confiar nelas. Sua justificativa pareceu desnecessária para Christiano, mas de algum modo serviu para quebrar o gelo.

– Muito bem, eu preciso do seu talento para escrever a minha biografia. É um sonho que tenho há muito tempo e quero realizar antes de morrer. Estou disposto a remunerá-lo muito bem, mas exijo duas coisas: dedicação exclusiva ao trabalho e sigilo absoluto.

– Sigilo?

– Sim. Quero que você escreva o texto, mas eu assinarei o livro. Estou disposto, como disse, a pagar muito por isso.

Christiano achou que tudo fazia sentido. O milionário recluso era vaidoso e excêntrico. Certamente queria perpetuar sua memória em uma autobiografia à moda Iaccoca, Morita, Donald Trump e outros, antes da grande viagem para o certamente luxuoso mausoléu. O Comendador continuou sua preleção.

– Durante o período de produção literária, você será meu convidado. E eu peço que você não economize esforços nem tempo, pois quero o melhor texto possível.

– Eu sempre procuro fazer o melhor. É parte da minha personalidade. Sou um perfeccionista em tudo que faço.

Enquanto escutava, Christiano pensou no quanto teria de pesquisar. Com certeza, precisaria escavar as profundezas da vida daquele homem como uma broca de dentista, vasculhando-a nos menores detalhes, e isto tomaria bastante tempo.

– Não conheço muito sobre a sua vida, Comendador.

– Isso não será problema. Tenho um dossiê completo, com gravações, vídeos e recortes de jornais na minha biblioteca em São Paulo. É lá que você vai trabalhar no livro.

– Ok.

– Estou disposto a pagar sessenta mil dólares pelo trabalho, com todas as despesas incluídas.

O valor mencionado surpreendeu Christiano. Negativamente.

– Não é muito, considerando que talvez eu tenha que trabalhar mais de um ano. Ao escrever um livro, a gente nunca sabe quanto tempo vai demorar.

Goldenberg deixou escapar um riso discreto.

– Tudo bem. Se o texto sair do meu inteiro agrado, dobro essa quantia. Está bem assim?

– De acordo. Quando eu começo?

– Imediatamente. Mas eu não quero que você faça um trabalho apressado. Quero que você trabalhe e se divirta ao mesmo tempo. Você é meu convidado e não meu empregado.

Apertaram as mãos longamente.

– Você deve estar faminto. Gostaria que nos acompanhasse no almoço.

Christiano imaginou que aquele *nos* se referia também à sua esposa Linda, e experimentou uma sutil excitação. Andaram até a sala, admirando a vista maravilhosa do mar. Um espetáculo de tirar o fôlego.

* * *

Condor entrou apressado na sala de Lindomar Guimarães.

– Bom dia, chefe – disse, ignorando a secretária.

Lindomar pediu que a secretária trouxesse café.

– Então, como foi?

– Acabei de chegar de viagem.

Lindomar esperou a secretária trazer o café, e avisou que, a partir daquele momento, estaria em reunião e não deveria ser interrompido. Depois pediu que ela saísse e fechasse a porta. Olhou para Condor.

– Está em todos os noticiários. Você fez um trabalho limpo. Dizem que o Senado enviou a Polícia Federal para investigar. Por enquanto, eles não têm a menor pista. Por que você matou o Santos?

– Queima de arquivo. Numa parada nervosa dessas, eu não podia deixar o cara vivo. Ele era um boca-mole. Se os federais apertassem o saco dele, ele vomitava tudo, entregava a gente de bandeja.

– Hum... Acho que você tá certo.

– A CAG pediu para dar um jeito no senador justamente pra prevenir uma possível *língua nos dentes* futura, não foi? Pois é... Como eu poderia deixar um caipirão daquele às soltas? O cara mais discreto é o morto, porque não fala, certo?

– Você tem razão. Veja o caso do Pedro Collor! Deu com a língua nos dentes e acabou com a vida do irmão.

— E eram irmãos — Condor disse. — Imagine o Santos, que nem conhecia a gente direito... Bom, se o Collor tivesse sido mais esperto, teria gasto uma bala e calado o falastrão.

— É, uma bala poderia ter salvo a presidência. Tem que estancar o vazamento logo no início, senão inunda a casa.

— Falou com o chefão?

— Ele me telefonou assim que escutou os noticiários. Está muito contente com seu desempenho. Autorizou uma boa gratificação para você fazer uma viagem, sumir por uns tempos, até esfriar os bochinchos.

— Eu estava pensando justamente nisso. Acho que vou para Miami. Sempre quis conhecer a Disneylândia.

— Você tem certeza de que não deixou nenhuma pista?

— Claro. Usei disfarce, óculos e documentos frios. Os federais vão rebolar, mas não vão encontrar nada. Logo esse caso será arquivado.

— Alguém te viu?

— A empregada. Pensei em apagar ela de lambuja... mas a fodida não me devia nada.

— Já estão propondo uma CPI da pistolagem, para apurar — Lindomar comentou. — Tem sempre algum político esperto querendo se promover às custas da miséria do outro.

— A imprensa vai deitar e rolar nesse caso, até que apareça uma notícia mais chocante. Aí, eles esquecem...

— A imprensa fala num possível crime por terras, acham que foi obra de um pistoleiro local. É que o senador tinha uma discórdia de limites com dois de seus vizinhos. Foi exatamente por isso que o Goldenberg preferiu que você fizesse o serviço lá. Ele disse que uma vez escutou o senador se queixando de que havia sofrido ameaças do vizinho por uma rixa antiga de terras.

Lindomar acendeu um charuto e soltou a fumaça na direção de Condor. Ficaram calados, como se fizessem um minuto de silêncio em memória do senador J. Tavares. Lindomar colocou o charuto no cinzeiro e disse:

— O senador morreu de bobeira. Podia estar aí, numa boa com a gente, fazendo o que a grande maioria dos parlamentares faz: aprovando os nossos projetos e sendo recompensado. Quis dar uma de durão, veja só no que deu. Talvez ele ganhe uma plaquinha com seu nome em algum auditório do Congresso. Eles gostam de botar placas em todo canto. Outra coisa: acho bom você descansar de verdade. Parece que está pintando um outro caso para você.

— Quando?

— Ainda não decidimos. Por enquanto estamos esgotando as possibilidades de negociação.

Condor levantou-se, ajeitou a roupa.

— Eu estarei às ordens.

Quando se despediram, Lindomar enfatizou:

— O Goldenberg está orgulhoso do seu trabalho. Você prestou um grande serviço para nós.

* * *

Na sala do deputado Silva Bravamel a movimentação era intensa. Uma das secretárias levava e trazia um amontoado de pastas. Outra, na mesa ao lado, digitava no computador dados que ele ditava. Uma terceira secretária parou para atender ao telefone e o avisou:

— O economista João Carlos está aí para falar com o senhor.

— Mande entrar.

João Carlos entrou na sala. O deputado pediu que as secretárias os deixassem a sós.

— Conversei longamente com o Goldenberg durante a minha festa — o deputado disse. — A propósito, por que você não apareceu?

— Desculpe, deputado, mas estávamos cansados com a arrumação da casa. Minha mulher estava exausta. Foi esse o motivo.

— Você perdeu uma festa soberba. A melhor festa que Brasília já viu. E não é falta de modéstia.

— Eu li nos jornais.

— Mudando de assunto, você já preparou o expediente do Canal da Paternidade, de Roraima?

— Estou preparando.

— Falei hoje de manhã com o governador e ele me pareceu estranho. Deu a impressão de que está querendo pular fora do negócio, justo agora que consegui liberar a verba. Temos de concluir esse caso o mais rápido possível, antes que o danado mude de idéia.

— Acho que dentro de três dias terei todos os levantamentos.

— Pode faturar tudo por alto. Três vezes acima do valor normal. Não tem problema. Vamos precisar de muito dinheiro para calar os descontentes.

— Mas um faturamento três vezes acima é um pouco demais, o senhor não acha?

— Nada. Pode faturar que dou um jeito.

Uma onda fria percorreu o estômago de João Carlos. Se estava lembrado, aquele era o maior projeto que passara por suas mãos. Um projeto de quase quinhentos milhões de dólares, feito a toque de caixa e tratado como se fosse um simples negócio banal.

— Não esqueça o mapeamento da área. Necessito dele para embasar a apresentação aos *sete anões*.

— Perfeito, deputado. O mapeamento já está pronto. Pode não estar perfeito, mas está convincente.

— Você me entrega tudo em três dias? Posso marcar a reunião?

— Pode. Em três dias, o senhor terá o projeto pronto.

— Ótimo. Estarei aguardando por você.

O telefone voltou a tocar e o deputado entrou numa discussão interminável. João Carlos fez um sinal e voltou para o seu escritório. Quando chegou, pediu à secretária que trouxesse urgente o projeto do Canal da Paternidade. Não demorou e Lourdes apareceu com um enorme pacote.

— Aí está o dossiê completo. Se faltar algum dado, é só me chamar. Outra coisa: o doutor Lindomar Guimarães quer falar com o senhor.

— Primeiro vou tratar do projeto, depois ligo para ele.

— É melhor o senhor ligar já. O doutor Lindomar não gosta de esperar. Depois fica me cobrando, dizendo que não passei o recado.

— Tá bem. Pode fazer a ligação.

Lourdes ligou e passou o telefone para ele. João Carlos ouviu a voz suave de Lindomar.

— Boa tarde, João Carlos. Tem notícia do projeto?

— Tenho. Acabei de despachar com o deputado Bravamel. Dentro de três dias tudo estará solucionado.

— Boa notícia. Goldenberg vai ficar contente em saber isso. Mais uma coisa: minha mulher e eu gostaríamos que você e Ana Lúcia jantassem conosco na sexta-feira. Geralmente damos um jantar na sexta, com frutos do mar vindos diretamente do Rio de Janeiro.

— Agradeço o convite. Estaremos lá.

— PP, Alma e mais dois deputados que as pessoas chamam carinhosamente de anões do Congresso, por conta da sua estatura, estarão lá. Será uma ótima oportunidade para conhecê-los.

João Carlos repetiu que ele e Ana Lúcia estariam presentes.

— Mais um detalhe importante: nós, da CAG, levamos muito a sério o aspecto confidencial dos nossos negócios. Comentar assuntos nossos com terceiros, mesmo parentes, é uma violação da ética da nossa organização. Isso se aplica a todos, direta ou indiretamente ligados à empresa. Quanto menos comentários, melhor.

— Eu sei o que falo, doutor Lindomar. Agradeço a preleção, mas pode estar seguro que sei guardar segredo.

— Língua solta, negócio melado. Tenho experiência disso. Já vi verbas serem suspensas por causa de disse-que-disse... O que importa é o resultado e não a conversa fiada.

— Concordo, concordo – disse João Carlos, começando a ficar impaciente.

— Ótimo. Goldenberg está depositando uma enorme confiança em você. Tenho certeza de que você não irá decepcioná-lo. Você, no momento, está com a chave do cofre do Tio Patinhas. O orçamento da União é o Tio Patinhas.

— Eu sei...

— Tudo bem. A gente se vê na sexta-feira.

João Carlos voltou a ocupar-se do projeto milionário. Folheou o enorme dossiê e pensou em quanto receberia de comissão naquele negócio. Era uma *pizza* grande, o suficiente para ser dividida entre várias pessoas. Havia aprendido, com seu avô mineiro, que era melhor comer um pedaço pequeno de uma *pizza* grande a comer uma *minipizza* sozinho. Ele chamou Lourdes e disse:

– Nos próximos três dias quero que vocês trabalhem só com o projeto do Canal da Paternidade.

– Entendido.

Ele abriu o pacote e distribuiu as pastas sobre a mesa, dispondo-as em ordem cronológica. Acendeu um cigarro e começou a anotar os dados. Antes de sair da sala, Lourdes avisou:

– Os quadros chegaram.

– Logo agora. Tá bem, vou para a sala da biblioteca enquanto penduram os quadros por aí.

– O senhor não vai escolher os lugares?

– Faça isso por mim. Confio no seu bom gosto. Se alguém telefonar, não estou. Preciso de paz para estudar esse projeto. Cancele os outros compromissos.

Então João Carlos apanhou duas das pastas e seguiu em direção à biblioteca.

Capítulo Sete

O ALMOÇO NA CASA DE Albert Goldenberg estava monótono. Enquanto o garçom servia a entrada, Christiano constatou, mais uma vez, o quanto Linda era bonita. O vestido, semitransparente, deixava à mostra sua anatomia perfeita. O escritor tinha dificuldade para prestar atenção às palavras de Goldenberg.

– O Christiano vai escrever a minha biografia. Vai ficar conosco por algum tempo, enquanto realiza o trabalho.

– Que bom, será um prazer ter um escritor conosco – disse Linda.

– Gostaria que você lhe mostrasse, em São Paulo, as fitas e todos os apontamentos que preparei, e que estão na biblioteca.

– Por que você mesmo não mostra?

– Tenho compromissos e vou viajar ainda hoje para Roraima. Devo ficar por lá uns dois ou três dias. Enquanto isso, você orienta o Christiano.

– Tudo bem.

Ela ficou o resto da refeição calada. Não foi difícil para Christiano perceber que o relacionamento deles estava com problemas. Depois do almoço, Goldenberg embarcou no helicóptero e foi para São Paulo. Christiano e Linda sentaram-se na sala e ela ofereceu-lhe um licor.

— Quando era pequena eu gostava de escrever. Enchia cadernos e cadernos com histórias tiradas dos contos de fadas que lia.

— E por que você parou de escrever?

— Não parei totalmente. Eu lia muito quando era mais nova. Li Machado de Assis, Balzac, Flaubert, Voltaire e até Proust. Nós tínhamos muitos livros em casa e eu comecei a ler bem cedo.

— Você sempre foi assim tão bonita? — Christiano perguntou, de repente.

— Você acha?

— Acho.

— Eu nunca acreditei na minha beleza física, embora não me achasse feia. A verdade é que eu sempre estava perdida nas minhas fantasias. Meu pai, na época, me dizia: "Andas nas nuvens, devias calçar sapatos de chumbo e voltar a terra porque senão um dia as desilusões virão".

— E elas vieram?

— Talvez. Aqui sou um pássaro ornamental numa gaiola de ouro. Os únicos prazeres que eu encontro são na vaidade, nas roupas, no bom vinho...

— Mas é melhor ser um pássaro numa gaiola dourada do que numa de madeira.

— Depende da companhia — ela disse e sorriu.

Christiano a encarou, perturbado.

— Dinheiro não é tudo — Linda filosofou.

— Você tem o que todas as mulheres querem ter. Juventude e beleza.

— Este tipo de beleza não é para sempre. Quando a juventude se vai, a beleza acompanha... Então só restam as desilusões.

A sombra de tristeza, que por um breve instante havia abandonado seus olhos, voltou e Christiano resolveu mudar o rumo da conversa:

— O que você acha da idéia dessa biografia do Comendador?

— Um sonho dele, sei lá. Ultimamente ele anda falando muito disso. Uma forma de satisfazer a vaidade, não sei... Os ricos são vaidosos, você sabia?

— Tudo parece ser fruto da vaidade! A fama, o sucesso, as fotos nas colunas sociais, medalhas...

Linda serviu mais licor.

– E você? – ela perguntou. – Tem esposa ou é do tipo solteiro convicto?

– Bem, eu diria que ainda não encontrei a mulher ideal. Não tive a mesma sorte que você.

– Eu? Tadinha de mim. Albert foi mais uma questão de necessidade, não de sorte. Eu sabia que podia ter tudo, estando ao lado dele.

– Compreendo. Se o dinheiro não traz felicidade, ajuda um bocado.

– Mas isso não me torna uma mercenária. Eu gosto do Albert, e também gosto da minha vida com ele.

Ela falava de maneira franca e, em seus olhos, brilhava uma luz intensa. Christiano começou a experimentar um sentimento confuso. Então se lembrou de que estava diante da senhora Albert Goldenberg e tentou controlar seus sentimentos. Mas Linda não deu tréguas. Apanhou um álbum que estava sobre a mesa e mostrou-lhe algumas fotografias. Eram, na sua maioria, fotos antigas. Ele apontou para a foto de um grupo de meninas uniformizadas e perguntou:

– Quem são elas?

– Minha primeira turma na escola.

Depois apareceu a foto de uma garota com um cachorro.

– É o Sexta-feira, meu primeiro cãozinho.

– Como o companheiro do Crusoé?

– Isso mesmo. Li o livro e fiquei fascinada por ele.

Ele virou a página e apareceram fotos de concursos de modelos, jogos de tênis, regatas, acontecimentos sociais e... ela com Goldenberg.

– Você gostaria de beber um champanhe? – ela perguntou, sorridente.

– Champanhe não se recusa, minha avó sempre dizia.

Ela encheu duas taças, bebericou e começou a balançar o corpo ao som da música. Depois, andou até o aparelho de som, trocou a fita cassete, aproximou-se de Christiano e disse:

– Venha, vamos dançar um pouco.

O coração disparou e ele a olhou de maneira estranha. Depois engoliu o champanhe de um só gole, levantou-se e a tomou nos braços. Os movimentos de Linda lhe transmitiam uma energia como nunca havia sentido. E assim ficaram se embalando ao som da música suave. Christiano teve de controlar-se quando sentiu os seios, pequenos e rijos, roçando em seu peito.

– Estou me sentindo como se estivesse nos braços de meu primeiro namorado. Quando tinha quinze anos, decidi que queria me entregar a ele. Ele me pareceu cheio de escrúpulos e acabei ficando na dúvida. Até que um dia criei coragem, mas acho que fui tão agressiva que ele se assustou. Acabou indo embora.

Christiano, bastante perturbado, riu baixinho, e se perguntou por que ela estava lhe contando aquela história.

– Você não quer escolher outra música? – Linda perguntou.

Andaram juntos até o aparelho de som. Christiano tentava encontrar uma fita quando sentiu a mão dela tocar a sua. Ele se voltou para ela e perguntou, apertando sua mão:

– Você tem alguma sugestão?

Ela ficou calada, olhando para ele. Boca entreaberta, respiração ofegante. As mãos continuaram se tocando. Ele então sentiu o corpo inteiro queimando, e uma sensação estranha subiu pela espinha até o alto da cabeça. Bruscamente, tomou-a nos braços.

– Não – ela balbuciou, sem oferecer resistência.

Christiano começou a tirar sua roupa. Ela balançava o corpo de uma forma que tanto poderia significar recusa ou entrega. Então ele enlaçou as pernas dela com as suas enquanto arrancava o *soutien*. Beijou os seus ombros longamente, e desceu beijando até os seios e depois as axilas. Gentil deitou-a sobre o sofá e acabou de tirar sua roupa, arrancando a saia, os sapatos e as meias. Apressadamente chutou seus sapatos para longe, desafivelou o cinto e deixou cair sua calça. Jogou a camisa fora e desceu a cueca. Ela então abriu os olhos e sorriu para ele.

– Vem para mim... Vem.

Christiano aproximou-se, ajoelhou-se ao lado do sofá, tirou delicadamente a sua calcinha... Depois, tudo aconteceu como uma explosão.

* * *

Na manhã de quinta-feira, João Carlos chegou à Comissão do Orçamento bem-disposto e feliz. Vestia um traje apropriado para reuniões: terno cinza e gravata vermelha.

O projeto do Canal da Paternidade havia sido impresso na gráfica do Senado na noite anterior. A reunião da Comissão do Orçamento estava marcada para as dez da manhã e ele ainda tinha cerca de duas horas para fazer uma última leitura do volumoso projeto. O texto tinha cerca de trezentas páginas, incluindo croquis e mapas. Depois de ler parágrafo por parágrafo cerca de quatro vezes e analisar minuciosamente seus mapas, João Carlos conhecia cada página do projeto. Sabia os detalhes de cor.

Exatamente às dez horas, ele seguiu por um longo corredor, subiu a escada e penetrou num enorme salão, ornamentado com um tapete vermelho, que mais parecia uma sala de júri. Sentados no alto da bancada estavam aqueles que, na intimidade, eram conhecidos como os *sete anões*. João Carlos ficou impressionado com a pompa do local. Tomou seu lugar, ajustou o microfone e aguardou a sua vez. Uma secretária apareceu e serviu cafezinho.

O deputado Silva Bravamel, como chefe da Comissão do Orçamento, começou a falar ao microfone.

– Estamos hoje reunidos para analisar um importante projeto, que visa ao saneamento do Rio da Paternidade, em Roraima, uma importante e indispensável obra para a sofrida comunidade do extremo norte do país.

O deputado falou durante quarenta minutos e, depois, passou a palavra a João Carlos, para que ele expusesse os dados do projeto. O economista apresentou cada detalhe e explicou todos os mapas. Teceu comentários sobre o montante que a obra envolvia, que, à primeira vista, parecia exorbitante. Finalizou enaltecendo a importância da obra no saneamento e na prevenção de doenças na região.

Andou até a mesa, entregou o grosso calhamaço ao presidente da comissão e retirou-se da sala.

No final da tarde, recebeu um comunicado para comparecer ao gabinete do deputado Silva Bravamel.

– Fiquei impressionado – disse Bravamel. – O relatório está perfeito. Foi aprovado sem problemas.

– Isso é tudo que a gente esperava?

– Ainda não. Parece que estamos tendo um problema. O idiota do governador de Roraima está querendo dar trabalho.

– Trabalho, como?

– Veja você que ele está ameaçando botar a boca no trombone para dizer que a obra está superfaturada. Que está havendo corrupção...

– E agora?

– O Goldenberg foi até lá tentar acalmar os ânimos do governador. Acho que ele está querendo uma fatia da *pizza*.

– Será que o Goldenberg vai conseguir?

– Se não conseguir, vamos ter que agir de outra maneira. Não é um governadorzinho de merda, de um estadinho insignificante destes, que vai melar o nosso negócio.

O deputado Silva Bravamel guardou o projeto. E disse:

– Sugeri ao Goldenberg convocar uma reunião com ele em São Paulo. É uma isca. Se ele morder, a coisa fica mais fácil.

– Pode ser que Goldenberg consiga abafar o caso lá em Roraima.

– Sinceramente, não acredito. Esse governador é jovem, durão e tem aspirações à Presidência da República. Com certeza quer aproveitar este caso como bandeira para projetar sua campanha política.

– É uma possibilidade. Aliás, se a bomba estourar, vai ser um escândalo e tanto.

– O assunto é tão delicado que Goldenberg abandonou tudo para viajar para lá. Ele não costuma fazer isso. Me disse ao telefone que está preocupado – Bravamel disse e balançou a cabeça. – Você já começou a preparar os projetos dos Ciacs?

– Ainda não. Já li os relatórios e planos, mas estava terminando primeiro o do Canal da Paternidade, antes de iniciar outro trabalho.

– Quanto mais cedo começar melhor. Esse é outro projeto que poderemos superfaturar em três ou quatro vezes.

– Vou me familiarizar com o caso e falamos na sexta-feira – João Carlos falou. – A propósito, o senhor vai estar no jantar do Lindomar?

– Estarei, sim. Aliás, é possível que o Goldenberg também esteja. Então saberemos o que ficou resolvido sobre esse assunto do Canal da Paternidade.

Silva Bravamel despediu-se e João Carlos voltou ao seu escritório para iniciar o projeto do Ciacs. Mais um entre os tantos que teria pela frente.

* * *

"Não comas a carne, onde ganhas o pão." O pai de Christiano costumava repetir essa frase. Dizia que sempre acabava em confusão misturar negócio com prazer. Era uma pregação à mineira, que fez parte da formação interiorana de Christiano. Mas ele nem sempre seguia os conselhos do pai.

Ele não estava brincando com Linda. Ainda não conseguia explicar exatamente o que estava se passando com ele, mas tinha certeza de que aquele era um sentimento forte. O elevador da mansão de Goldenberg parou no quarto andar e a governanta o conduziu até uma suíte. Ela abriu a porta, mostrou-lhe o interfone e disse:

– Fique à vontade. Se precisar de qualquer coisa, basta discar o número zero.

Ele olhou à sua volta e constatou o luxo do apartamento. Andou até a janela e admirou o enorme jardim. Na sala, sobre uma mesa, estava um computador de última geração ligado a uma impressora. Havia, além disso, televisão, videocassete, armários e um luxuoso banheiro.

Abriu a maleta, arrumou as roupas, tomou uma ducha, ficou um tempão massageando o corpo com a toalha. Depois, voltou ao quarto e relaxou sobre a cama. Não conseguia esquecer o dia anterior com Linda. Ainda sentia o calor de seu corpo.

O telefone interno tocou. Era a governanta avisando que o almoço seria servido em meia hora. Ele levantou-se, deslizou o barbeador eletrônico sobre o rosto, depois aplicou uma loção francesa. Vestiu um conjunto esporte e saiu da suíte alegre e reconfortado. A governanta acompanhou-o até a sala de jantar, onde Linda já aguardava, ao lado de uma mesa elegantemente servida.

— Como está se sentindo hoje? — ela perguntou.

— Nunca me senti tão bem.

O almoço era leve e delicioso. Foi servido um cuscuz de abobrinha com camarão e compota de abacaxi como sobremesa. À mesa, nenhum dos dois conseguiu dizer nada. Apenas olhares intensos, suspiros abafados.

Depois do almoço ela o conduziu até a biblioteca. No centro da enorme sala havia vários sofás, uma mesa grande num dos cantos, uma central de computador, um telão de televisão e vários aparelhos, como projetor de *slides*, videocâmeras e xerox. Os livros das estantes eram todos novos e encadernados. Christiano adorou o lugar.

— É um local muito gostoso. Ideal para escrever um livro.

— Você vai ter muito trabalho — ela comentou, apontando as pilhas de fitas cassetes sobre a mesa. — E possivelmente vai escutar um monte de baboseiras.

Christiano apanhou uma fita e a colocou no gravador.

— Ele gravou toda a sua vida nessas fitas — Linda continuou falando. — Tenho a impressão de que há um bocado de mentira aí. Normalmente é assim que a vaidade funciona. Deve ter perdido um tempão para gravar tudo isso.

Christiano apertou a tecla *play* do gravador, escutou a inconfundível voz de Goldenberg e em seguida desligou:

— A gravação está limpa, sem interferências.

Linda parou diante das estantes e puxou um livro.

— Veja só isso: *Cidadão Honorário da cidade de São Paulo*. Ele deve ter pago uma fortuna para o vereador indicar seu nome.

Ela devolveu o volume à estante. Depois olhou para Christiano com olhos que sorriam e se despediu:

— Fique à vontade. Pode iniciar seu trabalho.

Sentado diante das fitas, Christiano acompanhou a saída de Linda, e depois precisou de um tempo para reassumir o controle de suas emoções. Então começou com as gravações. Passou o resto daquele dia e muitos outros trancado na biblioteca, ouvindo uma infinidade de fitas. Ficou sabendo da história do pai de Goldenberg, da sua sorte ao salvar o milionário Henrique Lagos, do casamento, da educação de Albert na Suíça, dos conselhos que o pai lhe dera, principalmente que "Dinheiro é o Deus do mundo. Você pode enjoar de tudo na vida, mas nunca de ganhar dinheiro". Também ficou sabendo do seu período perdulário. O desespero dos administradores da renda paterna.

Albert Goldenberg gastava dinheiro a rodo nos locais da moda e restaurantes de luxo. Nessa época, ele foi um homem excessivamente promíscuo, um atleta sexual, mas era jovem e saudável. A voz metálica gravada contava com ênfase como havia conseguido fazer amor com dez mulheres distintas num único fim de semana no Guarujá.

Foi ao entrar para a maçonaria que tudo começou a se modificar. Goldenberg tomou consciência de que precisava mudar de vida e administrar corretamente sua herança. A partir daí, ocorreram grandes transformações em sua vida, entre elas uma radical guinada em direção à excentricidade. Não desejava mais aparecer nos noticiários e tinha como meta única e exclusiva a multiplicação de sua fortuna. O amor e o sexo foram gradativamente cedendo lugar à voracidade em destruir os concorrentes.

Sua riqueza foi aumentando à medida que os anos se passaram. O dinheiro era o dínamo misterioso que o transformava cada vez mais em um ser humano recluso e reservado. Ganhar dinheiro havia se transformado numa verdadeira obsessão. Aquilo que não podia ter pelas vias convencionais, obtinha pela astúcia, pela trapaça e até mesmo pela violência. Um exemplo disso foi o caso da rede de supermercados. Goldenberg anteviu a possibilidade de comprar a empresa para, em seguida, vendê-la com muito lucro. Negociou com os sócios e comprou noventa por cento das ações. Apenas o proprietário dos dez por cento restantes não quis vender. Não demorou muito, e uma série de infortúnios aconteceu ao sujeito. Acuado, acabou se suicidando com um tiro na têmpora. Pouco depois sua mulher vendeu sua cota por quase nada.

À medida que o perfil ia sendo traçado, Christiano percebia que aumentavam os sentimentos conflitantes a respeito de Goldenberg. Ele era uma mistura de santo e demônio numa só pessoa, capaz de provocar ao mesmo tempo admiração e aversão. Genioso e impiedoso quando era preciso, generoso e sutil quando a ocasião aconselhava.

Com uma enorme fortuna nas mãos, acabou transformando-se num homem muito poderoso. Apoiava economicamente quem pudesse lhe trazer vantagens. Sua construtora capitaneava, há mais de dez anos, as principais obras do governo.

Alimentava o ego dos políticos; financiava campanhas; mantinha policiais e autoridades na folha de pagamento das suas empresas; subornava jornalistas e distribuía cadeiras de rodas para deficientes físicos como uma maneira de parecer um benfeitor. Possuía uma frota de aeronaves que emprestava aos políticos e amigos, mas tinha um ciúme enorme das suas conquistas.

Sempre conduzido pela voz metálica do gravador, Christiano sabia cada vez mais a respeito dele. Começou a se sentir como uma frágil e pequena peça na enorme engrenagem de Goldenberg. Um minúsculo dente da menor roda do seu imenso sistema de engrenagens. Uma ínfima partícula do gigantesco equipamento, firmemente preso pelo parafuso do medo. Um medo silencioso, constante e crescente à medida que ia conhecendo detalhes da vida do biografado. Não havia como não se sentir assim. O homem era bilionário e tinha um poder ilimitado.

O que Christiano não sabia, nem podia imaginar, era que existia uma razão por trás de tudo aquilo. Uma razão à maneira Goldenberg: misteriosa, estranha e impiedosa.

* * *

Na sexta-feira à noite, João Carlos preparou-se para ir à casa de Lindomar. Passou uma larga tira de esparadrapo sobre o gravador e o colou nas costas. Vestiu-se e fixou o microfone por dentro da camisa, ocultando-o com cuidado, e guardou o controle remoto no bolso da calça. Com um leve toque, era possível acioná-lo. Ana Lúcia havia feito o mesmo com um aparelho semelhante.

– Grave só os pontos importantes das conversas – ele aconselhou.

– Por que você insiste tanto nisso?

– É melhor a gente ficar prevenido. As coisas aqui não são tão pacíficas como parecem.

Entraram no Mercedes e foram para a casa de Lindomar Guimarães. Em menos de dez minutos chegaram ao destino: uma mansão imponente, ao lado do Lago. Lindomar recebeu o casal na frente da casa. Ao apertar a mão do anfitrião, João Carlos sentiu seus dedos serem apertados numa espécie de quebra-nozes. Notou os braços musculosos e o pescoço enorme, agora visíveis devido à camisa esporte que Lindomar vestia.

– O Comendador quer vê-lo imediatamente – disse a João Carlos.

– Quando ele chegou?

– Esta tarde. Veio de Roraima direto para o meu jantar.

Atravessaram o longo corredor e subiram uma escada de mármore bruto. Cruzaram o enorme salão e chegaram até uma sala, no final do corredor. Lindomar bateu na porta, a voz de Goldenberg comandou:

– Pode entrar.

O Comendador estava sorridente e convidou João Carlos a sentar-se numa poltrona de couro colocada ao lado de uma escrivaninha. Embora a temperatura externa estivesse amena, dentro da sala estava gelado. Lindomar, para descontrair, ofereceu um conhaque, que João Carlos aceitou com aceno de cabeça. Enquanto servia as doses de *Henessy*, Lindomar perguntou:

– Alguma coisa errada lá em Roraima?

– Nada bom – disse Goldenberg. – Onde está o Bravamel?

Alguém bateu na porta. Lindomar engoliu o conhaque e disse:

– Pode entrar.

O deputado entrou desculpando-se pelo atraso. O anfitrião puxou uma poltrona, Bravamel sentou e cruzou as mãos sobre os joelhos. Goldenberg começou a falar.

– Temos um assunto sério para tratar. Estive durante dois dias em Roraima. Esgotei todos os argumentos com o governador. Ele está irredutível. Não quer acerto. Disse que tem provas suficientes para mandar meia dúzia de parlamentares para a cadeia.

Foi nesse instante que João Carlos ligou o gravador.

– Caramba – Bravamel exclamou, lívido.

— Pois é. O danado tem a faca e o queijo na mão. Está a fim de se promover às custas de um enorme prejuízo para a CAG. Nós não vamos tolerar isso. Não podemos fazer o jogo dele.

— Que provas ele tem? — perguntou Bravamel.

— Ele diz que tem documentos que comprovam o superfaturamento da obra. Também tem cópias xerográficas autenticadas de outras das nossas concorrências. Enfim, montou um dossiê que pode nos destruir.

— Como ele conseguiu isso? — João Carlos perguntou.

— Alguém dentro do orçamento deve ter fornecido. Quem? Só Deus sabe.

— Possivelmente o economista anterior. Era um sujeito estranho e conflitado — disse Lindomar —, deve ter recebido dinheiro por esses papéis. Aliás, isso pode explicar o seu ato desesperado.

— Não podemos descartar também o senador Tavares — lembrou Goldenberg. — Era muito amigo do governador e não gostava de nós... Mas vamos deixar as especulações de lado. Precisamos tomar providências urgentes. Ele estará em São Paulo na semana que vem, em viagem não-oficial, para a sua grande jogada.

— Cretino — desabafou o deputado.

— É uma boa oportunidade para agirmos — disse Lindomar.

Goldenberg e Bravamel balançaram as cabeças concordando. João Carlos apertou o copo contra as mãos e sentiu os primeiros efeitos do álcool tomarem conta dele. Ficou ali, com o segundo drinque na mão, gozando da paz provisória que vinha do álcool. Apenas acionando e desligando o gravador.

— Onde está o Condor? — Goldenberg perguntou para Lindomar.

— De férias. Mas posso chamá-lo, a qualquer momento.

— Ele precisa vir imediatamente.

— É isso mesmo — disse Bravamel —, não podemos deixar esse crápula ameaçar a nossa estabilidade. Tenho trinta anos de parlamento e não posso arriscar a minha reputação.

Batidas na porta interromperam a conversa. A empregada anunciou o jantar. Goldenberg passou o braço sobre o ombro do deputado e cochichou qualquer coisa em seu ouvido. Ambos riram. Lindomar olhou para João Carlos. As mulheres aguardavam pelos homens na sala de jantar.

Todos sentaram-se à mesa e o jantar transcorreu num clima alegre. As mulheres falavam ao mesmo tempo, mas de maneira tão discreta que não interferia na algazarra dos homens.

– Sabe, Lindomar – Goldenberg confessou –, gosto muito de estar aqui contigo. Me sinto perfeitamente à vontade.

– Pena que o Comendador não goste de Brasília. Senão poderia mudar-se para cá.

– O clima é muito seco e a baixa umidade faz sangrar o meu nariz... Prefiro São Paulo. O clima de São Paulo é o melhor do país...

– Brasília está com os dias contados – a voz do deputado Bravamel sobressaiu às demais. – A cada dia sou mais pessimista a esse respeito. Não vejo a hora de os militares tomarem de novo o poder.

– Seria melhor ou pior? – João Carlos perguntou.

– Para nós, bem pior! Do jeito que as coisas estão, é muito bom para nós.

– Mas até quando? – Goldenberg murmurou.

Havia algo de patético em sua pergunta. Como se a luz verde do futuro estivesse ficando turva.

Capítulo Oito

Na manhã de sábado, o telefone tocou no quarto de Christiano. Sonolento, ele abriu os olhos e tateou até conseguir achar o aparelho.

– Christiano?

– Hã?

– Eu acordei você? – o som daquela voz fez com que ele despertasse por completo.

– Tudo bem – foi tudo o que conseguiu dizer.

– O dia está maravilhoso para dar um mergulho. Que tal tomar café da manhã na beira da piscina? – Linda convidou.

– Ótima idéia. Não vou demorar.

Ele desligou e pulou da cama. Abriu a janela, deixando entrar a brisa cálida da manhã, e respirou profundamente. Praticou um aquecimento ligeiro durante alguns minutos, e depois foi tomar uma ducha. Vestiu a bermuda e uma camiseta e desceu até a piscina.

Linda estava divina no seu traje de banho.

– Bom dia.

– Tirei você da cama, não foi mesmo? – Linda disse, sorrindo.

– Bom, já era hora de levantar.

– Como vai o trabalho?

– Indo. Já ouvi uma infinidade de fitas – Christiano comentou.

– É por isso que eu não te vejo faz vários dias...

– Tive que me concentrar no trabalho, você sabe.

E contou superficialmente o que as fitas continham, sem entrar em minúcias constrangedoras.

– Ele já falou das mulheres? – Linda perguntou.

– Mulheres?

– Tenho certeza de que ele não fez nenhuma referência às suas mulheres que morreram.

– Quantas morreram?

– Três. Todas em condições não muito claras.

– Como assim? – Christiano se interessou.

– A primeira foi a Maria Alice. Uma editora de modas, filha de um milionário mineiro. Era considerada muito bonita e durona. Não demorou, começou a brigar diariamente com ele. Chegou até a pedir divórcio.

– E o que foi que aconteceu com ela?

– Desastre de avião. Era uma experiente piloto de monomotor desde a juventude. Caiu com o avião no mar, numa manobra que ninguém consegue explicar até hoje.

– Quem foi a segunda?

– Uma atriz de cinema. Viviam muito bem até que um acontecimento inesperado para ela iniciou um período de conflitos. Depois ele desconfiou de que estava sendo traído e proibiu a mulher de filmar. Foi o fim. Brigavam o tempo todo. Ela chegou a jogar um copo de vinho na cara de Goldenberg em pleno restaurante.

– Como acabou?

– Um Scania esmagou o carro na estrada, quando ela descia para o litoral. O carro ficou destroçado.

– E a terceira?

– Foi um caso mais trágico ainda. Ela era uma pediatra muito conhecida. Trabalhava demais e não quis abandonar a profissão. Tentaram ter um filho, mas não conseguiram. Ela acabou se afogando no Guarujá, enquanto velejavam. Segundo dizem, era ótima nadadora.

Christiano pigarreou e olhou para ela.

– Isso é horrível!

– Mais do que horrível, é suspeito.

– Alguma vez ele foi acusado pela morte das mulheres?

– Parece que nunca. Mas, para quem o conhece, fica difícil imaginar que ele não teve nada a ver... Mas isso tudo é suposição. Na verdade, a única mulher de presença durável em sua vida é a filha Nadja, que hoje dirige a Fundação Goldenberg.

– Como ela é?

– Uma mulher bonita, da minha idade. Filha de um romance do qual ele não gosta de falar.

– A mãe também morreu de forma trágica?

– Não. Ela sumiu com outro assim que teve a filha... – Linda explicou. – Mas o Goldenberg não fala sobre isso em hipótese nenhuma. A única coisa que eu sei é que ela foi criada pela avó e que, até a sua adolescência, ele pouco se ocupou dela, apesar de vê-la constantemente e não deixar faltar nada. Quando ela fez quinze anos, ele se deu conta de que Nadja era muito parecida com a mãe, e então quis trazê-la para viver com ele. Mas não deu certo: Nadja se sentia rejeitada e se opôs a ir para a casa do pai sem a avó...

O café foi servido, e após o garçom sair, Linda continuou:

– Foi só depois que a avó morreu que Nadja veio morar com o pai...

– Morte da avó? – Christiano a interrompeu, com uma expressão desconfiada no rosto.

– Coincidência, não é? – Linda confirmou sorrindo e depois prosseguiu falando. – Ela morreu na mesa de cirurgia, por conta da sua vesícula. Logo depois do funeral, Nadja veio morar com ele. Para a sua segunda mulher parece que a coisa não funcionou muito bem. Eles haviam se casado fazia pouco tempo e a chegada de Nadja só complicou as coisas. Parece que a Nadja também colaborou para o fracasso do terceiro casamento. E, com a convivência, ele foi se apegando à filha mais e mais, e ela foi tratando de recuperar sua atenção negada por tanto tempo.

– E onde está essa preciosidade, que não vi desde que cheguei?

– Na Europa, em férias. Deve voltar em breve.

– E com você? – ele perguntou, mais do que curioso. – Como ela é?

– A mesma coisa. Ela tem o temperamento forte do pai, e me hostiliza abertamente. Tenho sofrido um bocado por conta dela.

– Há quanto tempo você está com o Goldenberg?

– Vai fazer cinco anos.

– E por que não se casaram?

– Ele prometeu que nos casaríamos depois de cinco anos. Acho que logo, logo esse casamento vai sair.

– Peço desculpas pelo que aconteceu...

Ela colocou a mão nos seus lábios e não o deixou continuar. Fez apenas um gesto, mas não falou. Depois serviu o café para os dois e ficou bebericando, com gestos delicados, movimentos harmônicos, ainda que nervosos. Logo em seguida o silêncio pesou, e os dois já não conseguiam estar inteiramente à vontade.

– Você está parecendo turista japonês com esse traje – ela brincou, rompendo o silêncio.

– É um velho calção de banho, como na música do Caymmi.

Christiano tentou ser espirituoso, e se achou um cretino.

– O que você pensa a meu respeito? – ela então perguntou.

– Você quer uma resposta verdadeira ou um elogio?

– Você escolhe.

– Em toda a minha vida, nunca me senti assim – ele disse, olhando-a de forma direta. – Agora, se você prefere em elogio, diria que foi a melhor noite de amor que já tive na vida.

– Puxa. Isso é o que se pode chamar de uma resposta explícita.

– Não era isso que você queria saber?

– Também. Mas eu queria descobrir o que você sabia a meu respeito antes de conhecer meu marido, e o que pensa de mim agora.

— Antes, eu sabia muito pouco. Sabia que você era a mulher do Goldenberg, por uma ou duas notas nas colunas sociais, que diziam que era muito bonita... De você, agora, sei um pouco mais. Primeiro, que é maravilhosa. Segundo, que é mulher de Goldenberg. E, terceiro, que talvez fosse melhor não ter te conhecido.

— Vou contar a verdade. Não foi fácil chegar onde estou. Sou filha de classe média, e consegui tudo pelo meu esforço. Eu fiz uma carreira fulminante como modelo e cheguei a me diplomar em Arte.

Christiano desconfiou de que ela mentia.

— Cursou o quê?

— História da Arte. Depois, apareceu a chance de ser modelo e abandonei temporariamente a Arte. Cheguei a ganhar bastante dinheiro desfilando, até que conheci o campeão de futebol Eduardo Valente. Isso há dez anos.

Christiano não conseguiu conter um sentimento de frustração. Nem parecia a mesma Linda que falava. A história que ela contava não evocava outra imagem a não ser de alguém à caça de sucesso. Ela disse que o casamento durou apenas dois anos, e explicou por quê.

— Quando vi aquele homem pela primeira vez, fiquei sem respiração. Parecia um deus grego. Nos casamos em uma semana. O início foi maravilhoso, mas o QI dele era pobre. Na cama era lindo de morrer, mas...

Por um momento, Christiano considerou a possibilidade de que ela estivesse gracejando, mas um olhar sincero o convenceu do contrário. E Linda continuou falando:

— Encontrei meu estímulo intelectual na profissão de modelo e ele conseguiu outra mulher. Nós nos separamos em circunstâncias bem desagradáveis. Tempos depois, ele morreu num desastre de automóvel e eu fiquei viúva por alguns anos.

Ela fez uma pausa para acender um cigarro.

— Trabalhei bastante e badalei por aí à vontade. Fui capa de várias revistas e cheguei a posar nua para a *Playboy*, até que conheci o Albert e isso mudou a minha vida. Ele começou a patrocinar meu sucesso. Com a ajuda dele, sem eu saber, cheguei a ser eleita a modelo do ano em 1989.

Linda levou a mão ao pescoço e mostrou uma medalha de ouro pendurada numa corrente. Para surpresa de Christiano, a medalha era autêntica, e uma gravação confirmava a escolha de Linda como a modelo de 1989.

– Extraordinário – ele disse.

– Guardo até hoje todos os recortes dos jornais, as capas das revistas, as reportagens...

Christiano não pôde deixar de pensar, com tristeza, que aquela mulher exuberante, que havia experimentado o sucesso, agora desempenhava o papel de ave rara numa gaiola de ouro. Não passava de um adorno. Um acessório social luminoso, capaz de acalmar, com suas intensas cintilações, as angústias do ego do milionário.

– Quero fazer um pedido especial para você – ela disse.

– Pode pedir.

– Achei que você devia saber mais a meu respeito. Como você vê, dei duro para chegar onde estou. Não gostaria, de maneira alguma, que Albert viesse a saber o que aconteceu entre nós. Traição é uma coisa que ele não irá perdoar.

– Fique tranqüila. Nunca houve nada entre nós.

Ela não respondeu. Apenas olhou para ele.

– Amanhã vamos dar uma bela festa em homenagem à colunista social carioca Gilda Garden. Albert pediu para você estar presente.

* * *

Condor chegou de viagem, tomou um táxi e seguiu direto para a sede da CAG. Na portaria, recebeu autorização para subir. O gerente de operações esperava por ele atrás de uma pilha de papéis.

– Sinto muito ter interrompido suas férias – Lindomar disse –, mas apareceu uma situação urgente e Goldenberg pediu para chamar você.

– Às ordens, chefe. Estou sempre às ordens. O que vai ser desta vez?

– Um trabalho em São Paulo. Coisa séria e da mais alta importância. Mais importante do que o caso anterior.

– Sou todo ouvidos.

Lindomar explicou que, na noite seguinte, Goldenberg daria uma grande festa em sua residência, para um número enorme de pessoas importantes. Nessa mesma noite, o governador de Roraima estaria em São Paulo, hospedado no Hotel Della Volpe. Goldenberg queria o governador eliminado na noite da festa. Um apartamento já estava reservado para Condor no mesmo hotel em São Paulo. E um contato da comitiva do governador iria indicar o apartamento para ele.

– Quem é este contato? – o detetive quis saber.

– Um policial chamado Jason. Ele já recebeu parte do pagamento. Tudo tem que ser feito como se fosse um assalto. Vocês abrem outros apartamentos, imobilizam as pessoas, levam algumas coisas para caracterizar um assalto.

– Como vou fazer para entrar nos quartos?

– Simples. Conseguimos uma cópia da chave-mestra. Abre todas as portas. Lembre-se: tem que parecer um assalto de verdade.

– E depois, como é que fica a polícia paulista?

– Está tudo arranjado, o pessoal de Goldenberg subornou o delegado – Lindomar informou. – Ele vai arrumar uns ladrõezinhos para *segurar* o crime. Vamos passar para eles a arma do crime, e vão dizer que entraram à noite no hotel, para roubar... Que a vítima reagiu ao assalto. Enfim, os malandros vão levar uma grana preta para passar umas férias na prisão.

– O plano parece bom. E o Jason, devo despachar ele também?

Lindomar apanhou uma pasta sobre a mesa.

– É óbvia a dificuldade em encontrar policiais corruptos. Eles não fazem publicidade. Tivemos que fazer uma profunda investigação antes de contratar o Jason. Ele tem a ficha limpíssima na polícia de Roraima. Mas é mulherengo, gastador e beberrão. Ele vai apenas telefonar para você, dar o número do apartamento do governador e fazer de conta que estava dormindo e não escutou nada.

Uma expressão preocupada surgiu no rosto de Condor. Lindomar recomendou:

– É melhor você viajar imediatamente. Assim vai ter tempo de fazer um levantamento da área, até amanhã à noite.

Condor se levantou da cadeira e disse:

– Tem uma coisa: acho que esta será minha última cartada. Ando cansado de despachar políticos que não me devem nada. Vou comprar um sítio e criar galinhas. Construir uma família, talvez. No início foi bom, mas agora estou ficando cheio dessa vida.

– Realmente, é trabalho demais, um atrás do outro. Minha intenção era dar uns meses de férias para você, mas de repente pintou o inesperado. Esta situação tem de ser resolvida em caráter de urgência, entendeu? E o Goldenberg só confia em você para esse tipo de trabalho.

– Quando será o meu contato com o Jason?

– Ele vai telefonar para você – Lindomar consultou o relógio. – Dentro de meia hora a gente vai saber se o governador já saiu de Roraima. Estou aguardando um telefonema do Jason assim que a comitiva chegar ao aeroporto para o embarque para São Paulo.

Lindomar pegou o telefone e pediu café à secretária.

– Vai ser fácil, Condor. Você não terá dificuldades para despachar o governador. Ele mordeu a isca do Goldenberg: vai estar incógnito em São Paulo.

O detetive ficou em silêncio, refletindo, como se imaginasse a cena futura.

– Você vai receber por esse trabalho três vezes mais do que recebeu pelo senador. Dá pra você imaginar a importância que Goldenberg atribui a essa empreitada, certo?

A secretária entrou na sala com o café. Os dois homens se serviram. Lindomar disse:

– Acho que você deveria pensar melhor sobre essa idéia de parar. A CAG vai sempre precisar dos seus serviços.

O telefone tocou sobre a mesa. Lindomar atendeu e mais ouviu do que falou. Depois, olhou para Condor.

– Está tudo pronto. Acabam de decolar para São Paulo. O homem agora é todo seu.

– Vou precisar de um carro assim que chegar em São Paulo.

– Já pensamos nisso. Aqui está o endereço da oficina Tietê Veículos. Eles vendem carros usados e revisados por um bom preço. Escolha um adequado, compre com documentos falsos e pague à vista. Escolha um modelo comum para não despertar atenção.

* * *

A bordo do Fokker da TAM, Condor deliciava-se com um café e com as belas comissárias, que passavam a todo momento oferecendo algo para comer, como se a viagem fosse uma festa. Relaxado na poltrona, ele examinava as anotações sobre o governador. Olhou a fotografia e admirou o rosto jovem. Era a primeira vez que via aquele rosto. Imaginou tratar-se de um entusiasta, tomado pela vontade de poder, cego pelo desejo de ascensão política. Em seguida, pegou um guia de São Paulo e folheou, lendo uma ou outra informação sobre a cidade que pouco conhecia. São Paulo era uma incógnita para ele.

Durante o resto do vôo, examinou várias vezes a papelada entregue por Lindomar. Leu cada informação atentamente. Aos poucos, construiu uma imagem mental minuciosa do seu alvo. Muitas das informações não teriam qualquer utilidade prática, mas mesmo um pequeno dado jamais poderia ser desprezado.

Condor era perfeccionista. Planejava sua ação de várias maneiras. Armazenava na mente os mínimos detalhes que julgava importantes. Naquele caso, ele anteviu, o principal problema seria entrar no quarto do governador sem ser visto por ninguém.

Uma notinha numa coluna social do *Jornal de Roraima* informava que o governador era caseiro e não perdia um só capítulo da sua novela das oito. Foi o germe que Condor necessitava para esquematizar seu plano: o barulho do som da tevê ajudaria sua ação; diminuiria o ruído da chave na fechadura e abafaria o som do silenciador. O detetive se manteve relaxado na poltrona do avião, com as mãos cruzadas sob a nuca e com os olhos voltados para o teto, imaginando cada movimento a ser feito.

Condor sabia, pelo dossiê, que o governador viajava sempre na companhia de um amigo, ex-agente secreto americano. Um segurança, sem dúvida, que precisaria ser neutralizado. Imaginou alguém treinado pela CIA, que vivia em constante estado de alerta.

Quando chegou a São Paulo, Condor entrou num táxi e seguiu para o Hotel Della Volpe. Foi acomodado no apartamento 803. Logo depois que ele se acomodou e tomou uma ducha, o telefone tocou. Era Lindomar convocando para a reunião no último andar.

A suíte ampla era decorada com bom gosto. Jason estava acomodado numa poltrona lateral. Lindomar fez as apresentações e depois entregou um envelope contendo dinheiro a cada um.

– Isso aí é um adiantamento. O restante será entregue assim que o trabalho for concluído.

Enquanto ouviam as recomendações de Lindomar, Condor aproveitou para examinar Jason com atenção. Era um homem grande, de olhar estranho. Trazia uma faca especial na cintura. Na certa tão afiada que seria possível fazer a barba com ela.

– O pessoal da CAG fez uma última reunião com o governador – Lindomar disse. – Ele continua irredutível, é um sujeito durão. Vamos ter que agir hoje à noite.

– É importante cuidar do americano primeiro – Condor comentou.

Lindomar ligou um projetor de *slides*, ajustou o foco e acionou o botão do controle remoto. A foto do americano apareceu na tela.

– É melhor evitar a eliminação – recomendou. – Não queremos problemas com o governo americano.

– Pode deixar – disse Condor. – Sei como cuidar dele.

Lindomar acionou novamente o controle remoto. A imagem do americano deu lugar ao rosto do governador.

– Eis o homem! Ele pensa que é esperto.

Lindomar projetou outros *slides*, mostrando os melhores trajetos de saída da cidade, a Marginal Tietê, a Via Dutra, a rodoviária de Sorocaba. E disse para Condor:

– Em Sorocaba, você abandona o carro e hospeda-se no Hotel Plaza da cidade. Jason encontrará você lá. Falando nisso, você já foi comprar o carro?

– Ainda não. Vou fazer isso assim que acabar a reunião.

– Cuidado para não deixar impressões digitais no automóvel. Nem nada que possa identificar você.

– Pode deixar, sei me cuidar muito bem.

Lindomar sorriu, satisfeito. Abriu a pasta e entregou para Condor um pacote com a documentação: a carteira de identidade estava em nome de Orlando Ventura, trinta e cinco anos, natural de Avaré e residente em São Paulo. A fotografia mostrava um sujeito parecido com ele, como se fosse um irmão gêmeo. Além da identidade, havia no pacote: uma carteira de motorista, dois cartões de crédito, um talão de cheques e até uma carteirinha do Lions Clube.

– Mais alguma recomendação, chefe? – Condor perguntou.

– Uma última: não menospreze a futura vítima. Ele parece desprotegido, mas tem poder. Nada pode sair errado. Isso vai dar o maior rolo na imprensa. O grande poder do país está nas mãos da imprensa, você entende?

– Pode confiar. A minha parte eu conheço. Farei meu trabalho como sempre: sem vestígios.

Quando saiu, Condor colocou os documentos no bolso e tomou um táxi até a concessionária de veículos. Pensativo, no assento traseiro do táxi, tinha uma estranha sensação. Um arrepio na coluna. A chapa parecia estar esquentando.

* * *

Christiano passou o resto do dia preparando-se para a festa. Leu e releu suas anotações e redigiu algumas perguntas pessoais que pretendia fazer ao Comendador Goldenberg. Não fosse um certo sentimento de frustração com a conversa que mantivera com Linda, certamente estaria feliz. Saiu do banheiro e selecionou cada item da roupa que usaria. Vestiu-se como se estivesse indo a um casamento – *smoking* preto, gravata-borboleta rosa e camisa incrivelmente branca.

Quando, mais tarde, desceu à sala de recepção, no térreo da mansão, o local estava repleto de gente alegre e bem-vestida. Ele andou a esmo, pouco à vontade no meio de todas aquelas pessoas que não conhecia, embora reconhecesse, aqui e ali, fisionomias que já havia visto nas colunas sociais. Christiano notou a predominância de gente idosa na festa. Pessoas elegantes. Muitas com caras esticadas, provavelmente recém-saídas das clínicas de cirurgia plástica.

A música suave vinha de um quinteto postado sobre uma plataforma no fundo do salão. Garçons uniformizados de branco circulavam servindo canapés e bebidas. Christiano olhou à sua volta, tentando encontrar o dono da casa, mas ao falar com a governanta e com alguns dos seguranças, sentiu que eles o olharam com tamanha surpresa que acabou dirigindo-se para um bar espelhado, numa sala anexa ao salão. O ambiente estava mais animado e ele pediu um uísque. Foi servido num longo copo cheio de pedras de gelo. Virou-o numa longa talagada e logo estava pedindo outro, que passou a bebericar mais lentamente. Sentiu que ali era o único lugar da festa onde alguém sozinho poderia passar o tempo, sem parecer deslocado. Ele conhecia o poder do álcool, que diminuía as inibições e estimulava a sua autoconfiança. E, naquele momento, era exatamente o que ele precisava: inibir o sentimento de solidão e descontrair.

Christiano estava a caminho de um grande porre quando um sujeito alto, de óculos, aproximou-se e comentou:

– Esta festa está chata, não está?

– Todas as festas são chatas – disse Christiano. – Estive numa em Brasília que foi um verdadeiro circo.

– Brasília. Eu venho de lá. A que festa você se refere?

– À festa do deputado Bravamel.

– Que mundo pequeno – o homem disse. – Ele é meu chefe no orçamento do Congresso.

Os dois riram. E apertaram as mãos cordialmente.

– Meu nome é João Carlos, sou muito amigo do Comendador Goldenberg.

– Eu sou Christiano e estou escrevendo um livro.

– Já tem título?

– Ainda não. Costumo dar o título só depois de terminar a obra. Isto é, quando consigo terminar.

Por um instante João Carlos refletiu sobre o comportamento humano e o ofício das pessoas. Vícios e paixões movimentando cada indivíduo. Quando se voltou, o escritor havia se afastado em direção ao bar e sua observação sobre a festa tinha se perdido nos acordes da música que tocava. Nesse instante, um estranho aproximou-se de João Carlos, ergueu o copo e disse:

— Servem uma ótima bebida aqui.

— Sem dúvida.

O estranho olhou em volta e perguntou:

— Você é o João Carlos, não é mesmo?

O homem beirava os quarenta, e falou com um ligeiro sotaque do Nordeste. Tinha a barba e os cabelos grisalhos, estatura mediana e usava um terno cinza-claro.

— De onde você me conhece? — João Carlos perguntou, curioso.

Ele pôs a mão no bolso e mostrou discretamente uma carteira da Polícia Federal.

— Delegado Porto. Nelson Porto, da PF.

— A que devo essa gentileza? Alguma coisa errada?

— Não, por enquanto. Eu soube que você assumiu o posto de economista do Orçamento e fiquei curioso em conhecê-lo. Estou aqui representando meu chefe, que teve que fazer uma viagem de última hora. Particularmente, detesto festas.

— Por que o Orçamento interessa aos federais?

— A morte do economista anterior a você não foi um suicídio. Não para mim — o delegado falou. — Mas foi arquivado por falta de provas...

João Carlos perdeu o interesse pela bebida, colocou o copo sobre uma mesa e cruzou os braços.

— O que aconteceu com ele?

— É um assunto do qual prefiro não falar. E também não interessa, no momento. O que importa é que eu queria ter esse encontro com você, para alertá-lo.

— Alertar? Sobre o quê?

– Sobre o Orçamento. Lembre-se: você é uma peça dispensável na grande engrenagem da máquina. E não pode confiar em ninguém. A Comissão do Orçamento é uma verdadeira máfia.
– Máfia? Você está brincando!
– Quer ver? Você está sendo monitorado e vigiado todo o tempo. Instalaram câmeras na sua casa e observam cada passo, cada movimento, cada ato.

João Carlos lembrou-se das suas manias eróticas pouco convencionais.
– Não acredito nisso.
– Tem mais: por que você acha que iriam pagar a você tanto dinheiro? Pelos seus belos olhos?
– Não entendi.
– Com o tempo, você vai entender. Aqui está o meu telefone. Se ficar em apuros... Ou se achar que deve confiar na polícia... Se você quiser cooperar conosco, me telefone. Vamos ser de grande valia para você. Pode acreditar no que estou dizendo.
– Pára com isso...
– Tudo bem, tudo bem... – o delegado Porto ergueu as mãos. – Simplesmente guarde o meu cartão. Se precisar, não faça cerimônia. Pode ligar, de preferência de um telefone público, pois o seu está grampeado. Tanto o de casa, como o do trabalho.

João Carlos ficou irritado.
– Vamos parar por aqui.
– Eu já estou de saída. Esta festa está mesmo muito chata, tenho coisas mais importantes para cuidar.

Quando ele se afastou, João Carlos recuperou a calma e andou pelos salões da casa. Convidou uma moça para dançar e, ao abraçá-la, notou que era um palmo mais alto do que ela. A dança pareceu desconfortável. Quando a música parou, ele voltou ao bar e pediu um novo drinque. Estava preocupado. Christiano encostou-se também no bar. O economista perguntou:
– Você viu aquele cara barbudo conversando comigo?
– Quando?
– Agora mesmo, logo depois que falamos.

– Quem é o cara? Mostra ele pra mim – Christiano olhou ao redor.

– Já foi embora. Disse que era delegado federal.

– Não diga! Você está envolvido com os *tiras*?

– Não é isso! O sacana veio me dizer que estou sendo monitorado, que grampearam o meu telefone, e o escambau. Acho que o cara é um pirado.

– O mundo está mesmo cheio de loucos...

– O mais estranho foi que ele me mostrou uma carteira da polícia e me deu um número de telefone.

– Deve ter bebido um pouco demais – Christiano disse. – Coisas incríveis acontecem em festas, você não sabia?

João Carlos e Christiano caminharam para a parte externa da casa, em direção à piscina.

– Por que você não vem passar uns tempos com a gente em Brasília? Seria um prazer.

– No momento está difícil. Tenho um contrato para cumprir e vou estar ocupado por um bom tempo. Quem sabe no futuro?

Christiano despediu-se de João Carlos e foi para o jardim. A festa estava no seu ponto alto. Nesse momento, ele avistou a homenageada.

– Como vai, Gilda? Prazer em revê-la.

– A última vez que nos vimos foi numa festa da madame Klabin, não foi? Fiquei sabendo que você está escrevendo um livro.

– Quem contou para você?

– Linda. Somos amigas, desde o tempo em que ela era modelo.

– Você também foi modelo?

– Não. Só era amiga dela e estava lá quando eles se conheceram.

– Eles... Quem? – Christiano perguntou.

– Goldenberg. Linda e Albert.

Então ela olhou para os lados e sussurrou:

– Dizem que ele já mandou matar várias pessoas. É um homem estranho. Melhor você se cuidar.

O silêncio pesou entre eles. Gilda percebeu que talvez não devesse ter dito aquilo. E tentou consertar a situação.

– Não é bem assim. Você sabe, o pessoal tem inveja da grana e do poder dele. Acabam inventando horrores.

Christiano balançou a cabeça, como se concordasse. E pouco depois se afastou, pensativo.

Capítulo Nove

O TELEFONE NO QUARTO DE Condor tocou. Ele atendeu e ouviu a voz de Jason:
— Está tudo bem. O governador está vendo televisão no 708. Cuidado que o gringo está no 702.

Condor desligou o telefone sem responder. Ele retirou a pistola de sua bolsa, conferiu a carga e acoplou o tubo do silenciador. Passou talco sobre as mãos, cuidadosamente, e vestiu sobre elas uma luva cirúrgica transparente. Saiu do quarto e se dirigiu para o elevador. Nenhum movimento, tudo estava calmo. A hora parecia ideal.

O detetive parou no sétimo andar e caminhou até o 702. Por um momento, ficou colado à parede. Depois, meteu a chave-mestra na porta e girou lentamente. O suor começou a pingar de sua testa. Entrou, deslizando o corpo junto à parede. Escutou sons de televisão. Um homem louro, de traços nórdicos, movimentou-se no quarto, próximo à cama. Quando percebeu o que acontecia, Condor já apontava a pistola para ele.

— Quieto, senão morre.

O homem se manteve imóvel, sem demonstrar medo. Falou com sotaque americano.

— Tudo bem, pode levar o que você quiser.

Condor ordenou que ele se deitasse com as mãos para trás e amarrou-as. Depois, amordaçou-o com uma meia. Vasculhou o local. Levou pequenos objetos e alguns dólares que estavam à vista. Sempre se movendo com rapidez, Condor saiu, encostou a porta e seguiu em direção ao apartamento 708. A manobra da chave na fechadura foi a mesma. A única diferença foi que, ao entrar no quarto, deu de cara com o governador, que saía do banheiro: feições bronzeadas talhadas em linhas duras, os mesmos olhos das fotos dos jornais – cor de fundo de poço, profundos. Pareciam mais velhos que o rosto.

– O que você quer aqui?

A voz de um homem apavorado.

– Eu sou a morte – Condor disse. – Vim para levar você.

O detetive levantou a mão direita com a pistola e apontou para a cabeça do Governador. O governador tentou levantar as mãos, num gesto desesperado de proteção. Não conseguiu.

– Não! – gritou.

Condor atirou duas vezes. O ruído dos tiros foi mínimo. O governador caiu de costas e seus olhos escuros fixaram o teto, brilhantes como uma jabuticaba. Foi ali que Condor encostou o tubo do silenciador e disparou o tiro de misericórdia. A cabeça levantou do tapete com a explosão dos gases. Sua boca estampou um sorriso semi-aberto, deixando à mostra os dentes amarelados pelo tártaro do fumo.

O detetive espiou o corredor vazio antes de sair do 708 e voltar para seu apartamento. Com o corpo leve e um sentimento de paz que prometia durar até a eternidade. Em seu quarto, abriu a janela e respirou o ar da noite. Depois, pegou o telefone e ligou para Lindomar.

* * *

Passava da meia-noite e Linda, radiante, convidava a todos para o jantar à americana: pratos frios e quentes – lagostas, cascatas de camarões, e carnes de diversos tipos. Tudo regado por vinhos especiais.

Na fila de convidados com os pratos na mão, era possível identificar o prefeito da cidade, o secretário de Justiça, um conhecido contraventor carioca, acompanhado por um figurinista de escola de samba, banqueiros, financistas, publicitários, artistas de novelas e modelos.

Christiano procurava entender tudo que escutara. Albert Goldenberg, sombrio como um pântano numa selva, recluso como um monge numa abadia, possuía uma força incrível. Tinha influência para encher sua casa, numa *boca-livre* que incluía sempre as melhores bebidas. Pensava nisso enquanto andava pelo jardim. Os salões pareciam pequenos para tanta gente. Moças bonitas dançavam sozinhas ao som do *rock*-balada, explosões de riso se erguiam na direção do céu.

Christiano estava começando a sentir-se enfadado quando um homem se aproximou sem que ele percebesse e o assustou.

– Comendador Goldenberg!

Ele esperou Christiano se acalmar. Depois, ofereceu um cigarro e perguntou:

– Como vai indo a biografia?

– Bem. Tenho encontrado algumas dúvidas que gostaria de esclarecer com o Comendador.

– Que dúvidas?

– Uma delas é sobre o incidente da rede de supermercados... Eu pesquisei isso nos arquivos da imprensa. O proprietário que não queria vender as ações foi encontrado morto com um tiro na têmpora e...

Goldenberg o interrompeu:

– Aquilo foi suicídio. Depois disso acabei doando dez mil dólares para a família dele. Foi uma doação anônima.

– Dez mil! Não diga! O bálsamo de Gilead? Faz bem para a consciência?

Goldenberg respirou fundo. Um garçom apareceu e serviu conhaque. Christiano perguntou:

– Falar sobre esse assunto deixa o senhor apreensivo?

– Onde você quer chegar? – Goldenberg parecia nervoso.

– Eu não quero crucificar o senhor. Quero apenas delinear um perfil para uma biografia honesta.

– Entendo...

– A caridade faz o senhor se sentir bem?

— Não tenho nada de caridoso. Eu estava preparado para pegar aquele idiota, pois ele estava atrapalhando os meus planos. A doação à família foi apenas um complemento.

— O senhor o levou à morte. Isso não incomoda?

— Eu não matei. Ele se matou. É bastante diferente, você não acha?

— Um suicídio misterioso deixa um certo peso, não é mesmo?

— Eu corri o risco do negócio. Ele foi apenas um fraco.

— Não é isso que dizem as entrelinhas dos jornais — Christiano falou, pausado, como se pesasse cada palavra. — Eu estou tentando preparar seu perfil biográfico. O senhor me disse que eu deveria entrar dentro do senhor. É importante saber: foi suicídio ou homicídio?

Goldenberg olhou para Christiano por um longo tempo antes de responder.

— É a eterna lei de Darwin. A sobrevivência dos mais aptos. A águia devorando a cobra.

Christiano imaginou que devia ser assim no mundo dos ricos. O fim justificando os meios. Goldenberg sorriu — um desses sorrisos raros que têm em si algo de segurança eterna. Um sorriso com que as pessoas talvez se deparem poucas vezes na vida. Sorriso de morte, de culpa, de suicídio, de caridade e, obviamente, dos mais aptos. Quando o sorriso se dissipou, a governanta apareceu e avisou:

— Telefone para o Comendador. É o doutor Lindomar.

Antes de se afastar em direção à casa, Goldenberg disse para Christiano:

— Lembre-se: você está escrevendo uma biografia para o meu agrado. Você não está escrevendo uma crítica biográfica.

Christiano lembrou-se naquele momento do comentário feito pela colunista: "Acho que ele matou várias pessoas". E, ainda que isso estimulasse sua curiosidade intelectual, ele passou a admirar menos — e a temer mais — o homem para quem escrevia uma biografia.

* * *

Condor entrou em Sorocaba um pouco depois das duas da manhã e foi direto para o Hotel Plaza, no centro da cidade. Fazia parte do plano ficar naquele hotel e aguardar pelos contatos de Lindomar e Jason.

A primeira etapa do plano fora bem-sucedida. Agora começava a mais difícil, a eliminação de Jason e a evacuação da área. Antes de deitar-se no quarto, ele ligou a TV. Programação normal, nenhuma notícia ainda sobre o assassinato. Ele desligou a TV e dormiu.

O dia amanheceu ensolarado. Condor olhou pela janela e a movimentação no centro da cidade pareceu rotineira. Evitaria andar em demasia pela cidade e fugiria dos locais públicos. Pediu o café da manhã no quarto e adorou a geléia de amoras. Então saiu para comprar um mapa da cidade e sentiu no ar algo diferente. Uma agitação. Um presságio. Algo como se a Polícia Federal, ou o serviço reservado da Polícia Estadual, estivesse à sua procura.

* * *

Quando João Carlos chegou a Brasília, foi direto para casa. Ana Lúcia esperava para o almoço.

– Tenho uma novidade para você. Vamos almoçar fora.

– Mas o almoço está pronto – ela reclamou.

– Vamos comemorar. Eu estou muito feliz.

Saíram para ir a um restaurante pouco badalado e, durante o trajeto, João Carlos fez um sinal discreto para Ana Lúcia manter silêncio. O Mercedes os deixou na porta do restaurante. Ele segurou a mão de Ana Lúcia e entraram. Ela estava intrigada.

– Algum problema?

– Ainda não.

No restaurante, ele escolheu uma mesa no canto, com visão total da entrada. Olhou para ela e disse:

– Fui abordado ontem, durante a festa de Goldenberg, por um delegado federal. O assunto foi estranho...

– Como é que é?

– O delegado se identificou, mostrou sua carteira e me disse que suspeitava de que estávamos sendo vigiados e monitorados.

– Não estou entendendo.

– Monitorados! Segundo ele, tudo que fazemos ou falamos está sendo registrado por uma câmera.

– Na nossa casa?

– Foi isso que o federal disse.

– Por que fariam isso?

– Ele só me alertou. Depois me deu o telefone e disse que eu devia ligar para ele.

Ana Lúcia franziu a testa.

– Será que não estavam te testando?

– Pensei nisso. Pensei em muitas coisas. Eu não estou gostando disso. A partir de hoje, vamos tomar certas precauções.

– O que vamos fazer, João Carlos?

– Vamos fazer de conta que não sabemos de nada. Em casa, de hoje em diante, falaremos apenas amenidades.

Ana Lúcia balançou a cabeça, concordando. Em seu rosto havia uma sombra.

* * *

No dia seguinte, o almoço foi servido à beira da piscina. Coquetel de camarão, peixe grelhado e vinho branco. Christiano levantou-se da sua espreguiçadeira e caminhou até onde Linda estava. O garçom serviu o vinho e ela perguntou:

– Vamos brindar a quê?

– À beleza da festa de ontem. À sua beleza.

– Não. Isso é passado. Vamos brindar ao sucesso do livro.

– Saúde! – ele disse.

– Sucesso! – ela desejou. – Você não vai me incluir nesse livro, não é mesmo?

– Eu escreveria um outro, somente para você.

– Não quero isso. Quem deseja a imortalidade é Albert.

– Onde está ele? Nunca está com você.

– Recluso. Ele gosta de bancar a figurinha difícil. Está sempre aparecendo, desaparecendo... Não é fantástico?

Brindaram e beberam. Christiano olhou para os olhos de Linda. Perguntou:

– Ele ainda funciona?

– Totalmente impotente – disse ela com um discreto sorriso.

– Broxa? Verdade?

– Admitamos que a idade é um fator preponderante.

– Com todo aquele dinheiro, ele poderia contratar os melhores médicos, fazer os melhores tratamentos ou apelar para o Viagra.

– Ele já tentou de tudo. Desde as injeções celulares mágicas da Suíça, até o tratamento de Anna Aslan e ervas tipo *ginseng*. Nem sempre se tem tudo o que se quer, não é mesmo?

Christiano tentou pensar no que aquilo significava para um homem poderoso como o Comendador. Chegou a sentir pena dele. E dela. Era fácil imaginar o tipo de prisão em que ela vivia. Uma prisão voluntária em troca de ascensão social. Uma gaiola de ouro para Linda Goldenberg. Até quando? Qualquer deslize significaria não apenas a perda do *status*, mas a morte. Linda já não era mais uma modelo. Goldenberg, na verdade, tinha a mulher na palma da mão. Não precisava forçar nada. O *status* e o dinheiro eram suficientes. Era ela quem desejava permanecer naquela situação, mesmo sem prazer.

Ela abriu o jornal e começou a ler em voz alta a matéria assinada por Gilda Garden:

Com um visual de musa de cinema e respaldo financeiro do marido milionário, Linda Goldenberg recebeu em grande estilo, ontem, numa festa deslumbrante, em homenagem a esta colunista. Ela é rica. Ela é sexy. Ela é um estouro. Ela é a matéria de que são feitos os sonhos. Ela é, acima de tudo, uma pessoa inteligente, sensível, cheia de charme e que recebe como ninguém.

Rita Hayworth fez uma entrada triunfal em Gilda. *Greta Garbo estava maravilhosa como a* Rainha Cristina, *mas isso tudo foi nada comparado à* entrée *avassaladora de Linda Goldenberg na sua recepção de ontem. Uma festa que resgatou a pu-*

jança da arte de receber bem na capital cultural do país, tão consumida pela crise econômica ultimamente.

Quando Linda entrou no salão, estava absolutamente arrasadora: eye shadow *dourado, cílios falsos à Josephine Baker, cabelos louro-prateada presos no alto da cabeça, realçando um enorme par de brincos de diamantes. Vestia um elegante e nada discreto modelo da última coleção de Givenchy: um* tailleur *de seda negra, com detalhes rosados e amarelos. Feito sob medida para o seu porte esguio e magnífico. Ela parecia um ícone – como Sue Ellen em* Dallas, *ou Joan Collins em* Donna Karan. *Um rosto impecável, com brilho de juventude capaz de dar água na boca.*

A união Linda-Albert é o mais novo capítulo do sonho paulistano *que poderia ser resumido na seguinte expressão característica: 'Você tem beleza, eu tenho dinheiro... Vamos multiplicar o nosso poder'. Albert tem poder e Linda é maravilhosa. Eles simplesmente investem na arte de receber bem. Uma arte que é um* must *de quem tem dinheiro e sabe viver.*

A mansão dos Goldenberg é algo fantástico e indescritível. Uma residência de indefinidos milhões de dólares, com tapetes persas e aubuisson, *pisos de granito e mármore de Carrara, paredes de seda ou espelho, amplos salões finamente decorados, elegantes colunas dóricas, vitrais* Liberty, *amplos jardins, piscinas, saunas e até heliponto particular.*

Ela colocou o jornal do lado e observou Christiano. Ele comia com apetite.

– Você não come? – ele perguntou.

– Moi, j'aime manger juste avant la faim. Ça fait plus distingué – disse, imitando a pronúncia parisiense.

Ele correu os olhos sobre o jornal e leu a manchete: "Governador assassinado em hotel de São Paulo". Voltou de novo a olhar para ela, que se levantou e entrou na piscina. Christiano terminou seu almoço e depois foi para junto da piscina, levando a toalha na mão. Linda nadou em sua direção e saiu da água, enrolando-se na toalha. Ele beijou sua boca molhada. Linda segurou sua mão.

– Que tal me convidar para ler o rascunho do seu manuscrito?

Ele riu e disse.

– A idéia não poderia ser melhor.

* * *

Da biblioteca, Goldenberg observava no monitor de uma televisão o que acontecia na suíte de Christiano, que tinha uma minicâmera embutida na saída do ar-refrigerado. Ajustou o foco e mergulhou num *zoom* para o interior do quarto. Uma luz amarela piscou e ele aumentou o volume. Viu quando Christiano aproximou-se de Linda e beijou-a na boca. Com a mão trêmula ele apertou a tecla *record* do videocassete e começou a gravar toda a cena. Quando começaram a conversar, Goldenberg aumentou ainda mais o volume.

– Vou tirar essa roupa molhada – ela disse.
– Quer uma bebida?
– Uma cerveja está bem.

Ele voltou com a cerveja e Goldenberg ajustou o monitor. A imagem e o áudio eram perfeitos. Dava para escutar até mesmo o som dos passos no quarto.

– Eu já não agüento mais essa situação – Linda disse.
– Como assim?
– Você tem que me ajudar. Não agüento mais nem olhar para a cara dele.
– Dele quem? Do Goldenberg?
– Ele mesmo. Não estou suportando mais...
– E tudo aquilo que você falou ontem à tarde, antes da festa?
– Não era verdade. Eu estava tentando fazer com que você se afastasse de mim.
– Por quê? – Christiano segurou as mãos de Linda.
– Para sua segurança. Eu amo você, e não quero que nada lhe aconteça...

Goldenberg viu quando ela se deitou na cama e abriu as pernas. E ouviu sua voz rouca.

– Vem, amor... Me enlouquece!

Goldenberg girou o volume ao máximo e conferiu a luz vermelha da gravação. Ficou ali observando os movimentos dos amantes. Ventres que se juntavam e separavam. Corpos repletos de energia que se abraçavam. Sentiu um arrepio quando a ouviu gritar:

– Me machuca... Ah!, ah!... ah!

* * *

Ninguém em Sorocaba parecia preocupar-se com Condor. Ele se vestia como um fazendeiro, com roupas surradas, chapéu de palha e botas de cano longo. Completavam seu disfarce a barba por fazer e um *ray-ban*, comum na região, usado por quase todos os homens. Nenhum curioso imaginaria que aquele discreto caipira – interessado em bois e fazendas – fosse alguém procurado pela lei. Ele levantou minuciosamente todas as estradas da região e tinha já um plano detalhado para receber o pagamento e eliminar Jason. Examinou um local próximo de Sorocaba, o ponto ideal para abalroar o automóvel de Jason. Ele poderia ficar postado tranqüilamente no posto de gasolina da estrada e ter uma visão panorâmica da chegada do carro, que obrigatoriamente teria que fazer o retorno na Raposo Tavares, antes de tomar o caminho da cidade. Pretendia abordá-lo nesse local e executar o serviço.

De volta ao hotel, o telefone tocou. Era Lindomar.

– Tudo em ordem?

– Tudo. Peça para Jason me encontrar no posto de gasolina, logo após a saída da Raposo.

– Tudo bem. Ele está levando o dinheiro para os dois. Está num Pálio branco.

Depois que Lindomar desligou, Condor ainda ficou um tempo segurando o fone. Estava pensativo. Aquela seria sua última ação, em definitivo. Já estava cansado daquela vida. Tudo que queria era uma aposentadoria rural, criando galinhas e cavalos.

Assim que escureceu, foi para o posto de gasolina e esperou. Era bem tarde quando viu o Pálio branco fazendo o balão na estrada. Entrou no seu carro e saiu cantando pneus. Tomou a pista na contramão e seguiu dirigindo pelo acostamento. Parecia um motorista principiante até ver o focinho branco do Pálio. Segurou firme o volante do carro e acelerou forte. Seu coração batia rápido e o suor escorria por seu rosto. A luz do Pálio atingiu sua visão e ele ziguezagueou na pista, como se estivesse descontrolado. Sentiu que o Pálio diminuía a velocidade. Pensou em atingi-lo bem de frente, mas imaginou que poderia levar a pior e ser projetado através do pára-brisa.

Escutou a freada brusca do Pálio. Deu uma guinada no volante e acelerou o carro para cima da lateral do outro. Escutou o barulho da lata amassada. Saltou imediatamente para fora do carro e sentiu que Jason tentava uma manobra para escapar. Abriu fogo na direção dos pneus do Pálio. O pneu da frente estourou e o carro derrapou para o acostamento, enquanto Condor disparava várias balas em sua direção. O tiro certeiro fez um rombo em cima do bolso esquerdo da camisa. Jason caiu sobre o volante. Condor apontou novamente a arma, deu um passo à frente, mas percebeu que o tiro de misericórdia seria desnecessário. Mesmo assim, apertou o gatilho. O estrondo fez voar massa encefálica para todos os lados.

Ele retirou a maleta com o dinheiro do carro e saiu andando. Sentia-se calmo. E pensava no quanto era frágil a vida.

* * *

João Carlos discou um número do orelhão.

– Gostaria de falar com o delegado Nelson Porto.

A conversa foi rápida e os dois marcaram um encontro para dali a meia hora.

Logo depois, João Carlos tomou um táxi e seguiu para o Memorial JK. Agia como se fosse um turista interessado na história da fundação da cidade. Entrou no Memorial e começou a admirar a arquitetura de Niemeyer. Nelson Porto surgiu ao seu lado. Estava ofegante.

João Carlos calculou que ele estava com um gravador escondido e isso o deixou apreensivo. Nelson Porto notou. E disse:

– Você pode confiar na gente.

– Posso?

– Deve. Não seria errado dizer que sua vida corre perigo.

Começaram a andar pelo Memorial, de forma dissimulada. Uma dupla de turistas.

– Você me deixou assustado – o economista falou.

– O que eu disse pra você lá na festa é a verdade.

– Como você sabe?

– Eles vão usar você como *laranja*. Já fizeram isso com o outro, e você viu no que deu... Quando conseguem o que querem, eles simplesmente jogam o bagaço no lixo.

João Carlos estremeceu.

– É por isso que você precisa ficar do nosso lado – o delegado falou. – O outro economista tentou fazer isso, mas já era tarde demais. Ele não conseguiu fornecer informações suficientes para agirmos. A sua ajuda vai ser muito importante para nós. Para o país!

– Eu estou confuso, não sei o que fazer.

– A CAG tem uma vigilância que nem a polícia tem. Montaram um sofisticado sistema de escutas, gravações, subornos... Tudo o que você faz ou fala eles sabem. A CAG é mais do que uma simples construtora. É uma organização criminosa que funciona como uma máquina de gerar lucros. É tudo ilegal, mas não podemos fazer nada sem ter provas concretas.

João Carlos observou o rosto do delegado com atenção, tentando detectar se Porto não era uma armadilha. Uma isca para pegá-lo. Uma cobra mandada por Lindomar. O delegado falou:

– O Goldenberg tem uma sede insaciável por dinheiro. Ele mata até a mãe por dinheiro.

– É difícil acreditar...

Nelson Porto esfregou as mãos e disse:

– Eu sei que é difícil de acreditar, mas temos já grandes avanços no levantamento das falcatruas da CAG. Estamos investigando mais e mais. Uma hora vamos pegar todos no pulo, e a casa vai cair.

– Continuo não acreditando.

– Tudo bem! Continue acreditando na fachada dele. Eles estão apenas usando você. Quando cansarem, trocam por outro. Tudo é maravilhoso agora, dinheiro, poder. Mas, de repente, a coisa pode mudar. Então você e sua família irão pro beleléu. Não existe saída. Ou você coopera com a gente, ou vai correr esse risco sozinho.

João Carlos sentiu suas mãos suadas, frias. Queria sair dali. Correr, desaparecer da frente daquele homem estranho.

— Eu sei que você não acredita em mim. Eu sou policial e as pessoas desconfiam da polícia. Mas o que estou falando é verdade. Não temos provas, ainda. Se tivéssemos, já teríamos estourado a *fortaleza* do Goldenberg. Seria o maior golpe contra o crime organizado neste país. Você acha que crime organizado é bicheiro, traficante, contrabandista? Isto é migalha perto das concorrências fraudulentas das construtoras.

Porto fez uma pausa e olhou para os lados.

— Muita coisa a gente não sabe ainda. Não sabemos, por exemplo, quem libera as verbas no Congresso e como a coisa é feita, se o dinheiro é depositado no exterior... Mas sabemos que tem deputado aí ganhando duzentas vezes na loteria.

João Carlos riu, nervoso.

— Nós vamos pegá-los. Mas, para isso, precisamos de você, para nos passar informações. Goldenberg é poderoso, tem dinheiro, mas também comete erros.

— Eu não sou cagüete — disse João Carlos, de maneira ríspida, ainda temeroso de estar diante de uma cobra mandada.

— Pelo menos conosco você e sua mulher estarão protegidos. A Polícia Federal tem condições de mandar vocês para outro país.

— Pra viver apavorado o resto da vida! Foragido? Eu não quero isso.

— É uma pena — disse Porto —, mas sei que mais cedo ou mais tarde você vai mudar de idéia. Bom, você tem meu telefone. Se precisar, é só ligar.

Caminharam lado a lado até a porta do Memorial e, antes de João Carlos embarcar num táxi, Nelson Porto pôs a mão em seu ombro e disse:

— Até breve! Estarei esperando.

* * *

O interfone, avisando da chegada de Lindomar, fez Goldenberg ficar ainda mais angustiado. Desligou o monitor, andou agitado pela biblioteca, até sentar-se numa poltrona, acender seu *monte-cristo*, e pegar o jornal. Procurou o editorial indignado que ocupava todo o espaço de uma das páginas.

Um governador de Estado foi misteriosamente assassinado ontem de madrugada, debaixo da proteção policial. O crime apresenta vários suspeitos e parece ter ligação com o recente assassinato do senador J. Tavares, do Acre – ainda não esclarecido –, que este jornal não noticiou antes, a pedido das autoridades, para não atrapalhar as investigações. É pública e notória a ineficiência da nossa polícia. A cidade está entregue à sanha dos criminosos e marginais que matam das formas mais violentas. As autoridades permanecem insensíveis aos apelos da imprensa e da população.

O Estado está falido e a cidade abandonada. A polícia continua ineficaz, corrupta e negligente. Um verdadeiro acúmulo de fracassos e vícios. Escondem da imprensa as ocorrências mais banais. Fatos que o público tem o direito de saber, e a imprensa, a obrigação de informar.

O Secretário de Segurança tentou dificultar o trabalho deste jornal, recusando-se a dar informações sobre o brutal assassinato do governador do Estado de Roraima, que se encontrava em viagem particular a São Paulo. Só a polícia não sabe, ou finge não saber, que o crime tem conotações políticas. Um ato audacioso, sem dúvida planejado por uma organização criminosa...

Lindomar bateu à porta. Goldenberg mandou que ele entrasse. Lindomar estava sorridente. O Comendador colocou o jornal sobre a mesa e fulminou-o com o olhar.

– Por que toda essa alegria?

– Dever cumprido, patrão – disse o gerente, sentando no sofá, ao lado da mesa.

A fisionomia de Goldenberg relaxou um pouco, e um projeto de sorriso apareceu no canto da boca.

– Saiu tudo bem?

– Um trabalho de mestre. O melhor que já fizemos. Condor é um craque no seu ofício.

– A imprensa agora tem um filão a explorar.

Lindomar percebeu que alguma coisa não estava bem, mas não ousou perguntar. Apenas acendeu um cigarro e passou a discorrer sobre a perfeita atuação de Condor. Contou em detalhes, cada passo da operação, e notou que o patrão escutava sem muito interesse. Lindomar fez uma pausa, respirou fundo e, mesmo sabendo que o clima já não era propício, começou:

– Acho que temos um pequeno problema.

– O quê?

– João Carlos. Nossa escuta revelou que ele gravou nossas conversas no jantar lá em casa.

– Impossível!

– E tem mais... Durante a festa, aqui na sua casa, ele manteve um diálogo com o Nelson Porto.

– Quem?

– Aquele federal que investigou o suicídio do economista anterior. João Carlos não é bobo. Não dá pra ter certeza, mas acho que ele descobriu que está sendo monitorado.

– Por que você acha isso? – Goldenberg perguntou.

– Comportamento estranho.

– Fique de olho nele e grave tudo que puder. Já tenho problemas suficientes. Não quero mais preocupações.

Lindomar soltou uma baforada e disse:

– Pode ficar tranqüilo, Comendador. Ele está nas nossas mãos: o que temos de material gravado é suficiente para fazer o João Carlos nosso refém.

– Mesmo assim, fiquem atentos.

– Não se preocupe. Vamos continuar com vigilância total.

– Se precisar, tire a focinheira de Condor.

Lindomar entendeu a metáfora. Sabia que, se João Carlos se tornasse uma ameaça, teria o mesmo fim do seu antecessor.

Goldenberg acompanhou Lindomar até a porta e retornou ao sofá. Olhou para o jornal, mas não conseguiu comemorar a vitória. Angustiado, voltou ao monitor.

Christiano e Linda estavam agora sentados na cama. E ela dizia:

– ...eu sou uma mulher solitária. Sofro com isso.

Christiano aproximou-se e a beijou.

— Não se preocupe, agora eu cuidarei de você.

O nó na garganta de Goldenberg aumentou.

— Como eu gostaria que isso fosse verdade — ela olhou para Christiano, com um sorriso tristonho.

Ficaram abraçados por um longo tempo. Depois ela se levantou e, sem dizer nada, começou a dançar nua para ele. Goldenberg, transpirando bastante, não suportava o que via. Ela parecia uma cadela no cio. Por um instante, ele desligou o monitor, mas permaneceu ali, desesperado. Uma coisa estranha crescia dentro dele. Algo assustador. Ligou novamente o monitor e escutou a voz de Linda, que voltara a sentar-se na beira da cama:

— Você não tem medo, tem?

— Medo? Não sei.

Linda se aninhou nos braços de Christiano. Estava assustada.

Goldenberg tentava controlar-se, mas já começava a sentir câimbras nas mãos. Ajustou o foco do monitor e enquadrou os dois sobre a cama. Começavam a se acariciar novamente. Linda dizia:

— Venha. Vamos viver aquilo a que temos direito.

Ela abriu os braços expondo ainda mais o corpo bronzeado. A imagem na tela do monitor era ao mesmo tempo agradável e desesperadora. Eles se amaram novamente, com afeto, gemidos, mordidas e lambidas. Christiano explorou todas as depressões do corpo da mulher. Quando terminaram, continuaram deitados lado a lado, nus.

— Cheguei a ver estrelas — Linda comentou.

— E eu, o paraíso.

— Estou com fome.

Ele se levantou e pegou um pacote de castanhas sobre o frigobar e passou para ela. Depois, preparou um sanduíche de queijo e presunto.

— É tudo que eu consigo arrumar. Cerveja ou Coca?

Ela abriu a cerveja para ele e preferiu Coca-Cola. Mastigou seu sanduíche com voracidade.

— Desculpe, mas o amor me deixa faminta...

Capítulo Dez

Christiano nem tinha começado a beber sua cerveja quando escutou as batidas na porta. Linda estremeceu, mas ele imaginou que fosse a governanta chamando para o jantar. E a tranqüilizou:
— Fica quieta que eu atendo.

Vestiu o *robe-de-chambre* e ajeitou os cabelos. Sentiu a confiança renascer por completo, o que sempre acontecia após uma relação sexual. Levou a mão à maçaneta da porta, sorrindo educadamente. E ficou gelado ao se deparar com Goldenberg.
— Boa noite, Christiano. Acho que seu telefone está com defeito.

Ele simplesmente não conseguia falar.
— Estou procurando a Linda. Ela está aí?

Goldemberg olhou para os sapatos da mulher, que estavam próximo à televisão. Christiano percebeu que negar seria impossível. Mas não conseguiu falar.
— Ahh...
— Afinal de contas, o que está acontecendo aí?

Goldenberg afastou Christiano para o lado e penetrou na suíte. O escritor sentiu-se num campo aberto. O empresário andou diretamente para o quarto e abriu a porta. Linda levantou os olhos e se encararam.

— O que é isso? Você não estava viajando?

— *Viajando*... — Goldenberg repetiu, irônico. — Como é que você tem coragem de fazer isso dentro da minha casa?

— Calma, Comendador, eu explico — disse Christiano às suas costas.

— Calma? Era só o que faltava: um joão-ninguém, um caça-níqueis me traindo com minha esposa dentro da minha própria casa. E você ainda me fala em calma?

— Não é isso — Christiano disse.

— Não é isso, porra nenhuma. Dentro da minha casa, eu exijo respeito.

Goldenberg iniciou sermão moralista. Parecia um baluarte da instituição familiar. Depois, em voz mais baixa, ele disse:

— Eu tirei você da miséria, Linda. Dei a você prestígio social, um nome. Será que é isso que eu mereço? Traição?

Linda ajeitou a toalha em volta do corpo. Disse:

— Por favor, vamos tentar conversar com calma.

— O que você tem a dizer? — Goldenberg esbravejou para Christiano, que reuniu toda a sua coragem e depois despejou:

— Sua esposa não o ama mais, Comendador. É a mim que ela ama.

— Você não sabe o que está falando...

— É verdade! Ela não nunca amou. Casou com o senhor pelo dinheiro, pelo desejo de ascensão social. Mas depois ela chegou à conclusão de que errou. O senhor precisa entender.

Goldenberg parecia perdido. Andava de um lado para outro no fundo do quarto. Depois voltou-se para ela, em busca de um desmentido impossível.

— Por que você fez isso, Linda?

Christiano colocou seu corpo à frente dela e disse:

— Sinto que tenha acontecido dessa maneira. Nós nos amamos.

Goldenberg encarava Linda com fogo nos olhos:

— Desde quando isso está acontecendo?

— Eu já disse — Christiano tornou a falar. — Não é culpa dela... Não foi culpa de ninguém. O amor aconteceu e isso é uma coisa natural.

– Chega! – berrou Goldenberg. – Quer parar de se meter? Ela me amava quando começamos a viver juntos e ainda me ama.

– Não é verdade! Ela só permaneceu com o senhor por causa do maldito dinheiro...

– Ela me ama sim! Sei que de vez em quando me dedico demais aos negócios, mas no fundo do coração jamais deixei de amar essa mulher, e ela sabe disto.

– Não seja ridículo.

A voz de Linda soou áspera. Ela se levantou arrumando a toalha em volta do corpo e, olhando-o destemida, falou:

– Albert, você sabe por que eu fiquei contigo, não sabe?

Goldenberg parecia não querer saber. Ele gostaria de dizer a Linda que não queria saber de nada, mas seus lábios apenas tremeram. Ela prosseguiu:

– Foi o maldito do dinheiro! Eu era uma menina pobre, vinda do interior, dando um duro danado para subir na vida. Em pouco tempo, ia ficar velha para enfrentar as lentes fotográficas.

Goldenberg deu dois passos na direção dela e levantou as mãos, como se pedisse um tempo.

– Vamos parar com isso, Linda, chega. Não importa o que aconteceu entre vocês dois. Só quero que você me diga que isso acabou... Que acabou para sempre.

Antes que ela dissesse qualquer coisa, Goldenberg encarou duramente Christiano e propôs:

– Você está liberado, não precisa mais terminar a minha biografia. Damos nosso contrato por encerrado, pago o que combinamos e você desaparece da minha vida.

Linda olhava diretamente para o marido, mas era como se não o visse.

– Essa é boa! Então tem que ser como o senhor Albert Goldenberg quer. O poderoso Comendador Goldenberg.

– Vamos esquecer tudo isso – ele repetiu, em tom de súplica.

Ela hesitou. Seu olhar pousou em Christiano numa espécie de apelo. Como que pedindo para que ele não aceitasse a proposta... Como uma borboleta querendo voar em direção à luz, agora que ela sabia que não podia mais mudar a trajetória do seu coração. Tudo o que deveria acontecer, acontecera. Era tarde para voltar atrás.

– A verdade, Albert – ela tentou novamente explicar, num tom de voz conciliatório –, é que jamais amei você...

Mas não pôde continuar, pois Goldenberg, desfigurado, a interrompeu. Sua voz tremia.

– Jamais me amou?

Goldenberg pôs a mão no bolso do paletó, enquanto perguntava:

– Nem durante a nossa lua-de-mel no México?

– Você sabe muito bem que tipo de lua-de-mel nós tivemos – ela respondeu, com uma ponta de irritação. – Ou você esqueceu como foi?

– Por favor, Linda – ele gemeu.

– Talvez eu pudesse ter aprendido a gostar de você, se tivéssemos uma vida normal... Mas nós nunca nos tocamos na cama. Como você esperava que pudesse dar certo?

A voz de Linda se tornara dura e fria. Havia nela uma dose de rancor.

– Eu me cansei, Albert, enjoei de você e de suas poses. Do seu maldito dinheiro. Cheguei à conclusão de que a vida é curta e o dinheiro não é tudo.

– Linda – ele balbuciou, desesperado. – Você está dizendo que nunca me amou? Você está zombando de mim, me desprezando?

– Quero que você me deixe em paz, Albert! Cansei de ser um pássaro colorido numa gaiola de ouro. Agora quero voar, cantar, sorrir, respirar a liberdade.

Goldenberg se descontrolou.

– Sua prostituta! Aproveitadora! Safada!

Sua mão surgiu do bolso segurando um pequeno revólver preto. O susto de Linda foi tão grande que a toalha escorregou para o chão, deixando-a inteiramente nua.

– Pára com isso, Comendador – gritou Christiano, andando em sua direção.

Goldenberg obrigou-o a parar, apontando-lhe o revólver que tremia em sua mão.

– Albert! Pelo amor de Deus – Linda implorou.

– Sua filha-da-puta! – ele agitou o revólver à frente dela, transtornado. – Você sabe do que sou capaz, não sabe?

Antes de ser levantado, um revólver não é nada. Se você puder impedi-lo de ser levantado, ainda terá uma chance. Uma vez levantado, entretanto, você não tem nenhuma chance. Você está morto.

O revólver ainda não estava totalmente erguido na direção de Linda quando ela saltou sobre Goldenberg, agarrando sua mão. Ela era fisicamente mais fraca, mas era ágil e lutava por sua vida. Era movida por medo e desespero. Pelas costas, Christiano também agarrou Goldenberg. No entanto, com um movimento brusco, o Comendador tentou libertar seu braço – e foi então que aconteceu. Um som. O estrondo seco, abafado e sem eco de uma bala detonada à queima-roupa.

Christiano reequilibrou-se, horrorizado.

O revólver ainda fumegava nas mãos de Goldenberg. Linda caíra de costas, com um filete de sangue escorrendo pescoço abaixo, até formar uma poça ao seu lado. O sangue não parava de escorrer e lentamente foi se tornando mais escuro.

Desesperado, Christiano abaixou-se e a tocou. Ela estava mole. Ela estava morta.

– Meu Deus! – ele gritou.

Goldenberg ajoelhou-se e segurou seu pulso.

– Não, não... – ele começou a berrar.

Christiano sentou-se na cama, em silêncio. Goldenberg, com um estranho ar de apatia, voltou seus olhos vazios para ele e disse:

– E agora?

Christiano estava em estado de choque. Tudo soava irreal, patético. Ela estava ali, morta. Nada mais podia ser feito. Goldenberg apontou o revólver em sua direção. Christiano não se moveu. De alguma maneira, sabia que ele não atiraria.

– Foi sem querer... A arma disparou...

Christiano não disse nada. O Comendador passou a mão pela cabeça e se levantou. Tinha recobrado o controle das emoções. Já pensava com frieza.

– Eu preciso da sua ajuda. Temos que abafar tudo isso. Eu não posso me expor a escândalos, você entende?

– Abafar? Como? – Christiano perguntou com ódio, controlando com dificuldade a vontade de pular no pescoço de Goldenberg.

– Eu vou pagar bem pelo seu silêncio... e pela sua ajuda.

Por um instante, Christiano pensou na mania nojenta dos milionários, de achar que podiam comprar tudo e a todos. Para eles, o dinheiro era a chave-mestra que abria todas as portas do mundo. Todos tinham o seu preço. Era só uma questão de saber quanto.

Goldenberg estava armado, era poderoso e tinha dinheiro, Christiano avaliou. A situação era grave e o Comendador poderia se voltar violentamente contra ele. Logo, era ele quem dava as cartas naquele momento. Depois, seria outra coisa. Era uma questão de paciência e autocontrole.

– Me ajude a sair dessa, que você não vai se arrepender – Goldenberg voltou a dizer.

Christiano ficou pensativo. E começou a vestir sua roupa enquanto decidia o que iria fazer.

– O senhor tem amigos na polícia?

– Muitos deles comem na minha mão.

– Então, do que está com medo?

– Dos lobos. Logo eles vão começar a uivar – Goldenberg disse.

– A imprensa?

– Isto mesmo. A imprensa é foda! A polícia não é problema, mas a imprensa pode mudar o mais cândido bilhete, escrito pelo mais inocente dos homens, na prova que o transformará no pior dos criminosos.

A verdade, Christiano raciocinou, era que ambos estavam comprometidos – embora a corda arrebentasse sempre do lado mais fraco. E ele era esse lado.

– O senhor tem mesmo alguém que deve favores na polícia?

– Tenho. E se não tiver, eu compro... Por quê?

– Acho que tenho a resposta – Christiano falou, lembrando que o crime da Rua Cuba apresentava uma solução viável.

– Qual?

– Suicídio.

– Não acredito...

– Pode acreditar – disse Christiano, olhando com tristeza para o corpo inerte de Linda. – Precisamos tirar a cápsula deflagrada, limpar a arma e depois detonar um tiro pela janela, com a mão dela segurando a arma, você entende?

Goldenberg franziu a testa e continuou ouvindo.

– Depois a gente leva o corpo até o quarto, arruma tudo como se o suicídio tivesse ocorrido na cama dela e telefona para a polícia.

– É, parece razoável, pode funcionar – disse Goldenberg.

– Com uma grana em cima... Acho que passa.—Concordo.

O Comendador foi até o escritório e voltou com mais uma bala. Christiano substituiu a cápsula, limpou no revólver todas as digitais e, depois, com a mão envolvida por um lenço, segurou a arma de encontro à mão de Linda, que ainda estava amolecida e sem controle. Não foi fácil para ele mirar para fora da janela.

– Liga a televisão no volume máximo – ele pediu para Goldenberg.

Quando isso aconteceu, Christiano disparou um tiro em direção às nuvens. Depois, prendeu a arma na mão dela com o lenço. Então olhou para Goldenberg e disse:

– Agora podemos levá-la para o quarto.

Goldenberg correu para preparar a cama, e Christiano aproveitou para se despedir de Linda. Desesperado, chorou. Revoltou-se pela tramóia que o destino havia lhe aprontado. Deixá-lo tanto tempo sem encontrar o amor, para perdê-lo, logo em seguida. Beijou com ternura os lábios frios de Linda e tratou de recompor-se. Não podia correr o risco de despertar a ira do Comendador, principalmente agora que havia solucionado seu principal problema.

Em seguida, Goldenberg reapareceu e os dois transportaram o corpo de Linda para o quarto. O que fora uma linda mulher agora era um incômodo cadáver. Entrar no elevador foi complicado. O sangue ainda vazava pelo ferimento e era preciso mantê-lo sobre o ventre de Linda, para que depois se espalhasse pela cama. O maravilhoso templo estava vazio. A alma inquilina havia deixado a moradia.

Quando chegaram ao quarto, acomodaram o corpo na cama. A cabeça ligeiramente elevada, fazendo o sangue escorrer para o umbigo, e dali para o lençol. Depois, Christiano retirou o lenço e o revólver permaneceu preso à mão, que começava a enrijecer. Na seqüência, Christiano escancarou a porta e a janela do quarto, foi para o banheiro e pendurou a toalha que ela havia usado no seu quarto. Conferiu minuciosamente o local. Apanhou uma toalha nova e limpou todas as digitais da janela e da maçaneta da porta. Tudo parecia perfeito. Ele voltou outra vez ao banheiro, certificou-se de que nada estava fora do lugar, lavou as mãos, apagou a luz com o auxílio da toalha e saiu em companhia de Goldenberg.

Voltaram à suíte de Christiano, eliminaram todas as marcas de sangue. Depois esfregaram as mãos vigorosamente, em especial a palma direita, com Bombril e sapólio, apenas para ter certeza de que nenhuma pista poderia ser encontrada. Daí, guardaram as esponjas, o lenço que usara para prender o revólver e roupas sujas num saco plástico, que o Comendador encarregaria seu motorista de lançar no incinerador da construtora. Por fim, tomaram um longo banho, colocaram roupa limpa e foram se servir de uísque.

– Agora é a sua vez – disse Christiano.

– Telefonar para a polícia?

Ele pegou o telefone e discou um número. Depois de algumas perguntas, a ligação foi transferida para um certo detetive Carioca. Goldenberg falou com ele com voz embargada. Explicou tudo em detalhes e terminou dizendo:

– Eu gostaria que a imprensa ficasse longe disso.

Mas o pedido de Goldenberg não foi respeitado na íntegra. Em pouco tempo, um batalhão de detetives, fotógrafos da polícia, peritos, técnicos e legistas chegaram. A casa virou um tumulto.

Christiano acompanhou com os olhos a passagem dos policiais. Pediu a Deus um pouco de sorte. O destino havia lhe pregado uma peça. Tanto trabalho, tanto sacrifício e tanto sofrimento para nada. Segurou a respiração e sentiu que iria enlouquecer se continuasse a pensar naquilo.

O detetive Carioca chegou à casa, passando com dificuldade pela multidão de jornalistas curiosos. A mansão mais parecia um parque de diversões, o detetive pensou. Ele entrou no quarto de Linda e foi direto para a cama. Levantou o lençol que cobria o cadáver e descobriu que ela estava nua. O sangue coagulado sobre o ventre antes havia escorrido para o lado esquerdo do corpo, onde agora havia uma enorme nódoa cheia de sangue quase negro.

Não era necessário ser nenhum perito em balística para entender que o caso parecia suicídio. Ela havia sido atingida por um disparo à queima-roupa. O pescoço apresentava um pequeno orifício, e o projétil não havia perfurado a calota craniana, o que sugeria ter ela sido atingida por uma arma de pequeno calibre, como a que estava em sua mão. Agora era só esperar o resultado dos exames para confirmar.

Carioca chegou mais perto e examinou o rosto. A mandíbula estava caída e o lado esquerdo da face com uma pequena mancha preta chamuscada. O buraco era realmente pequeno. Ele supôs que a suicida encostara o cano da arma um pouco abaixo da mandíbula, no sentido da cabeça, antes de apertar o gatilho, o que parecia confirmar suas primeiras observações. Um gesto de desespero.

O detetive deteve seu olhar sobre Goldenberg e ficou preocupado com seu estado. Ele estava distante, em choque, não tirava os olhos do cadáver. Seu rosto era uma máscara amarga e desesperada. Os dedos tremiam quando Goldenberg limpou as lágrimas do rosto e disse:

– Ela passou a vida inteira fazendo caridade. Era uma mulher maravilhosa. Correndo para cima e para baixo, preocupada com o bem-estar das pessoas, ajudando todo o mundo, principalmente os necessitados. E agora, veja só! De que adiantou tudo?

O detetive ajudou o Comendador a levantar-se e o convidou a sair dali.

No andar de baixo, constatou irritado que o local estava cheio de gente. De relance, viu um padre, técnicos, jornalistas, gente da polícia militar e o pessoal das emissoras de rádio. Poucos conseguiam manter um comportamento respeitoso. Nos jardins, curiosos formavam grupinhos e discutiam hipóteses para o suicídio.

Carioca levou Goldenberg até uma das suítes da casa e sugeriu que ele repousasse. Depois, mandou chamar um médico. Só então voltou ao quarto da suicida e passou a observar o trabalho dos peritos. Os *flashes* do fotógrafo policial brilhavam seguidamente. Há muito tempo não acontecia um caso como aquele, envolvendo gente da alta sociedade.

Os técnicos traçaram com giz uma linha branca em volta da cama. Os peritos em criminalística vasculharam as dependências em busca de impressões digitais. A noite já ia alta quando terminaram o trabalho pericial. Depois transportaram o cadáver de Linda até o rabecão do IML e tiveram trabalho para acomodá-lo no compartimento da viatura. Só depois disso a multidão de curiosos começou a se dispersar.

Carioca sempre pensava no fascínio que a morte exerce sobre as pessoas. Quanta gente esteve ali por muitas horas apenas para ver a morta. O detetive deixou sua mente divagar. Logo mais aquela madame estaria lavada sobre a esterilizada mesa de aço inox, sobre a qual legistas cansados e anônimos apoiariam os cotovelos para examinar o corpo, o orifício no pescoço e os demais estragos provocados pelo projétil, até encontrá-lo cravado sabe-se lá em que parte do cérebro.

Carioca entrou na viatura e seguiu direto para o Instituto Médico Legal, um enorme prédio cinza, adaptado para abrigar o laboratório. Assim que entrou, ordenou a um policial que guardasse o acesso, impedindo a entrada de pessoas estranhas.

Um tipo que parecia saído de um forte resfriado aproximou-se e disse:

– Estamos prontos para começar a autópsia.

O sujeito vestia um avental branco com as letras IML bordadas sobre o bolso esquerdo, na altura do coração. O detetive o acompanhou até uma sala com as paredes e o teto revestidos de azulejos brancos, onde dois auxiliares cuidavam da preparação do cadáver. O legista perguntou a Carioca se alguns jornalistas poderiam assistir à autópsia. O detetive, que adorava aparecer na imprensa, permitiu a presença de apenas dois.

Os jornalistas entraram na sala no momento em que um dos auxiliares amarrou um pano em volta da cabeça de Linda, fixando a mandíbula, que estava totalmente deslocada. No fundo da sala estava sentado um escrivão de polícia, martelando uma velha máquina de escrever.

O legista fez um sinal e o auxiliar retirou o lençol que cobria o corpo. Um cadáver completamente nu sobre uma mesa que mais parecia uma grande bandeja de aço gelada.

— Aposto que foi uma bala importada que fez o estrago — disse o legista. — Vocês observaram? Esse tipo de bala faz sempre um estrago muito sutil.

— Bem... Um calibre pequeno também deixa marcas pequenas, não é mesmo? — Carioca observou.

— É verdade — o legista colocou o dedo sobre a ferida. — O orifício é pequeno. Veja isso aqui: foi a explosão dos gases à queima-roupa que aumentou um pouco mais o estrago.

O legista arregaçou as mangas do avental, calçou um par de luvas.

— Ela conhecia anatomia. Veja que atingiu os locais mais mortais da cabeça.

O legista comprimiu o tórax do cadáver e uma água avermelhada escorreu do bandejão de inox, caindo dentro de um balde plástico colocado no chão. Ele começou a medir o ferimento com uma espécie de compasso graduado. Media e ditava tudo para o escrivão que datilografava. Às vezes, enfiava o indicador no orifício, limpava as bordas e depois media. O corpo foi virado e revirado sobre a bandeja. Uma trabalheira danada, pois o cadáver era pesado e estava já ligeiramente edemaciado.

Depois de proceder à investigação superficial, o legista estendeu a mão direita, sobre a qual o auxiliar colocou um bisturi afiado. O legista se voltou para um dos jornalistas.

— Se o senhor não agüentar ver isso, não faça cerimônia, pode sair.

O auxiliar esticou o queixo do cadáver para a frente e o legista, num gesto firme e seguro, cortou o couro cabeludo como se a escalpelasse. Depois, com uma espécie de espátula, afastou o escalpo e deixou exposto o osso do crânio.

O auxiliar passou para ele uma serra elétrica, com a qual ele, com grande perícia, cortou o osso como se serrasse um pedaço de madeira.

— Quando a gente não tinha serra elétrica, era a maior dificuldade abrir o crânio — ele comentou com o detetive.

O legista começou a explorar a massa encefálica dentro da calota craniana, ditando cada detalhe para o escrivão. Ele esticou o indicador e o afundou num orifício, e pareceu encontrar algo:

– Nossa! – ele exclamou excitado. – Consegui encontrar o projétil... Bem dentro do cérebro.

– Isso confirma que o disparo foi efetuado à queima-roupa – disse Carioca.

O legista começou a ditar para o escrivão que martelava sobre a máquina:

– Uma bala de quase cinco milímetros de diâmetro foi encontrada incrustada na massa encefálica da vítima...

Carioca olhou para o jornalista e disse baixinho no ouvido dele:

– Deve ser uma profissão monótona essa de médico legista. Esquartejar cadáveres frios é uma tarefa que exige um indivíduo frio como aço inoxidável.

– Acho que já chega para mim – disse um jornalista.

– Para mim também! – o outro aproveitou o precedente inaugurado pelo colega.

Carioca olhou para eles e os dois pareciam enjoados. E, realmente, mal tiveram tempo de sair e procurar um banheiro para vomitar.

* * *

A polícia pouco perguntou, e Goldenberg teve apenas de descrever sua surpresa ao encontrar Linda morta. Ele acentuou que ela andava bastante deprimida ultimamente, por motivos que desconhecia, mas nunca imaginou que chegasse a algum gesto extremo. Foram interrompidos pela chegada da ambulância do pronto-socorro cardíaco, que seu médico havia requisitado. Segundo ele, a internação hospitalar e repouso absoluto para Goldenberg eram urgentes e inadiáveis. O argumento médico era que a perda da amada havia abalado o seu sistema nervoso e cardíaco. Sua posição inicial fora a de que não era recomendável que o Comendador fosse submetido a nenhum interrogatório. Não fosse o desejo de Goldenberg em colaborar com a polícia, eles precisariam voltar no outro dia para concluir o inquérito. Respondidas todas as perguntas, a hipótese do suicídio se consolidava cada vez mais para os policiais – e o teste de parafina e o estado do cadáver a confirmavam.

À medida que tudo se acalmava, o medo de Christiano ia aumentando. Testemunhar à polícia e se expor à imprensa numa circunstância como aquela era o suficiente para fazer alguém como ele querer sumir.

Antes de entrar na ambulância, Goldenberg lhe dissera:

– Gostaria que você cuidasse dos funerais. Preciso ficar longe da imprensa. Vou fazer um retiro hospitalar até as coisas se acalmarem e minha saúde voltar ao normal.

A cabeça de Christiano girava. No fundo, ele temia a polícia. Quem sabe tinha deixado algo escapar e eles levantaram uma prova nova? Não duvidava do *acerto* de Goldenberg com os policiais, mas sabia que a polícia também tinha os seus Caxias. Os incorruptíveis. Os durões.

E se isso acontecesse? Se a polícia desconfiasse de algo, ele estaria frito. Seria retalhado devagar. Imaginou que lhe espetariam agulhas debaixo das unhas, uma a uma, e depois as esquentariam com o isqueiro até ficarem vermelhas. Pensou na hipótese de introduzirem uma agulha metálica de crochê no canal da uretra, até atingir a bexiga, e depois esquentarem tudo até arder. Em seu temor, via os policiais divertindo-se com os choques elétricos e, por fim, pendurando-o num pau-de-arara como um porco retalhado. Apavorado, ia ficando cada vez mais inseguro. "Essa gente entende de obter confissões. Eu sei disso", ele pensou. E imaginou o detetive gritando:

– Não foi suicídio! Quem matou a mulher?

Sentia tanto pânico que só então pensou em Linda. As lágrimas encheram seus olhos. Ele havia esquecido Linda, esquecido o ódio que sentia de Goldenberg, a raiva, o ciúme, o desespero de sua perda, tudo. Encheu um copo de uísque e tentou afogar a angústia. Ficou andando para lá e para cá dentro do quarto, depois ligou a televisão nos noticiários noturnos. A história estava em todos os canais.

Na manhã seguinte, o caso ocupava as manchetes dos principais jornais. Seria sensação na imprensa durante vários dias. Escândalos envolvendo personalidades são bons para os noticiários. A única coisa que o confortou, em meio a tanto desespero, foram as manchetes unânimes, noticiando o suicídio como *causa mortis*.

Christiano gastou parte da manhã lendo os jornais. Eles haviam escolhido as mais belas fotos de Linda. Apenas uma manchete de mau gosto o deixou revoltado: *Socialite suicida-se com tiro na cabeça*.

E ele chorou. Sentindo um ódio surdo de Goldenberg; um desprezo enorme por si mesmo, pela confusão dos sentimentos... Mas, acima de tudo, chorou de dor por saber que jamais iria ver novamente aquela mulher maravilhosa, que aprendera a amar em tão pouco tempo.

Christiano então tomou uma ducha e procurou relaxar. Precisava estar preparado para receber o pessoal da polícia.

Dois dias se passaram, entretanto, e eles não o procuraram – e Christiano quase deixou de se preocupar, envolvido com o funeral de Linda. Era um horror a idéia de que o corpo ainda repousava numa gaveta do necrotério, à espera das formalidades legais para o seu enterro. Na manhã do terceiro dia, o telefone interno tocou: os policiais estavam lá para falar com ele.

Christiano chegou ao saguão e lá estavam três homens à sua espera. Eram dois jovens e um homem mais velho, calvo, alto, moreno, com o rosto manchado e um abdômen volumoso. Christiano esticou a mão ligeiramente trêmula e o cumprimentou:

– Eu sou o delegado Guimarães, da Divisão de Homicídios do Deic.

A mão estava úmida e Christiano captou um acentuado cheiro de álcool em seu hálito.

– Por favor, vamos sentar.

O delegado abriu uma maleta executiva e retirou um pequeno gravador.

– Senhor Fonseca, estamos aqui para ouvir suas declarações sobre a morte da senhora Linda Goldenberg. Os meus auxiliares são os investigadores Wilson e Dumont. Christiano lançou a isca:

– Gostariam de um drinque?

Os olhos do delegado se iluminaram, e ele concordou:

– É uma boa, um uisquinho vai bem.

– E para os senhores? – perguntou aos investigadores.

Sorridentes, os policiais subalternos balançaram as cabeças negativamente. Christiano pediu que a empregada trouxesse uma garrafa de uísque, água e cafezinho. O delegado e ele sentaram-se num sofá num canto, enquanto os investigadores ficaram respeitosamente a uma certa distância.

– Eu sei – Guimarães começou – que é uma situação delicada, mas eu preciso que o senhor conte o que sabe sobre a morte da senhora Goldenberg. Um momento que vou ligar o gravador. O senhor não se incomoda?

Christiano balançou a cabeça e o delegado pressionou uma tecla do pequeno aparelho.

– Seu nome, por favor.
– Christiano Fonseca.
– Nós estamos aqui na residência do Comendador Goldenberg... O senhor é hóspede da família?
– Sim.
– Existem outros hóspedes, além do senhor?
– Bem... – Christiano hesitou. – Acho que tem os empregados.
– O senhor poderia nomeá-los, por favor?
– Tem a governanta, o motorista, as arrumadeiras, os cozinheiros e o garçom, mas eu não sei os nomes.
– Todos estão na casa no momento?
– Não sei. Acho que sim.
– Onde o senhor reside?
– Na Rua Aristides Espínola, no Rio de Janeiro.
– Qual é a sua ocupação.
– Sou escritor.
– Trabalha para o Senhor Goldenberg?
– Sim.
– Fazendo o quê?
– Estou escrevendo a biografia dele, sob contrato.

O delegado Guimarães balançou a cabeça, satisfeito.

– O senhor conhecia bem a senhora Goldenberg?
– Apenas de vista. – ele mentiu e rezou para que seus olhos não o traíssem.

O delegado fez uma pausa, apertando uma tecla do gravador. Serviu um uísque e tomou um longo gole. Depois, acendeu um cigarro e voltou a beber:

– O que o senhor sabe sobre o acontecimento?

– Bem. Eu estava na biblioteca, fazendo minhas pesquisas, quando o senhor Goldenberg me convocou, com uma voz que me pareceu muito estranha, à suíte da senhora Linda. Cheguei lá e encontrei o senhor Goldenberg desesperado, junto com os empregados. Na hora, eu vi que a senhora estava estendida na cama. Parecia morta.

– Ninguém tocou no cadáver?

– Não, não! O senhor Goldenberg foi incisivo. Ele recomendou que ninguém deveria tocar em nada, para não atrapalhar as investigações policiais.

O delegado bebeu mais um gole de uísque.

– E aí?

– Imediatamente ele telefonou para a polícia e depois foi aquele alvoroço todo.

– E o revólver?

– Que revólver?

– O pequeno revólver preto, oxidado, calibre 22.

– Havia um revólver na mão de dona Linda quando entrei no quarto, mas depois eu não sei o que foi feito com ele.

O delegado fez nova pausa. Deu um novo gole. Depois, em *off*, perguntou se existiam suspeitas de infidelidade por parte da senhora Goldenberg. Christiano falou que não sabia. Disse que procurava não se envolver com a vida particular de quem o contratava. O delegado citou notinhas maldosas publicadas nas colunas sociais. Depois ligou o gravador e completou dizendo:

– O teste residuográfico das mãos mostrou que ela efetivamente disparou a arma encostada ao corpo. Foram encontrados resíduos de pólvora na sua mão direita.

– Isso então confirma a hipótese de suicídio?

– Bem... Quanto a isso não existem dúvidas. Nós queremos apenas concluir o inquérito para apurar os motivos que a levaram a fazer isso.

– Infelizmente não posso ajudar em nada.

O delegado desligou o gravador e a entrevista foi encerrada. Antes de sair, Guimarães informou:

– Nós vamos ouvir os empregados e, certamente, a partir de amanhã o corpo estará liberado para os funerais. O senhor Goldenberg está hospitalizado e nos informou que o senhor cuidará disso.

– Exato. Vou prestar este favor a ele.

Christiano acompanhou-os até a saída e, ao se despedir, o delegado segurou sua mão e disse, afirmativo:

– A partir de amanhã pode providenciar os funerais.

Capítulo Onze

Depois que os policiais se foram, Christiano respirou aliviado. Finalmente conseguia relaxar. Agora, com certeza, conseguiria dormir tranqüilo. A tempestade havia passado, a calmaria parecia chegar. Ele retornou ao quarto, fez exercícios de *yoga* durante vinte minutos, tomou uma ducha fria e depois ligou o rádio nos noticiários. A grande novidade era o relatório da divisão de homicídios, que chegara à conclusão de suicídio por causa não determinada. Christiano imaginou que o *acerto* de Goldenberg havia funcionado. Era tudo uma questão de grana. Comprar a pessoa certa. E o bastardo do Goldenberg estava mais do que certo.

Cristiano vestiu-se para visitar Goldenberg no hospital. No trajeto, parou numa banca de jornais e comprou todas as revistas e jornais que falavam do suicídio de Linda. Quando entrou na suíte hospitalar, notou que a aparência do Comendador era saudável, mas ele parecia apreensivo.

– A tese do suicídio foi aceita – Christiano informou. – Não desconfiaram de nada.

– Felizmente.

Goldenberg apontou para a bandeja, ofereceu cafezinho e um cigarro. Seu estado geral era o mesmo. Nada parecia ter mudado. Seu cabelo continuava com o mesmo tom branco sofisticado, e a voz, como sempre, era rouca e autoritária.

— A divisão de homicídios ficou muito satisfeita com as suas declarações — ele sorriu para Christiano. — Acharam que você foi muito cooperativo e objetivo. Escutei a gravação do delegado Guimarães. Ele acabou de sair daqui. Você se saiu muito bem. Bem mesmo!

— Eu agradeço.

— Assim, ele decidiu encerrar as investigações e liberar o corpo.

Christiano baixou o olhar. Goldenberg continuou falando.

— Gostaria que você cuidasse de todos os detalhes do funeral. Quero tudo do melhor. Convide todos os amigos. Coloque grandes anúncios nas páginas dos jornais e não economize nas flores e coroas.

— Tentarei fazer o melhor.

— Tenho total confiança em você. Depois que tudo acabar... Depois que o funeral se consumar, meu motorista traz você até aqui e acertamos tudo. Você está me prestando um grande favor.

Goldenberg olhou para ele como se ainda não tivesse dito tudo.

— Mais uma coisa: não permita que a imprensa o sugestione a acrescentar detalhes. Eles certamente estarão lá. Este assunto já está encerrado, não acrescente nada à história. Fui suicídio e ponto... É lógico que eles vão aproveitar o funeral para bisbilhotar. O público quer notícias, mas se nós ficarmos calados, em poucos dias o caso cairá no esquecimento. Eles encontrarão uma história mais quente e tudo isso será passado. Faça exatamente o que digo.

— Sim, senhor.

— Deixe a polícia falar. Os delegados gostam de aparecer, de dar entrevistas. Isso é bom para nós.

Goldenberg tentava inspirar-lhe confiança. Christiano sabia que não podia cometer deslizes — o Comendador tinha os braços longos. A única coisa que ele não conseguia dobrar era a imprensa, e por isso queria Christiano longe dela. Essa era uma coisa para ser examinada com mais calma, Christiano pensou.

— Não deu para acertar com a imprensa? — ele perguntou para testar. — Jornalistas não têm acerto?

— Têm, mas eles são numerosos. Não se pode comprar todos. É mais fácil acertar os fortes. Estancar o vazamento na origem, você entende?

– Sim, entendo.

Por um momento, Christiano imaginou quanto dinheiro, ou promessas de dinheiro, o bastardo de cabelos brancos tinha espalhado por aí. Uma fortuna para "estancar o vazamento na origem". E continuaria, em benefício da sua sede de poder... O homem não tinha limites. Para ele, não existiam fronteiras. A única coisa que poderia interromper a sua história de corrupção e crimes era a imprensa...

Despediu-se de Goldenberg e deixou o hospital, seguindo no carro para o IML. No trajeto, sua cabeça dava voltas. Ele pensava no quanto havia se tornado cúmplice naquele processo. O quanto deixara o medo influenciá-lo. Evidentemente, Goldenberg tinha todos os trunfos na mão... A coisa toda parecia uma máquina e ele era um dente pequeno na enorme engrenagem. Uma pedra no sapato de Goldenberg que certamente iria começar a incomodar, mais cedo ou mais tarde.

Aquela idéia, que lhe causava muito medo, começou a se avolumar em sua cabeça. Ele sabia que a história não seria encerrada com o funeral. Existia um segredo entre eles. Ele sabia. Goldenberg sabia que ele sabia. Além do segredo, existiam as fitas gravadas. Uma simples confissão dele e a vida do Comendador iria por água abaixo. Goldenberg era capaz de acabar com uma vida como quem apaga uma bituca de cigarro. Christiano tinha provas reais disso. E sabia de muitas coisas mais.

Ele tomou a decisão ali mesmo. Chegou à conclusão de que seria melhor encerrar aquela biografia, ainda que o Comendador não concordasse. Não havia mais nenhuma razão para continuar. Ele voltaria a escrever suas histórias longe dali, em paz com a sua consciência, se é que um dia pudesse...

Tudo o que ele queria, acabado o funeral, era ficar livre de tudo aquilo. Mas sua intuição o alertava: seria muito difícil escapar. Christiano lembrou-se de Camões: *Oh grandes e gravíssimos perigos! Oh caminhos da vida nunca certos! Que onde a gente deposita a confiança, tenha a vida tão pouca segurança.*

Christiano teve o pressentimento de que o Pai celestial estava contraindo o seu olho e olhando para ele como um Caim no deserto.

* * *

Lindomar estava visivelmente irritado. Andava de um lado para o outro, fumando todo o tempo. Olhou para João Carlos de forma estranha.

– Sabemos que você esteve com o federal, sabemos que você esteve com o Nelson Porto.

– Não é verdade.

– A gente conhece bem o Nelson Porto. Ele leva grana de outra construtora, nossa concorrente. Deve ter metido uma série de abobrinhas na sua cabeça, não foi isso?

João Carlos baixou a cabeça.

– Brasília é uma selva – rosnou Lindomar. – A concorrência aqui é uma guerra! É cobra engolindo cobra. Dá pra entender? Sei que querem infiltrar alguém na nossa firma para *descolar* informações valiosas. Isso acontece em todos os lugares. É a espionagem das grandes construtoras. É o *lobby* do dinheiro.

– Eu não disse nada.

– Ótimo. Assim evitamos problemas. Nós somos uma família. Detestamos fazer mal às pessoas. Eu vou aproveitar para mostrar uma coisa pra você. Uma medida de precaução nossa. Afinal, não conhecíamos você totalmente.

Uma gravação comprometedora, pensou João Carlos. Lindomar abriu a gaveta e selecionou uma fita de vídeo, entre várias. Seguiram na direção de uma sala repleta de monitores.

– Vamos ver um filme *sexy*.

Enquanto instalava a fita, Lindomar continuou falando.

– Como você sabe, cuido da segurança da CAG. Se alguém da nossa empresa sair da linha e comprometer a organização, a culpa cai nas minhas costas. O Comendador Goldenberg não tem nada com isso. Ele desconhece totalmente os nossos métodos de ação. E eu tenho carta branca para agir. Ninguém da CAG tem o direito de trair.

– Por que você está me dizendo isso?

– Estou apenas alertando. Você é nosso homem de confiança. Sua atuação no Orçamento é fundamental. Se você passar informações para o Porto, ou pra quem quer que seja, vai melar o nosso negócio.

– Eu sei disso.

– É bom que saiba. Eu repito: é fundamental que você não fale mais com ele, entendeu?

– Tá bom.

– E aqui, eu tenho algo que será a nossa garantia. O nosso termo de compromisso de que você não sairá da linha.

João Carlos ficou assustado. Lindomar sorriu, apertou a tecla do vídeo.

– Divirta-se.

João Carlos ficou estarrecido com as imagens de suas *performances* sexuais. Tudo muito nítido. Ele, a mulher, os consoladores.

– Quem filmou isso?

– Não importa – disse Lindomar. – É você, não é? Agora você está no nosso anzol. E o anzol está cravado no seu estômago. Não tem saída.

– Isso é chantagem.

– Não se preocupe, não vamos usar a fita. Estará no nosso arquivo. Se você se comportar direito, nada acontecerá. Pense nisso.

– Quem mais sabe disso? Goldenberg sabe?

– Só eu sei. Prometo não mostrar para ninguém, a menos que você me obrigue. Aqui, nós jogamos sério, João Carlos. Não somos de brincadeira.

– Você sabe que pode contar comigo.

– Você não é bobo. É jovem e brilhante. E está com a chave de uma mina de ouro. Não estrague tudo.

– Pode deixar. Não vou decepcionar vocês.

* * *

O coração de Christiano acelerou enquanto ele subia as escadarias do IML. A morte sempre fora um grande mistério para ele. Era uma coisa que jamais passava pela sua cabeça. A certeza de que, mais dia, menos dia, chegaria a sua vez era algo em que ele nem queria pensar. O que era a vida? O que era a morte? Ele chegou à grande sala das geladeiras. O cheiro era agridoce e a temperatura muito baixa.

Ele levou um susto quando o gavetão foi puxado. Primeiro saíram os pés – no dedão direito estava amarrada uma etiqueta com o nome, idade e um carimbo vermelho: as palavras *morte violenta* –, depois apareceu o tronco, que estava esverdeado à altura do abdômen, e finalmente a cabeça, completamente arroxeada e disforme. O aspecto era tétrico. Sua amada Linda estava ali, naquela chapa fria, com o corpo costurado do pescoço até o púbis.

Dois funcionários, usando luvas de borracha, a levantaram, rígida como um pedaço de madeira, e a colocaram sobre uma mesa coberta por um lençol. Foi um baque surdo. Um líquido esverdeado escorreu pela costura e umedeceu o lençol encardido.

– Você já contratou funerária?

– Ainda não – Christiano respondeu.

– Eu tenho uma ótima para recomendar. Prestam os melhores serviços. Para seu governo, é a melhor da cidade.

– Como eu faço?

– Deixa que eu chamo o representante agora mesmo. Eles têm plantonista aqui.

Por um instante ele pensou na indústria da morte. Era um negócio como outro qualquer. Depois ficou ali, parado, olhando para Linda, lembrando-se dela na última festa. As imagens cintilantes permaneciam tão vívidas em sua memória que ele ainda podia ouvir sua voz aveludada no meio dos risos e ruídos da festa, e seu coração doeu com a lembrança...

O agente funerário foi rápido e eficiente. Disse que cuidavam de tudo: anúncios fúnebres nos jornais, flores, caixão e impressão de convites. O corpo seria velado na capela do Cemitério da Consolação. Christiano disse que queria tudo do melhor. Um enterro de primeira classe, à altura da senhora Goldenberg.

Enquanto descia as escadarias viu, ao lado do automóvel, um grupo de repórteres e fotógrafos. Queriam saber do Comendador Goldenberg. Christiano disse que ele estava hospitalizado e, por ordem médica, não compareceria ao funeral.

– Qual a razão da hospitalização? – um dos repórteres perguntou.

– Ele sofreu um choque emocional profundo.

Com alguma dificuldade, Christiano conseguiu chegar até o Mercedes. Os jornalistas pareciam um bando de hienas. Ele tentou imaginar as manchetes do dia seguinte. Tudo o que haviam publicado até então eram fofocas: hipóteses mirabolantes sobre o suicídio, críticas à conduta social de Linda, além de mentiras grotescas sobre sua vida.

Quando chegou à mansão do Morumbi, ligou para o Comendador e confirmou:

– O enterro será amanhã à tarde.

Acabou escutando mais uma vez uma série de recomendações e conselhos sobre como deveria se portar. Christiano escutou sem nada dizer. Estava abalado depois de ver Linda naquela bandeja fria. No fundo, ele se sentia culpado por tudo aquilo.

Apanhou o interfone e convocou a governanta. Perguntou se alguém havia telefonado para desejar pêsames. A resposta o deixou surpreso. Ninguém havia telefonado exceto uma senhora do Rio, que disse ser parente dela e queria informações sobre o enterro.

Ele pediu a agenda de Linda. Depois telefonou para inúmeras pessoas. Gente que havia visto em suas festas.

– Não disseram para onde iam?

– Não.

– Sabe a que horas irão voltar?

– Não.

– Pode transmitir um recado? Pede para ligar para os Goldenberg. O funeral da senhora Linda será amanhã, às quatorze horas, no Cemitério da Consolação.

Os telefonemas foram todos sem sucesso. Ele precisava conseguir alguém para, pelo menos, velar o corpo na capela do cemitério. A situação era embaraçosa. Pensou que, nessas horas, as pessoas simplesmente desaparecem. Era incrível tudo aquilo.

Uma idéia súbita veio à sua cabeça. Lembrou-se de Madame Marie Claude, a proprietária da famosa agência *Claude* de modelos. Ela praticamente lançara Linda. Telefonou três vezes.

— Quer fazer o favor de telefonar mais tarde? – a telefonista bronqueou.
— É urgente! Eu já liguei várias vezes.
— Vou transmitir seu recado, senhor Fonseca.

Christiano folheou inúmeras vezes a agenda de Linda. Tentou um novo telefonema para a colunista Gilda Garden. A secretária informou que ela estava consternada e que talvez fosse ao enterro. E, com certeza, daria uma grande nota na coluna do domingo, com destaque e fotos.

Ele ficou ali admirando a fotografia de Linda. O olhar era desafiador e tranquilo. O telefone tocou nesse momento. A governanta avisou que era uma chamada do Rio de Janeiro. Christiano pensou que poderia ser uma de suas amigas da sociedade. A ligação foi completada e ele ouviu uma voz de mulher, sem cor e distante.

— Aqui é a mãe dela.
— Boa tarde, senhora.
— Que dia vai ser o enterro?
— Amanhã.

Houve um instante de silêncio do outro lado do fio. Por fim, a mulher falou:
— Vou tomar o ônibus da meia-noite. Estarei aí amanhã cedinho.

E a ligação foi subitamente cortada.

* * *

Na manhã seguinte, Christiano recebeu um novo telefonema da mãe de Linda e marcaram um encontro na capela do cemitério. Era uma senhora simples, que parecia solene, usando modesto vestido preto, inadequado para aquele dia quente de janeiro. Seus olhos estavam vermelhos e inchados, e suas mãos eram ligeiramente trêmulas e mal-cuidadas. Ela estava a ponto de desmaiar e Christiano, preocupado, conduziu-a para fora do cemitério, até uma lanchonete nas proximidades. Sentaram-se a uma mesa próxima da janela e ele pediu chá com torradas. A mulher preferiu café com leite e um sanduíche de queijo.

— Eu fiquei sabendo pela televisão – ela disse. – Saiu em todos os noticiários do Rio.

Seus olhos ficaram úmidos. Pareciam mirar um ponto distante no horizonte.

– Ela sempre me mandava dinheiro. Era uma filha muito boa. Por que tudo isso foi acontecer?

– É o inexplicável da vida.

Ela contou sua vida modesta. O marido falecido. A infância de Linda e o quanto ela era inteligente e decidida. Depois voltaram para a capela e a mulher postou-se ao lado do caixão. Ficou lá, olhando através do vidro. Tirou um rosário do bolso e rezou durante um bom tempo. Depois, voltou-se para Christiano com a face vermelha e os olhos molhados. E olhou em volta, admirando o esplendor do saguão, a soberba decoração das flores.

– Por que está tudo tão vazio? Ela me disse que tinha tantas amigas.

Christiano não respondeu. Não sabia como dizer que as amizades eram aves de arribação. Que quando o tempo é bom, elas se aproximam, para desaparecer quando o tempo fecha.

– Ela queria ser enterrada aqui. Sempre sonhou com São Paulo e acabou morrendo aqui – a mulher contou.

Eles esperaram calados até as dez horas. Ninguém havia aparecido – e Christiano imaginou que talvez Goldenberg quisesse despedir-se de Linda. Pegou o telefone e ligou para o hospital.

– Não veio ninguém... Nem mesmo curiosos – disse, assim que o Comendador atendeu.

– Oh! Não diga...

O tom da voz era dúbio.

– O senhor não quer mesmo prestar as últimas homenagens?

Nesse momento a voz ficou inconfundível.

– Não posso ir... Não devo me expor a uma situação dessas.

Christiano achou melhor não insistir.

– Eu compreendo – disse.

E desligou. O sol já estava a pino e a temperatura bastante alta. Christiano aproximou-se da mãe de Linda. Notou que ela havia feito uma maquiagem bem compacta para mascarar o sofrimento do rosto. Ele se sentia arrasado, mas não demonstrava. Procurava controlar as emoções. A hora do enterro se aproximava e ninguém aparecia. A mãe de Linda consultava o relógio todo o tempo.

– Este relógio foi presente dela – disse.

Ficou um tempão ali, passando o dedo sobre o mostrador. Depois, abriu a bolsa e pegou o lenço, para secar o suor da face, e um pequeno livro de capa encardida:

– Era o diário dela quando mocinha. Era uma sonhadora. Escrevia poesias maravilhosas.

Christiano abriu o livro a esmo. Seus olhos se fixaram numa das páginas. Era um poema chamado *Névoas de nadas*. Ele leu:

Gotas de orvalho sobre as flores.
Oh! quanta alegria!
Não temais o vento ríspido,
Mas sim o próximo dia.
Para leste flui o rio,
Para oeste a via-láctea,
Melhor é haver ganho
O dom de cada dia,
Do que um futuro nome deslembrado.
Enquanto puderdes, vivei a alegria:
Enquanto dura, são pérolas.
Oh! vivei a alegria enquanto durar,
A vida é uma névoa de nadas.

Estava lendo outro poema quando a mulher avisou:
– O padre vem aí.

O religioso entrou na capela em companhia da governanta portuguesa. Parecia ofegante e foi logo tecendo comentários sobre o calor insuportável. Depois consultou o relógio e disse:

– Está quase na hora.

— Vamos esperar mais meia hora. Os amigos dela chegam sempre atrasados — disse a governanta.

Esperar foi inútil. Ninguém apareceu.

Meia hora depois do previsto, o cortejo começou a empurrar o carrinho com o caixão. Um fotógrafo apareceu e registrou a comitiva de quatro pessoas. Ao seguirem pela alameda central, ouviram passos de alguém que seguia o cortejo. Christiano achou que era um possível jornalista retardatário, pois trazia uma prancheta e fazia anotações sobre um bloco.

O sol estava sufocante quando o caixão desceu à sepultura, depois que o padre encomendou o corpo. Voltaram silenciosos até o carro. O ar-condicionado ajudou a refrescá-los. Tão logo sentou-se, a governanta olhou para trás e disse:

— Virgem Maria. Quando era festa eles vinham aos montes. Na hora da necessidade não aparece vivalma!

— Os ricos não são solidários — Christiano comentou. — Se refugiam no dinheiro, na vaidade e na indiferença.

* * *

Goldenberg continuou pensativo. Felizmente, Nadja tinha voltado da Europa. Ela era a única pessoa cuja proximidade realmente lhe dava prazer, ainda que adorasse ficar isolado, pensando nos seus negócios. Agora ela havia voltado e eles poderiam retomar a convivência carinhosa. Ele adorava sua filha, embora seus traços lembrassem o rosto da mãe...

O interfone anunciou a chegada do deputado Bravamel. Ele entrou apressado, com seus óculos tartaruga, terno azul-claro e cabelos tingidos de preto, fixados por um gel brilhante.

— Você está ótimo — Bravamel disse, apertando-lhe a mão.

— Que surpresa. O que traz você aqui?

Bravamel estava aflito.

— Problemas.

— O que está acontecendo?

– Você sabe que o projeto do Canal da Paternidade está nas minhas mãos. O que você não sabe é que estou sofrendo uma pressão enorme de outra construtora para não aprovar.

Goldenberg olhou para ele e disse:

– Eu investi uma fortuna nesse negócio. Você não tem nem idéia do que já fiz para ganhar esta concorrência. Não posso perder a parada agora, depois de tanta luta.

– Além disso, a morte do governador continua um mistério. Os deputados estão cobrando. A batata está quente na minha mão.

– Aonde você quer chegar?

– Temos que resolver isso logo ou a CPI da pistolagem acaba melando o projeto. A verba já está autorizada. Precisamos acertar...

– Quanto você quer? – Goldenberg perguntou.

– Não vai sair barato... Tenho que dividir com muitos, você sabe.

– Temos dinheiro.

– Vai custar mais caro que das outras vezes. Esse caso agora está complicado, um governador foi assassinado. Vou arriscar uma carreira de trinta anos...

– Tudo bem. Pode falar o preço.

– Dez milhões de dólares, depositados numa conta da Suíça.

Goldenberg bateu com o nó dos dedos sobre a madeira, e olhou suavemente para Bravamel.

– É um pouco mais do que pensava. Entretanto, tenho o dinheiro e posso pagar.

– Negócio fechado?

– Negócio fechado – Goldenberg confirmou.

Bravamel tirou os óculos e disse:

– Quando você pode liberar o dinheiro?

– Depois da publicação no *Diário Oficial*.

Goldenberg ofereceu um drinque, mas Bravamel preferiu café.

– O que se fala da morte do governador? – o Comendador perguntou.

– Falam-se as maiores sandices. O que se tem de oficial é que ele foi vítima de um assalto idiota.

– Deve ser verdade.

Quando se despediram, Goldenberg sentiu que tinha marcado um gol olímpico. Bravamel estava no papo. O seqüestro começava a tomar forma.

Capítulo Onze

O MERCEDES SEGUIU VELOZ NA direção da rodoviária. A despedida foi comovente. A mãe de Linda ainda chorava. Christiano acompanhou-a até o embarque e anotou seu endereço para passar a Goldenberg.

Quando retornou ao Morumbi, o sol já estava se escondendo e ele se sentia faminto. Apanhou o telefone e comunicou a Goldenberg que estava tudo resolvido.

– Vou arrumar as minhas coisas e fazer uma viagem – Christiano disse. – Preciso respirar, ficar um pouco longe de tudo isso.

Goldenberg pareceu não entender.

– Você vai abandonar o barco?

– A minha cabeça está confusa. Vou dar um tempo.

Christiano desligou o telefone e sentou-se. Não estava se sentindo bem. Uma intuição estranha de perigo o incomodava. Não bastasse isso tudo, aquela festa deslumbrante não saía da sua memória. Dava até para escutar a música e os risos que explodiam por todos os cantos daquela suntuosa mansão.

Ele entrou na sala de jantar e, solitário, devorou um antepasto à base de pastrame, salsichas de fígado e saladas variadas, cardápio que complementou com um enorme prato de camarões embebidos em queijo. Tudo acompanhado por um bom vinho.

Depois, andou pelos jardins daquela imensa casa. A noite já começava a chegar quando subiu ao apartamento para arrumar suas coisas.

Linda Goldenberg estava morta e arquivada. Logo estaria inteiramente esquecida. Do seu período de fausto, restaria apenas o registro policial do trágico acontecimento. A sua história não mais seria conhecida pelas suas festas, mas pelo desfecho. A dama cheia de charme e elegância estava agora transformada numa página de arquivo policial.

Christiano fechou a mala. O perfume de Linda ainda impregnava o lençol da cama. O calor do seu corpo ainda aquecia o seu coração vazio. Ela fora a primeira mulher de verdade que conhecera em toda a sua vida. Ele se lembrou da primeira vez em que haviam feito amor. Como tudo havia acontecido de maneira natural. Desde o primeiro olhar, ele soubera que estava diante de uma pessoa especial. Lembrou-se da decepção quando Goldenberg lhe contou que ela era sua esposa. Voltou a viver a magia de quando sentiu seus seios, pequenos e rijos, queimando o seu peito. Suas mãos se tocando, seus corpos se entrelaçando. Então Christiano chorou de saudade.

Christiano desceu pelo elevador, atravessou os corredores já apagados e saiu da mansão. Ele acomodou sua bagagem no porta-malas, entrou no carro e o motorista deu a partida. Rumo à escuridão da cidade. O motorista tinha uma aparência estranha, soturna, e pouco falava. Por um momento, Christiano teve a sensação de que o carro havia se afastado da rota do aeroporto, conforme havia pedido.

A freada brusca fez rangerem os pneus. O Mercedes parou num acostamento escuro, atrás de outro carro, que parecia estar à sua espera. Três homens surgiram de repente e se aproximaram do Mercedes. Um deles se adiantou e abriu a porta do carro. Tinha um revólver na mão e apontava para Christiano.

Christiano reconheceu o detetive Carioca.

– Onde você pensa que vai?

– O que vocês querem?

Christiano foi arrastado para fora do carro e jogado ao chão.

O detetive Carioca aproximou-se e abaixou-se.

Os outros homens olhavam para os lados, certificando-se de que o lugar estava deserto. Christiano teve a impressão de que já vira um deles. Era um homem branco, alto e calvo. A falta de luz dificultava a identificação, mas seu aspecto não lhe era estranho. Lembrava-se dele.

– O Goldenberg quer falar contigo... – Carioca disse, ajudando-o a levantar-se e conduzindo-o de volta ao Mercedes.

Christiano foi levado de volta à casa do Morumbi. Subiram pelo elevador e foram diretamente para a biblioteca. Goldenberg estava lá, junto ao equipamento de vídeo. Ele fez um sinal para os homens.

– Vocês podem ir.

Assim que eles saíram, sua expressão mudou completamente, assumindo um sorriso de máscara. Ele abriu uma gaveta e, com gestos teatrais, apanhou uma fita de vídeo que jogou nas mãos de Christiano.

– Está tudo aí. Você está nas minhas mãos.

Christiano, assustado, segurou a fita e perguntou:

– O que é isso?

– O suficiente para mandar você para a cadeia.

Christiano, ofegante, mal conseguia balbuciar.

– Não estou entendendo.

– Então veja a fita. É só colocar no vídeo...

Christiano viu a fita por inteiro. Não podia acreditar. Estava tudo ali, de forma muito clara. Uma fita editada, na qual era ele que acionava o gatilho da arma que matou Linda. Goldenberg gargalhou. Depois, trancou a fita na gaveta e disse para Christiano:

– Agora você é meu. Vai fazer o que eu ordenar. Matar, se preciso... Senão, vai para a cadeia.

Segunda Parte

Capítulo Um

A placa dizia: Fundação Goldenberg. Christiano esperou numa sala, em silêncio, imaginando o que mais teria de fazer para satisfazer Goldenberg, agora que não passava de um refém em suas mãos. Olhou pela janela e acompanhou o carro de Condor parar na frente da imponente mansão. Ele entrou apressadamente e um segurança enorme apareceu, abriu a porta e disse:

– Senhor Condor?

O detetive estendeu a mão para o homem abrutalhado e sentiu seus dedos serem esmagados por uma espécie de "quebra-nozes" de carne e osso. Observou os braços musculosos e o enorme pescoço do sujeito. Sua cara redonda, quase sem barba. Os olhos escuros e sem brilho.

– O Comendador Goldenberg está à sua espera – disse o grandalhão com sua voz fanhosa.

Condor sentiu um ligeiro arrepio. Estava curioso pelo encontro com o todo-poderoso. Alguém que só conhecia de nome, que jamais vira pessoalmente.

Atravessaram um longo corredor e subiram uma escadaria ornamentada com um tapete vermelho. Condor limitou-se a seguir, silencioso, os passos do grandalhão, que bateu na porta da sala, no fundo do corredor. Uma voz rouca foi ouvida.

— Pode entrar.

O grandalhão abriu a porta e Condor entrou. Goldenberg pediu que o homem esperasse do lado de fora. Ele fechou a porta e ficou montando guarda no corredor.

O comendador apertou a mão de Condor e levou-o para uma poltrona inglesa de couro, colocada ao lado da sua escrivaninha. Embora o sol estivesse brilhando, a temperatura dentro do escritório era fria. Goldenberg, para descontrair, ofereceu um conhaque, e Condor aceitou.

— Parabéns pela remoção dos *obstáculos* inconvenientes.

— Nada de mais, Comendador. Apenas fiz meu trabalho, sem deixar pistas. Exatamente o que o senhor esperava.

— Um ótimo trabalho!

Nesse momento, bateram na porta. O Comendador engoliu o conhaque e disse:

— Pode entrar.

Era Christiano.

Goldenberg também lhe ofereceu uma bebida e depois apontou na direção da outra poltrona. Christiano pegou um copo, sentou-se e cruzou as pernas, atento às explicações.

— Iniciamos agora um entendimento que, se concretizado, renderá um milhão de dólares para cada um de vocês — Goldenberg disse.

E explicou, em detalhes, que sua proposta era mais séria do que Christiano e Condor podiam imaginar. Segundo ele, nascia ali um pacto de vida ou morte que exigia segredo absoluto. Apenas os três ficariam sabendo. Uma empreitada discreta, diferente de tudo o que haviam feito até então. Simplesmente o mais rentável de todos os empreendimentos.

— Que tipo de empreendimento? — Christiano perguntou.

Goldenberg colocou um calhamaço de recortes de jornais sobre a mesa. Condor olhou cheio de curiosidade para aquilo. Pacientemente, o Comendador procurou uma das reportagens e levantou a página na direção de Christiano. O artigo falava da peregrinação do deputado Silva Bravamel e sua família à Basílica de Nossa Senhora Aparecida.

— Este crápula está bancando o durão com a CAG e atrapalhando os meus negócios. Não posso permitir. Investi muito dinheiro até agora, o projeto tem que ser aprovado.

Ele falou da importância da obra do Canal da Paternidade para o futuro da sua empresa.

— O governador que assumiu faz nosso jogo. O Bravamel está escorregando. Farei com que ele implore de joelhos, aos meus pés.

Condor e Christiano ouviam com toda a atenção.

— Todos os anos, ele vai pagar promessas à Santa, como se isso justificasse todas as suas falcatruas.

Goldenberg exibiu outros recortes de jornais que falavam da devoção do deputado. O Comendador abriu um mapa sobre a mesa e pôs o dedo sobre a cidade de Aparecida do Norte.

— No dia da festa, a cidade fica cheia de visitantes. O que será ideal para um seqüestro.

— Seqüestro? Do deputado? – Christiano perguntou, espantado.

— Não – o Comendador disse e sorriu de um jeito sinistro. – De sua querida filhinha, que estará lá, representando o pai.

Condor olhou para ele e perguntou:

— Nós vamos fazer o trabalho em apenas duas pessoas?

— Não, claro que não.

Goldenberg falou então sobre seus outros aliados: o delegado Demian e seus homens.

— São membros respeitáveis da polícia. Através deles saberemos os passos da investigação policial.

— E como vai ser? – perguntou Condor.

— Tenho todas as informações a respeito do cerimonial da basílica de onde ela vai sair acompanhada do segurança.

Goldenberg olhou para ambos e abriu a gaveta da escrivaninha, de onde retirou uma pasta bege.

— Patty Bravamel é a filha que o pai adora. Vai ser muito fácil apanhar o passarinho. Sem o dinheiro para pagar aos seqüestradores, ele não vai ter outra saída a não ser me procurar. E não hesitará em satisfazer as minhas exigências. Tenho tudo esquematizado. No momento, o pessoal de Demian está dando os últimos retoques no cativeiro do Morumbi. É um local isolado e impossível de ser descoberto.

– Próximo da casa da família? – espantou-se Condor.

– Sim, no bairro do Morumbi, em São Paulo. É um grão de areia na praia. Não chama a atenção e facilita os contatos e as negociações.

– E a vizinhança? – Christiano quis saber.

– É um local tranqüilo, próximo do estádio de futebol. Os únicos vizinhos são pessoas inocentes e pacatas.

Goldenberg entregou o dossiê para Christiano. Explicou as funções de todos os participantes. Enumerou os perigos, um por um. E estava recapitulando o plano, quando alguém bateu na porta. Era uma mulher ruiva.

– Esta é Nadja, minha filha que acabou de voltar da Europa – Goldenberg apresentou.

Christiano olhou para ela com curiosidade. Finalmente podia ver em carne e osso aquela que tantas lágrimas havia causado a Linda. Altiva e distante, Nadja vestia um conjunto *jeans* e blusa de seda bege. Usava os cabelos soltos, sem brincos ou jóias. Os olhos eram verdes, o rosto pálido e o sorriso muito claro.

– Vamos continuar a reunião mais tarde, quando Demian chegar – disse Goldenberg. – Enquanto isso Nadja levará vocês até a sala de reuniões.

Ela os conduziu e, ao chegar à sala, depois de uma breve indecisão, esboçou um leve sorriso e saiu-se com um profissional "fiquem à vontade". E foi cuidar da vida. Não demorou e o Comendador juntou-se aos dois.

– Acabei de contatar o Demian. Ele já está vindo para cá.

– Por que usar gente da polícia? – Condor perguntou.

– Por uma questão de controle e segurança. Desde que li sobre o seqüestro do Beltran, percebi que era fundamental aliciar alguém de dentro da polícia.

– E como o senhor chegou até ele? – Christiano perguntou.

– É claro que é difícil encontrar um homem assim. Nós tivemos que fazer uma longa investigação, até encontrar o delegado Demian.

Goldenberg mostrou uma pasta branca, cheia de recortes e anotações, e falou para Christiano:

– Como você pode ver, não existe nada contra ele. Sua ficha policial é das melhores. Conhece todas as manhas e poderá nos orientar, em caso de necessidade. Em resumo, vocês atuarão na captura e entrega da vítima. Ele, na manutenção do cárcere privado e no monitoramento da movimentação policial.

– Parece que está tudo muito bem planejado – Christiano comentou.

Goldenberg sorriu, satisfeito.

– Esse é um seqüestro diferente. Um seqüestro cujo resgate real é a aprovação de um projeto. Eu pago o resgate a mim mesmo. Bravamel assinará o projeto. Temos a vítima certa para fazer com que ele atenda a todas as minhas reivindicações. Vamos aguardar a chegada do Demian. Nada pode sair errado, entenderam?

Condor concordou movimentando a cabeça e depois, ao sair, questionou Christiano esticando o dedo na sua direção:

– Ele tem experiência criminal?

– Mais do que você imagina. Tive provas disso pessoalmente – Goldenberg disse, lembrando-se da morte de Linda.

Condor e Christiano desceram as escadarias e se sentaram num banco do jardim, debaixo de uma árvore frondosa. Uma empregada trouxe café para os dois. Ambos estavam relaxados. Condor pegou a pistola que carregava sob o paletó e colocou no canto do banco.

– Conhece esta máquina?

– Conheço – Christiano disse –, não é das melhores.

Condor riu, cético.

– Você entende mesmo de armas?

– Sim.

O detetive pegou a arma e a entregou a Christiano. Ele a manuseou com familiaridade, tirou as balas do pente. Então voltou-se para Condor e disse:

– Arma é um objeto sagrado. Deve ser sentida. Uma automática é uma mistura de mistério, fácil manuseio e eficiência. É como uma mulher, precisa saber lidar com ela.

– Você já matou alguém?

– Muitos. Já assassinei um montão de gente.

Condor olhou desconfiado para o rosto de Christiano.

– Com que arma?

– Com minha caneta.

– Caneta? Como?

– Sou escritor. Mato com a caneta. É mais fácil e evita a encheção de saco da Justiça. Nada é pior que sentar no banco dos réus.

A empregada se aproximou e disse que era para retornarem à sala de reuniões. Os dois já estavam subindo as escadas quando escutaram o ranger do portão da garagem – e Christiano imaginou que o delegado Demian havia chegado. Condor jogou fora o cigarro fumado pela metade e entraram.

No corredor que levava à sala, viram um homem baixo e atarracado. Ele tinha os cabelos discretamente grisalhos e usava óculos escuros.

Entraram na sala de reuniões ao mesmo tempo. A luz do sol filtrava-se através do blindex fumê e incidia sobre o tampo de vidro da escrivaninha de mogno inglês. No canto da mesa, havia uma pilha de pastas e papéis arrumados. Goldenberg cumprimentou o delegado Demian e o apresentou a Condor e Christiano. Demian parecia ter um tique nervoso, Christiano notou. A todo momento, levava a mão à axila esquerda, como se apalpasse o cabo de uma automática.

Goldenberg sentou-se na cadeira de espaldar alto e durante alguns segundos encarou o delegado Demian. Em sua opinião, era um sujeito que matava e torturava por nada. Apesar dos óculos escuros, dava para notar que seus olhos eram verdes e quase sem brilho. E duros como pedra.

O Comendador repetiu o que tinha dito anteriormente para Condor e Christiano. E disse ao delegado:

– Já temos tudo preparado. O cativeiro está pronto?

Demian acendeu um cigarro.

– Estamos colocando a porta e aplicando a pintura. Fica pronto esta tarde.

E explicou detalhadamente a preparação do local, enfatizando as precauções quanto à segurança. Havia construído um cativeiro subterrâneo sob a garagem, com entrada a partir de uma placa de mármore no chão, dentro do armário de ferramentas. Toda a obra e cuidados de manutenção da vítima ficariam a cargo de homens de sua confiança: Leo Nilsen, um ex-presidiário, e um carcereiro chamado Saulo.

– São de confiança? – Condor perguntou.

– Totalmente. O Nilsen já participou de seqüestros, tendo cumprido uma pena por isso. É um sujeito muito experiente. O Saulo, o carcereiro, eu conheço desde que começou na minha delegacia. É um cara calado, que só tem um defeito: é maníaco por mulheres. É um tarado de verdade.

Goldenberg riu. Condor e Christiano olharam para Goldenberg.

– Por medida de segurança – Demian concluiu –, não existem empregados na casa. É uma proteção para todos nós. Não queremos bisbilhoteiros.

– Muito bem, vamos agir como três poderes independentes – o Comendador disse. – Vocês capturam a vítima e entregam para o delegado. Ele se encarrega de mantê-la prisioneira, e eu controlo todos os movimentos e administro as finanças. Está claro?

Todos concordaram com a cabeça.

– Não existe ninguém totalmente seguro contra um seqüestro – Goldenberg disse. – Por mais seguranças que um sujeito utilize, sempre é possível capturá-lo.

Todos pareciam concordar. Eufórico, ele continuou.

– No seqüestro, capturar a vítima não oferece dificuldades. O mais complexo é receber o resgate. Só que, no nosso caso, isso não vai ser necessário.

– Como assim? – questionou Condor, surpreso.

– O pai dela vai assinar a liberação da verba para nossa Construtora. E nós forjaremos uma liberação de verbas para cobrir o resgate.

– Isso elimina uma boa parte dos riscos – disse Christiano.

O delegado fumava em silêncio. Então falou pela primeira vez.

– Eu não acredito que seja tão fácil assim. Mas isso pode ser discutido depois. Por ora, basta dizer que o grande problema do nosso plano está na captura da vítima.

– Por quê? – Condor perguntou. – Nós pegamos a menina durante a romaria para Aparecida, vamos até o local combinado e então entregamos o "pássaro" para vocês engaiolarem.

Demian esmagou o cigarro no cinzeiro.

— O Leo Nilsen é um excelente motorista. O carro para o transporte já está preparado com chapa e documentação fria. Depois de tudo terminado, afundaremos o carro na represa. Aí, o negócio é com vocês.

Goldenberg olhou para Demian. E disse:

— O plano é perfeito.

— Quanto vamos pedir de resgate? — Demian perguntou.

— Dez milhões de dólares.

— Dez milhões é um susto e tanto — o delegado comentou.

— Isso mesmo. O objetivo é assustar o Bravamel. Ele é louco pela filha. Vai ficar desesperado quando souber que ela foi seqüestrada — disse Goldenberg.

— Principalmente se dissermos que somos do Comando Vermelho — sugeriu Condor.

— Excelente idéia — Goldenberg disse. — Isso vai desviar a atenção da polícia, e Bravamel, apavorado, virá me procurar para conseguir o dinheiro. Farei com que ele acredite que estou pronto a ajudar, assumindo as negociações, desde que ele aprove com urgência o projeto do Canal da Paternidade.

— É, o plano parece muito bom — disse Christiano.

— Mas é bom estarmos preparados para o inesperado — o delegado falou.

— Inesperado? Que inesperado? — perguntou Goldenberg.

Demian movimentou-se na poltrona e começou a explicar. Disse que a Polícia Federal infiltrava agentes especialmente treinados junto aos familiares dos seqüestrados, como verdadeiros hóspedes. Explicou que eram agentes de alto nível, treinados nos Estados Unidos para fazer negociações.

— Além de negociar com os seqüestradores, esses agentes especiais evitam que o resgate seja pago a falsos seqüestradores. Com a minha assessoria, essa fase vai ser ultrapassada sem problemas.

O delegado então repetiu que a única coisa que o preocupava era a captura da vítima.

— Já disse que com isso você não precisa se preocupar — Condor comentou, com uma ponta de mau humor. — Nós vamos usar o fator surpresa, e contra a surpresa não existe defesa. Posso garantir que não vai haver nenhum problema na captura da moça.

O delegado olhou para o rosto de Condor.

– Se isso é verdade, só vai me restar o problema da manutenção da vítima no cativeiro. Veja esta relação dos seqüestros praticados nos últimos anos.

Estendeu a lista sobre a mesa. O resultado era altamente positivo para o lado da polícia: 85% por cento dos casos solucionados. Demian leu em voz alta o sumário do relatório reservado da DAS – Delegacia Anti-Seqüestro: "A delegacia anti-seqüestro registrou, nos últimos quatro anos, trinta casos de seqüestro. Esclareceu vinte e cinco e prendeu setenta e oito seqüestradores em flagrante. Desde o início deste ano, aconteceram oito seqüestros em São Paulo, seis dos quais foram resolvidos – com seqüestradores presos e resgate recuperado. Quanto à 'geopolítica' dos seqüestros, o Rio tem condições ideais para esse tipo de crime, pela sua topografia montanhosa. São Paulo não é considerada uma região muito boa, por ter saídas facilmente bloqueáveis, ser excessivamente policiada e facilmente observável por um helicóptero".

Atento às considerações do delegado, Goldenberg pensou por um momento e disse:

– Para nós, nada disso importa. Nosso *pássaro* vai ser engaiolado no Morumbi, longe da polícia e dos helicópteros.

– Christiano pode fazer um levantamento completo da residência do Silva Bravamel no Morumbi, para o caso de não conseguirem realizar o seqüestro em Aparecida.

– Como vou abordar a casa? – perguntou Christiano.

– Sem problemas. Eu telefono para Bravamel, e digo que estou remetendo alguns documentos sobre o projeto. Você vai ser recebido cordialmente.

Demian, que estava atento, completou:

– Inclusive, você vai poder fotografar mentalmente a topografia do local. Estudar as entradas e a viabilidade do seqüestro ser realizado na saída da garagem.

– Escutei que a filha dele sai todas as manhãs, no mesmo horário, dirigindo o próprio carro.

– Vai ser moleza – disse Condor.

– Quando vamos começar? – Demian perguntou.

— Imediatamente. Amanhã mesmo, vocês partirão para montar a base em Aparecida. Traga o pessoal e também aquele Toyota que você conseguiu com o pessoal do Capão. Condor usará o carro.

Demian fez um gesto afirmativo e disse:

— O Toyota, apesar de novo, apresentou um problema mecânico. Está sendo consertado, no momento.

Goldenberg explicou que o carro era indispensável por ser um modelo comum, que não chamaria a atenção.

— Ele será dirigido por Christiano, que fará companhia a Condor — o Comendador olhou para Christiano. — Essa será sua tarefa. Depois disso, você está livre.

Demian franziu a testa, sem entender o que significava aquela última frase. Goldenberg percebeu e, antes que o delegado pudesse perguntar qualquer coisa, levantou-se e disse.

— A sorte vai estar do nosso lado. Todos serão muito bem-remunerados. Existe dinheiro do governo suficiente para todos. Muito dinheiro! Cada um de vocês receberá um milhão de dólares.

Goldenberg voltou-se para Christiano e disse:

— Estude o caso. Aqui estão os dados sobre ele. Eu vou ligar dizendo que você irá entregar os documentos.

* * *

Silva Bravamel era um parlamentar bonitão, com cerca de 60 anos e todas as cirurgias plásticas que o dinheiro pode comprar. Tinha grana de todo tipo; todo tipo mesmo — inclusive dinheiro de família, que herdara do pai, um político acusado de desvio de verbas públicas. Tinha também uma grande fortuna amealhada a partir de sua rede de comunicação, que havia recebido de mão beijada no governo militar; além do dinheiro dos investimentos no mercado de capitais, que rendia polpudos lucros, beneficiando-se com as dicas valiosas que operadores espertos como ele, com informantes seguros nos lugares certos, são os primeiros a receber.

Num país de miseráveis e desdentados, Silva Bravamel era o protótipo do que Eça de Queiroz entendia por aristocrata. Os ancestrais dele já eram gente do dinheiro, que de proprietários rurais passaram a morar no Rio de Janeiro, deixando as criações de gado e o cultivo de café para se transformarem em advogados e médicos.

Silva Bravamel e sua geração é que viram a situação do país mudar por completo com a ditadura militar. Promovendo o regime e mamando nas "tetas" dos ditadores, ele acabou se dando bem, tornando-se rico, seguro e popular. Chegou mesmo a entrar publicamente na corrida para o Parlamento em Brasília, elegendo-se deputado com grande votação. Falava-se também que, desde os tempos do próprio Vargas, não se vira tanta ambição junta num homem só, capaz de fazer conchavos com algumas organizações de trabalhadores que conseguiam votos em troca de camisetas. Na sua campanha política, o *slogan* "guerra contra o crime" adquiriu enormes proporções; Bravamel chegou a prometer que, se ganhasse as eleições, introduziria a pena de morte no Brasil. Até seu maior concorrente, cujo cinismo era grande, achava a corrida de Silva Bravamel atrás de publicidade um "pé no saco".

Depois de ter passado horas debruçado sobre a biografia de Bravamel, que Goldenberg havia lhe fornecido, Christiano sentiu que teria uma tarefa árdua pela frente. Precisaria checar todas as informações, inclusive ir até a residência da vítima, para escolher a melhor abordagem. Além da romaria em Aparecida do Norte, existia a possibilidade de a tomada ser efetuada na porta da garagem, quando Patty estivesse saindo para o trabalho. Esse tipo de abordagem só aconteceria em último caso – se algo falhasse em Aparecida –, já que abordagem de rua era algo que chamava a atenção e dificultava a evacuação do local.

Enquanto estudava o caso, Christiano refletia sobre sua repercussão. Parou um pouco para organizar os pensamentos. Podia ouvir as impressoras rodando e preparando a primeira edição em que seria contado o seqüestro. A imprensa nacional certamente teria um prato cheio. Sem dúvida, o acontecimento teria enorme impacto sobre a população, que ficaria ligada na telinha ávida por noticiários. Um acontecimento que funcionaria como um anúncio de utilidade pública, fazendo com que todo mundo parasse o que estivesse fazendo para prestar atenção.

E era isso que preocupava Christiano.

Capítulo Dois

Já passava das três da tarde quando Christiano quase se deu mal de tanto jogar conversa para cima do guarda da guarita, na porta da mansão cor-de-rosa de Silva Bravamel, no Morumbi. Não havia outra abordagem, já que ninguém lá dentro ligava a mínima para quem estava do lado de fora. Se o assunto fosse de fato importante, teriam sido informados por telefone pelas secretárias do grupo de comunicações.

Christiano falou firme e diretamente ao segurança, e mostrou a documentação a ser entregue. Acabou convencendo, e uma empregada gorda, vestida de preto e com uma touca de renda, andou até a entrada. Christiano pediu para falar com o senhor Bravamel. Ela deu uma olhada, parecendo analisar se ele teria chance de ser recebido, mas deixou que entrasse – e o conduziu à biblioteca: três paredes recobertas por livros de alto a baixo, e uma outra parede de vidro transparente, com vários troféus, placas e menções honrosas.

Christiano olhou pela janela: lá fora devia haver todo um hectare de área verde, com gramados, canteiros, árvores e piscina. Uma parte do muro era baixa, cercada de bambuzais, e com um fio de alta tensão por cima. Ele admirou as cercas-vivas muito altas num dos lados e uma enorme árvore decorativa à esquerda da entrada da casa. Olhava tudo aquilo quando, de repente, uma garota pareceu materializar-se num dos cantos do pátio, saindo da piscina. A água pingava do cabelo loiro e comprido. Usava apenas um reduzidíssimo biquíni branco. Era alta e esguia, um corpo inesquecível: pernas longas, seios pequenos, bumbum arrebitado e coxas bem cheias e um bronzeado cintilante que talvez não devesse ao sol, mas à cor natural da pele. Observando-a Christiano pensou que ela poderia muito bem ter dispensado o biquíni, que quase nada escondia. Enquanto ela se dirigia para a casa, passando pelo jardim, ele torcia para que aqueles dois micropedaços de pano caíssem. Afinal, o biquíni servia muito bem ao seu propósito, que devia ser o de fazer com que os homens tivessem sonhos eróticos.

No caminho, Patty Bravamel ajoelhou-se perto de uma roseira e puxou um ramo. Ao fazer isso, um raio de sol cortou o espaço em diagonal e pousou sobre ela, numa aura que mais parecia a glória total, retratada numa pintura medieval da Anunciação. Ela notou que ele a olhava da sacada da janela, e levantou a cabeça. Christiano nunca tinha visto tanta simpatia e tanta doçura num olhar. Surpreendida, ela puxou o galho da roseira, arrancou a rosa e saiu cheirando a flor. Ali, observando-a a distância, ele sentiu-se como um intruso. Ela pareceu ignorar sua presença e ele ficou ali como um *voyeur*, em meio a um dilema: não devia estar olhando, mas sem dúvida alguma não ia deixar passar batido. Quando ela desapareceu porta adentro, Christiano ficou imobilizado, sonhando fazer parte do círculo dos bem-nascidos de São Paulo, só para poder passar umas horas ao lado dela na piscina.

* * *

"Patty Bravamel foi sempre muito bonita. Aos treze anos mudou-se para o Rio, proveniente de Minas Gerais. Foi estudar no Sacré-Couer, junto com as filhas das famílias abastadas. Era muito dedicada aos estudos, demonstrando uma queda natural para as letras. As freiras do colégio chegaram a pensar que daria uma ótima professora. Acabou se formando em jornalismo.

A maioria das amigas alimentava apenas o sonho de se casar com um príncipe encantado – de preferência rico –, o que parecia não fazer a cabeça dela.

Quando completou quinze anos, o pai promoveu uma festa magnífica, abrindo os salões da Hípica para duzentos convidados, incluindo o prefeito do Rio.

Com o amadurecimento, ela aprendeu a ser independente, ainda que solitária. Às vezes, passava semanas sem ver o pai, sempre envolvido com a política e com as mulheres. Encontrava refúgio nos livros de poemas. Sabia de cor trechos de Milton, Tennyson, Byron e Drummond.

Fazia, de certa forma, o mesmo que toda moça da sua idade: freqüentava academias e institutos de beleza, analista e, de vez em quando, jantava fora e dava uma *esticada* numa boate da moda. Quando passou no vestibular de Jornalismo, ganhou um carro do pai.

Viajar era o que mais a emocionava. Conhecia o mundo, adorava Paris e Nova York. Entretanto seu interesse pelas questões meramente turísticas definhava a cada dia. Estava sempre colocando questões angustiadas diante dos lugares por onde passava. E, neste aspecto, cada vez mais se lembrava de Homero e se sentia mais perto de Ulisses.

Em matéria de moral, preferia Confúcio aos Dez Mandamentos; Sócrates a São Paulo – embora ambos estivessem de acordo sobre o casamento. Considerava a virtude como um elemento de caráter: um sentimento, e não um princípio; acreditava que a verdade era o primeiro atributo da divindade; e a morte, um sono eterno.

Não tinha certeza de nada para sempre. Com relação ao sobrenatural e às potencialidades humanas, guiava-se por sua *antena* – que lhe dava premonições. Estava ligada e atenta a esse fenômeno. Escutava sua intuição sobre qualquer tema. Como ídolo, admirava Cleópatra, de Shakespeare: afetuosa, viva, triste, meiga, maliciosa, submissa, orgulhosa, bela, danada e vaidosa até o fim.

Não era mística, mas gostava de ler horóscopos. Freqüentemente lia as características do seu signo; no horóscopo cigano, a sua carta ou amuleto era *Taça* – extremamente individualista, fiel, sensível, arguta. Seu número de sorte era o sete. Inteligente, ágil no pensar, instável e suscetível a crises emocionais. No pólo *Yang*, do horóscopo chinês: dinamismo, autoritarismo, agitação, paixão, ousadia, generosidade, independência e perfeccionismo. No *Yin*: sensível, intuitiva, passiva, emotiva, calma, prática, introspectiva e eficiente. Seu signo, aquário, era regido por Urano e governado por Saturno. Suas cores eram o negro e o cinza. O ônix era a sua pedra de sorte. O lírio, sua flor. Detestava ordens rígidas e severas. Seu verbo era: *sei*; o elemento, ar; o orixá, *Oxalá*, e o dia favorável, *sábado*.

Culturalmente, lia tudo que lhe caía nas mãos, desde bula de remédio até mitologia grega. Chegou a ter uma crônica de sua autoria publicada, sob o pseudônimo de *Adelita*, numa revista para homens. Considerava-se uma mulher inteligente e bem-informada."

Christiano leu atentamente os dados do dossiê e depois conferiu as fotos de Patty. Seria um alvo fácil. Ela, com certeza, estaria acompanhada apenas de um segurança, ali naquela região pacata. Ninguém impediria a ação. Não chegariam nem a ver os seqüestradores.

O sol já estava forte naquela manhã e a temperatura começava a esquentar. O telefone do quarto tocou. Era a recepcionista:

– O senhor Silveira está aqui para falar com o senhor.

– Pode mandar subir.

Condor mudara de nome e usava disfarce, de acordo com as características comuns da região: moreno, atarracado e de dentes estragados. Parecia preocupado. Christiano bronqueou:

– Pensei que você não fosse chegar mais.

– Relaxa. Temos tempo de sobra.

Passaram quase duas horas no quarto do hotel, discutindo os detalhes do plano. De tanto ouvir falar na moça, Christiano já sabia que tipo de pessoa seria sua vítima. Por um instante, Christiano fixou o olhar em Condor. E surpreendentemente o sentiu inseguro, apesar de sua história profissional. E se perguntou se aquele estado de espírito não tinha a ver com algum tipo de armação que ele e Goldenberg preparavam às escondidas. Mas, naquele momento, não havia condições de responder a essa pergunta. A única coisa que podia fazer, conhecendo bem o Comendador, era partir do pressuposto de que os dois haviam combinado algum tipo de armação, e ficar de sobreaviso.

Antes do meio-dia, o Toyota, agora dirigido por Christiano, alcançou o trecho da rodovia que rumava para Aparecida. Enquanto o carro engolia os quilômetros, Condor pensava nas lições que havia aprendido nos seus anos de rua e de reformatório. Conhecia o poder de fogo daquela calibre 12 e sabia que tinha que atirar no peito ou na cabeça. No peito estavam os grandes vasos e, fatalmente, os chumbos, atingindo as artérias, levariam o indivíduo à morte súbita, pela perda de sangue. A perda de sangue de uma artéria dilacerada pelo rombo de uma calibre 12 era incrível, ele sabia. Bastava mirar o "canhão" bem no centro do peito e o trabalho estava feito. O rombo seria tão grande que daria para acomodar facilmente uma maçã, e a quantidade de sangue jorrado dessas artérias era terrível. O coração, quando atingido, imobilizava o indivíduo no ato.

Ele sentiu que o Toyota trepidava na estrada, diminuindo a distância até sua vítima. Era aquele o lugar que a filha do deputado havia escolhido para pagar as suas promessas.

– O acesso pelos fundos da Igreja não tem problemas – Condor disse. – Os tiras da segurança ficam postados na parte da frente. Onde você vai parar o carro?

– Vou mostrar para você o local. Ninguém vai te ver entrar ou sair.

– Espero que não. Não posso arriscar. Se alguém cruzar o meu caminho, não viverá para contar a história.

– Tudo vai sair bem. A menos que aconteça algum imprevisto.

Condor olhou direto para o rosto de Christiano.

– Comigo não existe imprevisto. Ou faço o trabalho bem-feito ou não faço.

– Não se preocupe. Nada vai sair errado.

E o Toyota seguia sacolejando para a zona da decisão. Christiano segurava o volante e admirava as pastagens salpicadas de gado e de árvores frondosas. Condor apertava a sacola entre as pernas, docentemente, como se protegesse de arranhões sua ferramenta de trabalho. Ele estava tenso, como sempre ficava nessas ocasiões, com o rosto contraído e ensombreado, mas sentia-se preparado para a decisão que se aproximava. Meteu a mão no bolso e retirou o recorte de jornal. A bela Patty aparecia na companhia de alguns políticos e autoridades. Era possível que ela estivesse um pouco diferente agora – a foto já tinha algum tempo. Ele fixou o olhar e tentou imaginar as mudanças que o tempo havia determinado sobre aquela loira jovem e bonita.

O detetive abriu o zíper da sacola e conferiu mais uma vez sua ferramenta de trabalho. Ela era diferente de tudo que alguém podia imaginar. Em seguida, olhou para Christiano, que parecia cansado ao volante. Condor falou, para puxar assunto.

– Será que o Nilsen está com o carro pronto para transportar Patty para São Paulo?

– Está tudo acertado, fica frio. Tudo que a gente tem que fazer é entregar a "carga" para ele.

– Eu sei. Comigo não tem escapatória. Eu vou pegar a Patty e entregar pra você como se entrega um embrulho. Você vai ver.

Condor então se calou. Continuou tentando controlar-se no banco saltitante do Toyota, pensando se tudo ia mesmo correr bem. Porque a única certeza que tinha era que a largada estava dada e que o escritor mal sabia o que o destino lhe reservava.

Christiano abriu a boca num longo bocejo. E continuou dirigindo, agarrado com força ao volante do Toyota. Os nós dos seus dedos ficaram brancos, as suas pernas tremiam por cima dos pedais. Ele passou o lenço no rosto e secou o suor.

– A hora do lobo está se aproximando – falou.

Condor vestiu uma capa amarela sobre a jaqueta que usava, colocou a sacola sobre o colo e abriu o zíper. Christiano parou o Toyota num local estratégico, a alguns metros do estacionamento da Basílica. A posição parecia ideal. Podiam ver tudo dali.

O sol tinha desaparecido por trás das torres da Basílica de Aparecida e as sombras se alongavam pelo pátio. A tarde estava agradável, apesar do calor. Atrás do santuário, repleto de gente, muitos entravam nos carros para voltar para casa.

Enquanto as pessoas começavam a se retirar, Patty, na companhia do segurança, finalizava a cerimônia no interior da Basílica, como representante de seu pai ausente.

Meia hora depois um grupo de padres apareceu no pátio, acompanhando Patty até o carro. Ela vestia um conjunto esportivo branco, com um lenço de seda vermelho em volta do pescoço. O segurança vestia um jaquetão cinza, camisa branca e gravata escura. Os padres, com cortesia européia, a conduziram até o banco traseiro do Audi. O segurança sentou ao volante e, após as despedidas, o pesado automóvel rolou para fora do estacionamento. O trânsito estava lento, e eles tomaram o mesmo caminho alternativo que sempre usavam quando saíam da Basílica. O segurança dirigia tranqüilo, observando todos os lados da estradinha deserta, enquanto respondia às perguntas que Patty fazia. Tudo o que ela desejava era chegar em casa e tomar um repousante banho de imersão.

Pouco antes de atingir o retorno, o segurança irritou-se com um carro que trafegava na contramão.

Um bêbado de fim de semana. Foi o primeiro pensamento que lhe ocorreu.

Nem bem acabou de pensar, viu o focinho do Toyota atirar-se de encontro ao seu pára-lama direito.

– Merda – ele gritou, enquanto brecava.

Condor, com uma máscara de meia no rosto, saltou do Toyota e correu na direção do Audi. Abriu a porta traseira e pulou para dentro, de arma em punho. Patty começou a gritar. O segurança tentou sacar seu revólver, mas Condor foi mais rápido e atirou várias vezes. O homem tombou de encontro ao volante. Condor agarrou o braço de Patty, que gritava como uma endemoniada, e desferiu-lhe um violento soco, que a deixou desacordada.

Christiano, também de máscara, apareceu com um capuz nas mãos. Com movimentos rápido, amordaçaram Patty, colocaram o capuz em sua cabeça e amarraram suas mãos. Depois a transportaram para a traseira do Toyota, que saiu em disparada na direção do local previamente combinado com Demian.

– Não falei? O pássaro está preso – Condor disse, excitado.

– Espero que Leo Nilsen esteja esperando – Christiano falou.

E pisou fundo no acelerador.

* * *

Santana aproximou-se da entrada da delegacia. Andava cabisbaixo e mais devagar a cada passo. Antes de entrar, contemplou o sol forte que provocava um mormaço intenso. Ele tinha a sensação de estar saindo de um pesadelo. O mundo à sua volta estava agitado demais para o seu gosto. Sentiu os *flashes* estourando em sua direção e notou a chegada do pessoal da televisão. Então se apressou e entrou na delegacia.

A porta da sua sala era o caos: jornalistas, câmeras, curiosos. Alguns policiais se aproximaram e tentaram tranqüilizá-lo. Ele respirou fundo e olhou ao redor. Falcão chegou, afastando os jornalistas que o crivavam de perguntas. As vozes estridentes, fundindo-se num único ruído. Falcão se limitava a sacudir a cabeça, sem dizer nada. Santana falou bem perto de seu ouvido:

– Leva esses repórteres para o saguão, lá embaixo.

Falcão mandou os jornalistas evacuarem o local. Houve um clamor de protesto dos repórteres.

– Vocês estão interferindo nas nossas investigações.

Um dos jornalistas furou o cerco e aproximou-se dele.

– Meu nome é Macedo. Estou escrevendo um artigo para o *Jornal da Manhã*. Quem está investigando o seqüestro?

Falcão olhou firme para ele. Sentiu que não conseguiria parar o uivo dos coiotes.

– Como é mesmo que você chama?

– David Macedo – o repórter disse, estendendo um cartão para Falcão.

– O delegado Santana é que está com o caso.

– Gostaria de falar com ele.

– Vou ver se ele pode atender.

– Tá bem. Eu vou com você.

– Vai porra nenhuma – Falcão o encarou. – Aguarde aí fora.

Falcão foi até a sala de Santana. Olhou para a secretária e disse:

– Algum recado?

– Vários. O pessoal da imprensa é que está chateando.

– Deixa que eu controlo a imprensa. Se os jornalistas insistirem, diga que o delegado está em diligências.

Falcão voltou até a porta, e Macedo veio em sua direção.

– O delegado está em diligências. Sinto muito.

– Você não está mentindo, está?

– Eu disse que o delegado está em diligências.

– Que diabo, vocês pensam que podem enganar a imprensa?

– Não. Simplesmente a gente não gosta de vocês.

Macedo franziu as sobrancelhas, pegou o seu pequeno gravador e saiu pelo *hall*, sem dizer uma palavra. Deu uma volta no quarteirão e foi até um hotel. Conferiu o número da delegacia e discou. Uma voz atendeu do outro lado.

– Quero falar com o delegado – ele disse.

– Quem quer falar?

– Da parte do delegado geral.

– Um momento, por favor...

David Macedo sorriu. Não demorou muito e uma voz cavernosa falou ao telefone:

– Santana falando. Bom dia, doutor!

– Te peguei, não é mesmo? Montando farsa para ocultar informações da imprensa, não é?

– Mas... Quem é que está falando?

– David Macedo, do *Jornal da Manhã*.

Santana retraiu-se do outro lado da linha. Parecia um pouco embaraçado. Deu duas tossidas e disse:

– Acho que você deveria ir para o inferno.

– Não perca o decoro profissional, delegado. Só estou querendo fazer o meu trabalho. Saber como andam as investigações no caso do seqüestro.

– Não tenho satisfação a dar a vocês. Passei a noite inteira trabalhando e ainda não acabei. Tão logo tenha informações, passarei direto aos meus superiores.

– Nem mesmo uma pista? – Macedo insistiu.

– Estamos investigando uma na cidade e os rodoviários estão fazendo o cerco em torno de um suspeito. Isso é tudo por enquanto.

– Estão investigando quem?

– Agora preciso trabalhar. Me dá licença, tá?

Santana desligou e o repórter ficou segurando o telefone mudo por um instante. Depois, bateu-o com força sobre o gancho e saiu agitado para a rua.

Santana acionou o interfone e requisitou Falcão. Era um tipo alto, moreno e brincalhão. Às vezes muito desconcertante. Ele entrou e foi logo dizendo:

— O jornalista me chamou de tira na minha cara, vê se pode. O chefe acha que eu tenho cara de tira?

— Uma vez tira, sempre tira... Todos parecemos ter um jeito especial. Um jeitinho do qual não conseguimos nos desvencilhar.

— Sabe que a minha namorada até hoje não sabe que sou um tira?

— Então é melhor não contar para ela. Mulher não gosta de polícia.

Falcão era um tipo relaxado. Com freqüência, passava dias usando a mesma roupa e não ligava muito para a aparência. Dava a impressão de estar sempre sujo e desarrumado. Um relaxado incorrigível.

Mas era um bom investigador. Já havia obtido bons resultados desvendando mistérios e conduzindo investigações consideradas difíceis, como foi a dos "aviões da droga", um caso de repercussão nacional, desvendado em Aparecida. Falcão assumiu a identidade de um drogado e se misturou com os traficantes. Ele desempenhou tão bem seu papel que todos acabaram achando que ele era um verdadeiro viciado, o que facilitou a ação da polícia.

— Quais são as novidades? — Santana perguntou.

— Os rapazes da equipe *descolaram* uma mulher suspeita. Um homem esteve com ela ontem à noite.

— É quente?

— É quente! Acho que vamos ter resultados.

— Vamos conversar com essa mulher. Me dá cinco minutos que vou fazer a barba.

Dirigiu-se ao banheiro e ficou em frente ao espelho. Observou a sua cara severa e executou movimentos tranqüilos e exatos, enquanto se barbeava. Encheu o peito de ar e admirou o seu corpo atlético. Seus cabelos eram curtos e um pouco grisalhos. Os olhos, de um castanho intenso, estavam cansados. Aplicou a loção pós-barba e voltou à sua sala.

Era uma sala simples, com uma mesa, dois sofás e algumas cadeiras. Sobre a mesa estava aquilo que Santana ia usar como prova contra o assassino: uma capa de plástico amarela, com uma mecha de cabelos no bolso. Estavam ali, também, fotografias tiradas no local do crime pelos peritos da polícia, mostrando, em ampliações de papel brilhante, o crânio arrombado do segurança e outras cenas.

Santana fez um gesto e Falcão o acompanhou. Ele não olhou para ninguém que estava no corredor e andou direto para a escada. Percebeu uma equipe de televisão avançando e filmando os seus passos. Reconheceu a jornalista do noticiário das oito, uma moça de cabelos longos e pouco lavados. Sua atitude era sempre beligerante e turbulenta. Os policiais forçaram a passagem. A locutora tropeçou e deixou escapar o microfone da mão, quase perdendo o equilíbrio. Ela disse um palavrão e chamou os policiais de mal-educados.

– Vamos rápido, pessoal – Santana disse.

– É longe? – o investigador perguntou.

– É logo ali – disse Falcão.

Saíram todos numa velha viatura da polícia. Um deles portava uma pequena metralhadora pouco cuidada. A viatura estava suja e tinha um dos pára-lamas amassado. O motorista teve dificuldade para ligar o motor.

– Carro a álcool é uma merda.

A viatura rodou pouco. Até estacionar em frente a uma casa grande, verde, com portas e janelas cor-de-rosa. O local era conhecido como *Mal-Cozinhado*, outros falavam apenas *Mal-Cozido*. Na verdade, o que se comia ali era mesmo carne crua.

Santana olhou para o investigador com a metralhadora e disse:

– Você fica aqui fora guardando a entrada. Não entra e nem sai ninguém.

Voltou-se para Falcão e perguntou:

– E os fundos?

– Deixa que cuido dos fundos – ele disse.

Santana foi entrando pela porta da frente. Seus dedos tocavam de leve o cabo da sua arma. Escutou quando o investigador disse:

– Ela tem que estar aí.

O nome da mulher era Joana, uma nordestina de sotaque carregado. Santana notou que ela não ficou assustada quando foi abordada.

– A senhora é Joana Alcântara?

– Eu mesma.

– Polícia. A senhora esteve com um forasteiro ontem à noite?

– Estive.

– O que a senhora sabe sobre ele?

A mulher ficou pensativa por um momento. O cliente tinha sido bonzinho e havia pago bem. Ela começou a falar sobre ele. Contou que chegara na noite anterior e estava bastante nervoso. Que passou a noite inteira bebendo e que só foi embora quando o dia começava a clarear. Arrematou que desconhecia sua atividade, seu endereço e não sabia nada da sua vida particular.

– Estava sozinho ou acompanhado? – Santana perguntou.

– Estava só.

Santana observou que ela era uma garota certinha. Seus seios tinham um balanço bonito, harmonizado com as curvas das cadeiras e com os roliços das nádegas.

– A que horas ele chegou aqui?

– Não tenho certeza, mas foi bem depois do jornal da televisão.

– Ele estava armado?

– Pelo menos que eu tenha visto, não.

– Mais alguma coisa?

– Pois é... Ele estava com um jipe bege... Um Toyota, e o nome do cara era Condor.

Santana anotou os dados na caderneta.

– Eu tenho alguma coisa a ver com isso? – ela perguntou.

O delegado balançou a cabeça. Ele não tirava os olhos de cima dela. Observava suas longas mãos ossudas com unhas vermelhas e cuidadas. Não devia ter mais do que vinte anos.

– Fique com meu cartão. Se lembrar de mais alguma coisa que possa ser útil, é só ligar. Ou então se você precisar da ajuda da polícia...

– Eu não vou precisar da ajuda da polícia.

Santana sacudiu os ombros e disse:

– De qualquer maneira, agradeço sua colaboração.

No caminho de volta, parou numa banca e comprou um jornal. A manchete, em letras enormes, dizia: "Filha de deputado é seqüestrada e segurança é morto". Santana aproveitou o silêncio na viatura e leu a matéria com atenção.

Capítulo Três

Christiano acelerou pela rodovia, enquanto via, pelo retrovisor, desaparecer o Omega dirigido por Leo Nilsen, conduzindo Patty e Condor. O marginal faria o papel de segurança. Acompanharia a seqüestrada até o cativeiro.

Christiano precisava abandonar o Toyota. Sentiu alívio quando finalmente conseguiu chegar a uma estrada vicinal e diminuiu a velocidade. Não podia correr o risco de ser parado por excesso de velocidade. Ficou tenso quando uma viatura da polícia passou por ele com a sirene ligada. Rodou quase meia hora, até ver um policial rodoviário fazendo sinal. Era só um rodoviário. Achou melhor parar. Foi diminuindo a velocidade e saindo para o acostamento.

– Documento, por favor – disse o policial.

– Pois não. Isso resolve?

Christiano estendeu várias cédulas de dinheiro graúdo na direção dele. O rodoviário tremeu.

– Eu gostaria de ver os documentos – disse com voz áspera, quase gritando.

Christiano conhecia aquele tipo de policial. Era um sujeitinho mirrado que adorava mostrar-se autoritário só porque era um suporte da lei. O tipo que adora bancar o juiz supremo. Ele sentiu que não tinha acerto. Jogou uma primeira no carro e saiu cantando pneus. Olhou pelo retrovisor e viu que o guarda acionava o rádio da moto. Não demorou muito e o cerco estava formado. Ele meteu o Toyota pelo acostamento, tentando tomar uma estrada lateral, quando uma viatura da polícia se adiantou e bloqueou o caminho à sua frente.

A velocidade e precisão com que os rodoviários se movimentaram eram impressionantes.

– Pára! Ou eu atiro – gritou um dos policiais.

Christiano atropelou a viatura, forçando a passagem. O policial abriu fogo. Christiano saltou do carro, jogou a sacola no ombro, saiu correndo e se embrenhou no mato. Atrás dele, podia ouvir os gritos dos perseguidores. Para onde correr? O rio devia estar à sua frente.

Continuou correndo, desviando-se das árvores até sumir no matagal. Precisava sair daquela área. O sol que se punha filtrava sua débil luz através das copas das árvores. À sua frente, surgiu uma placa: *Região com cobras*. E, logo em seguida, ele foi barrado por três fileiras de arame farpado. Parou por um instante e pulou a cerca, embrenhando-se na vegetação. Corria ofegante, impulsionado pelo instinto de sobrevivência e preservação da vida. Escutou tiros que ecoaram mais atrás. Imaginou-se caindo baleado, antes mesmo de atingir seu objetivo.

Fez uma pausa para descansar. Estava ofegante. Podia escutar a movimentação dos seus perseguidores, que abriam caminho cortando a vegetação a golpes de facão. Uma sensação de vazio tomou conta dele naquele momento, e ele se deu conta de que não sabia o que fazer.

Precisava esconder-se em qualquer parte. De qualquer jeito. Mas onde? Seus olhos vagavam ao redor, assustados. Viu um animal passar apressado. Era um boi perdido, possivelmente espantado pelo barulho dos tiros dos policiais. O animal correu velozmente até desaparecer no meio do mato. Pouco depois, Christiano ouviu o barulho da água. O rio, ele pensou. Poderia mergulhar e deixar-se levar pela correnteza, até Deus sabe onde. Então saiu correndo pela trilha aberta pelo animal até chegar à beira do rio.

As águas eram lodosas e, no instante em que ia mergulhar, sentiu alguma coisa roçando suas pernas. Christiano pulou para trás, apavorado, e na mesma hora a placa voltou à sua memória: *Região com cobras*.

Christiano sentiu um arrepio de medo. A tarde já ia adiantada e a luz diminuía. Ele estava acuado. E precisava esconder seus documentos, livrar-se das evidências. Começou a cavar um buraco na terra fofa um pouco afastada da margem do rio. Enterrou tudo dentro da sacola, ao lado de embaixo da raiz grossa de uma árvore. Ali estariam seguros e protegidos. Mapeou a região na sua mente e marcou o tronco da árvore quebrando um ramo e arrancando um pedaço de sua casca. Agora estava sem documentos e sem evidências do crime.

Seus olhos vagaram ao redor mais uma vez, à procura de um local seguro para se esconder. Avistou, um pouco mais ao fundo, uma árvore. Um grande jequitibá. Correu até ele e subiu apressado, pendurando-se nos galhos. Na bifurcação do tronco encontrou uma espécie de fenda. Enfiou as pernas até os joelhos e, depois, encolheu o corpo como um molusco. O tórax dobrado sobre o galho e a cabeça rente ao tronco, como uma lesma. Se ficasse imóvel ali, talvez conseguisse safar-se. Fazia frio, mas ele suava.

O ruído dos perseguidores se aproximara perigosamente. Estavam tão próximos que ele distinguia claramente as vozes de comando: "Peguem o cara, vivo ou morto!" Outros diziam: "Revistem árvore por árvore!" De repente o ruído de um helicóptero, pesado como uma metralhadora, inundou seus ouvidos e um jato de luz excessivamente branca incidiu diretamente sobre os seus olhos. Christiano não pôde evitar um grito de susto. Apavorado, encolheu-se ainda mais dentro do oco da árvore e, por alguns segundos, voltou a ser um menino que se enroscava no colo de sua mãe. Mas a divagação durou pouco. Logo, sua mente estava de volta à realidade. E seus perseguidores pareciam chegar cada vez em maior número, enquanto o helicóptero insistia em jogar sua luz sobre o jequitibá. Finalmente o comandante de terra pareceu entender o sinal do helicóptero, e Christiano percebeu que todos olhavam para cima, com as suas armas apontadas.

– Não atirem! Parem! – gritou o comandante. – Desça daí. Vamos, desça!

Com dificuldade, Christiano desgrudou-se da concha, e os policiais viram seu rosto tomado pelo medo e pela raiva. Então escorregou lentamente pelo tronco, mas não chegou a tocar o solo. Foi puxado antes. Caíram em cima dele com a ferocidade de piranhas. Arrastaram-no para o chão e começaram a desferir socos e pontapés. Ele tentava defender-se como um touro encurralado numa arena, atacado pelos picadores. E os picadores eram muitos, estavam nervosos e aflitos.

Ele sentiu que era impossível resistir. Eles eram muitos. Era uma mancha de uniformes beges que se alastrava, misturada com o preto dos coletes, todos só querendo bater e chutar. Um deles o acertou com um direto em cima do nariz e o sangue escorreu quente em sua garganta. Outro aplicou um cruzado em cima de seu fígado e ele saiu do ar. Não viu mais nada.

Acordou com um policial arrancando sua roupa. A camisa ficou toda rasgada.

– Tira! Vamos! Tira toda a roupa – gritavam.

Depois, forçaram seus punhos para trás e grampearam com um par de algemas, que parecia morder sua carne. Começaram a agredi-lo a coronhadas e com o cano das armas.

– Quem é você? Por que tentou fugir?

As bofetadas, socos e pontapés acompanhavam o interrogatório. O mais feroz de todos parecia ser o comandante. Era um tipo gordo e abrutalhado, com feições de índio e pele cheia de buracos e cicatrizes.

– O que você fez? Por que estava fugindo?

Batia com as mãos pesadíssimas, mãos de pugilista, e quanto maior o silêncio, mais ele se tornava bestial.

– Fala, filho-da-puta! Fala ou te reduzo a pedaços.

Christiano sabia que não podia falar. A única coisa que lhe importava era conseguir manter-se calado e não dar a mínima indicação, a mínima pista de identificação. Se descobrissem tudo, certamente o matariam. De repente, o gordo aproximou-se dele, olhou direto nos seus olhos e vomitou:

– Não se faça de idiota, malandro. Sabe que está perdido, não? Não sabe, não?

Christiano sentiu então uma dor insuportável. Uma espécie de punhalada no pescoço: o gordo apagara o cigarro fumegante direto em sua pele. Ele se contorceu com um gemido e seu pensamento se turvou. Não lembrava mais o que acontecera após a queimadura do cigarro. Sua memória voltava esparsa e confusa. Os socos e pontapés foram intensificados, até ele cair no chão sem sentidos.

Quando voltou a si, era levado na parte dianteira de um jipe de polícia, sem capota. À direita, o comandante bexiguento. À sua esquerda, um soldado. Atrás, como escolta, soldados sem uniforme. As dores no corpo dificultavam a respiração e algumas feridas ainda sangravam. Era o gordo bexiguento quem repetia em tom monocórdico:

– Logo você vai parar de encenar. Logo você vai falar...

E após cada ameaça, dava-lhe uma cutucada nas costelas com o revólver. Ele resistia a tudo, calado. Olhava a estrada com a esperança absurda de que acontecesse alguma coisa imprevisível. Mas nada iria acontecer. O carro viajava seguro, precedido e seguido por outras viaturas. Era a derrocada. Quando o jipe emparelhava com outros carros, ele cruzava o olhar com os passageiros e só encontrava olhos vazios. Um sentimento de desilusão invadiu seu corpo. Deixou pender a cabeça. Ele se sentia ridículo porque estava nu e algemado entre pessoas vestidas. Sentia-se humilhado, só e com medo do que lhe poderia acontecer. Teria forças para resistir?

O gordo bexiguento encostou outra vez o cano do revólver em suas costelas e disse:

– Logo você vai falar. Pode estar certo! O capitão vai fazer você contar.

Christiano conhecia a fama dos sádicos da polícia. Contavam-se terríveis histórias sobre as torturas do tempo da ditadura – ali se fazia falar até as estátuas. Mas bastou pensar nisso para sentir uma espécie de alívio. Como se o vento dissipasse o medo, a dúvida, a vergonha e, até mesmo, a humilhante sensação de ridículo pela sua nudez, e em seu lugar tivesse feito nascer o sentimento de orgulho por estar só e humilhado, mas com a certeza de não ser vencido.

Percorreu com os olhos aquele saco de podridão. Aquela pele cheia de crateras, buracos e cicatrizes e, sem saber por quê, caiu numa enorme gargalhada.

– Pode rir, seu bastardo. Você não sabe o que te espera.

O jipe entrou em Taubaté e o coração de Christiano congelou ao pararem diante do destacamento da Polícia Militar.

Passaram por altos muros, salas de espera sujas, poltronas rasgadas, cinzeiros imundos, até chegarem a um local mal-cuidado, onde um indivíduo suarento, atrás de uma escrivaninha, acariciava, com unhas sujas, um bigodinho acafajestado.

– Leva ele para o *quartinho* – disse o gordo bexiguento.

O *quartinho* era o nome que davam à sala de interrogatórios. Ficava no final do andar térreo, com um motor que não tinha outra função senão entrar em ação para abafar os gritos e gemidos. Um indivíduo que parecia saído de um pesadelo o recebeu com voz cavernosa.

– Seja bem-vindo, vagabundo.

Um homem vestido de médico apareceu para fazer uma primeira avaliação do seu estado. Era um tipo estranho de médico. Tinha um rosto felino, com dois olhinhos acinzentados e frios, que luziam como lâminas. Parecia estar ali por acaso. Com falso espanto olhou para ele e disse:

– O que foi? Confundiram você com o cinzeiro?

Com delicadeza irônica, examinou as queimaduras de cigarro no pescoço e as marcas arroxeadas no rosto. Fingiu irritar-se porque Christiano não respondeu às suas perguntas. O comandante bexiguento aproximou-se, impaciente:

– Então, doutor, ele fala ou não fala?

– Parece traumatizado pelo medo – disse o médico.

– Ele está fingindo, doutor. Finge de surdo-mudo para gozar com a cara da gente.

– Não sei se ele agüenta mais...

– Claro que agüenta. Nós ainda nem começamos.

O médico encetou um exame. Auscultou os pulmões com o estetoscópio e mediu a pressão. Depois disse, num sussurro:

– Eu sei que você está fingindo, mas eles não têm certeza.

Christiano conhecia os médicos da polícia. Sabia que eles eram primeiro polícias, depois médicos. Sentiu que fingir adiantava cada vez menos. Chegaria um momento em que ele teria de enfrentá-los, demonstrando não ser mais nem surdo e nem mudo. E o momento era agora.

Ele foi levado para uma saleta ao lado. Um local com apenas dois cavaletes, uma barra de ferro e um velho pneu. Christiano olhou para eles, depois para os cavaletes. E logo entendeu por que aqueles estranhos apetrechos estavam ali.

– Conhece o pau-de-arara? É a grande invenção brasileira.

Dois indivíduos começaram a amarrar seus pulsos, impassíveis. Depois, colocaram os braços amarrados por cima dos joelhos, e travaram tudo com uma barra metálica. Não deram a mínima atenção para saber se estava ou não apertado.

Christiano mordeu os lábios tentando controlar a angústia. A porta se abriu e o capitão entrou no local. Tinha aparência bem-cuidada e cabelos grisalhos, cortados à moda militar. Era alto e magro, seu rosto estava amarelado, havia bolsas sob os olhos e a pele debaixo do queixo pendia enrugada e mole. Seus olhos eram escuros, rápidos e alertas, embora ele parecesse cansado.

– Eu vou lhe fazer algumas perguntas – ele disse, num tom de voz educado, como se não tivesse diante de si o espetáculo absurdo de um homem nu, com uma barra de ferro atravessada por trás dos joelhos, como uma galinha. O capitão abriu uma pasta de papéis e iniciou a identificação: Qual era o seu nome? Em que ano havia nascido? Qual a nacionalidade?

Christiano continuou calado.

– Sabemos tudo sobre você.

Mal terminava uma frase, o capitão já iniciava outra, com idêntico tom de voz.

– Queremos saber quem mandou você.

Christiano acompanhava os seus passos, de um lado para o outro da sala.

– Você está se comportando como uma criança. Temos maneiras eficazes de fazer você falar.

Christiano sentiu que não adiantaria nada ficar em silêncio. Precisava experimentar outra coisa. Insultar! Desafiar!

– Cala a boca, seu merda! Chega! – ele gritou, e sentiu que funcionava.

O capitão ficou vermelho na hora, jogou os papéis para o lado e começou a gritar.

– Você está pensando o quê? Sabe com quem está falando?
– Para mim vocês não passam de um bando de covardes.
– Covarde é você, seu puto!
O capitão perdeu a compostura e atirou-se sobre ele. O comandante bexiguento conseguiu segurar seu braço a tempo.
– Não, capitão. Não suje as suas mãos!
– Tento ser gentil e ele me insulta.
– Ele não gosta de boas maneiras.
Christiano entendia o mecanismo dos interrogatórios policiais. Uma verdadeira peça teatral. Personagens entrando e saindo de cena, de acordo com a orientação do inquiridor. Tudo com um só objetivo: induzir a vítima a confessar. Sabia que eles tinham uma arma formidável à sua disposição: o tempo. Com o tempo, a vítima acabava cedendo, e com isto levando a pior. Era preciso neutralizar aquela arma. Reagir com uma contra-ofensiva. Para impedir o desenvolvimento normal da comédia: greve de fome, greve de sede, agressividade. Violência oposta à violência. Guiado mais pelo instinto do que pela razão, Christiano compreendeu que a única forma de defender-se era ser espancado. Com as pancadas, desmaiaria, e então não apenas o corpo, mas também a mente poderia, por fim, descansar. Esta era sua única saída.

Ficou ali aguardando o momento certo de agir. O capitão continuou esbravejando:
– Ou você fala, ou quebramos você.
Era a hora certa. Christiano usou o sangue que corria em sua boca para dar uma cusparada direta nos olhos do capitão.
– Veado! Filho-da-puta – o capitão gritou, passando a mão pelos olhos.
E então aconteceu o que Christiano esperava, o que ele queria que ocorresse. Como que impelidos por uma mola, o capitão e o comandante bexiguento perderam o controle e, juntos, caíram sobre ele. Recebeu uma saraivada de socos e pontapés, mas conseguiu arrebentar as amarras dos pulsos e revidar com a ferocidade de um tigre preso, disposto a arrebentar a rede.

Os cavaletes foram derrubados. Christiano distribuía golpes com as pernas e desferia potentes socos no bexiguento sádico. Apavorado, o capitão saiu pela porta, gritando por reforços. Um grupo de soldados chegou. O tigre arrebentou a rede e partiu para cima deles. Mas eles eram muitos e ele escutou apenas o barulho surdo de golpes de cassetetes vibrados sobre a sua cabeça.

– Parem! Vocês vão matar o cara – gritou o capitão.

Os soldados acataram a ordem, mas era tarde demais: o céu havia caído por cima dele, negro e sem nenhuma estrela.

Infelizmente para Christiano, o desmaio foi curto. Ele ergueu as pálpebras, olhou em torno, tentando localizar-se. Estava de novo imobilizado. Tinha outra vez a grande barra metálica atravessada por trás dos joelhos e as mãos passadas por baixo do cano.

– Coloca ele no cavalete – ordenou o bexiguento.

Christiano olhou para ele. Queria cuspir de novo. Ter um pouco de saliva para cuspir-lhe na cara. A sua língua recolheu o pouco de umidade que restava na sua boca seca. Não era suficiente. Mesmo assim ele tentou, mas o bexiguento estava prevenido e enfureceu-se:

– A palmatória! Tragam a palmatória!

O bexiguento avançou sobre ele como um touro.

– Vou te reduzir a merda, seu safado.

A palmatória abateu-se sobre a planta dos pés, ardendo como brasa. Uma vez, duas vezes, dezenas de vezes. Era uma tortura infernal. Uma dor intolerável. Não apenas uma dor, mas uma corrente elétrica que ia dos pés ao cérebro, do cérebro descia aos ouvidos, depois ao estômago, à bexiga, aos joelhos, onde o espasmo se concentrava.

Ouvia a voz metálica que martelava:

– Vai ou não vai falar?

Na sua cabeça, Christiano invocava: "desmaiar, meu Deus, desmaiar, não gritar, desmaiar".

Sentiu que devia resistir. Lutar como os galos de briga. Suportar os esporões metálicos. Estranhos animais, os galos, lutavam até a morte e não fugiam. Centenas de anos de *pedigree*... Lutar, resistir, lutar até a morte.

Mas como evitar os gritos? Ele começou a gritar em um acesso de nervos. E então aconteceu o pior: levaram-no para o tanque de água. Um tanque negro, cheio de água barrenta e suja.

– É água de esgoto. Vamos refrescar a sua memória – disse o bexiguento. Era a tortura da água. Uma tortura típica da região. Eles suspenderam seu corpo no ar, pendurado na barra metálica, e apoiaram sobre as bordas laterais do tanque. Sua cabeça escorregou para o fundo da água suja. Ele tentou, num esforço sobre-humano, manter a cabeça fora da água. O bexiguento empurrou sua cabeça para baixo e a manteve submersa. Christiano começou a sentir que sufocava, que não agüentava mais. Era pior que os socos e pontapés. Começou a sonhar com um pouco de ar. Eles podiam bater o quanto quisessem, mas tirar o ar era infernal. Então ele pensou: e se pudesse morder? Se conseguisse escorregar a cabeça e abocanhar a mão do bexiguento, como uma piranha voraz. Por um instante o torturador retiraria a mão e ele poderia respirar.

Christiano reuniu todas as suas forças e concentrou-se em suas mandíbulas. Escorregou o tórax no fundo da banheira e firmou os joelhos contra a barra metálica. Sentiu a mão do bexiguento escorregar. Rapidamente abriu os maxilares e abocanhou, como um "quebra-nozes", aqueles dedos nojentos. Sentiu o seu corpo impulsionando para cima e escutou um urro selvagem.

Respirou profundamente. Como era sublime o oxigênio! Sentiu um gosto de sangue na boca e o bexiguento tentando forçar a sua mandíbula e gritando:

– Puto! Desgraçado! Veado!

Jogaram-no para fora do tanque e caíram sobre ele como desesperados. O bexiguento o esbofeteava e os outros chutavam o seu tórax. Não havia mais um milímetro do seu corpo sem ferimentos. Ele suplicou a Deus para desmaiar. Queria perder os sentidos, ou morrer. Precisava desesperadamente repousar. Sua mente foi se concentrando naquele desejo. Começou a ver a escuridão no fim do túnel. Trevas imensas, nas quais ele se precipitava como num abismo libertador. E o silêncio começou a tomar forma. Um silêncio que apenas zumbia nos ouvidos, como abelhas, enquanto a boca se enchia de sangue e as têmporas explodiam, levando sua consciência a apagar, no alívio ansiosamente desejado de perder os sentidos e morrer por um pouco.

Quando abriu os olhos novamente, estava sobre uma maca, numa enfermaria. Não sentia as pernas ou os braços. O tórax estava dolorido e o rosto cheio de hematomas. Era como se tivesse sido decapitado e a cabeça continuasse a viver, separada do corpo.

Passou a língua sobre os lábios. Pareciam imensos. Imaginou que estivessem horrivelmente inchados. Tentou erguer as pálpebras, mas elas estavam coladas de tanto inchaço.

Através da cortina pegajosa dos cílios, observou figuras imprecisas, que respiravam pausadamente. Uma delas disse:

– Como ele é forte!

Escutou uma discussão entre eles. Uma voz, que já era familiar, dizendo:

– Você exagerou um pouco com ele, comandante.

– Foi o primeiro filho-da-puta que passou pelas minhas mãos e não confessou nada.

– Acho melhor a gente esperar ele melhorar e mandá-lo para o Santana. O pessoal da Civil agora usa técnicas científicas para interrogar. Nas mãos do Santana, ele acaba confessando.

Christiano sentiu que as torturas agora teriam uma trégua. A sua sobrevivência, por enquanto, estava assegurada. Ele voltou o rosto para a janela e suas pálpebras inchadas se encheram de luz. Imaginou que a brisa agitava as flores e as folhas verdes lá fora, enquanto ele estava triste e cheio de dor.

PRIMEIRO DIA

A DOR NA CABEÇA E NO PESCOÇO é horrível. O local é uma pequena arena pouco iluminada, com a luz controlada do lado de fora. Não tenho a mínima idéia de onde estou. Posso apenas escutar o canto dos pássaros e o barulho dos aviões.

Para passar as horas, resolvi escrever. Escrever sempre foi para mim uma ocupação. Eles sabem quem eu sou, por isso me forneceram uma Bíblia, um grande caderno universitário, uma lapiseira plástica meio milímetro, grafites, borracha e uma prancheta. Não sei onde estou, não sei por quanto tempo ficarei aqui e... confesso, estou assustada. Me sinto vigiada o tempo todo. Em cada parede tem um olho-mágico.

Na hora certa, eles passam o bandejão com alimentos através da portinha. Comida caseira: feijão, arroz, salada e carne picada. A colher é de plástico, a comida vem sempre quente e o sabor não é ruim.

Não consigo ver a cara de ninguém nem escutar as vozes. Toda comunicação é feita através de bilhetes e, ontem, passei o dia inteiro impaciente, andando pra lá e pra cá feito um animal numa jaula. Aliás, o quarto é tão pequeno e abafado que chega a ser menor do que muitas das jaulas dos zoológicos. Tem apenas um colchonete de cinco centímetros de altura, do tipo camping. Um vaso sanitário chumbado no cimento e uma torneira plástica, caindo direto em cima do vaso. Enquanto escrevo estas linhas, penso na remota possibilidade de escapar daqui. Fugir, escapar, só penso nisso.

Abro a Bíblia ao acaso e leio que "... muitos são convidados, mas poucos escolhidos", em Mateus 22:14. Fecho a Bíblia. Não consigo me concentrar. Sinto que estou sem rumo, sem rota, sem objetivo, perdendo o meu tempo e me perdendo. Imagino as palavras de Dante: "Oh vós que tendes o intelecto são, mirai o significado que se esconde sob o véu destas estranhas palavras". Olho para a Bíblia e recordo as cenas do meu seqüestro: um sujeito apareceu armado com um enorme revólver, apontando para nós. Vi o segurança caindo para o lado e fiquei ali, assustada, tentando saber o que acontecia, quando o sujeito me acertou um soco. Foi tudo tão rápido, parecia um pesadelo. Foi horrível. Fiquei suando e me sentindo asfixiada pelo capuz. A primeira coisa que me passou pela cabeça foi que eu seria estuprada. Imaginei que eles iriam parar num local distante e abusar sexualmente de mim. Perdi a conta das horas que rodamos, até o carro finalmente parar. Eles me aplicaram uma injeção e, quando acordei, estava aqui, deitada sobre o colchonete, vestindo um conjunto de ginástica muito largo.

Sinto que, apesar dos pesares, ainda continuo viva. Estou morta de medo e sei que não poderei tentar reagir. Eles devem ser muitos e me observam o tempo todo. Afixado à enorme porta preta, existe um regulamento:

a) ao sinal luminoso, ficar no fundo do quarto, voltada para a parede;

b) não falar;

c) comunicar-se através de bilhetes;

d) não tentar fugir, pois as saídas estão bloqueadas.

O silêncio aqui é mortal. Uma sensação estranha. Não sei por quê, mas apesar do medo, eu vivo uma certa sensação de aventura em tudo isso. Uma sensação estranha mesmo. Imagino o meu pai, meu avô e meus amigos. Devem estar apavorados. Espero que não procurem a polícia, pois com a polícia as negociações serão mais complicadas.

Às vezes imagino que eles irão me violentar. Examinei todo o cubículo, para tentar achar algo que possa ser usado como arma, mas não encontrei nada.

No canto da cela, além de papel e a lapiseira, deixaram três livros: a Bíblia, um livro de yoga do Swami Vivekananda e um livro de filosofia do Lao Tsé. Examinei os livros, mas senti que estava tensa e tonta demais para ler qualquer coisa.

Tenho apenas a roupa do corpo, um lençol, uma colcha, um cobertor e uma toalha de tamanho médio.

Começo a chorar quando sinto o absurdo disso tudo. Minha vida corria tão normal, tão bonita. Eu era feliz com minha família. E agora estou numa jaula, como um animal de zoológico.

Vejo a luz piscar três vezes. Depois de dez minutos, apaga-se definitivamente. Mesmo com a luz apagada, fico sentada no colchonete, com a cabeça a mil. Sei que me observam através do olho-mágico o tempo todo. Me ajoelho sobre o colchonete e começo a rezar. Termino a prece com um pedido pelo bem-estar e segurança meus e dos meus parentes.

Penso nos meus raptores e não consigo recordar a cara de nenhum deles. Sei, por intuição pessoal, que jamais deverei observar suas caras, pois quando a gente reconhece um seqüestrador a morte é quase certa. Me recordo das manchetes do lamentável caso Osório Bacchin. Fico toda arrepiada.

Tento me acalmar e respiro fundo. Deito sobre o colchonete e tento relaxar o corpo. Imagino que estou numa viagem inconsciente, para a qual eu não estava preparada e que poderá me conduzir a várias direções. Uma viagem totalmente involuntária, sem lucidez, sem rumo, sem meta ou método. Sinto que esta é uma viagem alienada – tempo perdido que jamais será recuperado –, e que não estou nada feliz.

Penso nos meus tempos de Sacre-Couer, quando aprendia a rezar e a acreditar em Deus, e rezar era tão fácil. Sinto que o meu corpo começa a amolecer e pareço encontrar uma certa calma. Tudo parece um sonho. Sinto-me como se contasse carneirinhos, o sono toma conta de mim.

Capítulo Quatro

A CELA ERA UMA PEQUENA ARENA com uma placa: "*Prisão, ame-a ou deixe-a*", sem nenhuma abertura a não ser a grade de ferro que dava para o imenso corredor. Num dos cantos ficava um sanitário, cimentado no chão. Cerca de um metro acima do buraco, havia uma torneira. O lugar estava sujo, fétido e encardido. As paredes achavam-se cobertas de dizeres e desenhos pacientemente grafitados pelo atrito de cascas de laranja ou carvão de palitos de fósforos. Eram frases como: "Jesus também sofreu"; "Cadeia também para os corruptos", ou uma enorme, que ocupava três paredes: "O dia que legalizarem a pena de morte, o crime vai evoluir e se organizar".

Não existia cama. Formigas e baratas surgiam o dia inteiro, circulando sobre a pilha de jornais velhos, que serviam de colchão, passatempo e papel higiênico.

O barulho era infernal. No cubículo do lado, mais ou menos da mesma dimensão, estavam mais de uma dúzia de presos. Os carcereiros batiam o tempo todo com as chaves, exigindo silêncio. Não existia nada mais a fazer, além de andar.

Ficou ali, contando os cinco passos de um lado para o outro: um, dois, três, quatro, cinco. Andou até cansar, depois sentou sobre os jornais e ficou esperando. A única coisa que podia fazer ali era esperar.

Imaginou que a cela do lado fosse um horror. Um bando de homens amontoados, roçando uns nos outros. Sem cama, sem privacidade para fazer as necessidades fisiológicas, deitados sobre o cimento frio, nervosos e fumantes. Uns subjugando os outros. Era o fim do mundo. Ele podia sentir isso. A descarga do sanitário era acionada por fora. As luzes eram controladas pelo guarda e estavam sempre acesas, o que acabava com a sensação de dia ou noite. Nunca sabia em que hora estava.

Sem ter o que fazer, começou a folhear os velhos jornais. Eram, em sua maioria, exemplares do *Diário Oficial*. Depois tornou a arrumá-los e se encolheu, sem fazer nada. Ficou horas sem se mover. Não tinha sono. Aqueles holofotes não o deixavam dormir. A cabeça dava mil voltas, até não conseguir pensar em nada. O pior era mesmo ficar parado sem ter o que fazer.

Voltou a manusear os velhos jornais, até encontrar um que não era o Diário Oficial. Era um jornal de bairro com uma reportagem sobre a pena de morte. Por um instante imaginou os corredores da morte dos filmes americanos, com o condenado se preparando para o *grand finale* com um *breakfast* especial. No Brasil, entretanto, a pena de morte era apenas um tema para reportagem. Começou a ler em voz alta, para passar o tempo.

No Brasil o tema da pena de morte tem atraído a atenção de toda a população. Atualmente ela é usada pelos delinqüentes e pelos policiais. É comum os criminosos condenarem à morte seus próprios companheiros, quando infringem certas leis do cão, e normas do código interno das quadrilhas. Até mesmo nas prisões existem os seguros, pavilhões que acomodam presos jurados de morte.

No Rio de Janeiro um policial prendeu um jovem, na frente de um shopping center, o arrastou para trás de uma Kombi e o executou friamente a tiros, diante de uma multidão de curiosos e das câmeras da TV Globo, ao vivo e em cores.

O ser humano é mau por natureza. Há indivíduos tão perversos que assaltam, roubam, maltratam, batem, estupram e matam suas vítimas sem o menor constrangimento. Recentemente, um pobre senhor, pai de família, foi condenado à morte pelo simples fato de ter reconhecido quem assaltou sua residência. O assaltante, quando em liberdade, e por vingança, matou-o friamente com alguns tiros na cabeça, enquanto ele, ajoelhado, pedia clemência, diante dos filhos.

Outro marginal reincidente raptou três crianças indefesas, no interior paulista, e, com requintes de selvageria, embriagou-as, estuprou-as, matou-as a facadas e sepultou-as. Foi preso e confessou, rindo, o crime. No Morumbi, dois jovens recém-saídos de uma prisão assaltaram um conhecido editor na porta de sua residência e o assassinaram friamente, embora ele tivesse atendido a todas as reivindicações dos agressores.

Vez por outra, populares, indignados e revoltados contra a barbaridade de certos crimes, unem-se e invadem delegacias, linchando os culpados. Isto é a Lei de Lynch, e não deixa de ser pena de morte.

O caso dos chamados justiceiros, assassinos profissionais que eliminam por vingança, por contrato prévio, pessoas isoladas ou grupos, nas chamadas chacinas, caracteriza também a pena de morte.

E quando bandidos são mortos pela polícia ou pelas próprias vítimas, em autodefesa, há um consenso geral de aprovação na opinião pública, que, numa expressão espontânea, desabafa: – Um bandido a menos! Isto também é pena de morte, quer queiram ou não queiram.

A pena de morte repugna, sem dúvida, os sentimentos humanos e a civilização contemporânea, por ser considerada como vingança social. Quando um político, à cata de votos, apregoa a pena capital, não está pensando em defender a sociedade, mas em manter os seus privilégios à custa dos eleitores desinformados. O que ele deveria fazer, isso sim, era propor soluções para combater efetivamente a criminalidade, lutando para aumentar os investimentos nos setores básicos da saúde, educação e habitação. Atacando prioritariamente o consumo de tóxicos, a pobreza, o desemprego, a desintegração da família e as péssimas condições prisionais.

O atual descalabro do sistema prisional é tão vergonhoso que um cientista social da Unicamp declarou: "Entre os campos de concentração nazistas e as prisões brasileiras, as semelhanças não são só teóricas, mas práticas." Será que as autoridades responsáveis não enxergam isso? Por que será que a reincidência criminal é superior a oitenta por cento em São Paulo? Que tipo de tratamento recebem os infratores? É sabido que a superlotação carcerária coloca o infrator diante de um mundo estranho, violento, contraditório, falso, injusto e tedioso. É ali que eles acabam trocando conhecimentos do mundo do crime, como passatempo para romper o ócio. É o Estado que, sem querer, prepara o verdadeiro bandido de amanhã, através do cumprimento *de pena aviltante. Submetido a essa indignidade, o infrator acaba por transformar-se em fera, a fim de sobreviver em condições subumanas, na promiscuidade de xadrezes superlotados, onde vegetam criminosos de todos os naipes. Os mais fortes subjugando os mais fracos, destroçando as suas personalidades e transformando-os em seres revoltados. O cumprimento de uma pena que deveria servir de desestímulo ao crime acaba por transformar o preso em monstro.*

Um preso começou a fazer barulho na cela ao lado e desviou sua atenção. Parecia uma discussão. Uma briga. Escutou vários gritos de desespero. Quatro bofetadas em sucessão rápida. Carne contra carne, socos dados freneticamente e recebidos com abafados gritos de terror. Depois dos gritos, respirações convulsas e choros. Não tardou, e ouviu uma movimentação interna e rápida. O carcereiro, nervoso, começou a gritar. Logo o corredor estava cheio de policiais. Um barulho de chaves e a porta de ferro foi aberta. Pelo cantinho da sua grade foi possível ter uma visão do acontecimento.

O que viu sair lá de dentro o deixou revoltado. Um sujeito com as roupas rasgadas tinha um nó de pano em volta do pescoço. Seus olhos estavam esbugalhados e fixos. Havia sido estuprado e enforcado pelos próprios companheiros de cela.

As discussões continuaram, mas depois o silêncio voltou a reinar.

Pegou novamente o jornal, e continuou a ler o artigo:

A violência policial em São Paulo é assustadora. Recentemente dezoito presos da justiça foram trancados numa cela-forte de quatro metros quadrados, sem ventilação, para serem assassinados por asfixia. Outros cento e onze condenados foram massacrados brutalmente no pavilhão nove da Casa de Detenção, num dos episódios mais dantescos da história.

Temos assistido cotidianamente ao repetitivo espetáculo dos políticos que apregoam o aumento do policiamento; a criação da pena de morte; o exército nas ruas. Ninguém propõe a melhoria das condições prisionais. Ninguém toca na questão da supervisão dos presídios e da profissionalização do preso. Cadeia não rende votos. É preciso estimular o trabalho útil do condenado, a fim de que ele possa conquistar, pelo seu próprio esforço, a reintegração social e uma possibilidade de futuro. É impossível colher flores se plantarmos cardos...

A criminalidade não depende única e exclusivamente do meio social, nem da falta de instrução. Há causas intrínsecas, distúrbios de caráter, perversão dos instintos, falta de controle dos impulsos, frieza de sentimentos e maldade adquirida, daí a necessidade da individualização da pena.

A sociedade, às vezes inconscientemente, transforma o curioso do crime em um criminoso contumaz. Tudo isso graças ao despreparo do nosso sistema prisional. Nos estabelecimentos penais só existem maus-tratos, superlotação, ociosidade, sujeira, desestímulo, humilhação para as visitas e ausência total de ocupação.

Também a influência altamente perniciosa de certos programas sensacionalistas de rádio e tevê constitui uma inquestionável, eficiente e acessível escola de violência. Resultado: molda-se o criminoso, deixando-o, mais do que nunca, pronto para se vingar da sociedade.

A condenação e a prisão variam de pessoa para pessoa e pouco ou nada resolvem para presos reincidentes, que usam a soma dos anos de condenação como status para ganhar prestígio na prisão. É comum os grandes condenados chefiarem as chamadas falanges e comandos, que lideram rebeliões, executam inimigos e não procuram a regeneração.

A opinião pública brasileira, atemorizada e revoltada com a audácia e violência desenfreada dos delinqüentes, descrente da ação de uma polícia despreparada, nem sempre rápida e atuante, desiludida com o refrão dos arautos dos Direitos Humanos – que defendem criminosos e deixam abandonadas suas vítimas –, deseja a legalização da pena de morte no país, não para o crime comum, passional, mas para o crime premeditado, hediondo, para o criminoso reincidente, irrecuperável.

Num país que tem, hoje, uma das mais belas constituições, a menos que sejam legalmente equiparados aos animais, é indispensável que os presos comecem a ter direito à cidadania. É urgente iniciar um esforço imenso e consciente para reverter o atual quadro. Implementar medidas saneadoras, como a privatização dos presídios e a profissionalização do preso.

Os políticos que fazem as leis sabem disso. Eles preferem frustrar a maioria dos cidadãos honestos, que vivem atemorizados com o aumento da violência para índices nunca vistos, deixando as sementes da violência plantadas no seio de um sistema prisional falido, desumano e vergonhoso...

Estava quase no final da reportagem quando, sem nenhum som ou aviso – a escuridão. Eles simplesmente apagaram as luzes, e ele ficou ali, sem sono e sem lugar para dormir.

Como uma cegonha doente, ficou andando curvado para lá e para cá, pensando. Refletindo sobre a pena de morte. Refletindo sobre o quanto era difícil julgar o ser humano... Julgar era uma arte que exigia serenidade, imparcialidade, evolução emocional, amadurecimento e, sobretudo, bom senso. Talvez nisso residisse a dificuldade da aplicação da pena de morte. As horas eram longas e os minutos pareciam não passar. Refletia sobre a situação: num cárcere o indivíduo era completamente despersonalizado. Ele era imediatamente transformado numa papelada cartorial, que circulava de mão em mão, como um problema menor a ser resolvido. Ninguém se importava com ele, ninguém se importava com sua aparência, com seus problemas pessoais, com o que ele falava ou fazia. Tudo o que ele tinha a fazer era ficar no seu canto e aguardar. Ficar quietinho. Não incomodar. O carcereiro estava ali para receber seu salário, para ele não existiam homens berrando, batendo nas grades, vomitando ou destruindo as celas. O que incomodava na prisão era a ociosidade. Podia-se escutar um ronco, um suspiro de angústia ou um grito de desespero.

Tentou dormir e não conseguiu. Ficou agachado no canto da cela até que escutou um barulho conhecido no corredor. Era o latão do café que vinha.

Mais tarde a porta foi aberta e ele foi conduzido para ser identificado. O setor de identificação era um lugar desorganizado, com uma velha *Rolleyflex* apoiada sobre um tripé. As paredes estavam cobertas de fotos. Penduraram uma placa numerada em seu pescoço e fizeram várias fotos, de frente e de perfil. Depois sujaram seus dedos com tinta preta pegajosa e colheram as impressões digitais. Mandaram que abrisse a boca, conferiram as obturações, e perguntaram se tinha cicatrizes ou tatuagens.

Ficou a manhã inteira ouvindo ordens: levanta o queixo, olha para cá, vira para a esquerda, levanta a língua, abaixa a cabeça, tira a roupa, veste, altura, peso, nome, filiação, data de nascimento, ocupação.

Quando voltava para a cela, o carcereiro se aproximou com uma lata nas mãos, de onde tirou uma pasta branca.

– Lava as mãos, que o advogado quer falar contigo.

Lavou-se rapidamente, arrumou os cabelos e foi conduzido até uma sala confortável, em tudo diferente daquele canil onde estava. Um homem sereno, calmo, alto, de cabeça calva e grisalha, esperava por ele na sala. Tinha uma pose espigada e lembrava um nobre espanhol.

– Sou Voltolini. Goldenberg me contratou para dar assistência a você. Tentei vir o mais depressa possível.

Ele esperou o policial se afastar e convidou o preso a sentar-se num canto mais reservado.

– O que aconteceu? – o advogado perguntou, rabiscando um papel.

– Eles me cercaram, conseguiram me pegar e me trouxeram. Não sei do que estão me acusando.

O advogado olhou de soslaio.

– Eu li nos jornais. A imprensa tem destinado páginas inteiras a este caso. Isso não é bom. Mas acho que você gostaria de sair deste lugar, não?

– Claro.

– Você admitiu algum crime? Confessou algo?

– Não, nada!

– Você ainda não foi interrogado?

Ele demorou para responder. Pensava nas palavras do bexiguento, quando o levou à carceragem. O advogado franziu a testa e olhou nos seus olhos.

– Pode falar.

– Os caras quase me matam no pau. Não falei nada.

– A polícia, às vezes, se excede. Às vezes fazem o que bem entendem. Vou fazer uma representação judicial para você ser ouvido só na presença de seu advogado.

– Na presença do senhor?

– Minha ou de outro advogado do meu escritório.

Ele respirou mais aliviado. Voltolini disse:

– Para incriminá-lo, eles precisam de provas. E mesmo que encontrem alguma, talvez eu consiga um *habeas-corpus* para você. Existem casos de pessoas que não foram réus confessos, não foram presas em flagrante e nem admitiram culpas, mas estão presas até hoje por causa dos *bochinchos* da imprensa. Sem provas de nada.

— E sobre o *habeas-corpus* que o senhor mencionou?

O advogado olhou para o relógio no pulso e disse:

— Você, como réu primário e de bons antecedentes, tem o direito de responder ao processo em liberdade. Só tem um problema...

— Qual?

— O eterno problema da opinião pública. A imprensa.

— Como assim?

— O crime vende notícia. E os crimes envolvendo figuras da alta sociedade se tornam coqueluche para as pessoas. O clamor público é muito grande nesses casos, o que dificulta e torna incerta a atuação do advogado.

— Mas a lei não é igual para todos?

— Teoricamente, sim, mas tem alguns mais iguais do que outros... Não se preocupe, acho que dá para tirar você.

— Eu estou com medo de que eles me fritem no pau-de-arara. Mas eles vão ter que me matar, pois não vou confessar nada. Nada mesmo!

— É uma tática errada — disse, com certa impaciência, o advogado.

— Errada? Por quê?

Ele aproximou seu rosto de Christiano e disse baixinho:

— Não faça isso. Use o bom senso. Invente uma história em que eles possam acreditar. A verdade você só fala para o juiz. Na base policial, é admissível dizer mentiras. Aliás, é esperado que isto aconteça, até mesmo pela própria polícia. Não existe lei que impeça a pessoa de mentir. Os policiais sentem-se mais felizes quando se conta uma boa história para eles do que quando alguém banca o durão, entendeu?

— Hum, hum.

— Autoridade não gosta de ser desafiada. Invente uma longa história e eles vão ficar cansados e satisfeitos. Perante o juiz, a história é outra.

Christiano ficou em silêncio. Não tinha pensado dessa maneira. O advogado perguntou:

— Você participou do seqüestro? Você atirou no segurança?

– Não.

– Então? Então vai confessar o quê? Vai confessar um crime que você não cometeu? Vai ter que montar uma encenação crível. Cansar o escrivão.

– O senhor quer dizer que tenho que me virar, não é mesmo?

– Quanto mais, melhor. O que você pode fazer numa situação dessas? Exigir os seus direitos? Citar a lei? Não seja ingênuo!

– Acho que o senhor tem razão.

– Seja *goiabada!*. Encene uma história e deixe o escrivão bater. Diga tudo que você quiser... Mas não admita o crime.

Voltolini tornou a olhar para o relógio. Arrumou os papéis na maleta, levantou-se e disse friamente:

– Não se preocupe com o circo. O seqüestro da filha do deputado é manchete até no exterior. A imprensa vai explorar esse fato até a exaustão.

E estendeu a mão ossuda para Christiano.

– Tenho uma audiência no Fórum e vou dar uma passada no gabinete do delegado geral para falar sobre o seu caso. Você sabe bem o que dizer, certo?

– Obrigado pela orientação.

– Tem outra coisa...

– O quê?

– Não responda nada sem a presença de um advogado do meu escritório. Você tem todos os telefones neste cartão. Se necessitar de algo, é só ligar.

O advogado saiu da sala e Christiano ficou pensando no que tinha ouvido. O advogado estava certo. Os homens da lei sempre conseguiam arrumar um modo de fazer a incriminação. Iria mudar de tática. Nada de bancar o durão.

A porta se abriu e um policial fez um gesto para Christiano.

– Vamos, vou recolher você de novo.

Ele se levantou segurando as calças.

– Fica frio que você não vai ficar aqui por muito tempo – o policial confidenciou.

– Como é que é?

– Eu conheço bem o Voltolini. Fui aluno dele na faculdade.

Christiano rogou para que ele estivesse certo.

Após ser transferido para a Polícia Civil, Christiano foi mantido numa cela separada, à disposição do delegado Santana. A cela, de número doze, no final da carceragem, era constituída por uma reduzida arena de quatro metros quadrados, contendo um vaso sanitário com uma torneira em um dos cantos e um colchonete de espuma em outro. O carcereiro trouxe um lençol e uma colcha, que não estavam nem sujos nem limpos. As paredes, como as da carceragem, estavam repletas de frases, desenhos de revólveres, facas, suásticas, cruzes e palavras obscenas.

O carcereiro era baixinho, atarracado, com cara de índio, e estava sempre alegre. Ele disse para Christiano:

– Você pode ter cigarros e fósforos, mas não pode rabiscar a parede.

– Eu não fumo.

– Já sei. Não tem pequenos vícios, não é mesmo?

Christiano caminhou pela cela enrolado na colcha. Parecia um velho cansado, com um par de olhos olhando para coisa nenhuma. Podia escutar os roncos nas celas ao lado e sentir os cheiros humanos. Era uma vida em suspenso, sem objetivo ou significado. Ele ouvia o barulho dos presos nas outras celas que, como ele, não conseguiam dormir. Ali a insônia era uma constante. O carcereiro passou e o viu andando. Já era madrugada alta e ele não conseguia dormir. O carcereiro olhou para ele. Ele encarou o carcereiro. Não disseram nada. Não havia o que dizer.

Pela manhã, um homem de peito estufado e braços cruzados nas costas parou em frente à cela e disse:

– Bom dia, eu sou o delegado Santana.

Christiano notou que as mãos dele eram bem-cuidadas, unhas tratadas e brilhantes, cobertas por uma leve camada de esmalte. O rosto tinha traços firmes e severos. Testa alta, nariz comprido, olhar firme e penetrante. Christiano sentiu que o delegado o examinava com extrema indiferença, como se ele fosse um objeto, não uma pessoa.

– Você sabe que o jogo está perdido. Agora é hora de facilitar o trabalho da polícia. É hora de cooperar.

Em seguida, Santana desapareceu no corredor. Algum tempo depois, Christiano foi conduzido para a sala do delegado. O corredor estava atulhado de gente e cheio de jornalistas. Santana estava sentado à sua mesa, com uma pilha de jornais ao lado. Assim que Christiano entrou na sala, ele disse:

– Conhece o Salmo 51? Confissão e arrependimento?

– Interessante.

Christiano percebeu que estava diante de um inquiridor diferente. O verdadeiro inquiridor não bate. Fala. Intimida sem violência. Ele sabe que um interrogatório eficiente não consiste em torturas físicas, mas em pressão psicológica, que se segue às torturas físicas. O tormento das palavras. A quebra da resistência física e moral.

Christiano soube que estava diante de um especialista, que na certa encontraria seus pontos vulneráveis. Sentiu que precisava ganhar tempo. Usar a técnica da canseira, da inteligência. Inventar uma história crível e tentar convencer o delegado pelo diálogo.

Santana não parecia ter pressa nenhuma. Fechou o jornal calmamente, bebericou o café e começou a falar com ele usando o tom de quem conversa num bar.

– O que você fazia por estas bandas?

– Pesquisava a natureza para escrever um livro.

– E o carro roubado?

– Gozado! Eu o encontrei abandonado na estrada exatamente no dia da minha prisão.

– Muita sorte, não é mesmo?

– Às vezes eu tenho sorte. Já ganhei várias vezes na Loto. Deus sempre me ajuda...

Os dedos de Santana tamborilaram na mesa.

– Existem muitos indivíduos assim no mundo. Em Brasília tem um sujeito que ganhou duzentas vezes. Você vai ter bastante tempo aqui para refrescar a memória. Eu não tenho a mínima pressa. Só quero que você saiba que eu não sou um idiota.

O delegado fez uma pausa e bebeu mais café. Depois disse, com voz pausada e cavernosa:

— Tem um delegado que veio de São Paulo para falar com você. Vou conceder quinze minutos.

Christiano já estava sendo conduzido para fora, quando Santana disse:

— Você tem o direito de ficar calado, mas o silêncio pode te comprometer. Melhor você cooperar conosco.

Christiano foi levado para uma sala no fundo do corredor. Um homem magro, grisalho, de terno cinza e óculos escuros, estava esperando. Ele olhou para Christiano e dispensou a escolta.

— Pode deixar. Gostaria de falar com ele a sós.

— Estou aqui fora esperando — disse um dos policiais. — Qualquer coisa, é só chamar, doutor Demian.

Então Demian disse:

— Fique frio. Faz de conta que não me conhece. Ficamos tristes com o que aconteceu e por isso vim para cá tão logo fiquei sabendo. Vim a mando de Goldenberg.

— Eu não confessei nada e nem comprometi ninguém.

— Foi um acidente de percurso. O que importa é que você está bem. Eu estou aqui para tirar você dessa.

Christiano franziu a testa e olhou fundo nos olhos dele.

— Quando eu vou sair?

— Imediatamente.

— Como?

— Fácil! Eu passo para você uma arma, você depois irá até a sala do delegado para ser interrogado e aí...

— O quê?

— Você rende o delegado e salta pela janela. Nós estaremos logo embaixo com um carro para dar cobertura. Você vai ter que imobilizar o delegado, para que possamos ter pelo menos meia hora para evacuar a área.

— A idéia é boa.

Demian consultou o relógio.

– Você tem que decidir já. O Santana me concedeu apenas quinze minutos para falar contigo.

– Você acha que é seguro?

– Você quer sair daqui ou não quer?

– Quero, claro. Mas como é que eu vou amarrar o cara?

– Eu pensei em tudo. Trouxe um pedaço de corda plástica e você pode usar a camisa dele como mordaça.

– Entendi.

O delegado tirou do bolso uma pistola 6.35 Taurus e um pequeno rolo de corda de *nylon*. E entregou para Christiano.

– Espero que você tenha sorte. Estaremos esperando, entendeu? Agora, se eles te pegarem, não vá me comprometer, hein?

Christiano sorriu.

– Você tem tudo amarradinho na cabeça, não é? Fique tranqüilo. Se não der certo, não vou comprometer ninguém.

O delegado levantou-se e se despediu.

– O nosso tempo acabou. Boa sorte.

Ele caminhou até a porta e avisou à escolta que iria sair.

Christiano foi levado pelo corredor e observou a movimentação do pessoal da imprensa no *hall*. A escolta o conduziu diretamente para a sala do delegado Santana.

– Esses jornalistas estão enchendo o saco. Reclamam o tempo todo que estou obstruindo o trabalho deles.

– Por que tantos jornalistas? – perguntou Christiano.

– A filha de um deputado federal foi seqüestrada nas nossas barbas, e a imprensa está querendo nos crucificar. Eles adoram um seqüestro, para botar na primeira página. Não existe nada que venda mais jornal.

Christiano olhou em volta e sentiu que o momento era adequado. Olhou direto nos olhos do delegado e falou calmamente:

– Mãos na cabeça, senão você vai aparecer no jornal...

Santana tomou um susto quando viu o cano da pistola apontado para seu rosto. Christiano ordenou que ele se deitasse e amarrou suas mãos. Depois, ele retirou as duas meias dos pés de Santana e improvisou uma mordaça. Depois, foi até a janela e espiou. Viu Demian num carro e acenou para ele. Christiano projetou o corpo através da janela e começou a descer. Quando pisou firme na calçada, escutou um tumulto danado. Uma saraivada de balas veio em sua direção, e viu Demian gesticulando e gritando:

– Peguem! Peguem o fugitivo!

Christiano sentiu-se como um animal acuado. Tentou atirar, mas a pistola não funcionava. Escutou outra seqüência de tiros em sua direção, e percebeu que sua única saída era entrar de novo na delegacia e correr para onde estavam os jornalistas.

Ele correu em direção do *hall*. Parecia longe demais. Viu o clarão dos *flashes* na sua direção, escutou uma última seqüência de tiros e, por fim, apenas um estampido seco. Christiano sentiu uma pontada no ombro e caiu, com o corpo contraído. Viu que Demian se aproximava. Os jornalistas cercaram os dois.

– Agi no cumprimento do dever. Ele estava fugindo – Demian gritou.

Christiano ali, ferido, podia escutar tudo. Uma confusão danada de vozes. O policial se identificando, dando as suas razões e falando alto para os jornalistas. De repente, todos correram para a sala do delegado Santana. Falcão já tinha livrado o delegado das amarras. Os jornalistas invadiram a sala e estouraram *flashes*.

Santana desceu para o *hall*, com os jornalistas em seu encalço. Ele se aproximou de Christiano, que se mantinha de olhos fechados e respirava com dificuldade.

– Rápido, tragam a ambulância! – gritou.

Christiano ficou ali, encolhido como uma cobra, destilando o veneno. Um ódio profundo tomou conta dele. Um ódio que tentara manter sob controle, mas que agora vinha à tona. Goldenberg iria se arrepender de tudo aquilo que estava lhe causando. Ele ouviu a sirene da ambulância e uma movimentação intensa tomou conta do local. Por fim, sentiu que o colocavam na maca e o levavam até a ambulância.

Capítulo Cinco

O HOSPITAL SE LOCALIZAVA NO PÁTIO interno do quartel da polícia. Era uma construção de concreto aparente, com as paredes intermediárias pintadas de branco. O quarto onde Christiano estava era um cubículo pequeno, com uma cama hospitalar e um suporte de soro ao lado, que gotejava lentamente uma solução incolor.

Suas têmporas estavam molhadas de suor. Vestia um roupão esverdeado, semelhante aos que os médicos usam nos centros cirúrgicos, que colava em diversos pontos de seu corpo molhado de suor. Parecia não ter dores nem febre. Lembrou-se do médico que o anestesiou para ser operado. O mundo estava mesmo cheio de advogados, médicos e dentistas ideais para serem indicados aos inimigos. Advogados *porta de xadrez*, que desapareciam com os tostões do cliente. *Fazedores de anjos* desfilando em colunas sociais e habitando mansões privilegiadas. Urologistas aplicando papaverina para ativar a ereção.

Escutou alguém entrar no quarto. Era uma fisionomia conhecida, mas ele, com a mente embotada pelos medicamentos, teve dificuldade em distinguir. O homem trajava um avental branco e ficou algum tempo virado de costas para ele.

Christiano virou a cabeça o que pôde para vê-lo melhor. O homem de branco, sempre de costas, começou a inspecionar o frasco de soro que gotejava direto na sua veia. O homem enfiou a mão no bolso do avental e retirou uma seringa enrolada num plástico. Era uma seringa grande e cheia até a metade.

– Quem é você? – Christiano perguntou.

– Sou médico. Vim lhe aplicar um analgésico.

E então cravou a agulha no frasco do soro e começou a injetar o líquido. Christiano comprimiu as veias superficiais do braço esquerdo com a mão e olhou direto para a cara do homem.

– Você não é Demian?

O homem empurrou o êmbolo da seringa até o fim, injetando o líquido no frasco. Em seguida, colocou a seringa de volta no plástico, guardou tudo no bolso e olhou uma última vez para Christiano, antes de sair apressado.

Christiano sentiu a cabeça rodar. Imaginou que Demian havia introduzido veneno no soro. Uma substância capaz de levar a uma morte aparentemente natural. Ele já ouvira falar dos potentes relaxantes musculares utilizados na anestesia. Num caso especial que Christiano escrevera, um médico se utilizava dos neurolépticos para matar sua sogra.

Ele sabia que a ação era quase imediata. Ficou por um tempo segurando o braço e pensou se aquela não seria uma ótima maneira de escapar do pesadelo que sua vida havia se tornado. Não, ele precisava acertar suas contas com Goldenberg – e decidiu que ainda não era hora de morrer. Com um enorme esforço, arrancou o cateter do braço.

Christiano sentiu um pouco de *fraqueza* ao olhar para o líquido transparente que gotejava sobre o piso, formando um estranho espelho de água. Não havia como saber quanto veneno penetrara em seu organismo. Sua vida corria perigo. Mas ele sentiu que já estava acostumado...

Nesse momento, sentiu a boca seca e seu estômago começou a se contrair. Procurou uma melhor posição no leito, e a dor no ferimento o incomodou. Mesmo assim, virou a cabeça para o lado e sua atenção foi atraída por um jornal colocado na mesinha, ao lado da cama. Deslizou os olhos no pedaço de página visível e leu: *Polícia recupera Toyota usado no seqüestro.* Ele teve de forçar a vista para continuar lendo.

Os peritos da criminalística conseguiram identificar o Toyota encontrado em poder do ladrão.

Os fios de cabelo encontrados no bolso da capa esquecida no local poderão ajudar na identificação do seqüestrador. Pela impressão cuticular, realizada através de microscópio, os peritos chegaram à conclusão de que o cabelo encontrado na capa era o mesmo que foi recolhido em vários locais do Toyota.

Não conseguiu continuar a leitura. Começou a sentir falta de ar. Mudou de posição no leito e tentou respirar fundo. O suor escorreu por sua testa e caiu dentro do seu olho. O movimento brusco para limpar o suor provocou uma dor intensa no flanco direito.

Christiano sentiu uma onda de calafrios. Respirou fundo por um longo tempo e, aos poucos, o mal-estar foi desaparecendo. Então foi tomado por uma outra forma de pânico, ao pensar que os policiais poderiam retardar seu atendimento para diminuir suas chances de vida. E o pânico começava a alastrar-se dentro dele, avolumava-se com as dores. Sabia que de nada adiantava gritar. A sorte era tudo que restava. Até ocorrer uma visão de esperança. O céu iluminado como num milagre. Um grupo de homens de branco se aproximou da maca. Estava conseguindo. De qualquer forma, ele estava conseguindo...

O eterno trepidar da maca através do longo corredor. Lâmpadas que piscavam e desapareciam. Vozes que vinham e sumiam na distância. Finalmente o elevador. O silêncio geral, cortado apenas por respirações ofegantes à sua volta. Seu corpo ali, frio, com dores, agonizando. Parecia acabado.

Voltou dos devaneios com um calor incrível, que aumentava a sua sede. Sentiu uma sensação de completo relaxamento muscular. Não sabia o que era. Sabia apenas que não era a morte. Uma sensação agradável, que fazia desaparecer as dores. Respirou fundo e sentiu a sua língua enrolar. Uma sensação estranha, como se voltasse da escuridão da morte, de onde nunca deveria ter saído.

Christiano olhou para o chão e viu o frasco de soro agora vazio. Seu estômago contraiu-se: fome. Precisava providenciar alguma coisa para engolir.

Por que não traziam café? Por que não aparecia alguém? Tentou não pensar em comida e, rapidamente, conseguiu acabar com a sensação de fome. Olhou para o chão e viu a sua imagem refletida no espelho de água formado pelo soro. Contemplou seu rosto pálido que parecia ainda mais abatido pela barba por fazer...

Ouviu quando a porta foi aberta. Levantou a cabeça e pôde ver o grupo de médicos que entrava. Um deles percebeu o frasco de soro no chão.

– O que aconteceu?

Ele tentou responder, mas não conseguiu formar palavras. Faltava-lhe o ar. Forçou a respiração, conseguiu balbuciar:

– Depois da injeção, eu comecei a ficar mole.

Os médicos se entreolharam. Um deles consultou a papeleta e depois passou-a para o outro, que, depois de examiná-la, pareceu igualmente confuso.

– Que injeção?

– O médico... Uma injeção enorme! Alguém aplicou uma injeção direto no frasco do soro. Comecei a me sentir mal e arranquei a agulha do braço.

A falta de ar se agravou. O médico examinou mais uma vez a papeleta. Disse:

– Não há nenhum medicamento prescrito aqui.

– Era uma seringa grande, ele falou que era um analgésico – disse Christiano.

Os médicos se entreolharam novamente. Um deles perguntou:

– Faz muito tempo?

– Não sei, meia hora ou menos...

O médico que se aproximou da cama era um sujeito baixo e grisalho. Seu longo avental branco o tornava ainda mais baixo. Caminhava sem fazer barulho, de um lado para o outro, com a mão no queixo.

– Controle-se. O senhor vai ficar bom – ele disse.

Christiano emitiu um som roufenho. Continuava respirando com dificuldade. O médico percebeu que ele estava ofegante e pediu que baixassem a cabeceira da cama. O enfermeiro limpou o rosto de Christiano com uma gaze úmida. Depois, trocou as roupas de Christiano e o ajudou a deitar-se novamente. Como uma grande onda, o cansaço apoderou-se dele, enquanto os médicos instalavam um novo equipamento de soro para ministrar substâncias neutralizantes e reanimadoras. O soro começou a penetrar em sua veia e, lentamente, ele se sentiu melhor. A cor avermelhada aos poucos voltou à sua pele. Os médicos, porém, continuavam preocupados. Um deles sugeriu:

— Melhor deixarmos um enfermeiro de plantão para acompanhá-lo esta noite.

Christiano agradeceu.

O médico recomendou que o enfermeiro mantivesse a porta do quarto fechada por dentro. Depois os médicos saíram e o enfermeiro permaneceu ao lado da cama, como anjo da guarda. Christiano conseguiu relaxar. Ele reparou que o enfermeiro resistia ao sono, sentado na cadeira no canto do quarto. A noite era longa, logo estaria adormecido. Christiano decidiu que não ficaria mais naquele quarto, à espera de que Demian surgisse no meio da noite com uma seringa envenenada para matá-lo. Ele havia escapado da primeira tentativa, mas nada garantia que teria a mesma sorte. E sentiu um ódio ainda maior de Goldenberg. Pensar em sua vingança deu-lhe um novo vigor. Ele só precisava esperar o momento oportuno para fugir.

O enfermeiro levantou-se e foi conferir o gotejar do soro. Christiano notou que suas mãos estavam ligeiramente trêmulas e suas pálpebras um pouco caídas. A pele era tão branca quanto o leite. Ele olhou para Christiano e balbuciou:

— Não agüento mais essa rotina: idosos, feridos, doentes, operados... É duro.

— O hospital é um lugar apropriado para se morrer.

— Mas também é um lugar chato para trabalhar. Comida leve, sedativos, injeções, macas para lá e para cá, quando morrem, ficam segurando a mão da gente, vendo a tristeza em nossos olhos...

— Alguém precisa fazer isso – Christiano disse.

Ele balançou a cabeça e andou de volta para a cadeira no canto. Christiano olhou por cima do seu próprio ombro e viu quando ele se sentou com dificuldade, e teve certeza de que não teria nenhuma dificuldade em imobilizar aquele anjo de candura.

Virou-se de lado, relaxou o corpo e retornou às divagações. Dormiu e acordou agitado. Sabia que tinha que agir. Era madrugada alta. Christiano arrastou-se para fora do leito, arrancando fora o catéter do soro. Olhou para o enfermeiro que dormia e dobrou a mangueira do soro. Com um movimento rápido, enrolou-a no pescoço do enfermeiro e aplicou todas as suas forças. O homem começou a ficar ofegante, debatendo-se como uma ave degolada. Em seguida, emitiu um grunhido e seu corpo relaxou. Os olhos bem abertos, fixos no teto, não pareciam grandes. Seu rosto estava com a palidez de quem havia passado para o outro mundo.

Christiano tirou as roupas do enfermeiro e em seguida as vestiu. Depois, colocou o corpo sobre a cama e o cobriu. Ele sentiu que era hora de cair fora dali. Abriu a porta com a chave e andou devagar, com o corpo encostado à parede, até chegar no *hall* vazio. Olhou através da janela e a marquise do edifício estava mesmo próxima. Era fácil, ele pensou.

Abriu a janela forçando o trinco e escorregou o corpo através da parede, para fora. Seus pés tocaram a marquise. Christiano sentia dores disseminadas por todo o corpo, mas, naquelas circunstâncias, as pontadas serviam para lembrar que ele estava vivo. Rastejou pela marquise até o fundo do prédio, onde estava estacionada uma ambulância. Não foi difícil atingir o teto do veículo, penetrar na cabina e fazer uma ligação direta.

Ele dirigiu a ambulância com cuidado, tentando afastar-se o máximo possível do hospital. Não demorou muito e começou a sentir-se mal. Não sabia se iria agüentar. Então estacionou o veículo numa rua deserta e saiu andando em direção a um táxi estacionado. O motorista dormia sobre o volante e ficou irritado quando Christiano pediu que o conduzisse à rodoviária.

– A rodoviária é logo ali na frente – ele rosnou, e indicou o edifício cinzento do outro lado da avenida.

Christiano comprou uma passagem no ônibus para São Paulo, sentou-se na última poltrona e pensou que a sorte estava do seu lado.

* * *

Segundo Dia

Acordo assustada com uma batida na porta e a luz forte sobre os meus olhos.

Sinto o corpo dolorido na cama desconfortável. Os primeiros momentos da manhã sempre são desagradáveis para mim. Escovo os dentes e lavo o rosto agachada. Depois eles introduzem pela portinhola uma bandeja plástica com uma maçã, uma caneca de café com leite, um pão com manteiga e uma fatia de queijo. Estou faminta e devoro aquilo tudo aos bocados. Depois a portinhola é aberta, devolvo a bandeja e começo a andar pra lá e pra cá, contando os passos – um, dois, três, quatro, cinco, seis... Volto contando tudo novamente. E continuo andando. Como se fosse um animal enjaulado.

O silêncio. Ninguém fala comigo e me sinto desesperada. Sinto uma contração nos intestinos e sento-me sobre o vaso sanitário. Observo o olho-mágico na minha frente e percebo que me observam. Imagino que eles observam o espetáculo banal de uma mulher descabelada, nem velha nem jovem, loura e alta, numa posição extremamente deselegante.

Volto a praticar a minha caminhada insensata na reduzida área. Depois, apanho o livro de yoga do Vivekananda e leio o prefácio, que diz que yoga é união. É proveniente da Índia e sua idade oscila entre quinze mil e cinco mil antes de Cristo. Leio que a yoga é uma ciência filosófico-espiritual e que se subdivide em dezenas de ramos. Mas este livro, entretanto, trata apenas de hatha-yoga – a yoga da saúde. O capítulo termina com um pequeno poema que me deixa emocionada:

A vida é breve e o vale é de lágrimas
quem és tu, criatura querida
que sofres silente nesta casa?
Será que a solidão é mesmo amarga?
Será que não é uma ótima chance para reflexão?
Todos, somos, às vezes,
submetidos a sofrimentos vãos!...

A luz pisca três vezes. A portinhola se abre e introduzem uma prancheta com uma mensagem. Mandam que eu escreva uma carta ao meu pai e diga que estou ótima, sendo bem-tratada e que é para ele atender a todas as reivindicações dos meus raptores.

Capítulo Seis

O DELEGADO MAXWEL GALENO era o titular da delegacia de proteção às pessoas, do Deic de São Paulo. Era um sujeito bonachão, com seu um metro e oitenta de altura e seus noventa quilos, e usava uma peruca postiça caindo discretamente sobre a testa – o que lhe conferia uma aparência bastante jovem. Fumava dois maços de cigarros por dia e era um policial bastante competente.

Havia sido designado para investigar a ida do delegado Demian à cidade de Aparecida. Sua história era que havia ido pescar no Rio Paraíba, e aproveitara para visitar Aparecida, pois ficara sabendo do seqüestro. No mais, a sua ficha era limpa e nada parecia anormal.

Max, como era conhecido na intimidade, descendia de uma família de policiais. O pai fora comandante da RUDI numa delegacia do centro. Quando ele morreu, Max, recém-saído do serviço militar, ingressou nos quadros da polícia. Havia feito uma carreira brilhante e agora chefiava um dos setores mais importantes do Deic, criado especialmente para combater a onda de seqüestros que abalava o Estado.

Era um sujeito solitário – recém-separado da esposa, com quem tinha um filho adolescente –, e passava a maior parte do tempo mergulhado nas suas investigações. Adorava trocar idéias com alcagüetes, vigaristas, repórteres policiais, bichas e prostitutas, que o mantinham atualizado sobre os acontecimentos do crime. Era um atento e dedicado estudioso da ciência forense e também adorava ler as histórias de Sherlock Holmes e Simenon.

O homem de confiança da sua equipe era o sansei Massao, um cão de guarda fiel, capaz de derramar sangue por ele.

– Alguma novidade do seqüestro? – ele perguntou para Massao.

Um ganso lá do Capão telefonou, dizendo, em voz fraca e chorosa, ter informação sobre o seqüestro. Marcou encontro num bar.

– Então vamos lá. Não podemos perder tempo.

O comboio de viaturas parou no Capão Redondo, onde havia uma aglomeração de pessoas. Maxwel bateu a porta, seguido por Massao e Carioca. O local era um bar freqüentado por jovens; e estava cercado de curiosos. Das janelas dos barracos vizinhos, uma multidão atenta acompanhava a movimentação das viaturas; mas quando a polícia olhava, fechavam logo as janelas em sinal de medo.

Maxwel entrou e logo deparou-se com um homem sentado, cujo nariz, boca e queixo haviam sido destruídos pelos tiros à queima-roupa. Começaram a percorrer as mesas. Foi muito pior: havia gente espalhada pelo chão, atrás do balcão e em cima das mesas. Um homem – que parecia dono do estabelecimento – estava caído sobre o caixa, com uma fileira de orifícios pequenos e escurecidos pelo sangue coagulado. Numa mesa de canto, um casal abraçado, olhos abertos, ainda de mãos dadas. Pareciam espantados com o acontecido. O desenho produzido pela metralhadora que os atingira no peito formava uma linha continuada, como uma corrente. Massao andava de mesa em mesa, soluçando e praguejando com seu sotaque italianado:

– Mama mia! Quem fez isso estava na neura!

Ele se aproximou da mesa e viu um negro bem-vestido, sentado ereto, com dignidade. A mão direita segurava o cabo de uma Glock ponto 9, como se fosse um instrumento musical prestes a ser tocado. Massao imaginou que ele quase conseguira sacar a arma do coldre. Quase... A rajada percorreu um caminho sobre a mesa, atingindo seu abdome e peito. Morreu com dignidade. Os olhos saltados pareciam de alguém que sentira o cheiro da morte e que a havia visto muitas vezes, sempre se esquivando. Mas não daquela vez. A morte caíra sobre ele muito depressa, sem lhe dar tempo de reagir.

Os tiras trocaram olhares através do salão abafado e deprimente. Uma menina pequena estava atrás do balcão, adormecida, tendo o melhor sonho. Estava coberta de sangue, com os olhos fechados e uma expressão delicada. Os cabelos negros estavam empapados. Não havia sinais de sevícia. Apenas assassinada. Carioca fez um sinal-da-cruz, como se tentasse despertá-la para um mundo miserável, no qual bares cheios são invadidos por sujeitos que matam gente como num matadouro. Respirou fundo, sem dizer uma palavra. Sentiu que tinha um dever a cumprir para com os vivos. Andou até a viatura, apanhou o rádio e falou com a central:

– Manda o pessoal da técnica e perícia. A coisa foi feia. Os traficantes passaram por aqui...

Massao aproximou-se da mercearia do lado e perguntou.

– Eu não vi nada – disse o homem. – O senhor sabe como é... Foi tudo muito rápido. Melhor perguntar ao garçom do bar.

– O senhor é o garçom? Estava no local?

– Sou eu mesmo – o homem confirmou.

– O senhor presenciou a chacina? Viu o que aconteceu?

– Uhhmmm!....

– Vamos lá, cara! Fala! – disse Maxwel.

– Estava servindo as mesas e escutei uns caras discutindo sobre um Toyota. Depois, chegaram outros já atirando...

– Discutindo sobre um Toyota? Eram muitos?

– Cinco ou seis. Estavam com o rosto coberto e de metralhadora na mão. Me joguei no chão e escapei por milagre.

– Mais alguma coisa?

– Parecia que eles estavam drogados. Sorriam e gritavam que o Miramar não perdoava o cara que levou o Toyota.

– Miramar é o chefão do pedaço – disse Massao. – Manda prender, manda soltar e controla os negócios com mão de ferro.

– Alguém anotou as placas dos carros? – Maxwel perguntou.

– Não, senhor. Foi tudo muito rápido.

Massao acendeu um cigarro. Maxwel ficou olhando o garçom em silêncio. Uma viatura da Rota chegou ao local e dois PMs saltaram, andando na direção do bar.

– Quem está no comando da investigação aqui? – perguntou um dos PMs, olhando os tiras.

– É o Maxwel – Carioca indicou.

– Tem outra ocorrência para o senhor no hotel da entrada do Capão – o PM disse, enquanto olhava com curiosidade para o local da chacina. – Mataram um casal dentro do quarto do hotel Rondônia.

– Dentro do hotel? Quando?

– Uma quadrilha, de metralhadora e tudo. Renderam o pessoal da portaria e foram direto ao quarto. Deve ter sido o mesmo pessoal desta chacina.

– Acionaram o pessoal da técnica? Existe alguma testemunha?

– Os donos do hotel e alguns hóspedes. Estão apavorados. Vocês sabem como é... ninguém quer falar.

Maxwel voltou-se para Carioca e disse:

– Liga novamente para a perícia, e manda vir o rabecão. O destino desses aqui é o IML.

Um carro da imprensa chegou e os jornalistas correram na direção do local. *Flashes* espocavam e uma repórter jovem posicionou-se diante da câmera e iniciou a gravação. Voltou o microfone na direção do delegado Maxwel e perguntou:

– O doutor já tem pista dos assassinos e do seqüestro?

– Estamos investigando. Já temos alguns indícios, mas vamos chegar lá. É apenas questão de tempo.

Maxwel fez um sinal e reuniu os dois tiras.

– Aí, pessoal! Vamos até o Hotel Rondônia.

– Parece que riparam um traficante rival. Um tal de Velson. Pelo menos é o que andam dizendo – disse Carioca.

– Eu saquei tudo. Vi você conversando com os gambés da Rota.

– Vamos lá pro hotel. Depois, a gente intima todo mundo a comparecer no distrito.

– Todos? Os hóspedes também?

– Qualquer um que possa fazer o retrato falado dos assassinos. Alguém que possa dar qualquer tipo de informação.

Demorou algum tempo até chegarem ao hotel. A rua estava abarrotada de curiosos. Mais adiante, viram a placa do Hotel Rondônia, esculpida em madeira. Uma garoa começou cair e Carioca disse:

– Essa garoa enche o saco. Faz as pessoas ficarem encorujadas e atrapalha o trânsito.

– E o pior é que não vai parar tão cedo – disse Massao.

Maxwel deixou escapar um sorriso e disse:

– Vocês de origem japonesa reclamam de tudo. Reclamam até quando conseguem uma coisa boa, de graça. Vocês têm mesmo que sofrer, para valorizar aquilo que conseguem.

– Você é mesmo perito em filosofia de bar. Quem diria! Não acredita em Deus, e quer julgar os outros.

– Que Deus nada! Quando ele manda algo de bom, vocês rezam agradecendo. Que Deus é esse que gera gente que chacina e se autoflagela?

– Vamos – disse Carioca –, vamos entrar e ver a cena do crime.

Assim que entraram, sentiram algo estranho. As pessoas na recepção estavam assustadas e foram logo dizendo:

– Entraram gritando por um Toyota! Quarto 32!

Subiram as escadas apressados. A porta do quarto 32 estava escancarada. No canto da cama havia um homem deitado, com ferimentos nas costas e cabeça. O lençol estava coberto de sangue. A mulher caíra sobre o carpete, atrás dos pés da cama, com os olhos abertos, ferozes, fixos no teto. Maxwel estendeu a mão para fechar-lhe os olhos, mas voltou atrás, como se o olhar dela fosse queimá-lo. Disse:

– Não, não posso fazer isso. A imprensa tem que ver esse olhar, fotografar essa expressão.

Massao preferiu examinar onde os assassinos a tinham ferido. Depois, sentou-se ao lado do telefone, apanhou o aparelho e demorou alguns minutos até conseguir contato com o setor de homicídios. Escutou uma voz suave feminina:

– Venham logo até o Hotel Rondônia. Temos dois presuntados para perícia.

Maxwel voltou-se para Carioca e disse:

– Você conhece bem o pessoal aqui do Capão. Vê se descola algo sobre esse Toyota, Velso estava invadindo o terreno do Miramar.

– Não vai ser difícil apurar essa fita. Informante é o que não falta. Espremendo, eles entregam até a mãe.

Maxwel pareceu não escutar.

– Faça um levantamento e tente descolar algo. Se encontrar alguém, leva pro Depê pra gente interrogar.

Maxwel e Massao entraram na viatura e saíram cantando pneus. A sirene teve que ser acionada para afastar os curiosos, que insistiam em não abandonar o local. Massao conteve o horror crescente e deixou escapar:

– Cidade violenta essa...

– É a violência da miséria. Não é mole viver num inferno desses, repleto de assassinos drogados, com a liberdade de chacinar pessoas indefesas com armas pesadas.

– É mais uma realidade tétrica e trágica que temos que investigar. Afinal, São Paulo é uma cidade desumana. Até quando?

– Até que cheguem os demorados, mas seguros, remédios da justiça social. Até lá, já não estaremos mais aqui... Isso, eu posso garantir.

Enquanto dirigia, Maxwel refletia sobre os traficantes. Com suas drogas, aqueles malucos haviam transformado a periferia de São Paulo num mundo de pesadelo. O número de assassinatos por causa de drogas era assustador. Mas o que se podia esperar quando altas somas de dinheiro estavam em jogo? Os atravessadores e os pequenos traficantes eram com freqüência alcagüetados ou eliminados pelos grandões, que buscavam o domínio do negócio. As dívidas eram cobradas com rodadas de sangue. Quando partiam para execuções, todo mundo morria. Todos. Quem estivesse no lugar errado ou na hora errada era executado, devesse ou não. E qualquer testemunha ou curioso que levantasse a cabeça para ver o que acontecia, acabava baleado ou trucidado. Às vezes, Maxwel pensava em pedir transferência para outro departamento, só para sair da linha de fogo; mas sentia que era necessária uma ação drástica, com operações de busca e desativação dos pontos de drogas. Era trabalho para tiras de fibra. Sujeitos que, diariamente, se não encanassem um ou dois traficantes, acabariam broxando.

Mais tarde, na delegacia, Carioca apareceu com uma testemunha ocular da chacina no bar.

– Escapei por pouco – o homem disse. – Me joguei no chão e fiquei escutando o pipoco dos tiros. Estavam atrás de um Toyota.

– O que você estava fazendo lá? – perguntou Maxwel.

– Tomando uma cerveja, e tentando me esconder de mim mesmo. Entrando dentro de mim mesmo, como num túnel. Tentando aplacar a solidão que me corroía por dentro.

– Você conhecia algum dos assassinos?

– Só vi que estavam mascarados.

– Pretos ou brancos?

– Pelas mãos, eram todos brancos. Entraram gritando e atirando para todo lado. Pareciam desesperados. Eu me joguei no chão e nem sei como passei batido.

– Você não escutou nenhum nome?

– Nada. Eu só queria saber de salvar minha pele. Ah! Um deles parecia ser maneta. Tinha apenas o braço direito.

– É uma pista – disse Maxwel. – Era alto ou baixo?

– Alto e forte. Parecia o chefe, pois gritava e dava ordens pra todo mundo.

Maxwel voltou-se para Massao:

– Quero um levantamento de todos os criminosos fichados com um braço só. Não devem existir muitos.

Massao consultou o computador e voltou com uma ficha que se encaixava perfeitamente no biótipo descrito: Tonhão Psicopata, do Capão Redondo. Ele já tinha algumas passagens por assalto e, jovem ainda, perdera o braço num confronto com a Rota. Mais tarde, passou a militar no tráfico, acreditando piamente que drogas compra quem quer. Uma outra vez, saiu da linha e se envolveu em assaltos a bancos e blindados, com armas pesadas e deliberação para matar. Acabou cumprindo pena por ter assassinado a própria esposa, na saída de um assalto. Sem dar à mulher a menor explicação, ele a deixou plantada ao volante de um Monza, enquanto ia fazer uma visita de expropriação ao Banco Bradesco, localizado na Avenida Tiradentes. Voltou bem mais depressa do que entrou, com os bolsos recheados de dinheiro. A mulher, assustada, saiu do carro e começou a correr. Desesperado, ele atirou na direção dela, ferindo-a mortalmente. Preso em flagrante, falou para a polícia que ela era uma traidora e que o assalto que acabara de fazer era para o bem da família. Acabou indo para a Detenção, de onde fugiu dois anos depois.

– O cara teve uma vida movimentada. Não vai ser difícil botar as mãos nele.

– E onde a gente acha ele? – Maxwel perguntou.

– O nosso ganso lá no Capão. Não vai ser difícil pra ele descolar o serviço.

Um escrivão entrou com um jornal na mão.

– Leia o absurdo que escreveu a Gazeta.

Maxwel abriu o jornal e leu pacientemente:

"UMA CHACINA DEIXA SÃO PAULO EM PÂNICO.

A capital cultural do país está vivendo um clima de terror, por conta das chacinas. Na tarde de ontem, a cidade foi acordada pela morte de dez pessoas no interior de um bar no Capão Redondo.

O local foi cercado pela polícia durante toda a noite. Presume-se, segundo informações colhidas de fontes sigilosas, que se trata de briga de quadrilhas pela disputa de pontos de drogas; o que vem provar a pouca eficiência do policiamento preventivo.

Até o momento, a polícia não divulgou a relação dos mortos. Mas tudo leva a crer que se trata de eliminação de rivais ou inocentes que estavam no lugar errado, na hora errada. Uma testemunha, cujo nome a polícia está mantendo em sigilo, informou que viu um indivíduo maneta comandar a matança. A polícia já tem a ficha criminal do suspeito.

O homem, de aproximadamente 30 anos, já cumpriu pena na Detenção por homicídio e é considerado de alta periculosidade.

Por outro lado, as autoridades informaram que a prisão do suspeito é uma questão de horas, quando então poderão identificar os demais componentes dessa gangue que não pode andar solta por aí, colocando em risco a sociedade. Os corpos foram removidos para o Instituto Médico Legal na Teodoro Sampaio, onde a polícia aguarda os parentes para reconhecimento. Este é mais um episódio vergonhoso de uma cidade entregue à sanha dos marginais, repleta de assassinos em potencial e drogados desesperados para matar pessoas indefesas. Os próprios jornalistas que cobriram o caso ficaram chocados com as cenas dantescas da chacina. A população reclama providências enérgicas da polícia para a captura dos responsáveis, que deram provas da sua maldade ao cometer ato tão brutal.

Mais informações sobre o caso, e sobre o seqüestro de Patty Bravamel, na página 5."

Maxwell era um tira da velha guarda. Pertencia a uma categoria à parte e era muito bom naquilo que fazia. Gostava de falar do pai – que era seu ídolo –, da família e da sua infância num bairro pobre de São Paulo, quando os conjuntos habitacionais das fábricas ainda eram um bom lugar, com jardins, velhos e crianças; e não os antros de droga e violência em que acabariam por se transformar nos dias de hoje.

Freqüentemente ele dizia: "Só fica na pobreza quem quer. São Paulo é a terra das oportunidades". E a saída da pobreza chegou para ele por meio do serviço militar. Começou tudo às custas do Exército. Almoços de graça, cerveja e uniformes. "Eu tive a minha chance e soube aproveitá-la. Aproveitei e subi na vida. Se não souber aproveitar, então foda-se", dizia, recordando os tempos de sargentão, antes de ingressar na polícia.

Fez carreira meteórica na polícia, partindo para reciclagem anual até no exterior, onde aprendia novas técnicas – custeando do seu bolso as despesas. Seus colegas viam nele um futuro político, devido ao seu poder de liderança; mas ele não estava nem aí para isso. Era capaz de enfrentar qualquer coisa, menos a chatice de jornalistas e um ambiente fechado. Dava-se bem com seus subordinados, e não ficava preocupado em descobrir deslizes da parte deles ou casos onde houvesse abuso de autoridade. E quando ele próprio dava alguns safanões em algum avião do tráfico, era porque precisava de informações, nunca para se divertir.

Um dia, empenhado num caso de seqüestro, procedeu com cuidado enquanto os jornalistas estavam por perto. Fazia perguntas, e o acusado ria. Então ele esperou a imprensa sair e deu um soco tão potente na barriga do escroque que ele quase desmaiou. Nova pergunta e só resposta de má vontade. Outro golpe no fígado, tão forte que poderia ter inflamado a vesícula do interrogado. A resposta seguinte foi logo satisfatória: em meia hora, uma menor raptada já estava de volta, sorridente, aos braços do pai.

O interrogativo só levara uns dez minutos. Ninguém mais, a não ser o próprio Maxwell, teria peito suficiente para encaminhar o interrogatório daquele jeito. Paralelamente, ninguém mais, a não ser ele, tinha tanta consideração para com os membros da sua equipe. Ninguém denunciava os métodos pouco ortodoxos que ele empregava. Questionado, ele argumentava: "Então, querem garantir os direitos humanos de um marginal que pega uma criança de oito anos e fode ela, antes de estrangulá-la? Vão à merda! Não, a coisa comigo não é assim..."

O telefone tocou. Era Massao:

– O informante lá do Capão chegou e está na sala 2. Parece apavorado. Melhor ir com calma.

Maxwell bebericou um cafezinho, atravessou vários corredores, esquivou-se dos jornalistas e desapareceu no corredor que levava à sala 2. Olhou demoradamente para o informante e perguntou:

– Massao disse que você tem informações valiosas.

– Eu não quero complicação com essa gente. Tudo que eu falar aqui fica entre nós, certo? Eu tenho família pra sustentar e já estou dando mancada vindo aqui nesse lugar.

– Qual é o seu nome?

– Rezek, mas todos me chamam de Turquinho.

– Tá bem, Turquinho. Tudo ficará entre nós dois.

– Quem comandou a chacina do bar foi o Psicopata. Foi o Tonhão Psicopata.

– Isso a gente já sabe.

— O sem braço é mau, doutor. Imagina o senhor se ele tivesse os dois braços... Seria até covardia. Como foi que vocês descolaram que foi ele?

— Investigando. Um dos sobreviventes disse que o atirador tinha apenas um braço. Consultamos os computadores da polícia, e chegamos ao Tonhão.

— Se souberem que estive aqui, sou um homem morto.

— Por que eles mataram o Velso no Hotel Rondônia?

— O Tonhão é uma espécie de soldado graduado da gangue do Miramar. Parece que a ordem partiu dele. O Velso estava atravessando, vendendo drogas no atacado e acabou morto como exemplo.

— E o pessoal chacinado no bar? Também deviam?

— O tal de caminhoneiro, o dono do bar, e seu filho Paulinho andaram dando um "banho" no Miramar. Por isso, foram mortos. Os demais, foram nessa de lambuja.

— E a mulher que estava com o Velso?

— Era a pessoa errada, no lugar errado — Turquinho disse. — Eles não costumam deixar testemunhas, manja?

— Onde a gente pode encontrar o Tonhão Psicopata?

— Ele tem um mocó lá no Capão, mas anda às pampas no pedaço. Joga *snooker* no bar do Capeta, almoça no restaurante da Lika. Está sempre mudando de galho. Dizem que não dorme duas noites seguidas no mesmo lugar.

— E o resto da gangue, você conhece?

— Muda todo dia. Ele está sempre recrutando gente nova. Na maioria, fugitivos de presídios e viciados pendurados.

Maxwel escreveu um número num papel e entregou para Turquinho.

— Esse é o número do meu celular. Você pode ligar a cobrar, quando souber onde eu posso achar o Tonhão, ok?

Turquinho levantou-se e saiu da sala. Massao entrou, junto com Carioca.

— A perícia encerrou o trabalho e todos os corpos já foram removidos para o IML. Mandei desinterditar o bar, para a família limpar. O relatório já está concluído.

— A perícia apurou se os ferimentos foram feitos por diferentes tipos de armas? — Maxwel perguntou.

— Por incrível que seja, parece que os tiros saíram de apenas duas metralhadoras: uma MAC-10 ponto nove e uma Uzi 380. Pelo menos, foram as cápsulas recolhidas nos dois locais.

— Acho que o cara apertou e trocou os carregadores — disse Carioca. — Mas a gente só vai saber mesmo quando tirarem os projéteis dos corpos e comparar na balística.

— Telefona e recomenda isso. É importante. Afinal, vocês conhecem um tal de Tonhão Psicopata no Capão?

— Foi preso nosso, anos atrás, lembra? — Massao disse. — Rodou na saída de um banco, depois de matar a mulher.

— Acabou fugindo da Detenção e está apavorando o Capão — completou Carioca.

— É isso que dá — falou Maxwell. — A gente prende minhoca e solta cascavel. Entram na Detenção como ladrão de varal, e saem assaltantes de bancos; entram por uso de drogas e saem traficantes. A prisão é uma grande escola de crimes. O sujeito sai pior do que entrou.

— Pior, são os distritos que estão sempre superlotados. Aquilo ali é um verdadeiro estupro de mentes. Uma cloaca!

Maxwell tossiu e disse:

— E o Miramar, vocês conhecem?

— O Renault deve conhecer. Ele mora lá no Capão.

— Chama o Renault.

Carioca acionou o interfone e chamou o Renault, que não demorou a chegar. Carioca foi logo dizendo:

— Renault, você manja um tal de Miramar?

— Quem não conhece? Lá no Capão, ele é quem manda. É um sujeito mau, que mata por qualquer coisa. Manda e desmanda no Capão. A polícia ainda não teve peito pra enfrentar a gangue dele.

— Não teve, mas agora vai ter — Maxwell disse. — Vamos fazer os levantamentos e dar um golpe mortal nesses vagabundos. Mas agora estou morrendo de fome e convido vocês todos pra almoçar.

Massao riu e disse:

— Se estou convidado, chegou a hora de tirar a barriga da miséria. Estou com o estômago colado.

Foram até uma pizzaria no Bixiga. A massa era caseira e o vinho direto das vinícolas do sul. Maxwel não abusava do vinho. Sabia que o vinho relaxava, acabando com a tensão que se acumulava no estômago de um policial em serviço.

O almoço transcorria em silêncio. Maxwel perguntou:

— Temos que dar novo pulo lá no Capão.

— A chapa está quente por lá – disse Renault. – Só o fato de andar em viatura de polícia é motivo pra levar chumbo. Os traficantes não livram a cara de ninguém, nem mesmo de carro de polícia.

— A gente pode pedir reforço do COE ou do Gate. Se eles se meterem conosco, vão acabar levando a pior.

Massao deu um suspiro e engoliu o macarrão. Disse:

— Há muita grana envolvida nisso. Sai um traficante e entra outro. Tem muito policial com o rabo preso com eles.

— Lógico que sim. Senão, não teriam se estabelecido e criado raízes.

Carioca encolheu os ombros e disse:

— Traficante é foda. Anda com um pacote de grana em uma das mãos e uma metranca na outra...

Riram todos. Logo chegaram as sobremesas e comeram em silêncio. Em seguida, bebericaram o cafezinho e Maxwel começou a falar como se estivesse no trabalho.

— O médico-legal está sempre atrasando... Vejo que ainda vamos ter um longo caminho no caso do seqüestro.

— Pelo menos já temos pistas e algo para nos distrair – disse Massao. – Sabemos que só dois dispararam suas armas...

— Tudo ponto nove e trezentos e oitenta...

— O que significa que estamos no encalço de um bando fortemente armado, que usa equipamento de Primeiro Mundo.

— O pessoal do IML vai ter que rebolar para contar todos aqueles furos.

— Bah! – disse Massao. – Se alguém convidar você para assistir a uma autópsia, não aceite nunca. É a coisa mais chocante, deprimente e horrível que se pode ver.

— E daí? – disse Maxwel, mantendo a pose. – Esse tal de Tonhão deve ser mesmo bom de tiro. A maioria dos corpos tinha balas na cabeça.

Carioca virou o café e disse:

— É o que eles chamam conferir. Após a rajada, reabastecem a arma, regulam o botão de disparo para um único tiro e saem conferindo, atirando na cabeça. Ser *conferente* é responsa!

De repente Maxwel percebeu que estava com uma dor de cabeça horrível. Talvez fosse o peso do vinho no estômago, ou talvez muita preocupação ao mesmo tempo. Sabia que a cabeça era uma espécie de computador, e a dor um sinal de sobrecarga. Antes de sair, tomou duas aspirinas para rebater.

Saíram os quatro e entraram numa viatura novinha em folha, pintada nas cores da bandeira paulista: vermelho, preto e branco. Renault, que estava ao volante, disse:

— Que bom andar em viatura nova. Estou há anos na polícia e só após o governo Covas a polícia foi equipada devidamente.

— Também, esse foi o governo dos presídios e pedágios. Construíram mais penitenciárias que escolas.

— Disso, a gente não pode reclamar. A polícia recebeu equipamentos e melhoria de salários. Falando nisso, vocês todos estão armados? – perguntou Maxwel.

— Claro. A gente não é louco de andar desarmado depois de mandar tanto vagabundo pra cadeia. Eu, por exemplo, estou jurado de morte por um bando deles. – disse Carioca.

O carro deslizou suave sobre o asfalto e Maxwel abriu o jornal. Leu atentamente uma notícia intrigante sobre um acontecimento que começava estranho e acabava inusitado:

"Ana Lucia, freqüentadora dos inferninhos da 'Boca do Lixo', onde é mais conhecida como 'Anabanana', disse que se prostituiu desde os 13 anos de idade. Há questão de

seis meses, 'Anabanana' conheceu um rufião chamado Paulão, passando a residir com ele no Hotel Tietê, em Campos Elíseos.

Com o passar dos dias, Paulão começou a explorá-la, obrigando-a a lhe entregar todo o dinheiro que conseguia com seus encontros amorosos.

Na noite do dia 6 passado, 'Anabanana' recusou-se a entregar o dinheiro ao amante, que passou a agredi-la a socos e pontapés. Não contente, ele pegou uma faca e passou a retalhar todo o seu corpo. Só parou quando os empregados escutaram os gritos e abriram a porta. Agora, ela está com medo dele e deu queixa à polícia..."

Maxwel folheou o jornal, decepcionado com o punhado de lixo que aparecia todos os dias na imprensa. Parecia que a humanidade gostava mesmo de sangue e excremento. O sujeito da matéria parecia ter água-de-coco na cabeça. Maxwel folheou o jornal até parar em uma notícia sobre o assassinato de um jornalista. Mexer com jornalistas era como mexer com policiais. De repente, todo mundo se liga no caso. O assunto logo vira notícia de primeira página, como o caso do Pimenta Neves, que matou a amante repórter.

Ele fechou o jornal e ficou olhando o amontoado de casas da "Cidade da Prosperidade", até que Renault disse:

– Estamos chegando, chefe. Este é o Capão do crime.

A viatura parou em frente do local do crime. Maxwel desceu, esticou o corpo e disse:

– Tudo agora está tranqüilo. Nem parece que alguém ontem entrou aí com uma MAC-10 e mandou ver, sem dar bola para gritos ou soluços.

– O garçom que se atirou ao chão estranhou que as balas saíam sem fazer barulho – disse Massao.

– Possivelmente usavam silenciadores. As estrias nos projéteis mostrarão isso. Sem dúvida, a coisa mais barulhenta que ele escutou foi o ruído das garrafas e espelhos se quebrando. Nem tocaram no dinheiro do caixa.

– Não vieram pelo dinheiro, e sim para executar – Massao comentou. – Os assassinos estouraram todos antes mesmo que se dessem conta de que estavam indo dessa pra melhor. Depois, se mandaram e tchau. O carro deve ter cantado pneus na saída como nos filmes.

– Você tem assistido televisão demais, hein, Massao?

Maxwel andou pra lá e pra cá na frente do bar. Parecia cansado e desanimado. Disse lacônico:

– Casos como esse me tiram da linha. Desanima.

– Que que é isso, chefe? Ainda nem começamos!

– Sei não. Estou com um pressentimento de que esse caso vai encalhar. Vai dar em nada. Vivemos a época do blablablá dos direitos humanos. A polícia ficou mole. Na época do Fleury, o bicho pegava feio.

E contou um caso que todos conheciam: um perigoso bandido estava apavorando a Vila Ede. Assaltava, *zuava*, matava e mandava no pedaço. A polícia não tinha coragem de ir lá e peitar o cara. Até que um dia, o Fleury se emputeceu e resolveu vasculhar a Vila. Trocaram tiros com a quadrilha inteira e balearam o bandidão. Jogaram o cara no chiqueirinho da viatura e levaram para o DEIC algemado com as mãos pra trás, se esvaindo em sangue. Quando o Fleury ficou cara a cara com o sujeito, perdeu a paciência e gritou: "Por que não mataram logo esse safado? Fizeram isso pra me dar trabalho?" E caiu matando em cima do sujeito a socos e pontapés. Depois disse sorrindo: "Agora podem chamar o IML, bandido bom é bandido morto".

– Os tempos são outros, chefe. Agora existe a pastoral carcerária, a OAB e os direitos humanos...

Maxwel encolheu os ombros.

– Isso tornou a polícia mole. O dia em que não tiverem mais medo da gente, a coisa vai desandar. Ah, se vai!

Renault ficou surpreso, mas entendeu perfeitamente o que Maxwel queria dizer. Ele sabia que em 90% das chacinas a polícia fechava o caso sem sucesso. Sem um informante, não era possível chegar aos culpados, a não ser que um dos assassinos cometesse a mancada de brigar com a esposa, que acabava delatando.

– A gente não pode sair por aí, torcendo os braços, dando sopapos e chutando as canelas... Vai ser um caso difícil.

Entraram de novo na viatura e seguiram até um beco apertado. Renault parou, desligou o motor e disse:

— Aquela é a birosca do Turquinho.

Maxwel andou na direção à birosca. O Turquinho veio ao seu encontro e os dois se cumprimentaram. Maxwel disse:

— Você não ficou surpreso com a gente por aqui?

— Fiquei não. Só que eu não esperava visita da polícia. Sabe como é... O falatório vai ser geral, e vou ter que voltar a andar armado, o doutor entende?

— Claro, claro. Sei como funciona a lei do cão.

— O que o doutor quer saber?

— Onde posso encontrar esse tal de Tonhão?

— É difícil dizer. Ele não pára num lugar certo.

— Deve ter mulher, não?

— Ah, sim. A casa fica numa quebrada lá no alto. Não é difícil encontrar. É a única que tem antena parabólica. Um barraco de três andares, de tijolo aparente.

— Muito bem, pessoal – disse Maxwel. – Vamos nessa.

Seguiram apressados. A casa apareceu ao longe, sinistra, como um navio ancorado. O telhado era uma laje de concreto, com uma reluzente antena arredondada. As portas eram todas gradeadas.

Renault parecia preocupado. Sua cabeça dava voltas, repleta de indagações, e até fantasias. Apesar do calor da caminhada, suava frio nas mãos. Maxwel olhou para ele.

— Você está armado?

— Não ando armado, chefe.

Maxwel tirou da perna uma pequena Beretta 22 automática, do tipo que as mulheres costumam usar, e deu para ele. Ele segurou a pistola. Maxwel disse:

— É possível matar alguém com essa arma, desde que se tenha profundos conhecimentos de anatomia.

Carioca deixou escapar uma risada e disse:

— Fomos encanar um japonês na Liberdade, e o bode sacou uma pistolinha dessas e descarregou sobre o Santana. Em seguida, o Santana quebrou-lhe o braço e os dentes antes de algemá-lo.

Renault pareceu assustado. Disse:

– Então, o que eu faço com ela, chefe?

– Faça o que achar melhor. Se você for melhor de arremesso que de pontaria, jogue ela no sujeito.

– O chefe está brincando...

Chegaram ao portão e Massao ia bater palmas, mas Maxwel impediu.

– Que tal a gente pegar o cara de surpresa? Ele tem metranca e estamos com armas curtas.

Massao empurrou o portão que estava apenas encostado. Sacou a Glock ponto nove e entrou na casa, parecendo que a arma flutuava sem a ajuda de ninguém. Subiram as escadas cimentadas. Maxwel seguindo Massao e se sentindo contente de vê-lo com tanta coragem. Pararam no segundo andar, que estava vazio. Tentaram escutar alguma coisa, mas não conseguiram. Maxwel disse baixinho:

– Fiquem ligados! Alguém pode aparecer disparando aquela maldita metranca e fazer a gente de peneira.

– Vamos ou não vamos subir? – perguntou Carioca.

Subiram a escadaria bem devagar, até chegar num pequeno *hall* que dava para duas portas. Massao apontou a Glock para uma das portas e disse:

– Me dá cobertura que vou chutar a porta.

– Não é preciso chutar. Verifica a maçaneta – disse Maxwel. – Como nos filmes, certo?

Massao rodou a maçaneta e percebeu que a sala estava vazia. Fez um gesto para Maxwel, apontando na direção da outra porta. Carioca ia rodar a maçaneta, mas Massao o empurrou para o lado. Deu dois passos para trás e, então, antes que Maxwel sugerisse algo, arremessou-se contra ela. Por um segundo Maxwel não acreditou no que estava vendo. E ficou assustado quando escutou ecoar aquele tiro por todo o quarto. Ato contínuo, pulou pra dentro do quarto de arma em punho. E viu Massao com uma cara confusa, segurando a Glock fumegante. Escutou ele dizer:

– Acho que ficamos livres dele, para sempre.

Tonhão estava sentado sobre uma velha cama, em frente a uma televisão ligada, mas sem som. Sobre seu colo, estava a MAC-10 com silenciador. Maxwel notou uma mancha de sangue sobre seu tórax. Olhou para Massao.

– Por que você atirou?

– Quando vi a metranca no colo dele, presumi que podia alcançá-la. Pensei que ele estivesse fingindo para passar batido.

– O problema é que agora vai ser difícil interrogá-lo – disse Maxwel, olhando para o cadáver, com a sensação de que algo estava errado.

E então compreendeu tudo: Tonhão tinha uma papa de sangue coagulado sobre o peito. Algo chamuscado como se o projétil de grosso calibre houvesse sido disparado à queima-roupa. Na parte de trás, sobre o travesseiro, uma certa quantidade daquilo que o pessoal da medicina forense chama de "material biológico". Maxwel aproximou-se e tentou mover a cabeça, mas o pescoço de Tonhão estava duro como concreto.

– Ele já está morto há horas – disse.

Passaram a inspecionar o quarto. Ao lado da televisão, uma trouxinha de maconha e vários papelotes de cocaína. Massao levou o dedo até o pó branco e colocou sobre a língua.

– Produto de qualidade. Cocaína de primeira classe. Vai um realce? – brincou.

– Meu negócio é beber e não cheirar – Maxwel disse.

– Azar seu. Se experimentar uma cheirada, vai acabar entendendo por que ela ganhou o mundo.

Maxwel pôs o dedo no pó, num gesto que não aprendera nos filmes sobre drogas e sim na Narcóticos.

– Melhor acionar o Departamento de Narcóticos. Você tem idéia de quem fez isso?

– Parece queima de arquivo. Certamente foi ordem do chefão, do Miramar. Vai saber... – disse Massao.

Maxwel pareceu concordar, mas tinha algo de reflexivo.

– Veja só o que deu. A gente prende o cara por matar a mulher e a cadeia não consegue segurar. Foge e acaba assassinado. Já vi esse filme inúmeras vezes.

Chegou o pessoal da polícia técnica carregando suas tralhas. Havia um negro com um avental branco todo manchado. Eles tinham guardado suas armas e ficaram ali observando os peritos trabalhando no local, recolhendo evidências e examinando o morto.

Maxwel deu de ombros e então eles desceram as escadas.

— Vamos nos mandar antes que os jornalistas apareçam.

Saíram calados, entraram na viatura e seguiram para a delegacia. No caminho, Carioca ironizou:

— Você não acha que o Massao se precipitou um pouco com a arma, chefe?

— Sei não. Quando a gente se vê diante de um sujeito com uma MAC-10 à mão, é melhor não se arriscar.

Voltaram a ficar calados. A impressão era de que toda a emoção tinha terminado. Na cabeça de Maxwel, apenas uma certeza: os jornais do dia seguinte iriam cobrar o seqüestro. Quando chegaram ao distrito, a recepcionista disse:

— Os jornalistas estiveram esperando pelo senhor. Acabaram saindo às pressas, quando souberam que a perícia estava indo para o Capão.

— O que eles queriam, afinal?

— Notícias do seqüestro, e um cadáver pra botar na capa.

Maxwel seguiu em silêncio para sua sala. Sentou-se e colocou os pés sobre a mesa, reclinando a cadeira. Acionou o interfone e disse à secretária:

— Vou descansar durante uma hora. Manda comprar a *Gazeta da Tarde* e só me chama se for emergência.

Relaxou o corpo durante uma hora e só acordou quando a secretária apareceu com um café preto e o jornal, que trazia na capa a foto do Tonhão presuntado. Abriu na página 5 e leu:

"Tudo ainda é mistério em torno da morte do foragido da Justiça de vulgo Tonhão Psicopata, encontrado morto (segundo a polícia) no Capão Redondo. O corpo estava sobre a cama, aparentemente atingido por um balaço de calibre doze, que provocou um ferimento horrível na altura do tórax. Segundo informações, Tonhão integrava a quadrilha do traficante que já assassinou inúmeras pessoas em chacinas pavorosas, como aquela que este jornal noticiou recentemente. Tais crimes, sem dúvida, acontecem com omissão das autoridades policiais, que permanecem insensíveis aos apelos da população assustada. Não bastasse a omissão, as autoridades policiais escondem da imprensa as ocorrências, como tem acontecido com a equipe do delegado Maxwel, com relação ao massacre do Capão Redondo. Está na hora de o governador dar um basta e fazer uma lim-

peza nos quadros da polícia. Só assim a população terá a informação a que tem direito. Até agora, nada de notícias sobre o seqüestro de Patty Bravamel. Pode?"

Maxwel amassou o jornal e jogou na lixeira. Apanhou o telefone e ligou para o delegado geral. Disse:

– O meu cargo está à disposição, se quiser me mudar. Senão, necessito reforço para estourar o Capão.

– Que tipo de reforço você precisa?

– O GOE, o Gate... Sei lá, vamos tomar o lugar de surpresa e fazer um arrastão.

– Pode contar. Vou providenciar o reforço.

Maxwel convocou a equipe e disse:

– Falei com o delegado geral. Ele vai autorizar reforços. Agora, o bicho vai pegar. Vamos acabar com a festa deles, ah, se vamos!

Capítulo Sete

Carioca chegou apressado à sala de Maxwel.

– Tenho novidades, chefe. O pessoal da ronda prendeu em flagrante um meliante que confessou a participação na chacina do Capão. Estão trazendo ele aí para a carceragem.

Os PMs chegaram com o preso, que foi identificado pela alcunha de Cigano. Era um moreno alto e estava algemado com as mãos para trás. Foi entregue à equipe de Maxwel para ser interrogado.

– Você sabe onde o Miramar se esconde? – perguntou Carioca, com cara de poucos amigos.

– Não, não sei de nada.

– Sabe. Você sabe e está levando uma de malaco. Sabe e não quer dizer.

– Eu juro, doutor. Eu juro que não sei.

Maxwel, que observava tudo, disse:

– Tira as algemas dele, e serve um cafezinho quente pra refrescar a memória dele.

Carioca tirou as algemas e serviu o café, revoltado. Para ele, bandido não merecia cortesia. A sociedade não queria saber deles lá fora. Que se fodessem numa cela úmida e superlotada. Sabia muito bem que o papel da polícia era de biombo: esconder o lixo humano dos olhares delicados das pessoas de bem. Voltou para o preso e disse:

— Vamos lá, cara, dá o serviço onde o Miramar pode ser achado. Dá o serviço que a gente alivia a sua...

— Se eu soubesse, eu diria. Eu não sei — ele bebericava o café, segurando a xícara com as mãos trêmulas.

— Esse cara está fazendo a gente de bobo — disse Massao. — Melhor a gente levar ele pro cavalete...

Carioca cochichou no ouvido de Cigano:

— Você sabe o que significa cavalete, não sabe?

Maxwel pareceu impaciente. Sentiu uma dor no estômago e colocou dois comprimidos de aspirina na boca. Olhou para os demais e disse:

— Bota ele no xadrez. Deixa ele pensar um pouco. Não adianta insistir. Deixa ele arejar a cuca lá no corró.

Cigano foi levado para a carceragem, e colocado num xadrez. Havia 40 homens numa cela com capacidade prevista para dez. A maioria aguardava vaga na Detenção. Um ambiente sujo e infecto. Um apêndice do inferno. Mesmo assim, alguns conversavam animados. Até riam... Carioca disse:

— O chefe raramente vem aqui. Diz que não gosta do cheiro do encarcerado.

— O homem se acostuma com tudo — Massao disse. — Tá vendo aí como estão contentes? Só ficam desesperados quando a bóia atrasa. Aí, meu amigo, é a maior zoeira...

Antes de fechar a tranca, Cigano disse:

— Doutor, dava pra arrumar um comprimido pra dor de cabaça? Sinto que a minha vai explodir. Aí dentro está muito abafado...

— Tem razão — disse Carioca, — Está mesmo insuportável. Não é lugar pra você. Basta dizer onde a gente acha o Miramar pra você sair daí, entendeu?

Na volta, Carioca disse para Massao:

— Antigamente, a gente metia a palmatória nesses sujeitos, e eles vomitavam tudo. Molhava a mão pra arder mais.

— Só mesmo assim pra funcionar. Lá em Minas Gerais, eles ainda continuam usando esses métodos. Quando a polícia não tem recursos técnicos, tem que apelar para a intimidação. Isso aqui não é Primeiro Mundo. Não estamos na Escandinávia...

– Pois é. O chefe não gosta de ver ninguém espancado. Se pegar a gente dando dura num vagabundo desses, é capaz de mandar o sujeito a exame de corpo de delito e ainda abrir inquérito. Bota Caxias nisso...

– O resultado é isso aí – disse Massao. – O vagabundo gozando com a cara da gente. Enquanto isso, a violência só faz aumentar. Veja se dão moleza lá na Arábia. Cortam a mão!

– Já pensou se a moda pega por aqui? Brasília seria redutos de manetas.

Massao deixou escapar uma sonora gargalhada. Voltaram até a sala de Maxwel e aguardaram um hora. Depois Maxwel disse:

– Tragam o homem de volta. Já deu tempo pra refrescar a mente dele.

Carioca desceu até a carceragem. Bateu na grade e disse para Cigano:

– Vamos nessa! O delegado quer falar contigo.

Na sala, Maxwel mandou que novamente as algemas fossem retiradas. Carioca fez cara de mau e disse:

– E aí, vai ou não dizer onde o Miramar se esconde?

– Eu já disse que não sei. Juro por Deus!

– Ele está gozando a gente, chefe! Não vê que está com falsidade? Deixa ele com a gente cinco minutos que ele abre o bico – pediu Massao.

– Tudo bem, vou deixar. Mas veja lá o que vocês vão fazer. Não quero ninguém torturado, entendido?

– Tudo bem, chefe. Deixa que a gente ordenha o meliante. Essa é nossa parte. A gente não vai ferir o regulamento.

Maxwel saiu da sala, e Massao olhou para o rosto cinzento do Cigano. Gritou:

– Tira a roupa, vagabundo!

Enquanto tirava a camisa, Cigano disse:

– O que vocês vão fazer comigo?

– Fica frio. Se você não falar, vai pro saco! Vai parar no gavetão do IML, com uma etiqueta no dedão do pé. É sua última chance. Onde está o Miramar?

— Eu não sei. Quero cair morto, que não sei.

— Não adianta, Massao. O cara é durão.

Carioca sacou a Glock e voltou-se para o Cigano. O meliante agiu rápido e aplicou nele um golpe de caratê. Carioca tentou entender o que estava acontecendo, quando viu o Cigano com a Glock em punho.

— A situação mudou, pessoal. Agora, quem dá as ordens sou eu — Cigano disse friamente.

Carioca demorou um instante para refazer-se do golpe, e então pulou para cima de Cigano, tentando recuperar a arma. Gritava:

— Tá pensando o quê!? Tá pensando que aqui tem bunda-mole, tá?

Torcia a mão dele, tentando soltar a arma. Então uma cápsula foi deflagrada. Um estranho som ecoou pelo local, crescendo de volume e inundando o corredor. Dois outros estampidos explodiram contra as paredes. Depois, o silêncio. Não completo, pois dava pra escutar os soluços de Carioca.

Depois, houve gritos do Cigano tentando escapar. Parecia desesperado com a arma na mão, gritando e ameaçando. Uma correria para todos os lados. Massao andou na direção de Carioca e viu que o sangue escorria da sua barriga. Seus olhos estavam virados, com a íris sob as pálpebras. Massao afrouxou-lhe a gravata, tentando abrir o colarinho, na ânsia de ajudá-lo a respirar.

Maxwel apareceu com a arma na mão. Massao gritou para ele:

— O Cigano está tentando escapar.

Ele correu à saída. Viu o meliante que, desesperado, atirava para trás como nos filmes de faroeste. Maxwel segurou sua Magnum de 7 polegadas de cano, e acompanhou o alvo móvel. Um, dois, três disparos saíram cadenciados. O Cigano arriou para o chão. Maxwel correu até o local. Cigano agonizava. Tinha dois ferimentos no peito e um na perna. Maxwel ajoelhou-se ao lado dele, e segurou sua cabeça. Os olhos abertos denotavam pavor. Ele disse, sufocado:

— Eu conto. Eu sei que o Toyota foi usado no seqüestro.

Acabou contando tudo apressadamente, como se quisesse desabafar. Maxwel disse:

— Se você tivesse dado logo o serviço, nada disso teria acontecido.

— O doutor está certo. Marquei bobeira, e o doutor sabe de uma coisa? Acho que esse era meu destino. Acho que estou indo nessa.

Os olhos ainda abertos mostravam as pupilas enormes. Nada diminuía a ferocidade daquele olhar.

– Vá com Deus, *lagarto*... – Maxwel falou e notou que o olhar se apagava.

Maxwel ia fechar-lhe os olhos, quando escutou a voz embargada de Carioca, que saía carregado.

– Por quê... por que esse vagabundo atirou em mim?

Viu Massao amparando Carioca. A frente da camisa, na altura do abdome, estava ensopada de sangue. Maxwel disse:

– O Cigano confessou. O Toyota tem ligação com o seqüestro... Pena que tenha acontecido isso com o Carioca. Investigação é mesmo uma caixa de surpresas...

– Acho que ele não vai agüentar, chefe. Sinto que ele está esticando as canelas.

Carioca emitiu um som roufenho saído do fundo da garganta, esticou as canelas e morreu.

Maxwel balançou a cabeça e disse:

– Deixa que eu telefono para a mulher dele. Também vou recomendar um funeral de herói e uma aposentadoria adequada. Afinal, ele morreu defendendo a sociedade.

– O Departamento de Polícia cuidará de tudo.

Maxwel colocou a arma na cintura e ajeitou o coldre. Depois balançou a cabeça em desalento e disse:

– Foi um dia difícil. Muita investigação pra pouco resultado. O que temos até agora sobre o seqüestro?

– Pouca coisa, chefe – disse Massao, com tristeza estampada na face. – Minha intuição aponta na direção do Toyota.

– Que nada! É só uma informação vaga sobre um Toyota... Que carro é esse?

– Conversei bastante com o delegado Santana, ontem – disse Massao. – Ele prendeu um ladrão de carros que estava com o Toyota usado no seqüestro de Aparecida.

– Já periciaram o carro?

– Vasculharam tudo. A única coisa interessante que encontraram foi uma capa, com uma mecha de cabelo no bolso. Mais nada.

– Nenhuma impressão digital?

— Espalharam pó no automóvel inteirinho.
— Inclusive na capa?
— Claro!
— Nada foi encontrado?
— Só impressões digitais do ladrãozinho.

Max apanhou o relatório enviado por Santana e leu o trecho que relatava a fuga de Christiano.

— Deixaram escapar a peça principal do quebra-cabeças — comentou.
— Toda a Polícia Federal está à procura dele, por ordens expressas da Presidência da República. O diretor da Polícia Federal disse que prender esse sujeito é ponto de honra para a polícia.

Max balançou a cabeça e depois ficou pensativo.

O telefone tocou. Era um repórter perguntando:
— Alguma novidade no caso Patty?

A maneira como ele abreviou a pergunta, introduzindo a palavra "caso", deixou Max desconcertado.

— Esse caso está me deixando abalado. Não temos novidades, a não ser que encontramos o carro utilizado no seqüestro.
— A família pagou o resgate?
— Segundo consta, pagaram dez milhões de dólares.

O jornalista agradeceu pela informação e, antes de desligar, brincou:
— Agora, só falta desmontar o Toyota pra encontrar alguma pista.
— O que você está querendo? Ensinar o padre-nosso pro vigário? — o delegado disse, e desligou.

Max voltou-se para Massao:
— A imprensa continua em cima.
— O que foi que ele disse?
— Sugeriu desmontar o Toyota... Sabe que não é uma má idéia?

A princípio absurda, a idéia floresceu. Max ligou na hora para Santana e solicitou que o Toyota fosse totalmente desmontado, em busca de alguma evidência. Santana achou a idéia maluca, mas acabou concordando.

— Não custa nada fazer isso.

Massao escutou o diálogo atento, e depois colocou sobre a mesa uma pasta repleta de fotografias e dados:

– Este é Christiano Fonseca.

– Que tem a ver?

– O ladrãozinho que fugiu. Tudo leva a crer que esteja envolvido no seqüestro. Suas fotos já foram distribuídas para as polícias marítima, aérea e de fronteiras.

Um auxiliar entrou na sala com um maço de recortes de jornal nas mãos.

– Chefe, dê uma olhada nisso.

Max sentou-se e examinou os recortes. O Jornal do Brasil trazia a notícia na primeira página: *Patty Bravamel, 27, loura, foi seqüestrada há três dias, ainda se encontra desaparecida. Seu pai, o poderoso deputado e empresário Bravamel, luta desesperadamente para conseguir juntar os dez milhões de dólares exigidos pelos seqüestradores.* Ao lado da manchete, havia uma foto de Patty sorridente e a legenda: *Seqüestradores pedem dez milhões de resgate.*

Max continuou a leitura do noticiário:

Os amigos e parentes de Patty, chocados com o acontecimento, se mostram profundamente preocupados. Seu namorado, Erick Bernardo, declarou ao jornal que está sendo difícil levantar a quantia pedida. Enquanto isso, o delegado Maxwel Galeno, *da polícia paulista, não quis adiantar nada sobre as diligências para não atrapalhar as investigações. Sabe-se, no entanto, que ele já identificou o criminoso preso e posteriormente foragido. A única pista real é um Toyota apreendido pelo delegado Santana, em Aparecida.*

Terceiro Dia

Hoje pela manhã, após o café, *mandaram um bilhete ordenando que eu ficasse voltada para a parede, pois iriam me fotografar. Confesso que fiquei trêmula quando acabei de ler a mensagem. Imaginei que tentariam me violentar e senti que, se isso acontecesse, eu estaria disposta a deixá-los fazer o que bem entendessem, desde que não me matassem.*

No entanto, tudo aconteceu muito naturalmente: eles entraram no cubículo com capuzes nas cabeças e solicitaram que eu sentasse numa cadeira, arrumasse os cabe-

los, segurasse um jornal do dia e olhasse para uma câmera Polaroid. Foram tiradas várias fotos.

Não falaram uma só palavra. Também não arrisquei nenhuma pergunta. Eram três homens altos e fortes. Portavam-se como se fossem meus donos. Como se eu não passasse de um pássaro aprisionado na gaiola deles.

Depois que a porta foi fechada, comecei a ler no livro de Swami Vivekananda sobre a respiração profunda: inspirar profundamente e lentamente, prender o ar o máximo possível, e depois ir soltando aos poucos, como se soltasse rodinhas de fumaça.

No almoço a comida é sempre a mesma: frango cortado, legumes cozidos, arroz, feijão e uma fruta de sobremesa. Enquanto mastigo, sinto que tenho que me forçar a comer. Por mais ruim que seja a comida, tenho que comer para ter forças e agüentar a carga física e emocional pela qual estou passando. O silêncio é aterrorizante. Nunca me senti tão só. Agora posso aquilatar o quanto é insuportável a solidão. A cada momento que a portinhola se abre, imagino um bilhete dizendo que minha liberdade chegou. Mas enquanto isso não acontece, tento economizar as minhas energias, ler bastante e sobreviver.

Capítulo Oito

Dois dias se passaram e foram suficientes para Christiano recuperar as forças físicas, hospedado num pequeno hotel, próximo ao Ibirapuera. Dormiu bastante e aproveitou o resto do tempo para praticar exercícios e recuperar um pouco da sua condição física.

Ao final da tarde do segundo dia, depois de uma corrida no parque, ele voltava para o hotel quando a manchete de um jornal pendurado numa banca chamou a sua atenção: *Assassinato e seqüestro continuam um mistério*. Ele afastou-se da banca apressado. Naquele momento, seu objetivo era obter dinheiro para tocar em frente seu projeto imediato: dar o troco a Goldenberg. Christiano então decidiu que seu próximo passo seria procurar seu velho amigo tenente Washington, com quem havia aprendido tudo o que sabia sobre armas e artes marciais, quatro anos antes. Talvez ele pudesse ajudá-lo a conseguir o que necessitava: armas e uma nova identidade.

No dia seguinte, Christiano deixou o hotel no Ibirapuera e tomou um ônibus para o litoral. Assim que chegou a Santos, hospedou-se num hotel do centro da cidade. O gerente não fez muitas perguntas, o que foi bastante útil, e um menino o acompanhou até o quarto, que era amplo e dava para a rua. Christiano deu uma gorjeta e explicou que não desejava ser incomodado.

Tomou uma ducha demorada e depois escolheu algumas roupas leves e confortáveis para enfrentar o calor do litoral. Logo depois, saiu para visitar Washington, que morava próximo da praia. Christiano teve de apertar demoradamente a campainha. E estava quase desistindo, quando uma mulher chegou até a vigia e ele perguntou:

– Washington está?

– Quem quer falar com ele?

– Christiano. Sou amigo dele.

Ela era uma loura de cabelos tingidos, com seios grandes, pernas torneadas e quadris bem desenhados. Washington era violento, mas tinha bom gosto. Ela deu um sorriso e depois abriu o portão.

– Ele está dormindo. Parece que bebeu um pouco além da conta.

Christiano esperou na sala, enquanto a mulher acordava Washington. Viu quando ele saiu do quarto, com passos vacilantes, a caminho do banheiro. Pouco depois, Washington entrou na sala e pediu que a mulher trouxesse um café forte. Sua voz soou no ar como um trovão. Então, ainda apertando os olhos, ele sorriu para Christiano.

– Como vai o amigo?

Christiano contou que estava com um grande problema, e que só ele poderia ajudá-lo:

– Eu preciso de arma e munição.

– Só isso? – Washington perguntou, mantendo no rosto um sorriso amistoso.

– E também preciso de documentos novos.

– Isso também não é problema. Conheço um policial que pode arranjar. O Bob França.

– É confiável?

– Nenhum policial é confiável...

– O Bob é corrupto, mas consegue os documentos. Basta tomar certas precauções.

Washington ficou sério:

– Não quero ser inconveniente, nem você precisa me dizer nada se não quiser... Mas em que tipo de encrenca você se meteu?

— Eu fui enganado. Um bastardo milionário me usou e depois pôs a polícia para acabar comigo. Foi uma coisa horrível. Mas eu consegui sobreviver e agora vou correr atrás do prejuízo.

— Entendo.

Washington tomou uma xícara grande de café sem açúcar. Daí, levantou-se do sofá e foi até um armário junto à parede. Abriu a gaveta e tirou uma sacola de armas. Colocou três delas sobre a mesinha de centro.

— São da melhor qualidade...

Ele pegou um revólver de cano longo.

— É um Rossi de cinco polegadas. Ótimo para acertar um filho-da-puta a trezentos metros — disse.

E entregou a arma para Christiano.

— Sente só este canhão.

Christiano segurou a arma. Sentiu frio e calor ao mesmo tempo. Depois apertou uma tecla do lado direito e o tambor rodou para fora. As balas saltaram na sua mão esquerda.

— São balas Magnum. Três vezes mais potentes. Podem furar o motor de um carro — Washington explicou.

— Mas eu não sei se tenho dinheiro suficiente para pagar...

Washington não deixou que ele terminasse a frase.

— Estou apenas te emprestando esta máquina, meu irmão. Só espero que você ainda saiba usá-la, como eu ensinei.

— Digamos que eu não faço mais aquela peça há três anos.

— Tudo bem, então vamos ter que fazer uma reciclagem rápida.

Christiano agradeceu pela ajuda, dizendo que não tinha mais ninguém a quem recorrer.

— Você já me pagou por tudo isso antecipadamente, amigo — Washington disse. — As pessoas para quem você me indicou quando fez seu curso até hoje estão rendendo uma nota. Você vai rever tudo aquilo, inclusive algumas dicas especiais para recuperar o seu preparo físico. E vamos começar com isto agora mesmo. Esta noite você dorme aqui em casa.

— Eu estou num hotel lá no centro.

– Acho melhor ficar aqui. Não podemos perder tempo. Eu viajo amanhã à noite. Além disso, será um prazer hospedá-lo.

Christiano quase não parou nas horas que se seguiram: aulas de exercícios físicos; de caratê; treinamento de tiro; de montagem e desmontagem de armas. Ao final, exausto, ele tirou fotos para os novos documentos. Sua barba quase fechada já o transformara em outra pessoa.

QUARTO DIA

ONTEM À NOITE TIVE *pesadelos terríveis. Sonhei que estavam me matando a tiros... Me assassinando... Foi horrível. Um inferno.*

Passei a manhã inteira lendo o Eclesiastes... Anotei algumas passagens desse livro interessantíssimo: "Para tudo há um tempo certo... Tempo para chorar e tempo para rir; tempo para gemer e tempo para dançar".

Por um instante, imagino que meus captores são loucos ou criminosos reincidentes. É bem possível que tenham planejado este meu seqüestro com todo o cuidado. Cientificamente.

Faço uma pausa. Sinto que alguém está me espreitando pelo olho-mágico. Isto me tira a vontade de escrever.

Apanho o livro de Swami Vivekananda e pratico algumas posições para relaxar os nervos: arado, delfim, shirshasana, cobra, shlablasana, arco, equilíbrio numa perna só, padmasana, sarvangâsana, posição de morto e meditação.

Na hora do almoço eles pedem que eu escreva outra carta a meu pai, reiterando que atenda a todas as suas exigências.

Escrevi algo assim:

Querido papai,

Estou muito bem de saúde e muito bem tratada. Sinto uma desesperada falta de você e de todos. Também sinto falta do vovô e das amigas. A solidão aqui é desesperadora. Não vejo a luz do sol faz alguns dias. Estou lendo bastante e rezando para que tudo isso acabe logo. Eles são profissionais e não estão brincando. Minha vida depende do senhor. Pelo amor de Deus, mantenha a polícia longe de tudo isso. Faça as negociações sigilosamente, pois minha vida depende disso.

Passei a tarde inteira nervosa, sem conseguir me concentrar na leitura. A lâmpada forte no teto esquentava a minha cabeça de tal maneira que, às vezes, eu preferia a escuridão.

Molhei bastante a cabeça na torneira e depois fiz algumas manobras respiratórias, praticando yoga por uns vinte minutos. Acabei ficando relaxada. Em seguida, sentei encostada à parede e comecei a ler o Lao Tsé: sede vossas próprias luzes/sede vosso próprio apoio/conservai-vos fiéis à verdade que há dentro de vós/como sendo a única luz.

Na impossibilidade de ver o sol, olho para o bulbo da lâmpada e sonho com ele, até que a luz pisca três vezes e depois é desligada.

* * *

Christiano tinha quase tudo que precisava: as armas, o caminho para recuperar o seu preparo físico e, em breve, novos documentos. Poderia então se deslocar livremente. A hora era propícia para começar a correr atrás do prejuízo. Preparou suas coisas e despediu-se de Washington. Depois viajou de volta para São Paulo, curtindo as dores das cicatrizes que trazia na alma. Ele gostava delas. Elas lembravam todo o sufoco passado, e isso lhe dava forças para ir em frente.

Assim que chegou a São Paulo, forçou a porta de uma Caravan que estava estacionada perto do terminal rodoviário do Jabaquara, e rodou calmamente para o seu pequeno hotel do Ibirapuera. Antes das nove horas, estava em contato telefônico com Bob França, o cidadão acima de qualquer suspeita.

– Preciso de documentos – disse.

Marcaram um encontro para a manhã seguinte. Ele sabia que não podia se arriscar com os policiais, principalmente em São Paulo, onde o número de tiras envolvidos em falcatruas era enorme. A polícia tinha um lado *Jekyll* e um lado *Hyde*. O lado *Jekyll* era dos melhores, enquanto o lado *Hyde* era pior do que se possa pensar. Christiano deitou cedo e dormiu profundamente.

Bob França compareceu ao local na hora marcada. Era baixo e gordo, bem diferente do que Christiano imaginara ao ouvir sua voz ao telefone.

– Preciso de um serviço rápido.

– Que tipo de documentos? – Bob perguntou.

– Documentação completa para mim, inclusive passaporte, placas e documentos para o carro.

O policial mostrou-lhe a identidade de um tal de Pedro Loyola. Não seria difícil transformar o sobrenome em Lajolo. O passaporte e a documentação do carro não seriam problemas.

– Quanto?

– Três mil reais.

– Está bem. Para quando?

– Logo mais, à noite.

– Perfeito. Onde a gente vai se encontrar?

– No Bar Pirandello, conhece?

Christiano disse que não conhecia, e o policial lhe ensinou como chegar lá.

– Lembre-se – Bob França alertou –, nunca vi você antes. E, acima de tudo, cuidado para não me prejudicar, certo?

Quando o policial desapareceu na multidão, Christiano estava animado. Agora, só faltava uma coisa: dinheiro. Precisava providenciar dinheiro graúdo rapidamente. E ele sabia exatamente onde buscar a sua grana. Era na A. Jabur & Filhos, uma firma fantasma comandada por um agiota riquíssimo, especialista em comprar ouro e diamantes de procedências duvidosas. Para isso, Christiano foi até o centro da cidade. Estacionou a Caravan nas imediações da Rua Augusta e saiu andando, atento à movimentação das pessoas nas calçadas.

Andava devagar, observando aquela gente, que subia e descia a Rua Augusta. São Paulo era a terra das oportunidades, e as oportunidades eram o dinheiro. O dinheiro é o deus do mundo. É difícil controlar o poder do dinheiro numa terra dura como São Paulo, ele pensou. Os nordestinos vinham para São Paulo como *escravos-modernos*. Trabalhavam fabricando produtos que nem sonhavam em possuir, e acabavam cansados e assustados com a voracidade da capital. E um homem assustado não pode ter ideal. O seu ideal está no estômago, que precisa ser enchido a cada quatro horas.

Ele começou a se sentir deprimido. Procurou um orelhão e ligou para Jabur.

– Quem quer falar com o doutor Jabur? – a telefonista perguntou.

– Alguém da parte de Condor.

O turco não demorou a atender o telefone.

– Tenho diamantes e pepitas da Amazônia – Christiano disse.

– Venha até o escritório.

– Quando?

– Quando quiseres. Fico aqui até as seis da tarde.

– Tentarei chegar aí. Me aguarde.

Christiano desligou, passou por uma banca e comprou o jornal e um guia turístico. Depois, sentou-se num bar de esquina, num local que oferecia uma visão privilegiada do movimento na rua. Ele pediu um suco de laranja e um Bauru. E ficou observando o movimento. Uma aglomeração em volta de um malabarista de rua, que se contorcia todo para levantar uma grana. Engolia gilete, espada e cuspia fogo para, no final, receber uma mixaria e nenhum aplauso.

O garçom serviu o sanduíche e Christiano reparou numa mulher bonita parada próximo à sua mesa. Ela pediu fogo e ele a convidou a sentar-se. Ofereceu uma bebida e ela foi logo pedindo uma caipirinha.

– Álcool faz mal à saúde – Christiano comentou.

– Tudo que é bom, faz mal. Até o açúcar dizem que faz mal.

– E você, o que faz?

– Malabarismo.

– Igual a ele? – ele disse e apontou na direção do artista de rua.

– Pior! Eu trabalho no *shopping center*, sou vendedora.

Ele observou-lhe os olhos escuros e desafiantes. Era magra e seus cabelos longos não estavam muito limpos. Alguém descartável. Ideal para passar algumas horas.

– Qual é o seu nome?

– Carolina Dantas.

Ela pronunciou o sobrenome com um forte sotaque paulista. E Christiano pensou se aquele não seria um nome comum em São Paulo. Olhou para o relógio e voltou-se para Carolina.

– Você quer outro drinque? Vou ter que sair por alguns minutos e gostaria que você me esperasse.

– Vai demorar?

– Vinte minutos no máximo. Enquanto isso você se diverte com o espetáculo de malabarismo.

Ela concordou e ele saiu apressado. Parecia alguém preocupado em não perder o trem. O edifício onde funcionava a A. Jabur & Filhos não ficava longe dali.

Christiano apertou a campainha do edifício e percebeu que seus movimentos eram captados por uma câmera de circuito interno. Ele colocou a cara bem em frente à câmera e aguardou.

– Quem está aí? – indagou a secretária.

– Da parte de Condor. Estou sendo aguardado.

A simples menção do nome Condor foi suficiente para a abertura do caminho. A. Jabur, o Turco, saiu apressado de sua sala e abriu pessoalmente a porta. Tinha um jeito peculiar de se movimentar – era gordo e andava empertigado como um pato.

– Faz favor, vamos entrar.

O escritório era amplo e a decoração parecia ter sido comprada a metro. O local estava vazio. A secretária parecia pronta para sair. Christiano sentiu que não precisaria perder tempo. Sacou o seu Rossi de cinco polegadas e apontou para a cabeça do homem.

– É uma expropriação! Ninguém vai sair machucado se fizerem exatamente o que eu ordenar.

– Mas o que é isso? – gritou Jabur.

– É isso mesmo. Assalto, pó!

Começou pelo Rolex de ouro que estava no pulso do Turco. Depois, ordenou que ele abrisse os dois cofres e enchesse uma maleta executiva, com ouro, dólares, brilhantes e reais. Pegou uma correntinha de ouro da secretária, pensando em presentear Carolina. E trancou os dois no banheiro.

Por fim, trancou tudo por fora e desapareceu tão rápido quanto havia chegado. Era o dia do caçador. De repente ele não era mais um miserável. E sentiu uma grande euforia com essa transformação.

Na descida da Augusta, entrou numa butique masculina e completou a transformação. Sentiu a fascinação e o poder do dinheiro. Tudo estava ali ao seu alcance, para um verdadeiro banho de loja. Olhou sua fisionomia refletida no espelho e ficou feliz com a mudança radical. Quem disse que o dinheiro não trazia felicidade? Imaginou o Turco acionando a polícia e contatando o Condor. Certamente ele não acionaria a polícia *legal*, mas a polícia paralela, pois um inquérito iria levantar suspeitas sobre a origem das suas mercadorias.

Christiano voltou ao bar. Carolina havia desaparecido. O copo de caipirinha estava pela metade, as marcas de batom ainda presentes na borda. Ele sentou-se à mesa e pediu um novo suco. O malabarista de rua ainda insistia no seu número. Christiano notou que o seu rosto estava um pouco abatido e cheio de fuligem de tanto engolir fogo. Ele meteu a mão no bolso, sacou uma cédula de cem reais.

– Toma aqui – ele disse para o homem. – Acho melhor você mudar de profissão.

O homem recebeu o dinheiro com a mão trêmula.

– Pra fazer o quê? Só se for assaltar – ele falou.

– Não, isso você não deve fazer. Assaltar é uma arte. Não é pra quem quer.

O homem pareceu não entender. Agradeceu pelo dinheiro com um gesto humilde e saiu cabisbaixo. Christiano fez um sinal e pediu a conta. Enquanto aguardava, abriu o guia turístico, repleto de anúncios de massagistas para executivos. Pagou a conta e viu quando o garçom recolheu o copo manchado de batom. Disse para si mesmo: sorte nos negócios, azar no amor. Carolina, sua sortuda. Onde estará você? Depois, misturou-se à multidão que andava pelas ruas, com o espírito cheio de desejos.

Andou pela Augusta até chegar à Avenida Paulista. Sentiu o pulso forte da maior metrópole da América do Sul. Admirou os imponentes e modernos edifícios, enquanto os últimos raios de sol saltitavam coloridos nas superfícies escuras e espelhadas dos cristais. Virou à direita, em direção à Consolação. Uma viatura policial passou com a sirene ligada. Ele pensou na violência de São Paulo. Pessoas assaltadas, massacradas, estupradas, assassinadas e esganadas. Pessoas doentes, famintas, solitárias, abandonadas e desesperadas. Pessoas com medo, com ódio, com desespero e tristeza. Uma cidade selvagem, rica e de gente orgulhosa. Uma cidade dura, impiedosa e cheia de loucuras.

Por algum tempo, Christiano continuou admirando o brilho da Avenida Paulista. Consultou o Rolex e viu que ainda tinha algumas horas até o encontro com Bob França. Seu corpo estava tenso e fatigado. Achou que era uma boa idéia ocupar aquele tempo fazendo uma massagem. Consultou o guia turístico e escolheu um local bem próximo de onde estava. Chamava-se *Casa das Gueixas* e o anúncio era bastante convincente.

A recepcionista, vestida à oriental, recebeu-o com um sorriso nos lábios. A decoração tinha excessos de vermelho, contrastando com aço escovado e tons pretos e brancos salpicados. Amarrado às costas, ela trazia um pequeno travesseiro e algo parecido com um palito de plástico espetado nos cabelos lustrosos.

Christiano ficou sozinho, sob uma luz colorida, andando para a frente e para trás, como alguém fazendo um espetáculo para si mesmo e adorando tudo o que fazia. O local parecia uma sucursal do Oriente, e até a telefonista usava quimono para trabalhar.

Apareceu uma japonesa jovem, que parecia pouco entendida no seu ofício, e Christiano não se interessou muito por ela. A japonesa sequer tinha vinte anos, mas o sorriso era branco, a pele sedosa e os cabelos tão negros quanto os olhos.

– É só massagem? – ela perguntou.

Ele confirmou e a japonesa conduziu-o até um box refrigerado e começou a tirar a roupa dele. Depois tirou o quimono, ficando só de tanga e sutiã. Tinha um corpinho bem distribuído, apesar das pernas serem curtas e volumosas.

– Quer massagem japonesa ou *shiatsu*? – ela perguntou.

– Massagem japonesa.

A massagista olhou para ele e suspirou.

– Tem certeza que quer mesmo massagem?

– Bem... Se você quiser, pode ser *shiatsu*.

– *Shiatsu* eu não sei fazer.

– Massagem japonesa então...

– Eu também não sei fazer massagem japonesa.

A garota o encarou com seus olhos amendoados. Ele calculou que, em alguns anos, ela seria uma viciada em sexo. Semelhante ao que acontecia com algumas velhuscas de Copacabana, que vivem nas praias à cata de homens.

De repente, sem falar nada, ela subiu na mesa e começou a andar sobre as costas dele. Andava como uma bailarina, apertando as suas costelas com os dedos do pé.

– Mas isso não é massagem – ele disse.

– Você não prefere outro tipo de massagem?

– Qual?

– Aquela que sei fazer bem.

Ela conseguiu convencê-lo a tirar a cueca. Os olhos negros repuxados tinham uma luz enigmática e voraz. Ele não conseguiu dizer não. Ficou deitado na cama olhando o teto, onde as rachaduras de reboco de gesso formavam desenhos de animais estranhos. O calor oriental lhe trouxe uma certa sensação de liberdade e, depois, o cansaço o envolveu. E ele apagou.

Quando voltou a si, foi levado a uma sauna úmida. Sentia-se bem-disposto, renovado. Olhou-se no espelho e achou que seu rosto estava realmente mudado. Assim como sua vida também tinha passado por mudanças nos últimos dias: ele havia machucado, seqüestrado e matado. Sofrera tortura, quase fora morto, estivera sem dinheiro e agora portava uma pequena fortuna. Tudo por conta do seu ingresso na vida do crime.

Seguiu na direção do Pirandello. Caía uma garoa no início de noite e Christiano apressou o passo, esbarrando nas pessoas que tentavam fugir da chuva. Ao subir a escada que conduzia ao bar, olhou para dentro e viu que o policial estava sentado a uma mesa nos fundos.

– Desculpe o atraso.

– Não tem importância. Vamos sentar.

Bob França parecia feliz. À sua frente havia uma enorme *pizza mezzo mozzarella, mezzo alici*. Ele mastigou um pedaço vorazmente e depois limpou a boca com um guardanapo, que ficou sujo de molho de tomate. Apanhou um grande envelope e entregou a Christiano.

— Está tudo aí. As placas também.

Christiano abriu o envelope e examinou o conteúdo. Subitamente, olhou para o rosto de Bob França e achou que havia algo errado. O policial ficara nervoso de repente. Christiano sentiu no ato que estava em perigo.

— Tenho uma arma apontada para a sua barriga — ele disse, olhando firme nos olhos do policial.

— Mas o que está acontecendo?

— Você é quem vai me dizer. Qualquer movimento errado e chumbo a sua barriga cheia de *mozarella*.

França fez um sinal para os homens que estavam encostados no balcão do bar.

— Não fui eu quem planejou — Bob disse, com sofreguidão.

— Vamos sair daqui numa boa, entendeu?

O policial esfregou os dedos na lapela do paletó. Um código. Seus companheiros deixaram o bar.

— Até agora, tudo bem — Christiano se levantou. — Não quero ninguém nos seguindo. Vamos lá!

França balançou a cabeça e não disse nada. O gordo, dono do bar, viu o revólver engatilhado e ficou assustado.

— Polícia Federal — Christiano gritou, com o cano da arma direto contra a nuca do sujeito. — Polícia! Fiquem em seus lugares.

A porta do bar foi aberta e eles desapareceram na garoa cinzenta.

Andaram até encontrar uma pequena viela, com pouco movimento. Christiano obrigou França a entrar por ali. Depois apanhou as algemas do policial e prendeu seus pulsos ao redor de um poste. Guardou a arma e se afastou apressado, deixando França abraçado ao poste.

Quinto Dia

Amanheci bastante deprimida. Não consegui ler e fiquei observando a portinhola se abrir com o café. Foi então que consegui ver, pela primeira vez, a mão direita do meu seqüestrador. Foi tudo muito rápido. Ele empurrou a bandeja para dentro e vi sua mão, de relance. Uma mão enorme, gorducha e malcuidada. Nojenta.

Não fui capaz de comer bem. Sei que preciso comer para não ficar fraca, mas estou tensa e bastante nervosa. Acho que minha menstruação está chegando. Eu sempre fico com enxaqueca quando isso acontece.

Posso sentir que o mão nojenta me observa o tempo todo. Posso ver a sombra no olho-mágico. Às vezes, ele fica horas ali, me espiando, sobretudo quando vou fazer minhas necessidades fisiológicas. É muito constrangedor passar por isso, mas sei que tenho que reunir forças para superar tudo. Não sei onde irei buscar essas forças, mas tenho que tentar. Andei bastante pra lá e pra cá, na jaula, depois pratiquei exercícios respiratórios intercalados com algumas posições de yoga. Me senti desajeitada e não consegui fazer nada bem-feito.

Escrevi um bilhete e consegui que eles me fornecessem um pacote de absorventes. Não consegui almoçar direito e acabei cochilando à tarde.

Não sei por que, mas me sinto mais assustada do que nos outros dias. O mão nojenta parece me olhar o tempo todo. Observo uma pequena formiga que anda pela parede. Ela parece tão perdida quanto eu. Acompanho por horas a sua trajetória. Isso disfarça o nada. Depois a formiga desaparece pelo vão embaixo da porta.

No jantar consegui comer um pouco melhor, após o primeiro fluxo da minha menstruação. Sinto um alívio relativo sempre que isso acontece. Fico meio sem energias, mas consegui ler a Bíblia até a luz se apagar.

No escuro, fiquei imaginando onde estava. Não tenho a mínima idéia do local. Penso que seja um lugar longe de São Paulo. Talvez um sítio distante. Mas posso escutar o barulho de aviões... O canto dos pássaros...

O cubículo parece algo armado no centro de uma grande sala. Uma caixa feita de madeira e revestida de almofadas e isopor. Uma verdadeira caixa acústica à prova de gritos. Sinto uma vontade enorme de chutar paredes. O teto é baixo e a ventilação sai de uma grelha de ar refrigerado. Escuto o barulho como se fosse muito longe. Um pequeno zumbido constante e enervante. Aproveitei o escuro para tomar um banho reconfortante. Fiquei sentada incomodamente sobre o vaso sanitário e abri a torneira sobre o meu pescoço. A água escorreu pelo meu corpo e caiu direto dentro do vaso. Foi uma trabalheira danada conseguir distribuir a água pelas diferentes partes do corpo.

Depois, me ensaboei calmamente e abri novamente a torneira. Após a ducha me enrolei na toalha e lavei as pernas, uma após a outra. Percebi que ele estava me olhando pelo olho-mágico. Podia sentir isso. Imaginava a luz se acendendo de repente, ele me surpreendendo nua. Felizmente isso não aconteceu.

Foi agradável. Depois disso, vesti o conjunto de moletom e me sentei na posição de lótus sobre o colchonete. Tentei ficar o máximo nessa posição, mas senti cãibras nas pernas e deitei novamente. Imaginei escrever uma mensagem sobre o lençol. Quem sabe eles o mandavam para uma lavanderia e acabariam me descobrindo. Me lembrei de ter lido algo sobre Luiz Carlos Prestes ter feito isso numa de suas prisões. Acabaram descobrindo e ele sendo punido. Imaginei que não podia me arriscar. A meta era sobreviver... Sobreviver...

Lembrei-me daquela enorme mão horrorosa. Imaginei os seus olhos, no olho-mágico, me espiando. Ele conseguia, sem dizer uma só palavra, me desequilibrar emocionalmente... Uma pessoa assim só pode ser alguém doente emocionalmente, cuja única paixão é o dinheiro. Rezei para que meu pai encontrasse uma saída para acabar com este suplício.

Pensei quanto tempo ainda ficaria nesta jaula. Começava a ficar desesperada. Para aplacar minha fúria, comecei a rezar para um Deus em quem, naquele momento, não acreditava. Depois, me acalmei e comecei a pensar em Erick, e isso me trouxe doces recordações. Fiquei ali sonhando acordada como se estivesse com ele. Desejava estar com ele. Se ao menos eu pudesse abraçá-lo... Comecei a chorar e isso me deprimiu ao extremo.

A sorte me golpeou de uma maneira dura de suportar.

Capítulo Nove

Christiano escolheu um hotel no centro, na "boca do luxo". Era um edifício moderno, onde ninguém se importava com quem entrava ou saía, desde que fizesse o pagamento adiantado.

Foi direto para a ducha, mudou a camisa e começou a sentir-se limpo e novo. Sentou-se na poltrona e ligou a televisão nos noticiários: um ditador havia sido assassinado e outro derrubado por seu braço direito no governo. Um dos homens mais ricos do mundo foi preso na Suíça, por falcatruas, e o filho de um industrial paulista foi seqüestrado e virou picadinho no primeiro dia, apesar de os seqüestradores serem membros da família. Num distrito policial, em São Paulo, cinqüenta e dois presos foram espremidos para dentro de uma caixa de concreto, sem ar, e vinte deles morreram asfixiados. O delegado de polícia gritava: "Para os mortos, a gente providencia o IML, e para os vivos a gente providencia a morte".

Christiano desligou a televisão. Estava farto de matanças, golpes e comédias insensatas. Ligou para o *room service* e pediu um misto quente, um copo de leite morno e duas Novalginas. Ficou ali andando no quarto, observando as sombras na parede e o barulho nos outros quartos, até que seu pedido chegou. Sentou-se na cama e comeu lentamente o sanduíche, bebendo o leite aos goles.

Engoliu as duas Novalginas e se esticou na cama. Estava mole, cansado, chateado e, a cada momento que passava, sentia estar caindo num vazio maior. Dormiu um sono sem sonhos e acordou agitado e coberto de suor. Ele conferiu a valise, como se estivesse se preparando para um longa jornada. Em seguida separou dinheiro miúdo e colocou no bolso. Desceu com a valise até a recepção e pagou a conta. Saiu e tomou um táxi. Colocou a valise no banco de trás, e disse para onde ia. No caminho pediu que o motorista parasse numa loja de material esportivo. Entrou e comprou um colete para *windsurf*.

Pedro Lajolo. Christiano gostou de seu novo nome, achou que soava forte e aristocrático, sem deixar de ser comum. O trabalho do falsificador era impecável. Os documentos estavam perfeitos. Até com o envelhecimento da cédula de identidade o falsificador tinha se preocupado. Christiano procurou decorar a data e o local de nascimento da sua nova identidade.

O caminho até o Planalto Paulista foi sem problemas. O bairro parecia tão doméstico quanto uma cidade pequena. O táxi atravessou a alameda principal, seguiu pela Avenida Iraí e cruzou uma outra ruela antes de chegar a uma rua sem saída. Eram dez horas da manhã e ele notou que não existia nenhum carro de polícia na área.

A aparência da casa era modernosa: uma caixa quadrada de concreto aparente, com dois andares de altura, construída em centro de terreno, com um telhado inclinado e um monte de arbustos coloridos em volta dela. Na entrada havia uma coluna de pedras com uma placa polida onde se lia *Fundação Goldenberg*. Christiano sentiu um arrepio quando lembrou que o seu primeiro encontro com Demian havia sido ali. E se deu conta de que parecia ter sido há muitos anos. Pagou e dispensou o táxi. Conferiu o conteúdo da maleta e andou até a porta de entrada.

– Eu gostaria de falar com a doutora Nadja Goldenberg – ele disse para a recepcionista.

– Quem quer falar, por favor?

– Eu represento o *Who's Who Internacional*. Quem sabe ela está interessada em participar?

A recepcionista falou ao telefone e depois pediu que ele aguardasse no sofá. Christiano ficou ali, admirando a decoração excessivamente metálica, que conferia um tom americanizado ao ambiente. Ele conhecia bem aquela tendência multinacional de decoração. Lá fora o vento agitava as copas das árvores e o sol fraco, encoberto pelas nuvens, filtrava-se através dos blindex. A sensação que passava era de solidez e segurança, com uma pitada de supérfluo.

Ele apanhou a *Folha de S. Paulo* que estava sobre a mesinha e abriu nas páginas policiais. Não trazia nada sobre ele. Depositou o jornal de volta sobre a mesinha e ficou atento à movimentação das portas. Até que a secretária olhou para ele e informou:

– O senhor pode subir. É a sala no final da escada.

SEXTO DIA

Não tenho espelho aqui, mas sei que meus cabelos estão oleosos e descuidados. Devo estar horrível.

Escuto o barulho dos passos. Acompanho com os olhos a introdução da bandeja. A mão é delicada e coberta com uma luva de couro desbotado. Sinto que tenho outro carcereiro. Este me parece discreto. Controlo o olho-mágico e verifico que ele dificilmente aparece para me espionar. Acredito que ele sabe que sou pacífica e tem a situação sob controle, quer apenas cumprir o seu turno sem maiores problemas, sem que nada dificulte a sua jornada. O esquema de encarceramento dele é perfeito. Eu aceito tudo sem queixas e me comporto exatamente como eles desejam.

A prisão é mesmo uma forma maquiavélica de arruinar os nervos de uma pessoa. Acredito que, devido ao stress, já fiquei uns cinco anos mais velha em apenas cinco dias. É uma coisa de doido, como dizia o Holden Caufield, do Salinger. E a única saída é me conformar.

Após o café, repito minha vexatória evacuação intestinal. Percebo que o mão enluvada não me incomoda. Chego mesmo a ser grata a ele por este insignificante detalhe.

Pratico alguns exercícios de yoga e me sinto mais calma. Apanho a Bíblia e abro ao léu. Leio o lindo poema de Jó 29.

Reflito sobre o poema andando pra lá e pra cá até sentir as pernas ficarem doloridas. Ninguém fala comigo e isso me deixa nervosa. Sinto que o tempo demora a passar no período da tarde. Pela manhã, o tempo voa, mas as tardes são longas. O tempo demora... Demora... Demora.

Estou escrevendo ao léu. Muitas vezes sem pensar. Sinto que não é uma escrita caprichada, limpa, exata e redonda, como costumava fazer na escola. Mas escrevo como se estivesse conversando comigo mesma É uma maneira de passar o tempo e evitar o enlouquecimento. Às vezes, após escrever uma página, sinto vontade de rasgar tudo e depois bater com a cabeça na parede até sangrar. Quem sabe eles me levassem ao hospital? Talvez eu pudesse fugir.

Volto a ler a Bíblia. Enquanto leio a maravilhosa história de José e a mulher de Putifar, surge na portinhola a mão enluvada com a bandeja de almoço. Sinto-me enjoada com a repetição do frango desfiado, arroz, feijão e salada de batata e pepino. O cardápio parece não variar.

Viro para um lado e para o outro no colchonete e não consigo relaxar. A demora das negociações começa a me deixar preocupada. Mas preciso ter esperanças para não acabar louca. Tenho fé em Cristo e procuro rezar buscando forças suficientes para ultrapassar estes momentos difíceis. É como se eu jogasse dados com o diabo pela minha vida, como na ópera The Flying Dutchman. Por enquanto sinto que estou ganhando o jogo. Estou lutando contra forças quase demoníacas. É tudo simplesmente repugnante. Mas o desejo de liberdade é grande dentro de mim. Imagino a liberdade não como uma dádiva divina, mas como algo que tem que ser conquistado, custe o que custar... Entendo que o sentido da liberdade é algo que ainda não foi entendido por muitos. A palavra liberdade é fascinante. Todo mundo gosta dela. Contudo, a gente só valoriza a liberdade quando a perde. A sua ausência significa stress, angústia, escravidão. Sinto que só será possível suportar este encarceramento por pouco tempo, senão vou acabar com problemas mentais e emocionais irreversíveis. Cheguei à conclusão de que a liberdade é algo que temos que conseguir dentro de nós mesmos. Ninguém pode alcançá-la de outro modo. Cada vez mais preciso aprofundar a minha compreensão de mim mesma. A cada momento que passa, isso se torna mais urgente, a fim de que possa suportar esta reclusão massacrante.

Passo o resto do dia lendo Lao Tsé e suas verdades paradoxais. Depois, leio o Evangelho de Marcos – o menor de todos –, sobre as andanças de Cristo. Reflito bastante sobre suas palavras. Acho algo de estranho nas bem-aventuranças, principalmente nos bem-aventurados pobres de espírito... Vivo e respiro os milagres do mestre Jesus. Penso em Lázaro saindo do túmulo, para a felicidade de suas irmãs. Levanta e anda! – foram as palavras de Cristo.

* * *

A porta estava aberta e, ao lado da escrivaninha, Nadja aguardava, elegantemente vestida. Seu cabelo era de um belo tom de cobre e ela exibia um sorriso simpático. Pendurado em seu pescoço havia um colar de pérolas e brilhantes que faria um *corniche* parecer um Gol conversível. Ela apontou para o sofá e disse educadamente:

– Desculpe a demora. O senhor não me é estranho...
– A doutora não se lembra de mim?
Ela olhou para ele, tentando lembrar-se.
– Sou o Christiano! O *laranja* da história.
Ele percebeu que ela ficou assustada, mas tentou manter a calma.
– Que posso fazer pelo senhor?
– A polícia e os capangas do seu pai estão atrás de mim. A minha vida não vale um tostão furado.
– Que tenho eu a ver com isso?
– Você sabe bem o quanto fui traído, não sabe?
– Não sei de nada! Não me meto nos negócios de papai.
Christiano notou que ela olhava para o telefone. E resolveu agir. Colocou a mão no bolso do casaco, alcançou o revólver e mostrou. Depois disse com voz pausada:
– Já perdi tudo na vida. Um homem que perdeu tudo na vida é um homem livre... até para matar.
– O que você quer?
– Dinheiro. Quero muito dinheiro. Não gosto de ser traído, nem nasci para *laranja*.
– O dinheiro que temos está no banco.
– Que banco? Onde?

Ela olhou para ele como um entomologista olha para um inseto comum. Não disse nada. O silêncio foi quebrado depois de uma longa pausa:

— Temos um cofre alugado no banco.

— Está bem. Não temos tempo a perder. Tudo que eu quero é que você saia comigo numa boa. Avise a secretária que você vai almoçar comigo, entendeu?

— Mas isso é seqüestro. Você não pode fazer uma coisa dessas.

— Não tenho nada a perder...

Ele sustentou o olhar desafiador de Nadja. Era um homem destruído e estava numa idade em que as coisas não tinham mais tanta importância. Havia perdido tudo o que importava: Linda e a liberdade de ser ele mesmo. Havia sofrido barbaridades nas mãos dos policiais. Foi chantageado, ferido e comeu o pão que o diabo amassou com o rabo. Mesmo assim, não tinha a menor intenção de matá-la... Nadja cortou suas divagações:

— Tudo bem, vamos até lá.

Ela pegou o telefone e falou com a secretária. Disse que estaria de volta às duas da tarde e pediu que ela anotasse os recados e não marcasse audiências para a parte da tarde. Christiano balançou a cabeça em aprovação e sentiu-se seguro quando ela desligou o interfone. Tudo corria conforme o esperado. Nada que pudesse despertar as suspeitas da secretária.

Saíram pela porta lateral e andaram até o carro dela, um luxuoso Mazda branco. Ela assumiu o volante e Christiano sentou-se ao seu lado. O carro avançou quase silenciosamente. No final da rua, antes de entrar na avenida, Christiano mandou que ela parasse.

— Tenho um presente para você.

Ela estacionou o Mazda e observou-o desenrolar algo de um pacote. Era um colete estranho, de cor branca. Ele soltou as amarras e mandou que ela vestisse.

— Que é isso?

— É um colete explosivo. Tecnologia japonesa, acionável por controle remoto. Tenho o dispositivo de controle aqui comigo. É só apertar o botão para você virar farelo.

Nadja ficou assustadíssima. Trêmula, ela tirou seu paletó de linho, com ombreiras alcochoadas, ajustou o colete sobre o tórax e tornou a vestir o paletó. O volume não chamava a atenção porque o paletó era folgado.

– Para que tudo isso?

– Apenas uma precaução. Qualquer tentativa suspeita e aciono o controle remoto. Espero não ser forçado a isto, entendeu?

– Você não vai precisar fazer isso, pode ficar tranqüilo.

Ele respirou aliviado. Nadja certamente havia escutado as epopéias a respeito dele. Sabia do que ele era capaz. Não iria arriscar-se.

Quando o carro entrou no estacionamento do banco, ela parecia estar carregando um colete de chumbo. Christiano ajudou-a a sair e seguiram em direção à sala dos cofres. Era uma sala luxuosa, destinada a uma clientela especial, constituída, na maioria, por pessoas importantes. Nadja preencheu as formalidades e o recepcionista disse:

– A senhora pode me acompanhar.

Desceram um lance de escadas, atravessaram enormes corredores gelados e finalmente chegaram à caixa-forte do banco. Vários cofres de aluguel estavam enfileirados ao longo das paredes. Era impossível avaliar a quantidade de cofres que existia ali. O recepcionista colocou a chave-geral na fechadura de um deles.

– É este aqui.

Solicitou a chave dela, enfiou-a na fechadura de baixo e depois rodou a alavanca. O cofre estava aberto. O recepcionista pediu licença e retirou-se do local.

Christiano prendeu a respiração e começou a degustar o momento. Uma maleta preta foi puxada para fora do cofre. Ele a segurou com a mão esquerda e Nadja trancou o cofre, retirando a sua chave. Saíram lentamente, carregando a maleta. Enquanto andavam, ele tentava imaginar o conteúdo: no mínimo, documentos suficientes para levar o Comendador Goldenberg às barras dos tribunais.

Respirou aliviado quando o carro deixou o estacionamento. Agora, ele ia ao volante e Nadja, nervosa, ocupava o assento ao seu lado. Christiano sonhou com uma banheira de sais, liberando o *stress* e recarregando suas baterias. Nadja olhou para ele e disse:

– Para onde estamos indo agora?

– Não se preocupe. Você estará bem.

– O papai deve estar acionando todo mundo. Preciso voltar para casa. Aquele homem é um verdadeiro radar.

Sem dar atenção ao que ela falava, Christiano dirigiu pela cidade até chegar à Marginal Tietê – e de lá seguiu para a Dutra. Ele parou num posto da estrada para abastecer. E convidou Nadja para um lanche. Pareciam um casal normal em férias. Comeram um sanduíche e tomaram café, silenciosos. Christiano se sentia inquieto. As figuras de Goldenberg e Condor se acendiam e apagavam como um *flash* na memória. Imaginou que estivesse vivendo um pesadelo, até que, de novo, voltou sua atenção para o carro, e ouviu a voz de Nadja vinda de muito longe:

– Para onde você está me levando?

– Rio de Janeiro. Vamos passar um fim de semana juntos.

– O que você está pensando em fazer comigo?

Ele olhou para ela de soslaio e deu uma risada discreta.

– Você não é meu tipo. Você é apenas o meu passaporte para sair desta enrascada.

– Quanto tempo vai demorar essa agonia?

– O tempo que for necessário – ele respondeu, ríspido. – Agora recline um pouco o banco e vê se dorme, porque vai ser uma longa viagem.

Obediente, ela encostou-se na porta e manteve os olhos fechados pelas quatro horas que se seguiram.

Enquanto o carro percorria a Baixada Fluminense, Christiano pensava na cidade antes chamada de maravilhosa, agora transformada no paraíso da marginalidade. Não existia ali nenhum programa de combate ao crime, o que estimulava o crescimento do tráfico de drogas, com as favelas transformadas em verdadeiras *fábricas*, o que dava emprego a um contingente considerável voltado às atividades de tráfico.

O Mazda rodou pela Avenida Brasil e dava para ver a névoa de poluição espalhada pela cidade toda, uma fuligem negra e densa, que fazia os olhos arderem.

Christiano sentia-se oprimido por isso. O Rio representava uma importante parcela de felicidade na vida dele e, agora, estava sendo estragado e destruído depois de sucessivos governos incompetentes. Ele tomou o aterro do Flamengo, atravessou o túnel de Copacabana e seguiu pela Avenida Atlântica.

Antes de dirigir-se para o Copacabana Palace, parou em diferentes butiques de Ipanema e comprou malas e roupas elegantes para ele e para ela. Depois estacionou o carro diante do Copa, entraram, e ele preencheu a ficha de hóspedes como o senhor e senhora Lajolo, industriais residentes em São Paulo.

Ficaram hospedados numa bela suíte de frente para o mar. A sala tinha janelas altas, que abriam para uma varanda pequena, com uma espécie de grade. Os móveis eram de estilo clássico e combinavam com as pesadas cortinas – as mesmas que foram roídas pelos cães pequineses de Magda Lupeses – e com os grossos tapetes, que davam à suíte um ar antiquado, mas não decadente.

A recepção enviou um arranjo de flores e frutas tropicais. Nadja manifestou o desejo de telefonar para seu pai, em São Paulo. Christiano não permitiu. Ela olhou para ele.

– Quando é que você vai me livrar desta armadura?

Ele fez um sinal com a cabeça e ela tirou fora o colete, com um suspiro de alívio.

– Essa coisa ia explodir mesmo?

– O que você acha?

– Não sei.

– Era apenas uma intimidação. Não passa de um colete de *windsurf* que desempenhou bem o seu papel.

– Seu sádico. Então você me fez passar esta tortura o tempo todo para nada?

Ela parecia surpresa e, de tão tensa, acabou caindo em uma gargalhada. Uma válvula de escape para relaxar a tensão reprimida.

Christiano disse:

– Que tal um dos mundialmente famosos bifes de ouro?

Ela pareceu não entender. Mas concordou.

– Eu estou morrendo de fome mesmo.

Christiano acionou o *room service* e fez a encomenda. Ela foi para o banheiro. Ele apanhou uma lata de cerveja do frigobar e andou até a janela. Admirou a piscina vazia e, por um instante, imaginou a força empregada por Orson Welles para jogar a cama da sua janela para dentro da piscina. O Copa tinha história.

Nadja saiu do banheiro com os cabelos envoltos na toalha e experimentou o vinho tinto que acompanhava o jantar. Sentados ali, de frente para o mar, deliciaram-se com o *Filé Salisbury* do famoso Restaurante Bife de Ouro. Um suculento filé grelhado, rodeado de purê de batatas e ornamentado com anéis de cebola frita. Tudo acompanhado por uma salada de coração de alface ao *molho roquefort*. De sobremesa, ele comeu uma salada de frutas *à la Marocaine*, ela preferiu alguns crepes. Nadja tomara o vinho quase sozinha – um *Beaujolais Provence* de safra recente –, e acabou ficando um tanto eufórica. Logo depois, ela foi para o quarto e deitou-se na cama.

Christiano ficou sentado no sofá da sala, pensando no que iria fazer. Nadja era um trunfo importante, que não podia deixar escapar. Uma pessoa desagradável e autoritária, mas que, enquanto estivesse viva e em suas mãos, significava um salvo-conduto para a liberdade.

Ele tentou ver televisão, mas não conseguiu. Andou pela suíte até se cansar, e depois debruçou-se na varanda e começou a olhar o mar. Estava cansado. A noite quente e de ar úmido tinha cheiro de maresia. Os barulhos noturnos pareciam cíclicos, como o das ondas que se quebravam longe, iluminadas por uma lua alta e indiferente.

Ele foi até o quarto e olhou para dentro. Nadja dormia um sono agitado. Apesar de exausto, Christiano continuou acordado, tentando colocar a sua cabeça em ordem. Uma parte dele queria que dormisse e se desligasse por alguns instantes. Outra parte mantinha sua cabeça a mil por hora. Ele entrou no banheiro e tomou uma ducha fria. Deixou a água cair durante um longo tempo sobre o seu corpo em fúria. Depois, voltou para a sala e sentiu-se mais relaxado. Esticou o corpo no sofá e apanhou uma revista na mesinha de centro. Era uma dessas revistas esnobes, repletas de colunas sociais e entrevistas com gente vaidosa. Pôs-se a folheá-la para aplacar o tédio que começava a tomar conta dele. Deparou com uma fotografia de página inteira: "Esta colunista passou uma tarde na companhia da doutora Nadja Goldenberg, no Morumbi, em São Paulo. Ela, pra quem não sabe, é a filha do empresário e comendador Goldenberg – diretor da Construtora Albert Goldenberg, que acabou de voltar de uma longa viagem de estudos na Europa." Christiano colocou a revista de lado e lembrou-se de Linda. Seu corpo estremeceu no sofá. O sol já surgira no céu quando ele conseguiu, finalmente, conciliar o sono.

Sétimo Dia

Hoje faz uma semana que estou neste isolamento. Tenho conseguido tocar o bonde, para não enlouquecer. A leitura da Bíblia tem me confortado bastante. Descobri nela coisas que jamais imaginaria que existissem. Os livros poéticos: Salmos, Provérbios, Jó, Eclesiastes e Cantares são sensacionais.

Agora estou bastante prática nas posições básicas da yoga. Já consigo ficar na posição invertida alguns minutos. A sensação de relax é indescritível. Algo como se tomasse um Valium de cinco miligramas.

Hoje estou sendo observada pelo mão nojenta. Ele não se afasta do olho-mágico um só minuto. Começo a ficar temerosa. Ele colocou um rádio FM junto à portinhola e consegui escutar músicas por quase duas horas.

Quando ele recolheu a bandeja do almoço, mandei um pequeno bilhete agradecendo pela música. Ele se aproximou da pequena portinhola, abriu-a e disse:

– Não precisa agradecer... Sempre que puder colocarei a música, se isso te faz bem.

Agradeci de novo e ele fechou a portinhola. Parecia ter a voz nervosa e eu estranhei essa inesperada quebra do protocolo, já que ele deixou que eu escutasse sua voz.

Passei a tarde inteira lendo o Lao Tsé, que agora adoro. Meu estado de espírito está ótimo! Conversei com ele e pedi para sintonizar a USP FM. Ele atendeu ao meu pedido e depois me ofereceu uma xícara de café quente. Depois, tentou fazer alguns elogios à minha beleza. E gaguejou, envergonhado. É possível que ele seja tímido.

Fiquei meio desconfiada, mas, de certo modo, era agradável trocar idéias com alguém. Ouvir uma voz humana e, sobretudo, escutar uma música agradável.

Num determinado momento, ele desligou de repente o rádio e fechou a portinhola. Imaginei que alguém, talvez seu superior, houvesse chegado. Rezei a Deus para que fosse a minha liberdade que estava chegando.

Mais tarde, ele serviu o jantar em silêncio. Pensei em tentar suborná-lo. Oferecer-lhe uma grande soma de dinheiro para que me deixasse ir. Calculei, por causa do elo-

gio, que ele estivesse atraído sexualmente. Fiquei ali imaginando que ele podia subitamente abrir a porta e tentar me violentar. Lógico que eu tentaria reagir, mas não sei se conseguiria impedir a ação. Pelo tamanho enorme da mão, ele parece alguém grande e obeso. A mão é enorme e malcuidada. Unhas sujas e anéis baratos.

Começo a sentir a falta de notícias. Só escuto música. Eu que, todos os dias, lia pelo menos três jornais antes de sair de casa. Estava sempre bem-informada sobre os acontecimentos. Pouco antes de desligar a luz, ele me disse boa noite. Eu aproveitei e perguntei se ele não me traria um jornal em seu próximo plantão. Ele ficou em silêncio por algum tempo e respondeu que tudo tem seu preço.

Quanto?, eu perguntei. Ele disse que, se eu ficasse nua por alguns minutos, me traria um jornal, e até mesmo um livro. Fiquei chocadíssima e temerosa. Ele emitiu um riso cacarejante e apagou a luz.

Me senti horrível. Não consegui dormir.

Capítulo Dez

O forte sol de Copacabana entrou pela janela e as paredes refletiram a luminosidade. O tapete ficou salpicado por uma luz de tonalidade amarela. Christiano abriu os olhos e andou até a varanda. O relógio da rua marcava seis e meia e o espetáculo do sol nascendo por cima do mar, como uma bola alaranjada, era magnífico.

Christiano bocejou, fez alguns exercícios respiratórios profundos, depois olhou em direção ao quarto onde Nadja dormia e pensou que ela era uma carga pesada. Só então ele se lembrou da maleta que ela havia retirado do banco, e resolveu conferir o que havia ali.

Entrou no quarto, silenciosamente. Viu que ela estava esparramada na cama como uma criança. As pernas descobertas e a cabeça fora do travesseiro. Uma idéia estranha percorreu sua mente e pensou em fazer amor com ela. O fato de ser uma inimiga a fazia diferente, ainda que soubesse que o mundo estava cheio de prostitutas muito mais bonitas do que ela.

Christiano apanhou a maleta e saiu do quarto. Fechou a porta lentamente, voltou para o sofá da sala e abriu a fechadura. A maleta continha vários pacotes de cédulas de cem dólares, cuidadosamente arrumados e acondicionados em embalagens plásticas. Arrancou o plástico e dedilhou as cédulas verdes que estalavam em seus dedos. Calculou que ali havia no mínimo cem mil dólares. Depois, passou a examinar o resto do seu conteúdo. Eram papéis de vários tipos: documentos de investimentos, extratos de contas suíças, ações da Petrobras e da Vale do Rio Doce. No fundo da maleta, encontrou um envelope branco com o carimbo: *Altamente Secreto*. O envelope, em nome de A. Goldenberg, estava lacrado. A curiosidade levou-o a abrir o envelope. A primeira página continha um título: *Dossiê dos Subornáveis*. Virou as páginas e folheou o extenso documento. Ali estavam planos, nomes, endereços e hábitos dos políticos subornáveis. Um detalhe chamou a atenção de Christiano: alguns nomes estavam sublinhados em vermelho, tendo ao lado a quantia em dólares a ser paga. Eram, na sua grande maioria, nomes de políticos tradicionais do Rio e de São Paulo. Parecia um projeto de ficção imaginado por algum escritor maluco. Não acreditou totalmente no que via até que, na última página, descobriu uma lista de nomes de pessoas já mortas e outras marcadas para morrer. Na lista dos mortos estava riscado o nome de um conhecido jornalista de Brasília, assassinado no Rio. Também estava riscado o nome do ecologista assassinado em Xapuri, no Acre.

Christiano sentiu seu coração acelerar-se. Compreendeu que, a partir daquele momento, seria perseguido não apenas por causa de Nadja. Agora estava de posse de algo que poderia significar o fim de Goldenberg, e ele não podia arriscar-se. Mas Christiano descobrira nos últimos tempos que era do tipo que funcionava melhor quando estava em pânico. Fechou a maleta, colocou-a atrás do sofá, depois descansou a cabeça no encosto, olhando fixamente para o dourado do sol.

Oitavo Dia

Logo depois do café senti uma movimentação no ambiente. A portinhola foi aberta e introduziram um bilhete ordenando que eu ficasse virada para a parede. Depois, abriram a porta e dois homens encapuzados fizeram várias fotos Polaroid. A minha cara estava horrível! O cabelo estava totalmente oleoso e despenteado.

Fecharam a porta com o mesmo silêncio sepulcral de sempre. Passei o resto da manhã lendo yoga e praticando os exercícios. À tarde, li alguns provérbios – um, dez, quinze, dezessete –, alguns Salmos – 23, 91, 80 –, e refleti bastante sobre os ensinamentos do Livro da Sabedoria.

Depois do jantar pensei no porquê de novas fotografias. Imaginei que eram para provar que estou bem e saudável. E agora, iriam receber a recompensa? Iriam me libertar? O que vai me acontecer?

Pude sentir um cheiro de liberdade. Sei que meu pai fará o possível e o impossível para reunir a quantia exigida para me libertar, seja ela quanto for. Confio nele e as esperanças começam a formar castelos na minha mente. Imagino quão feliz estarei quando voltar a abraçar meus familiares. Agora, depois dessa provação, passarei a valorizar melhor os meus parentes e a ser mais atenciosa com eles. Vou viver intensamente para a felicidade do meu lar. Aproveitar ao máximo os momentos felizes em família. Abandonar toda a vaidade. Recusar os convites para festas e badalações. Dedicar mais tempo aos meus amigos e à minha casa. Abandonar totalmente os meus rompantes vaidosos e me transformar numa filha exemplar. Tentarei imitar a mamãe. Uma verdadeira orquídea feminina sem alardes. Se eu não tivesse aparecido tanto nas colunas sociais, talvez não tivesse atraído o olho do demônio.

Começo a refletir sobre meu namorado. Antes nunca pensara nele, objetivamente, como um parceiro ideal. Tantas vezes suspeitei de que, sendo um homem bonito, estava a fim de dar o golpe do baú, casando-se com a filha do rico deputado e empresário. Um aproveitador, na linguagem popular. Agora, entretanto, creio que redescobri o meu amado. Nunca senti tanta falta dele como agora. Quando voltar para casa, serei generosa e tolerante com ele, como mamãe foi para papai. Vou voltar ao que era antes, quando me apaixonei por ele.

Sofri uma mudança radical. Não quero mais saber de sociedade. Não quero mais ficar deslumbrada e me afastar do lar. Sacrifiquei o convívio com meus familiares na busca de ser bem-sucedida. Foi tudo pura vaidade. Quantas vezes cheguei a sonhar com o sucesso? Dizer coisas sem refletir? Quantas vezes apareci nas colunas sociais desnecessariamente? Enfim, neste infortúnio, estes momentos de reflexão servem para avaliar quão estúpida cheguei a ser em determinados momentos. As minhas pequenas e ridículas vaidades me atrapalharam bastante.

* * *

Christiano saiu novamente à sacada. A praia agora estava repleta de gente. Pessoas faziam ginástica, outras corriam, grupinhos começavam já a armar suas barracas. Um mundo de gente frenética e descompromissada. Quando voltou para dentro, viu Nadja enroscada, com os pés debaixo do próprio corpo, num canto do sofá. Tinha um sorriso largo na face.

— Dormi o sono dos mortos, acho que foi o vinho.

Christiano percebeu que os olhos dela se moviam lentamente, atingidos pelos raios do sol. O verde-mar chegava quase a doer. Eram grandes e profundos, sem qualquer vestígio de sentimento, num rosto sem qualquer expressão. Ela bocejou como felino.

— Eu estou faminta.

Ele apanhou o cardápio do *room service* e esticou na sua direção.

— Por que a gente não desce e toma o café da manhã na pérgula? — ela perguntou. — É um lugar maravilhoso. Depois, podemos dar uma chegada até à praia.

Christiano sorriu.

— Não é má idéia. Você promete não correr?

Ela encarou-o com seus olhos grandes e vazios.

— Não. Eu gostaria apenas que a gente pudesse desfrutar um pouco da beleza do Rio, já que estamos aqui.

Desceram até a pérgula, parecendo um casal de turistas paulistas. O local era todo branco e dali tinham uma ampla vista tanto do mar quanto da piscina do hotel. Uma música suave jorrava um turbilhão de acordes de um alto-falante. Nadja consultou o cardápio, cantarolando uns três ou quatro compassos da música que tocava. Parou subitamente, apertando os lábios.

— Quero um *continental breakfast* com montes de brioches, *bacon* frito e ovos estrelados *sunny side up*!

Christiano olhou para o *maître* e disse:

— O mesmo para mim.

Nadja sorriu, quase zombeteiramente, e disse:

– Como é bela a manhã do Rio! Verão, eterno verão! Poderia viver toda a minha vida nesta cidade, até mesmo num barraco.

O garçom serviu o lauto *breakfast*, que ocupou todo o espaço da mesa. Nadja e Christiano comeram com apetite. Depois, ele acenou para o *maître* e pediu equipamentos para ir à praia. Um ajudante de garçom apareceu pouco depois com toalhas e uma barraca.

Quando estavam saindo, o porteiro olhou para Christiano e disse pelo canto da boca:

– O senhor é o proprietário daquele Mazda?

– Por quê?

– Alguns sujeitos estiveram aí examinando o carro. Pareciam curiosos. Um deles me perguntou se o carro pertencia a algum hóspede...

Christiano deu uma polpuda gorjeta ao porteiro. Depois, em companhia de Nadja, atravessou a Avenida Atlântica em direção ao mar. Andaram pelo calçadão para bem longe do hotel. A rua estava com o trânsito fluindo normalmente, as pessoas corriam e a praia já começava a ficar repleta de gente. Ele armou a barraca na areia e ela riu, a mesma risada tranqüila de antes, e disse:

– Não entendo por que você se oculta no meio de tanta gente. Por que você corre tanto risco, tão abertamente?

– É o lugar mais seguro. A polícia jamais desconfiaria de um hotel cinco estrelas.

– Até quando vamos ficar aqui?

– Depende do teu pai. Vou telefonar para ele e tentar um acordo ainda hoje.

Christiano observou fascinado as ondas do mar. Nadja esticou-se na toalha, recebendo o calor do sol sobre o corpo. Não havia qualquer expressão em seu rosto, mas os olhos estavam visivelmente assustados. Christiano parecia alguém quase insignificante na frente dela, apenas um criminoso pequeno, com um rosto eternamente tenso.

Ela pareceu adormecer sobre a toalha. Ele mal respirou, olhando para ela. Havia, agora, um brilho de desejo nos seus olhos. Sentiu uma vontade enorme de possuí-la. Uma compulsão de abraçá-la. Seu coração pulsava disparado. A vingança, mais que tudo, era o principal fator desse desejo, ele sabia. Possuí-la seria uma forma de humilhar seu pai.

Com dificuldade, Christiano controlou seu instinto. O jornaleiro passou, ele comprou os jornais do dia. Examinou um do Rio e outro de São Paulo – não encontrou nenhuma notícia sobre ele.

Na hora do almoço voltaram para o hotel e Nadja resolveu dar um mergulho na piscina. Ele achou uma boa idéia e sentou-se a uma mesa, do lado esquerdo, oposta à entrada do bar. As mesas em volta da piscina estavam quase todas vazias: duas ocupadas por turistas americanos e uma terceira por um homem idoso, gordo, de óculos escuros.

Ele pediu o cardápio do almoço e uma *vodka* com suco de laranja. Ela preferiu uma cerveja estrangeira. O garçom cobriu a mesa com uma toalha imaculada e serviu o *couvert*. A sugestão do *chef* era um prato de nome exótico e complicado: Tajine *aux amandes et pruneaux*. O *maître* explicou tratar-se de carne de cordeiro com ameixas secas e amêndoas. Foi uma refeição soberba.

Depois do almoço, Christiano solicitou o telefone e o garçom trouxe um aparelho sem fio. Ele olhou para Nadja.

– Pode ligar para o teu pai.

– Você é quem manda.

Ela apertou as teclas do aparelho e esperou tocar um momento, até que alguém atendeu. Escutou por um momento a voz de Goldenberg, depois devolveu o aparelho a ele.

– Senhor Goldenberg? Aqui é o Christiano, lembra-se de mim?

Ele ouviu a voz familiar, de tom metálico e sílabas meticulosamente pronunciadas.

– Eu quero a minha filha. O que você quer?

– Tudo que eu consegui com meu esforço. O preço da traição. A minha parte do resgate pago.

O Comendador ficou em silêncio por alguns segundos. Christiano colocou a mão no bocal do aparelho e perguntou se ela queria falar com o pai.

– Como está minha filha? – Goldenberg perguntou.

Christiano colocou o aparelho perto do rosto de Nadja.

– Eu estou bem – ela disse. – Só estou com medo, ele é perigoso.

Christiano voltou ao aparelho.

– E então?

– Está bem – Goldenberg cedeu. – Como faço para pagar o resgate?

– Aguarde um comunicado meu para breve.

Christiano desligou o telefone rapidamente. Depois, colocou o aparelho sobre a mesa, apanhou o guardanapo e esfregou as mãos e o rosto. O garçom serviu café e levou o aparelho sobre a bandeja. Nadja sacudiu a cabeça e sorriu debilmente. Ele fez um sinal com a cabeça e seguiram para a recepção.

Nadja foi direto para o banheiro. Ficou um tempão trancada, tomando uma ducha. Ele debruçou-se na varanda e ficou admirando o sol que começava a descer onde o céu e o mar parecem se encontrar. E pensou em Nadja. Ela havia baixado um pouco as armas. Parecia mais simpática, apesar de algumas ironias jogadas aqui e ali.

Seus olhos passearam pelo calçadão e um homem atraiu sua atenção. Christiano firmou a vista: não havia dúvida, era o velho de óculos escuros que ele tinha visto numa das mesas junto à piscina. De pé, andando, parecia um pouco diferente. Mas tinha o mesmo rosto pálido e inexpressivo, as mesmas sobrancelhas em escova. O volume de um revólver debaixo do braço esquerdo era quase imperceptível. O mesmo homem que almoçara ao lado deles. Christiano sabia o que aquilo significava. Eles o haviam localizado.

A noite estava chegando amena, com um pouco de neblina no ar. As ondas no mar mal se mexiam. Nenhuma brisa. Mas ele já não conseguia se sentir tranqüilo. Ouviu um barulho no corredor e teve a sensação de que alguém estava lá. Christiano sentiu o sangue correr mais depressa nas suas veias, mas, talvez, pensou, fosse apenas algum garçom do *room service* ou algum hóspede saindo do quarto. Agora que ele estava nervoso, qualquer ruído o deixaria apavorado.

Voltou para a sala e ligou a televisão. Todos os canais mostravam novelas e ele resolveu desligar. Olhou de novo pelo balcão e o homem gordo parecia fazer sinais na direção do hotel. Christiano conferiu o seu revólver, apertou o botão e conferiu as balas no tambor, o que não levava a nada.

Talvez estivesse se preocupando à toa e fazendo papel de bobo. Olhou pela janela e viu uma enorme Blazer preto aproximar-se do homem gordo. Em seguida, o carro deu uma volta no canteiro central e estacionou em frente ao hotel. Policiais não andavam de Landau, Christiano pensou. Tudo não passava de paranóia.

Nadja saiu do banheiro e passou ao quarto. Nesse momento, ele escutou as batidas na porta.

– Quem é? – perguntou.

– É o serviço do frigobar, para suprir o refrigerador.

– Eu não pedi nada.

Christiano hesitou. Não tinha propósito um serviço de quarto àquela hora.

– Não dá para voltar amanhã? – perguntou.

– Infelizmente temos que passar o plantão.

Ele abriu a porta lentamente e o garçom entrou com uma bandeja na mão. Era um homem grande, de bom aspecto, com um bigodinho avermelhado e face tão bronzeada que parecia um camarão descascado. O homem começou a reunir as garrafinhas do frigobar. Christiano observou seus movimentos com atenção e achou que ele parecia nervoso. E percebeu, um segundo antes, que ele iria puxar uma arma.

– Eeeeellllll! – Christiano gritou e desferiu um potente golpe de caratê.

O chute foi certeiro e a arma foi jogada para um dos cantos da suíte. Christiano virou para a esquerda e golpeou o sujeito na altura do fígado. O homem curvou-se e ele aplicou uma certeira faca, com a mão endurecida, em cima do pescoço. O sujeito tombou desacordado. Christiano gritou para Nadja, que estava parada na porta do quarto, assustada.

– Vamos sair já daqui!

Saíram em disparada pelo corredor. Ele segurava a maleta na mão esquerda e o revólver na direita. Nadja ofegava, mas não parecia mais nervosa.

– Vamos descer pela escada e sair pela entrada de serviço na Rodolfo Dantas.

Iniciaram a descida. Ele notou que o elevador parou no andar e alguns homens saíram no corredor. Um deles conferiu o relógio e colocou a mão dentro do paletó, na certa para pegar sua arma.

Christiano e Nadja desceram em velocidade. Ele ouviu passos na escada e escutou o grito:

– Parem! Aqui é...

Nono Dia

Amanheci hoje bastante *eufórica. O mão nojenta me acordou com um bom-dia e colocou sobre a bandeja de café da manhã um cacho de uvas e alguns morangos. Sinto-me bastante feliz. O dia mais feliz desde que cheguei aqui. Após usar o sanitário – sob o olhar atento do meu carcereiro –, sento no colchonete e reflito sobre a prisão e o encarceramento. A vida está mesmo cheia de prisões – prisões de grades, prisões de paixão, prisões de intelecto, prisões de doenças – todas as limitações interiores e exteriores. Toda a vida é uma grande prisão.*

Esta reflexão me deixa comovida. E animada: sinto que tudo acabará bem e que sairei desta sã e salva.

O fato de ser vigiada o tempo todo me incomoda. Mas acho que ele não vai me molestar. Acho que ele tem algumas limitações. Deve ter um superior. Alguém no comando. Não passa de um subordinado.

Não consigo ler. Freqüentemente volto a pensar nos meus parentes e a solidão me invade. Só encontro paz quando estou escrevendo. Acho que vou escrever um livro quando tudo isso acabar.

No almoço, o mão nojenta me trouxe uma comida especial. Uma feijoada que, ao que parece, foi comprada em algum restaurante e requentada aqui. Estava deliciosa. Comi feito louca e acabei pesada e sonolenta. É claro que ultrapassei os limites, mas embora deteste me sentir glutona, adoro feijoada.

Passei parte da tarde dormindo.

Acordei com ele me oferecendo um cafezinho. Depois, deixou o rádio FM e passei o resto da tarde escutando músicas e lendo a história de José e seus irmãos. É a segunda vez que leio sobre o triste destino dele.

Comecei a andar na jaula, contando os passos. Não consigo ver nada. Sinto apenas o barulho longínquo dos aviões e o sopro constante do ar refrigerado. Tentei perguntar o seu nome, mas ele se recusou a dizer. Acho que são muitos bem treinados. Não insis-

ti. Sinto que ele não é uma pessoa muito equilibrada mentalmente. Principalmente pela maneira como ele fala: sempre apressado e num tom de voz embaraçado. É possível até que ele faça isso para que eu não registre o verdadeiro tom da sua voz. Vou parar de conversar com ele. Acho que devo evitá-lo. Sinto que ele quer algo mais de mim.

Me sinto quase um Robinson Crusoé nesta ilha de concreto. A cada dia mais consumida pelo stress. Ele não causa dores, mas sinto que está presente. Posso respirá-lo. E esta cela é tão fria, tão isolada, tão triste. Tão inaceitável. Quanto tempo isso ainda vai durar?

As negociações já devem estar em andamento. Será que exigiram uma quantia enorme, que meu pai não conseguirá levantar?

Na hora do jantar, perguntei quanto tempo mais terei de ficar aqui, e ele disse não saber. Fiquei deprimida e imaginei até que isso poderia se prolongar por meses. Começo a chorar quando penso nisso. É tudo um grande absurdo.

Depois que a luz foi apagada, comecei a recordar a festa em que conheci o Erick. Foi uma noite inesquecível! Lembro-me da música, Yesterday, tocando e eu confessando o quanto era bom tê-lo conhecido. Depois ficamos um longo tempo conversando. A recepção estava muito chata e cheia de pessoas idosas. Saímos para passear em volta da piscina, ele falando do seu negócio imobiliário. Tudo na festa era muito formal. Eu me sentia terrivelmente deslocada e a companhia do Erick foi uma ajuda e tanto. Ele era bonitão, atlético, gostei do jeito como ele me tratou. Parecia inteligente e fino. Logo, ele me convidou para sair e abandonamos a festa. Não sei por quê, mas aceitei no ato e acabamos nos beijando. Fomos curtir o resto da noite num canto isolado. Foi tudo tão maravilhoso...

Depois, continuamos saindo juntos e o namoro se firmou. Eu era muito apegada a ele. Ele era entusiasta, cheio de energia, parecia bastante generoso. Aquilo me tocou bastante e acabei me apaixonando.

Capítulo Onze

Christiano escutou o grito. E continuou descendo a escada de mármore italiano. Ele e Nadja dobraram à esquerda, num amplo corredor. Pararam; ele colocou a maleta no chão, meteu a mão no bolso e pegou sua arma e um tubo escuro. Nadja arregalou os olhos. Em seguida, segurou a arma com a mão esquerda e começou a atarraxar o tubo na ponta do cano.

– O que é isso?
– Um silenciador, para não acordar os hóspedes.

Christiano ouviu o barulho de passos, cada vez mais próximo. Ele e Nadja desceram um outro lance de escadas e o pânico tomou conta da entrada de serviço. Um recepcionista muito gordo esbravejava ao telefone, ordenando que fechassem de imediato a saída de serviço.

Christiano voltou com rapidez pelo mesmo caminho e chegou até a sala de leitura. O local estava vazio. Uma sala requintada, que ditara o padrão de luxo para o país por quatro décadas. Observou três indivíduos de arma em punho andando pelo saguão do hotel.

Ele entregou a maleta para Nadja e a escondeu por trás das grandes cortinas da sala. Depois tirou os sapatos e deslizou encostado na parede, colocando-se atrás da cortina do outro lado da sala. Ficou imóvel, tentando detectar de onde vinham os ruídos dos passos sobre o mármore. Então um homem entrou na sala de leitura. Christiano espiou com cuidado. O homem estava armado e olhava como um rato assustado. Ele aguardou, achatado contra a parede, sua aproximação. O homem chegou bem próximo do seu esconderijo, andando de costas para ele. Não foi difícil para Christiano encostar o cano da arma na sua nuca e dizer:

— Se você se mexer, morre. Larga a arma.

O homem deixou cair o pesado Taurus, o que provocou um grande barulho no mármore. Christiano chutou a arma para o canto e ela deslizou, arranhando o piso. O homem se manteve imóvel, e Christiano disse baixinho:

— Venha para cá, devagar.

O homem caminhou lentamente até o canto da parede. Quando estava próximo, levantou o rosto.

— Não — Christiano disse. — Olha para a frente. Afrouxe o nó da gravata e ajoelhe.

O homem soltou o nó da gravata e se ajoelhou, colaborando docilmente. Christiano passou o revólver para a mão esquerda, tomou impulso e, com a mão direita enrijecida, bateu atrás da orelha dele. Depois, ainda desferiu um potente *shuto* de mão na sua nuca — e o homem se esparramou desfalecido no mármore rosado. Christiano empurrou o corpo para o canto da sala e revistou os bolsos: uma carteirinha da polícia, cem reais e uma carteira de sócio do Flamengo. Deixou tudo em cima dele e moveu-se com rapidez, retornando ao esconderijo de antes.

Outro homem apareceu pelo mesmo caminho. Era mais alto e estava sorrindo. Usava um boné escuro enterrado na testa. Os olhos negros pareciam úmidos e o nariz era tão escuro como uma jabuticaba. A arma que trazia na mão era uma Taurus automática PT.

Ele começou a chamar pelo companheiro; Christiano ficou no mesmo lugar, atrás da cortina. Quando ele se aproximou o suficiente, sentiu a arma nas costas e deixou cair a pistola.

— Mãos na cabeça.

— Calma, calma. Vamos conversar — o homem disse.

– Você também é da polícia?
– Sou.
– Onde estão suas algemas?
– No bolso de trás da calça.
– Pega devagar... Isso mesmo. Com cuidado.

O policial, com movimentos lentos, retirou as algemas do bolso da calça.

– Agora algeme o seu pulso esquerdo.

A algema fez click... click... Christiano mandou que ele passasse a algema pelo pé da pesada mesa e prendesse o outro pulso.

Christiano Fonseca encostou lentamente a ponta do grosso tubo negro no nariz de jabuticaba do policial e perguntou:

– Quem mandou vocês?
– Não sei... Apenas cumpro ordens.

Acertou uma coronhada em cima da orelha dele. Sentiu que o homem se contraiu todo.

– Quem foi? Fala!

O homem enrijeceu o corpo e conteve o grito na garganta. Seu rosto se contorceu de dor. Christiano apontou o tubo para o joelho do homem.

– Vai falar ou não vai?

O homem ficou calado. Ele apertou o gatilho e a arma fez *puff* – um barulho um pouco mais suave do que um assobio. A bala ricocheteou no mármore e atingiu um dos cristais da janela. Olhou para o homem que havia caído com as pernas abertas. Sua calça, na altura do joelho, aos poucos foi se tingindo de vermelho.

– Foi Condor. Nós fomos contratados pelo Condor – ele gemeu.

E, algemado ao pé da mesa, começou a soluçar de forma incontrolável.

Christiano foi buscar Nadja, que não se movera no seu esconderijo. Então calçou os sapatos e saíram da sala de leitura em direção ao elevador. Foi nesse momento que ele viu o homem gordo que almoçara ao seu lado na piscina. O elevador parou e o gordo entrou com cuidado. Christiano correu e conseguiu impedir o fechamento da porta. Agarrou o velho pela gravata e bateu com violência sua cabeça na parede lateral da cabine, provocando um barulho esquisito. Ao mesmo tempo ele girou o corpo e acertou um golpe seco com o cotovelo direto na sua barriga. O gordo, então, curvou-se e deixou escapar um grunhido. Christiano aproveitou e tirou de sua cintura um revólver Rossi igual ao seu e colocou o cano na boca do velho.

– Fala ou vai comer chumbo! Onde está Condor?

O homem enrolou a língua. Christiano retirou o cano e encostou na bochecha.

– Ele está aí fora.

– Quantos mais?

– Dois carros e mais cinco homens.

– Você vai sair conosco. Melhor não tentar nada. – Christiano encostou a arma nas costas do gordo e sussurrou: – Vamos saindo, calmamente.

Christiano olhou para o rosto do porteiro e fez um sinal com a cabeça. Atravessou o saguão lentamente, virando à direita através de um corredor. Passou pelo restaurante e saiu pela pérgula. Parado ali, ao lado da entrada, de braços cruzados, estava o porteiro da noite, num uniforme azul com botões prateados. Era um sujeito moreno, grandalhão.

Christiano seguiu em frente, em direção ao Mazda. Parou por um momento, antes de abrir a porta, e respirou fundo. A rua estava iluminada e silenciosa. O tráfego na Avenida Atlântica era pequeno. À esquerda da entrada do hotel, ele viu o Landau preto e um Omega cinza. Os motoristas estavam sentados no pára-lama do Landau, fumando e conversando. Christiano abriu a porta e Nadja ocupou o assento traseiro. O gordo sentou-se à direita e ele deu a partida. Olhou pelo retrovisor e viu uma movimentação junto ao Landau. Afastou-se pela Atlântica, fez o contorno à esquerda, seguiu subindo pela outra pista, no sentido da cidade. Viu quando o Omega e o Blazer se movimentaram. Acelerou fundo e logo passou à frente de todos os carros. Seguiu pela Avenida Princesa Isabel, atravessou o túnel e contornou o Iate Clube, para seguir pelo Aterro do Flamengo.

O Omega apareceu no retrovisor. Um dos policiais atirou com uma metralhadora por cima do capô e as balas estraçalharam o pára-brisa. Estilhaços voaram para todos os lados. Christiano tinha dificuldade para controlar o carro.

Então entrou no retorno, atravessou a pista e saiu na Avenida Rui Barbosa. Bem no momento em que o sinal ficava vermelho. A sorte estava do seu lado.

Christiano saltou do Mazda e correu até o carro que estava parado no sinal. Um Voyage, com uma mulher ao volante. Ela não se intimidou quando ele a abordou.

– É um assalto! Vamos sair!

Ela ficou olhando para ele, agarrada ao volante, como se não entendesse nada. O sinal abriu.

– Por que eu? Por que eu?

– Sai logo! Vamos sair logo dessa merda! – Christiano berrou.

Ele abriu a porta e puxou a mulher para fora. Ela tentou investir contra ele, ignorando a arma. Parecia histérica. Ele não teve alternativa: desferiu um soco no nariz da mulher. Ela rolou pelo asfalto, grunhindo como uma cadela acuada.

Christiano fez um sinal e Nadja correu para o Vectra. Partiram cantando pneus, enquanto o Omega cinza aparecia de novo no retrovisor. Ele acelerou fundo, virou no Castelo e olhou para Nadja. Ela parecia excitada com tudo aquilo.

– Desculpe ter metido você neste sufoco.

O Vectra dobrou em várias ruas, tentando escapar à perseguição do Omega. Chegou próximo à Praça Mauá e o movimento noturno era muito grande. Christiano imaginou que um casal bem-vestido, andando normalmente pelo centro movimentado, teria mais chances de passar despercebido. Ele disse para Nadja:

– Vamos sair andando, como um casal de namorados.

Ela não respondeu. Apanharam as coisas e abandonaram o Vectra numa rua escura. Ele colocou a mão sobre o ombro dela e seguiram na direção da Praça Mauá. Christiano sentiu seu perfume agradável. Admirou a beleza dos cabelos e não pôde evitar o desejo por aqueles lábios carnudos. Ela sorriu de um modo enigmático.

A noite estava alta e era intenso o movimento de boêmios naquele local. Christiano sabia que tinha de pensar e agir com rapidez. Então teve a idéia de mudar de cara e de roupa. Assumir outras identidades visuais. Ela viu um aglomerado de gente nas portas das boates. Entraram na boate Samba Dream e o porteiro curvou-se diante deles. Era um salão enorme, forrado por um carpete preto e com paredes cobertas de lambris metálicos. Ocuparam uma das mesinhas de tampo dourado – os bancos estavam estofados com uma espécie de *shintz* de segunda categoria. Um homem pálido, com traços afeminados, estava sentado ao lado de duas mulheres: uma robusta e outra com traços eqüinos. Quando olhou para aquela mulher com cara de cavalo, Christiano sentiu a transformação se aproximando. Ela usava uma peruca negra barata e um vestido longo preto, com saia ajustável. Imaginou que aquele vestido ficaria ótimo no corpo de Nadja. Fez um sinal e a mulher se aproximou da mesa.

– Sente-se – Christiano disse. – Tenho uma proposta pra você. Quero comprar sua peruca e seu vestido.

Ela sorriu tão largamente que ele conseguiu ver a ponte móvel no fundo de sua boca.

– Você está gozando com minha cara?

– Não. Estou falando sério.

– E eu vou vestir o quê? Você quer me deixar nua?

Christiano explicou o caso. Quando ele falou na quantia que estava disposto a pagar, a mulher ficou interessada. E entraram num acordo. Nadja e a mulher foram até o banheiro da boate e, quando saíram, Nadja estava irreconhecível. Parecia uma mulher vulgar e desleixada.

Eram quase cinco da manhã quando eles saíram da boate e andaram até um táxi especial. Christiano bateu com o nó dos dedos na janela lateral do carro, acordando o taxista. Ele baixou o vidro.

– O que vocês querem?

– Aeroporto. O mais rápido possível! Pago o dobro.

O motorista pisou fundo no acelerador do táxi, tentando ganhar a saída norte da cidade. O sol começava a erguer-se no horizonte. Christiano olhou para trás e conferiu se não eram seguidos. Com certeza, ele calculou, os postos de entrada e saída do Galeão estavam todos avisados.

Acompanhou quando o táxi entrou na Ilha do Governador. Já podia escutar o barulho dos aviões movimentando-se na pista.

Pagou o táxi e desceu na ala internacional. A noite havia sido bastante agitada e ele estava faminto. Seguiram direto para o restaurante e pediram um café continental. O tempo inteiro Christiano se manteve alerta, olhando ao redor. Quando terminaram o café, andaram até o fundo do *coffee-shop* onde compraram os jornais do Rio e de São Paulo. Christiano verificou se havia notícias sobre ele no *Estadão*. Abriu o jornal nas páginas policiais e deparou com uma manchete atrativa:

Rio – Ambição Loira
A esposa assassina do milionário Diniz transformou a audiência de instrução num grande show *de televisão. A socialite permaneceu de cabeça baixa, respondendo às perguntas do magistrado por meio de monossílabos. Caiu em tantas contradições que o irado promotor pediu a sua prisão preventiva.*

Josephine Barr estava absolutamente arrasadora no seu vestido Chanel, realçando um enorme solitário de diamante, capaz de pagar o salário e a aposentadoria de um juiz pelo resto da vida.

Na saída do tribunal, rodeada pelos jornalistas, numa cena digna de Glória Swanson em Sunset Boulevard, *perguntada sobre a possibilidade de ir para a cadeia, ela, apoiada no braço do advogado, a caminho do seu Mercedes, piscou os olhos toda coquete e disse: – Meus queridos, vocês já viram alguma milionária ir pra cadeia, no Brasil? Certamente não serei a primeira.*

Outra manchete chamou sua atenção:

Desaparecimento suspeito.
Desaparecida em condições misteriosas, ao sair de um badalado restaurante de Brasília, a esposa do economista do Orçamento, João Carlos Neves da Silva – que se encontra foragido. Após longa investigação, a polícia da Capital Federal acredita que o desaparecimento misterioso de Ana Lúcia tem ligação com o assassinato do senador Tavares e do governador de Roraima – crimes ainda não esclarecidos. Este jornal de-

nunciou inúmeras vezes o conluio das construtoras, a máfia do Orçamento e a influência da CAG nas concorrências fraudulentas.

Comenta-se pelos corredores do Congresso que Ana Lúcia sabia demais, por isso desapareceu.

O delegado Porto, da Polícia Federal, garantiu que está na pista do marido suspeito, até agora apontado apenas como envolvido. Está na hora da polícia começar a ler os clássicos. Ler Agatha Christie, Georges Simenon e Raymond Chandler; assim não considerariam o ocorrido apenas mais um fato corriqueiro... (Outras notícias sobre o caso na página cinco).

Christiano colocou o jornal de lado e balbuciou:

– Acho que já vi esse filme antes.

Olhou para Nadja. Ela parecia cansada.

– Tudo o que desejo agora é um bom chuveiro e uma boa cama – ela comentou.

– Vamos já providenciar isso. Você tem cartão de crédito?

– Tenho vários, aí na minha bolsa.

Enquanto andavam na direção dos carros de aluguel, ele pensava na força de Condor. Parecia ver o filho-da-puta todo o tempo na sua frente. Aquele mesmo grandalhão, com seu paletó esporte e a camisa aberta no peito, exibindo as suas correntes de ouro. A única diferença era que o seu rosto estava sempre ausente.

Um padre passou e olhou na direção dele. Seria um policial? Um dos homens de Condor disfarçado? Um assassino? Ou simplesmente paranóia, Christiano se perguntou.

Parou de pensar no assunto e olhou a movimentação interna do aeroporto. Uma voz sensual anunciava as chegadas e as partidas. Pessoas passavam carregando malas, outras saíam empurrando verdadeiras mudanças em carrinhos metálicos. Sentiu-se sujo e esgotado. Suas mãos tremiam de cansaço. Suas roupas sujas e o vestido que Nadja usava faziam de ambos um estranho casal.

Seguiram na direção do balcão da *Hertz-Rent a Car*.

— Nós só temos carro de luxo – a atendente disse.
— Que tipo? – perguntou Christiano.
— Omega Diplomata e Fiat Premium.

Nadja apresentou o cartão American Express e a atendente, depois que conferiu a lista dos clientes inadimplentes, disse:

— Está bem, senhora. Qual modelo a senhora prefere?
— Um Omega Diplomata.
— Só temos de quatro portas.
— Está ótimo.

A recepcionista passou o cartão na máquina e Nadja assinou o recibo. Christiano respirou aliviado. Tudo parecia sob controle. Desceram pelo elevador até o segundo piso da garagem. O Omega azul era o primeiro da fila. Estava novo e reluzente. O manobrista entregou as chaves e ele colocou as coisas no banco de trás, e abriu a porta da direita para que Nadja entrasse. Christiano contornou o carro pela frente, tirou o casaco e jogou no assento traseiro. Nadja ligou o rádio e buscou sintonizar uma estação de FM.

Ele tentou dar a partida no motor. Acionou a primeira vez e acionou mais uma vez. O carro parecia não querer pegar. Talvez estivesse parado há muito tempo. Tentou de novo.

Um grito histérico encheu o estacionamento.

— Se fizer um movimento, você morre.

Décimo Dia

Acordei com uma premonição de que algo anda errado. Nenhuma negociação em dez dias, é demais. Meu pai deve estar arrasado. Eu estou bastante confusa e assustada. O meu apetite está bloqueado e não sinto a menor disposição para comer nada. Estou uma pilha de nervos. Tento me segurar na yoga para não enlouquecer. A única coisa que me conforta aqui é escrever... Escrever e praticar os exercícios. A cada dia consigo mais perfeição na execução das assanas. Tento imaginar que estou num outro mundo e isso me ajuda a escapar um pouco deste lugar horroroso.

Imagino o livro que irei escrever quando sair daqui. Já tenho até o título: "Olho-Mágico". Um livro trágico. Mas sinto que terei assunto para escrever um bom calhamaço.

Tudo isso está cada vez mais me deixando deprimida. Tenho vontade de chorar. Este silêncio aqui é de enlouquecer qualquer mortal. O que está acontecendo lá fora? Será que não conseguiram o dinheiro? Se continuar assim, não sei se vou suportar. O suor empapa meus cabelos e os meus pensamentos parecem nunca parar. Às vezes imagino que vou me acabar aqui. Esta cela parece um túmulo... e o pior é que não há a mínima chance de escapar.

Não posso me deixar enlouquecer.

Após o almoço sinto que não consigo relaxar. Tenho a impressão de que algo ruim vai acontecer comigo. As minhas emoções estão abaladas e meus nervos à flor da pele. A única coisa que está me salvando da loucura é gastar a minha energia escrevendo. Escrevo tentando construir um mundo especial e particular para mim. É a única maneira de escapar à insanidade que mora nesta caverna.

É terrível ficar presa como um pássaro. Acho que uma prisão endurece aqueles cujo coração ela não consegue despedaçar e embrutecer.

Capítulo Doze

Christiano engoliu em seco quando o cano de uma arma de grosso calibre foi encostada em seu nariz. Sentado atrás do volante, não podia executar nenhum movimento. Não tinha a menor chance de alcançar seu revólver. Na outra janela, um homem apontou uma metralhadora Uzi para a cabeça de Nadja. Eles eram muitos. A hora era do caçador.

– Vão saindo com as mãos na cabeça que ninguém se machuca.

Christiano desceu do carro mantendo as mãos atrás da nuca. Ao lado viu mais cinco homens empunhando armas. Por um instante pensou se seriam policiais ou capangas a serviço de Condor, e foi um deles que lhe deu a resposta.

– Condor vai ficar contente. Este filho-da-puta deu a maior mão-de-obra pra gente.

Christiano sentiu que a hora era de silêncio. Cautela. Na queda era necessário saber se controlar, segurar, para aproveitar bem a oportunidade quando ela viesse. Sabia disso. A guerra só estaria perdida quando baixasse ao túmulo. Olhou para o homem que segurava a calibre 12: um rapaz magro, com ar cansado, vestindo um conjunto *jeans* surrado e com a mão enluvada segurando o suporte da arma. Dava ordens como se fosse o chefe do grupo. Olhou para ele e arriscou uma pergunta:

– Vocês são federais?

– Não.

– Polícia Civil?

– Mais ou menos...

O homem apontou a doze para ele, enquanto outro sujeito o revistava. Christiano ainda tentou argumentar, mas o sujeito olhou sério para ele.

– Você já falou demais. Levem a moça com vocês no outro carro.

Christiano ficou arrasado. Sabia que eles a devolveriam para o pai, e suas chances de vingança deixariam de existir.

– Espera aí – ele disse. – Farei tudo que vocês quiserem, mas deixem a moça ficar comigo.

– Temos ordem de levar todo mundo.

– Para onde?

– Você já vai ver.

Christiano calculou que não custava nada tentar um acerto. Pediu para falar em particular com o magrelo da calibre 12.

– Pago para vocês deixarem a gente ir embora.

O homem riu.

– Verdade – Christiano insistiu. – Tenho condições de pagar.

– Corta essa, cara – o magrelo disse, irritado.

E obrigou Christiano a entrar numa viatura, batendo a porta com força. Outro homem sentou-se no banco traseiro, ao seu lado, enquanto o magrelo assumiu o volante, com um terceiro capanga ao lado apontando uma arma para Christiano.

Os carros deixaram o Galeão e seguiram emparelhados na direção da Avenida Brasil. A certa altura, tomaram a direção da Baixada Fluminense e, depois, cada carro seguiu para um lado. Christiano tentou imaginar o que aconteceria a seguir.

O carro ganhava velocidade e fazia as curvas cantando pneus. O homem sentado ao seu lado era gordo e pesadão. Ele não havia sido algemado e considerava isso uma grande vantagem. Não entendia por que o deixaram com as mãos livres. Seriam principiantes?

O carro continuou entrando e saindo das curvas. Christiano ficou calmo, armando seu bote. Era tudo ou nada. Ele já havia feito seus cálculos. Tudo que necessitava era se apossar de uma das armas. Ficou atento, esperando uma oportunidade.

O carro chegava a derrapar nas curvas. O motorista parecia estar louco ou brincando. De repente, Christiano pulou sobre o homem que estava no assento dianteiro, ao lado do magrelo, segurou a arma com a mão esquerda e cravou os dedos indicador e médio nos olhos dele. A reação foi instantânea. O homem uivou de dor e soltou a arma. Christiano segurou a automática, girou rapidamente e atirou à queima-roupa na têmpora do sujeito pesadão ao seu lado. O relâmpago da bala provocou uma mancha negra em cima da pele do sujeito, que se esparramou no banco.

– Pare o carro ou você morre – Christiano gritou para o magrelo que tentava alcançar sua calibre 12.

Ele freou com violência. Christiano falou com a voz firme.

– Façam exatamente aquilo que eu vou dizer, senão estouro os seus miolos. Saia do carro com as mãos na nuca.

O motorista saiu primeiro. Christiano ordenou que ele retirasse o corpo do gordo e depois ajudasse o homem ferido nos olhos a sair, já que parecia estar cego.

– Pegue uma algema e prenda o cego no presunto.

O motorista executou a ordem rapidamente.

– Agora – ele explicou, olhando firme para o motorista –, você vai me levar ao local para onde eles conduziram a mulher, entendeu?

– Entendi.

Christiano ocupou o assento traseiro. Relaxou o corpo no banco e falou para o magrelo:

– Se tivessem aceitado a grana, nada disso teria acontecido.

O homem não disse nada.

Não demorou muito e chegaram ao prédio da falsa delegacia. O motorista parou o carro a uma pequena distância do local e explicou para Christiano:

– É um lugar que eles usam para espremer marginais.

Christiano imaginou o significado da palavra espremer. No mínimo, pau-de-arara, palmatória, choques elétricos e toda a parafernália *científica* da polícia. Ele conferiu a munição da calibre 12 e colocou a pistola na cintura.

– Vamos lá para trás – disse ao motorista. – Abra a mala.

Obrigou-o a entrar no porta-malas do carro, algemou-o com as mãos para trás e o amordaçou com suas próprias meias. Depois, fechou a tampa e saiu andando com a calibre 12 engatilhada.

Foi até a entrada da casa e notou um velho que fazia a vigilância, com um cigarro no canto da boca e uma revista *Sexy* dobrada, a quinze centímetros do nariz.

Ele deu uma volta pelo lado da casa e escondeu-se atrás das árvores, conseguindo chegar junto à janela lateral. Não podia acreditar no que ouvia. Escutava os barulhos inacreditáveis: ruídos histéricos, gritos, ameaças, som de roupa sendo rasgada, outros que pareciam de palmas e chutes. Ele tentou ter uma visão do local. Era impossível. Então escutou uma voz conhecida. Era a voz de comando de Condor.

Christiano arrastou-se até os fundos da casa, procurando uma entrada. Sabia que precisava agir rápido. Contornou a Blazer preta estacionada nos fundos e entrou em uma sala, onde havia mesas de bacará, roletas, pilhas de talões do jogo do bicho, máquinas de escrever, televisores, armas e caixas de munições.

Tentou forçar a porta que dava acesso às outras dependências da casa. Ela estava bem trancada.

Voltou pelo mesmo caminho, sempre escutando os gritos histéricos de Condor, os tapas desferidos em sucessão rápida, risadas sarcásticas, gritos abafados e respiração convulsa.

Na frente da casa, rendeu o velho, que, surpreendido, ficou pálido e deixou cair a revista. O cigarro ficou preso no canto da boca.

– O que você quer?

Depois de revistá-lo, pegou o revólver do velho e o jogou para bem longe. Em seguida, imobilizou-o com seu próprio cinto numa cadeira e enfiou um lenço imundo em sua boca.

— Vou até lá dentro participar do espetáculo. Se você fizer o menor ruído, eu volto aqui e te mato, entendeu?

O velho fez que sim com a cabeça e Christiano seguiu em frente. Passou por várias mesas e depois entrou em outra sala, quase totalmente ocupada por fileiras de arquivos, além de uma mesa enorme, coberta de talões de jogo do bicho.

Atravessou uma série de portas até chegar onde desejava. Christiano, numa fração de segundo, entendeu o sentido daquele espetáculo grotesco: Nadja, seminua, corria pelos cantos da sala, tentando se esquivar. Três homens nus, de membros eretos, com um sorriso boçal, davam palmadas em suas pernas a cada aproximação.

Condor olhava para ela com olhos em brasa e parecia possesso. Um homem gordo e de rosto barbudo conseguiu derrubar Nadja e se jogou sobre ela, tentando agarrá-la e beijá-la à força.

Nadja, de pernas enlaçadas, lutou desesperadamente, cravando as unhas no olho do seu agressor. O resultado foi imediato. Suas longas unhas vermelhas deixaram sulcos profundos sobre a pele branca do homem. Ele gritou de dor.

Condor aproximou-se dela e começou a desferir-lhe pontapés nas pernas. O terceiro homem tentava segurar as mãos de Nadja.

Christiano pulou para dentro como uma fera enlouquecida, e apontou a calibre 12 na direção do homem que segurava as mãos de Nadja. A explosão arremessou o sujeito para o fundo da sala. Christiano então apontou a arma para Condor, que tentou refugiar-se nos fundos da sala. Foram vários estampidos seguidos. O impacto dos tiros projetou Condor contra a parede, como se ele tivesse voado. Seu corpo ficou colado à parede por um instante e depois escorregou para o chão, como um saco de batatas.

Christiano voltou a arma na direção do outro sujeito. Nadja levantou-se, enlouquecida. Começou a desferir chutes e pontapés sobre a cabeça dele. Ela se desequilibrou, cambaleou, caiu. Levantou-se bruscamente e desferiu mais um golpe com o punho direito, mas lento e muito fraco. E gritou como se houvesse machucado a sua mão delicada. Christiano aproximou-se com a doze e arrematou a festa. Acertou uma coronhada direta naquele nariz enorme. O sangue esguichou e o corpo tombou para o lado.

– Eu queria ter matado aquele sádico! – disse Nadja.

Ele andou até ela e a abraçou. E beijou de leve sua face molhada. Os olhos de Nadja se voltaram para ele, sem focalizá-lo. Ele a beijou novamente, no canto da boca. Ela tremia muito. Então começou a chorar, e agarrou-se com força em Christiano, e ficou assim por um longo tempo, até se acalmar.

– Por que eles fizeram isto? – Christiano perguntou.

– Eles me trouxeram para cá e, quando Condor disse que ia me levar de volta para o meu pai, eles disseram que era bobagem. Que podiam se divertir um pouco e depois entregavam para meu pai o que sobrasse. Condor gostou da idéia, e você viu o que foi que aconteceu.

– Eles iam te matar depois disso.

Ela voltou a chorar, sempre abraçada a ele. Ele podia ouvir sua respiração entrecortada por soluços.

– Devo a minha vida a você – Nadja disse.

Os dois ficaram se olhando sem qualquer expressão nos rostos.

Christiano olhou em volta.

– Vamos embora deste lugar horrível – Nadja pediu.

Christiano apanhou o que restava da roupa que os homens haviam arrancado, ajudou-a a se vestir e falou baixinho:

– Acabou. Vamos embora.

Atravessaram a sala de arquivo, passaram pelas escrivaninhas e encontraram caída a cadeira em que Christiano prendera o vigia. Chegaram à porta e, no momento em que Christiano a abriu, viu o velho correndo assustado para os fundos da casa... Andaram até o carro e Christiano abriu o porta-malas.

– Agora você pode sair para tomar ar.

O magrelo, que estava colado ao fundo, saiu apressado e assustado. Christiano o levou até o barraco e o algemou com os braços em volta da perna de uma pesada mesa de jogo.

Christiano arrancou com o carro. Nadja voltou-se para ele e disse:

– É difícil explicar, mas durante todo esse tempo que você me manteve como refém, eu me senti bem.

– Agora sou eu quem precisa da sua ajuda.

— Você salvou minha vida. Estou pronta pra te ajudar.

Os olhos dele se iluminaram.

— Mesmo depois de tudo isso?

— Você salvou a minha vida, eu já disse. Eu te devo isso.

Christiano olhava para a frente quase estático. Nadja tocou a mão dele sobre o volante.

— O que você vai fazer agora?

— Sair do Rio o mais rápido possível. Não quero virar presunto numa mala de carro.

Christiano avistou uma banca de revistas e parou o carro para comprar jornais. Quando reiniciou a viagem, Nadja perguntou:

— Quando é que você vai parar com tudo isso?

— Já parei. Para mim chega! Vou para o campo criar galinhas...

— Precisamos de roupas novas, um bom banho quente e algum descanso.

— No primeiro *shopping*, faço uma parada para comprar roupas e depois vamos descansar até a hora do trem. O expresso leito parte para São Paulo às onze horas.

Christiano estacionou o carro numa rua comercial e os dois fizeram compras. Nadja escolheu calças, blusas, tênis. Christiano entrou numa loja de material esportivo e comprou dois conjuntos esportivos diferentes, além de uma sacola e um par de tênis.

Procuraram um motel ali mesmo no centro, onde tomaram banho e trocaram de roupa. Enquanto Nadja repousava, Christiano procurou no jornal as últimas novidades a respeito do seqüestro de Patty. Eram praticamente as mesmas notícias do dia anterior. O que o deixou surpreso, porém, foi a notícia que tomava conta da primeira página. Era sobre o escândalo do Orçamento e informava que a polícia começava a suspeitar de que João Carlos tinha mais a ver com o desaparecimento de Ana Lúcia do que deixava transparecer, e que tudo aquilo estava ligado à morte do senador do Acre e do governador de Roraima.

Christiano não pôde conter um sorriso de satisfação. O castelo de cartas de Goldberg começara a ruir. O nome do Comendador ainda não era mencionado no noticiário de nenhum dos casos. Mas isso não ia demorar para acontecer, Christiano calculou.

Foi interrompido nos seus pensamentos pela figura de Nadja, vestida com suas roupas novas, cabelos presos num gracioso rabo-de-cavalo e um sorriso tranqüilo nos lábios.

– E agora? – ela perguntou –, para onde nós vamos?

– Vamos tomar o trem para São Paulo.

Saíram do motel e foram para a estação ferroviária.

No primeiro semáforo, Christiano se voltou para Nadja – os olhos dela tinham um brilho diferente. Era outra mulher, ele pensou. Ele também era outro homem, ao menos na aparência – camuflado com boné e óculos escuros, vestia um conjunto de moletom e parecia recém-saído de uma competição esportiva.

– E agora, Christiano, o que você espera da vida? – ela perguntou, falando pela primeira vez o seu nome.

– Viver o mais que eu possa. Voltar a amar. E você? O que você pensa da vida?

Ela baixou os olhos.

– Agora estou confusa. Tenho medo.

Então segurou a mão dele e disse:

– Por favor, não faça mais perguntas.

A imagem de Linda voltou à memória, e Christiano tentou entender o que estava acontecendo com ele. Havia qualquer coisa em Nadja que o perturbava, e ele não sabia como agir.

Não faltava muito para a partida do trem quando chegaram à estação Pedro II. Abandonaram o carro num estacionamento do centro e andaram lentamente pelo calçadão. Os carros desfilavam pelas várias pistas e as pessoas andavam apressadamente pelas plataformas.

O edifício da estação ferroviária tinha uma fachada imponente, encravado no centro da elevação do morro. Eles andaram até a recepção e Christiano experimentou uma sensação de temor. Ali pareciam expostos em demasia. Achou que deveria tomar uma precaução. Nadja dirigiu-se ao guichê e comprou as passagens. Pouco depois, os dois entraram no trem.

A cabina era ampla e dela se descortinava uma cinematográfica vista dos campos verdes. Christiano foi até o vagão-restaurante e voltou com duas garrafas de água mineral. Depois, consultou o relógio: ainda tinham muitas horas pela frente, até chegar a São Paulo.

– Eu estou um lixo! – Nadja disse, olhando-se no espelho.

– Você está linda.

– Linda? Assim? Fico melhor com o cabelo solto.

Ela soltou os cabelos. Ele levantou as mãos e começou a brincar com eles. Depois, desceu a mão e seus dedos tocaram-lhe a nuca. Ela ficou arrepiada.

Ele continuou acariciando a sua pele, que tinha a delicadeza de pêssego como só a juventude tem. Ela encostou-se nele. Andaram agarrados até o beliche, ele abriu a cama e esticou os lençóis. Ela tirou toda a roupa e sentou-se no leito. Os seios eram duros e bem modelados. Depois ela tirou os tênis e as meias, e segurou as mãos de Christiano, puxando-o para a cama. Nadja começou a desfazer o nó do abrigo que ele vestia. Christiano não se moveu – era todo excitação e espera. Simplesmente acompanhava os movimentos que ela fazia, num crescendo de desejo. Ela antecipava o prazer, com uma lenta e cruel imaginação. Christiano sentiu seu coração pulsando violentamente. O corpo dourado roçando suas pernas. Não conseguia tirar os olhos dela.

Christiano se esqueceu do mundo e beijou toda a paisagem que ela lhe oferecia, e os montes e os vales, e também a flor que ali nascera, e depois se jogou na cama, e penetrou numa caverna úmida e cálida. Um furor de vulcão queimando o seu corpo. Ainda escutou quando ela gemeu, quase gritando:

– Oh, não! Oh, está machucando... Mais devagar... Mais devagar... Mais... Mais...

Os lençóis, que antes estavam frios e brancos, agora eram fogo e suor. Ele havia montado sobre ela. Penetrava-a desesperadamente, acariciando-a, beijando-lhe os seios, apertando-a... Não havia começo nem fim. Ele estava molhado de suor quando o vulcão explodiu e entrou em erupção. Depois, desfaleceu exausto.

* * *

Décimo Primeiro Dia

O dia começou péssimo. A primeira coisa que vi foi o mão nojenta. Sei que vou passar o dia inteiro constrangida, sendo espiada através do olho-mágico por um psicopata. Tenho o ímpeto de pegar a manteiga do pão e embaçar a parte interna do visor. Mas tento me controlar, não sei qual será a reação deles. Não posso revidar com espertezas, já que não conheço as intenções dos meus carcereiros. Saber que ele está lá fora é o suficiente para me deixar nervosa. Olho para o visor e sei que ele está lá, grudado, me olhando. Nunca poderia imaginar que existisse alguém capaz de ficar tanto tempo em pé, imóvel, observando outra pessoa. Acho que ele não se sente nem um pouco constrangido com isso. Ele tem o poder e eu não passo de um animal exótico no seu zoológico particular.

Aqui, nesta reclusão, começo a enxergar de maneira clara. Sinto que aos poucos estou me transformando numa criancinha. Mais voltada para dentro de mim e cultivando as coisas simples. Sinto que estou mais paciente, resignada e amadurecida, apesar do choque brutal de toda essa violência. Não sei quais serão as seqüelas desse trauma. Acho que deixei definitivamente a inocência de lado. A minha vida, certamente, sofrerá uma guinada de cento e oitenta graus.

Enquanto escrevo isto, a luz se apaga. O barulho do ar refrigerado desaparece e a cela começa a ficar abafada. Eu fico andando para um lado e para o outro, sem saber o que fazer. A luz não volta e começo a ficar preocupada. O mão nojenta se aproxima e abre a portinhola. Ele deixa aberta para entrar mais ar. Até que a luz é restabelecida e ele aparece com a bandeja do almoço. A mão parece mais suja e suarenta. O ar refrigerado volta a zumbir e, logo, a cela parece uma geladeira.

Depois do almoço começo a andar e penso no quanto é silencioso este lugar. Não ouço o menor barulho. Só percebo os olhos do mão nojenta como uma sombra no olho-mágico. Sinto uma estranha ilusão: estar ficando surda. Começo a andar e a falar sozinha. Falo comigo mesma, como se estivesse delirando. Começo a cantar cantigas de ninar, como se estivesse balançando com o meu avô na cadeira de balanço.

Avanço nas páginas da Bíblia e leio sobre a paixão de Cristo. Jesus era uma inteligência visionária incrível. Isso despertou a inveja e a ira dos juízes medíocres do templo de Jerusalém. Tramaram o assassinato do Cristo porque a simples presença dele era uma ameaça à mediocridade dos magistrados e homens da lei da época. Jesus não praticou nenhum crime, mas a sua inteligência visionária e o clima de paz e amor que ele irradiava eram uma ameaça aos insensatos. Os juízes logo se sentiram ameaçados, ofuscados, e procuraram destruí-lo, de modo que pudessem continuar a ser os únicos sábios.

Fecho a Bíblia e penso que, na história do homem, há uma infinidade de seres sacrificados por conta da sua capacidade de provocar mudanças, e de ameaçar a estabilidade e o saber dos poderosos, como Cristo fez.

Capítulo Treze

Christiano e Nadja chegaram a São Paulo pela manhã. Às vezes ele tinha dúvidas sobre se, na verdade, aquilo não era um pesadelo. No entanto, tinha de enfrentar e vencer o drama em que sua vida se transformara, bem como o conflito de consciência com relação a Nadja. Afinal, ele não estava arrependido do caminho que a relação dos dois seguira. Estava, talvez, apenas um pouco chocado. A presença de Nadja fazia bem naquele momento.

Seguiram para o apartamento dela. A vida dos dois ali passou a ser semelhante à recuperação de um estado de choque. Durante o dia ela se incumbia das coisas da casa, da cozinha e das compras. Ele ajudava na limpeza, na lavagem dos pratos e nos eventuais reparos.

Décimo Segundo Dia

A solidão é cada dia mais apavorante. O plantão de hoje é o do outro. Ele parece não estar nem aí. É calado, faz o seu trabalho com todo requinte e cuidado; usa luvas e jamais fala. Imagino que passe grande parte do tempo lendo ou vendo televisão. Mal escuto o barulho dele lá fora, salvo quando abre a portinhola para as refeições.

Hoje acordei bastante calma. Levei um tempão para tomar o meu café da manhã e, depois de usar a privada, comecei a pensar em minha rotina. Já estou ficando viciada em escrever. Às vezes escrevo tanto que esqueço que estou prisioneira. Freqüentemente a minha imaginação volta ao passado e faço uma espécie de viagem mágica: fico horas recordando nostalgicamente os momentos felizes que vivi. Mas quando volto, constato que meu presente continua aterrorizante. Para não ficar ainda mais assustada, pego a lapiseira e escrevo: O ser humano tem duas dimensões: a dimensão do ter, e a dimensão do ser.

Relembro as palavras de um velho professor, que dizia: "Só existem dois tipos de pessoas: as que lutam para ter cada vez mais coisas e aquelas que entenderam que é melhor ser cada vez mais consciente".

O mundo do ter sempre foi idolatrado por meu pai. Para ele, o dinheiro é o deus do mundo. Riqueza e fama significam sucesso. Penso nas palavras da Bíblia que li ontem. Enquanto se vive, o ter possibilita um sonho mais agradável, mas quando a vida acaba, o ter desaparece, e é o ser que pode fazer com que o sonho continue. Imagino as obras do Swami Vivekananda, dos Gurus Zen, de Dostoievski, Kafka, Tolstoi. O mundo do ser pode transformar o sonho em perenidade.

Reflito novamente sobre meu pai. Uma vida toda dedicada a acumular dinheiro e coisas. Entrou para a política como uma forma de enriquecer. Nunca tirou férias e só viaja a negócios. Ele possui muitos bens e pensa que possui o poder da riqueza e do dinheiro, mas ele não passa de um escravo. De um servo possuído por essas coisas. Ele é como eu. Está encarcerado, algemado, aprisionado à sua fortuna.

Volto a imaginar a força do ter. É como a força de um ímã que atrai as limalhas. O indivíduo penetra o sonho de ter e não consegue escapar dele. Eles juntam e juntam dinheiro. Brigam e se matam pelo dinheiro... e no final da vida não levam nada.

Mas o ser é diferente. Quando você é alguém e sabe mesmo que é, e você possui o bem maior: seu próprio eu. As pessoas, nos dias de hoje, estão por demais "piradas" para valorizar o ser. Tudo o que querem é se identificar através dos valores materiais. O indivíduo vale mais pelo carro que ostenta do que por sua moral. Entrar no mundo do ter é fácil. Pode acontecer através de uma sorte grande, de uma loteria, de um golpe do baú. Mas para entrar no mundo do ser é necessário não somente um grande esforço, como também um grande merecimento. A pessoa tem que fazer por merecer.

Nietzsche, quando escreveu o Zaratustra, trilhou o árduo caminho do encontro com o ser. Um caminho penoso e sem atalhos.

Um discreto cansaço toma conta de mim. Sinto que a minha cabeça começa a latejar. Estiro o corpo sobre o catre e pratico uma respiração profunda, retendo o ar o máximo possível; deixo escapar lentamente, através das narinas. Logo a sensação de mal-estar vai se dissipando. Ainda continuo tensa. Levo um tremendo susto quando a mão enluvada abre a portinhola para introduzir a ração do almoço. Me sinto como um animal que não pode escolher o alimento que deseja e tem que se contentar com aquilo que lhe oferecem.

Fico ali, quase imóvel, mastigando aquela comida repetitiva, como um autômato. O meu estômago parece um estômago de avestruz. Sinto que estou começando a me adaptar ao cativeiro. É uma estranha sensação, mas posso senti-la. "Acalme-se", digo para mim mesma. É terrível tudo isso. Enquanto ando pra lá e pra cá, como um cão perdido e aflito, tento criar forças para sobreviver a esta insensatez de vida sem cair nas malhas do desespero. Penso firmemente nos meus queridos familiares e balbucio para mim mesma""Tenho que resistir...".

Volto a andar e contar os passos. Eu já estou tão acostumada com esta caixa de concreto que conheço cada cantinho dela. A repetição dos atos humanos é algo estarrecedor. A repetição e a rotina acabam entorpecendo a mente e transformando a pessoa num tolo ou num estúpido. O cárcere é a pior das punições. É uma morte lenta. A primeira coisa que desaparece é a sua sensibilidade. O tédio começa a tomar conta e traz uma espécie de inércia à sua consciência. Você acaba se entregando ao sono. Procura dormir bastante, como uma forma de escapar à insensatez do dia-a-dia. Toda repetição de atos humanos conduz ao tédio, e o tédio leva à monotonia. A gente sabe que não pode fugir para lugar nenhum. Tudo que resta é a resignação para aceitar as condições impostas, e a saída mais fácil é através do sono. Adormecer. Toda monotonia é amortecedora, é anestesiante; toda monotonia entorpece e destrói as nossas mais brilhantes faculdades mentais.

A vida em cativeiro é um truque monótono. É uma rotina absolutamente repetitiva. De manhã a luz é acesa e me vigiam, para ver se ainda estou viva. Depois, vem o mesmo café. O mesmo círculo de andar ao léu. A mesma repetição de funções orgânicas. Você é obrigada a fazer as mesmas coisas num espaço exíguo, por um tempo indeterminado.

A rotina acaba tomando conta de seu ser. A monotonia acaba penetrando nos seus ossos. Você acaba ficando anestesiada. A insensatez é tão grande que, às vezes, uma sensação dolorosa acaba sendo uma fonte grotesca de prazer e, pelo menos, disfarça o nada.

Às vezes sinto que meus gestos estão se tornando robotizados. Antes deles acenderem a luz já estou desperta. Entre levantar de manhã e ir dormir à noite, para mim, não existe mais diferença. É tudo mais diferença. É tudo a mesma coisa. A mesma coisa, a mesma coisa... Uma rotina massacrante nesta geladeira, que mais parece um frigorífico.

A única coisa que me salva aqui é a escrita. O exercício da inteligência e a luta contra as palavras têm me mantido lúcida. Se não fosse por isso e, talvez, pelo relax da yoga, eu já teria enlouquecido. Faço o possível para vencer o ócio e, quando escrevo algo que gosto, acabo sentindo um certo tipo de paz, um certo tipo de tranqüilidade.

Estou aprendendo cada dia a cultivar o silêncio. Sinto que o silêncio é algo estimulante e vivo. Falo cada vez menos comigo mesma. A minha forma de comunicação se resume à escrita. A comunicação pela escrita tem sido para mim a maneira de descarregar a neurose. Uma maneira especial de preencher o ócio, de exercitar a mente e, sobretudo, de criar um ambiente de amor, de esperanças e até alegria.

O silêncio aqui é o mesmo silêncio que se pode sentir num cemitério. Um silêncio às vezes falso, observado por olhos estranhos que me espreitam a todo tempo, indiferentes ao meu sofrimento e insensíveis às minhas lamentações. Apenas represento, para eles, uma mercadoria a ser trocada por dinheiro. Tudo é simplesmente estúpido.

Às vezes sinto que estou morrendo aos poucos. Uma pessoa sem liberdade é uma pessoa morta: continua fazendo gestos e movimentos só porque necessita lutar pela sua sobrevivência. Mas na verdade está morta temporariamente, talvez com direito à ressurreição. Por outro lado, sinto que a falta de liberdade tem me levado a uma hipersensibilidade e a um estado de alerta extraordinário. Tenho escrito com uma eficiência mecânica, jamais experimentada anteriormente. Antes, para escrever algumas laudas, era uma enorme dificuldade. Agora os pensamentos fluem como se eu estivesse psicografando. Talvez tudo isso seja fruto do silêncio compulsório. Como não falo com ninguém, tento conversar com o papel em branco.

* * *

Christiano estava gostando daquela reclusão. Uma reclusão adocicada pelos beijos de Nadja. Não era fácil ficar trancado dentro de uma casa o tempo todo. Ele fazia exercícios físicos duas vezes por dia, pois sabia que para recuperar a mente eram necessários tanto o descanso como a ginástica.

Passavam a maior parte do tempo conversando. No início, ela ainda ficou um pouco retraída e cheia de perguntas. Talvez temerosa por causa do pai, ou mesmo porque a situação que os colocou juntos havia sido por demais violenta. Mas, à medida que foram aprofundando as idéias, os seus pontos em comum foram aparecendo, embora a conversa freqüentemente se voltasse para a loucura de tudo o que lhes acontecera.

Ela falava de sua vida. O pai era o único obstáculo real. Jamais haviam se dado bem. E agora, então, não aceitaria um romance dela com seu raptor. Nadja contou que não havia morado com o pai, em sua infância e adolescência. Só depois que sua avó morreu é que foi morar com ele. Mesmo assim, nunca conseguiriam ter uma relação muito próxima. Inclusive por conta das mulheres com quem ele esteve casado. Foi por isso que ela resolveu montar seu próprio apartamento, e não pretendia sair dali.

Em seguida falou do seu tempo de estudante e confessou que, na universidade, fora uma aluna indiferente no curso de Artes da Escola de Comunicação, e que nunca havia participado de atividades comunitárias.

– Na verdade, acho que devia ter estudado literatura.

– E por que não estudou?

– Falta de paciência de começar tudo de novo. Não precisava de emprego e meu pai me dava tudo que eu necessitava. Acho que acabei ficando acomodada.

– Cabeça ociosa é um perigo à vista – Christiano disse, sorrindo.

– É verdade! Mas a faculdade ajudou...

Contou que na faculdade descobriu um novo mundo. Distanciou-se da família e dos antigos círculos de relações. Novas amizades foram feitas. Mais tarde, aprendeu o significado do poder. Durante alguns anos trabalhou no governo do Estado, por influência do pai, na Secretaria de Cultura. Depois, conseguiu uma bolsa de estudos por um ano, na Itália.

— Parece que não sobrou tempo para outras coisas — disse Christiano, que acompanhava fascinado o relato.

— Que outras coisas? — ela perguntou, curiosa.

— Família, casamento, marido...

— Meu príncipe encantado ainda não apareceu.

— Verdade?

— Houve alguns casos e algumas paixões mal-administradas, mas não passou disso.

— Nada sério, então?

— Nada.

Às vezes a conversa era interrompida e ficavam ali, apenas trocando olhares. Ele se sentia bem com ela. Em outros momentos o ímpeto entre eles ficava mais caloroso, mas compreendiam e se controlavam.

Nadja tentava reordenar seu mundo. O acontecido havia abalado as suas certezas. Procurava decifrar e esclarecer a situação. Às vezes tentava fazer perguntas sobre coisas que a preocupavam, ou para tentar entender o que realmente havia acontecido com Christiano:

— Por que eles queriam te pegar?

— Um complô. Acabei me metendo numa grande enrascada.

— Como?

— Poderia dizer que tentaram me silenciar.

— Silenciar? Por quê?

— Eu acabei sabendo demais sobre a vida e os negócios do seu pai.

Novamente tudo desembocava no seu pai. Então, para ela, tornou-se imprescindível continuar sua investigação sobre quem era realmente o Comendador Goldenberg.

— Você vê alguma saída? — ela perguntou.

— Apenas uma.

— Qual?

— Ou eu ou ele. Ou acabo com ele ou ele comigo.

— Não pode ser diferente?

— Depende. Quem sabe você possa amaciar a situação.

— Com o tempo, talvez. Meu pai é durão, mas tem também o seu lado mole. Vamos dar tempo ao tempo.

— Pode ser...

Décimo Terceiro Dia

O MEU DIA COMEÇA COM questionamentos. Imagino que são apenas dois os meus seqüestradores. O mão nojenta acabou de deixar a bandeja. Enquanto mastigo o pão, vou pensando: a casa deve ser fora da cidade. Não escuto movimentos de carros ou buzinas. São perguntas que a polícia certamente irá me fazer. Sei que não vou poder contribuir com muita coisa. De qualquer maneira, também não tenho intenção de cooperar com a polícia. Sei que eles adoram aparecer. Buscam em demasia a notoriedade e, no meu caso, com certeza serei explorada. Mas não vou me deixar usar. Pretendo me retrair, tirar umas férias no campo, até recompor os cacos da minha personalidade quebrada por tudo isso que passei.

A cada dia que passa, cresce dentro de mim a confiança de que tudo vai sair bem. Apesar do isolamento, sinto que tenho tudo o que necessito e até uma certa dignidade. Eles não abusaram de mim. Certamente não irão me matar ou fazer qualquer coisa desagradável. No plantão do mão enluvada, eu me sinto mais à vontade. Ele não incomoda tanto quanto o mão nojenta, com seu olho de coruja. Aliás, ele não falou mais comigo, nem deixou o rádio ligado. Deve ter sido repreendido por seu chefe ou coisa parecida. Tento imaginar sua aparência a partir da mão e da voz, mas sinto que é impossível. Deve ter mais de trinta anos, talvez alto e branco. É tudo que sei. O outro, que falou comigo durante o momento em que fui seqüestrada, usava um disfarce barato e tudo aconteceu muito rapidamente. Foi um choque brutal, do qual até agora não consegui me recuperar. Às vezes penso que estou sonhando e que nada disso é verdade. É ridículo escrever assim, mas é o que sinto. Tenho essa estúpida noção, de que este martírio não vai durar muito. Tudo que necessito fazer é manter minha mente exercitada. Escrever... buscar uma maneira saudável de enfrentar o ócio.

Para mim, é mais fácil observar os outros do que a mim mesma. Sempre gostei muito de observar as pessoas. Às vezes nem preciso escutar as suas palavras, porque *já sei o que querem dizer com os olhos. As pessoas são geralmente ladinas e falsas. Tenho uma capacidade inata de saber quando uma pessoa está mentindo. Quando falo com alguém, fico atenta aos seus gestos, à sua maneira de ser. As palavras são apenas sons, que assimilo. Às vezes percebo que alguém está sorrindo com os lábios, enquanto os olhos ridicularizam você. Uma pessoa pode estar apertando sua mão amigavelmente, enquanto seu interior está preparando-se para agredir. É importante observar a linguagem corporal, os gestos, o movimento da boca e dos olhos.*

Escuto o barulho da portinhola. O mão nojenta empurra a bandeja com um gesto que me deixa preocupada. Penso em tentar comunicar-me, mas ele logo bate a portinhola. Sinto que está na defensiva. Temo que algo errado esteja acontecendo com as negociações. O meu apetite se esvai e, mesmo assim, forço-me a comer. Mastigo lentamente a comida até que o sólido se transforme em líquido. Nunca tive tanto tempo na vida para mastigar tranqüilamente. Às vezes, as horas parecem séculos.

Ando pra lá e pra cá para acomodar a alimentação. Mais uma vez examino a porta, e mais uma vez sinto que ela é terrivelmente sólida. É uma porta de chapa de ferro, que jamais conseguiria arrombar. Não disponho de qualquer instrumento cortante. A bandeja, o prato e a colher são de plástico.

Um plano estranho surge na minha cabeça. Eu poderia fingir um desmaio e, quando eles abrissem a porta, sairia em disparada. Mas correr para onde? Vencer a barreira humana como a Mulher-Maravilha da tevê? Esse tipo de fantasia me traz uma energia fantástica, me faz ter esperanças. Não sei por quê, mas sinto muita esperança.

Consegui, aqui nesta reclusão, construir meu mundinho particular. É um mundinho até certo ponto estável. Quando quero me isolar, abro a porta e penetro dentro dele. A felicidade encontro nesse mundo idealizado por mim. Um mundo de coisas simples. O mundo da escrita.

Lembro-me da minha vida antes da reclusão forçada. Eu vivia totalmente na dependência dos suportes, das muletas. Às vezes eu estava na minha bela casa, ou passeando no meu reluzente automóvel, e tudo estava ótimo. Eu era aparentemente feliz. Mas era uma felicidade condicionada pelos bens materiais. Uma felicidade condicionada pela filosofia do ter; ter uma bela casa num bairro nobre, ter um reluzente Mercedes, ter o mais belo dos jardins e uma decoração assinada pelo mais famoso decorador. Ter um belo marido. Ter amizades e amizades... para, depois, num momento de profunda reflexão como agora, entender que tudo isso não passou de desperdício. Uma vida inteira de juntar coisas e mais coisas. Uma existência louca, baseada na teoria de que para ser feliz é necessário possuir muitas coisas. Agora, entretanto, depois dessa reflexão, entendo que os bens materiais são apenas coisas úteis. Não que tenha deixado de considerá-los importantes, absolutamente! Entretanto agora entendo que usarei esses bens não como a razão da felicidade, mas como meros instrumentos. Não como objetivos, mas apenas como meios. Os objetivos agora estarão dentro de mim. Sinto que, finalmente, estou começando a entender o significado do ser.

Escuto o barulho da portinhola. É o jantar chegando. Fico esperando. Quando ele vai colocar a bandeja, pergunto: Você tem um comprimido para dor de cabeça? Pensei que fosse responder, mas ele não disse nada. Quando apareceu, mais tarde, para apanhar a bandeja, jogou para dentro da cela dois comprimidos de Aspirina.

Volto a refletir sobre o ego. A necessidade superficial deve ter sido a causa do meu seqüestro. Certamente os meus carcereiros ainda se encontram naquela fase de insuflar o ego através das coisas materiais. Certamente vão extorquir uma considerável soma de dinheiro do meu pai e, depois, me colocarão em liberdade.

Até quando tudo isso vai durar? Até quando?

Capítulo Quatorze

Nadja vivia uma fase de encantamento. Ela e Christiano iam se conhecendo aos poucos. O ferimento interior dele parecia estar cicatrizando. Ele havia recuperado sua autoconfiança. Só vez ou outra ficava um pouco deprimido e ela não sabia como agir. Mas isso era cada vez mais raro. Na maior parte do tempo, ficavam os dois na maior alegria, conversando, contemplando o teto, ou simplesmente lendo abraçados. O destino era mesmo uma coisa incrível. Um verdadeiro mistério.

Christiano, entretanto, já havia feito os seus planos. A situação já havia se acalmado. O Comendador não suspeitava onde ele se escondia, e era chegada a hora de partir. Precisava acertar a situação em silêncio. Nadja não podia saber. Tinha que acertar contas com Goldenberg antes que ele descobrisse onde eles estavam e mandasse um novo exército para cima deles. Ele jamais aceitaria a afronta de perder as duas mulheres que amava para o mesmo homem. E nunca perdoaria a filha pela traição de se entregar ao seu inimigo mortal. Era viver ou morrer. Goldenberg tinha dinheiro e eles haviam se tornado um inconveniente.

Estava decidido. Pela manhã iria procurá-lo na sua residência de verão, a casa do Guarujá. Com certeza, era lá que o bastardo estava se escondendo.

Christiano ouviu passos no quarto de Nadja e correu assustado para lá. Abriu a porta e ficou admirado porque ela não estava dormindo, apesar da hora, mas andando de um lado para outro, com o rosto ensombreado. Assim que o viu, seus olhos brilharam.

– Não consegui dormir. Tive um pressentimento estranho – ela disse.
– A respeito do quê?
– Que você estava me abandonando.
– Você não estava de todo errada. A hora de partir está chegando.
– Mas... Por quê?
– Tenho que remover o último obstáculo. Não posso ficar entocado o tempo todo, você compreende?

Nadja vestia uma camisola de seda leve, que ondulava à medida que ela andava. Sua silhueta bronzeada dançava, harmoniosamente, de maneira sensual.

– Você não vai me abandonar, vai?

Ele não respondeu. Ela levantou a mão até a alça e deixou cair a camisola. Aproximou-se dele de maneira delicada e sutil. Ele sentiu os seios tocarem seu tórax, enquanto ela encostava o rosto no dele. Ficaram em silêncio. Ele abraçou-a com ternura, enquanto os lábios dela sussurravam em seu ouvido:

– Obrigada por ter salvo a minha vida.
– Eu é que peço perdão. Fui eu quem raptou você.

Depois ele levou a mão aos lábios dela. Seus dedos sobre a boca impediram qualquer palavra. Seus olhos fixos nos dela faiscavam um desejo que ele sentia e sabia que ela também sentia.

Ela olhou para ele, tentando comunicar o que sentia. Seu corpo relaxou, envolto pelos braços dele. A tensão fora suspensa. Ainda tinham algumas horas só para os dois. Era tudo o que queriam.

Ela apertou-se contra ele e deixou que a língua de Christiano invadisse sua boca. A umidade da boca de Nadja o excitou ainda mais, afastando de sua mente todo e qualquer pensamento que não fosse de amor e entrega. Então apanhou-a nos braços e andou até a cama. Despiu-se e a amou como nunca tinha feito. E depois ficou deitado com ela. Sem desfazer o abraço. Pernas entrelaçadas. Dentro dela. Com o coração ainda acelerado. Ficou assim por muito tempo, até que a sentiu dormir.

Desfez o abraço com cuidado. Beijou-a serenamente, levantou-se e se vestiu com calma. Pensou em qual seria a sua chance de vitória. Ele estava se tornando um jogador, e o risco fazia parte do negócio. Depois, seguiu em direção ao Guarujá, como se fosse participar de uma competição. Ou ganhava ou perdia. Só que desta vez a sorte parecia estar ao seu lado.

Décimo Quarto Dia

Tive um sonho delicioso esta noite. Sonhei que passeava à beira-mar, vendo um céu muito límpido, uma infinidade de estrelas a brilhar como diamantes. A lua cheia parecia um poema e a brisa balançava os meus cabelos numa maravilhosa aragem. E eu corria e corria pela praia.

Enquanto tomo meu café, sinto que a tristeza ameaça tomar conta de mim. Começo a entrar em desespero. Não sei mais que dia da semana é hoje. Também não faz a mínima diferença. Aqui todos os dias são iguais.

Imagino que a vida no cárcere é uma barca. Uma barca constante e desesperada. Uma barca, às vezes sem esperança, da liberdade – que é algo que não se sabe se vai ou não chegar. A gente tem uma profunda energia para partir para a luta, mas acaba desistindo, pois não sabe como buscá-la, e chega a um ponto onde a mente fatigada atinge a frustração. Aí então você começa a valorizar coisas insignificantes. Começa a falar consigo mesma. A ficar cansada de buscar.

É um verdadeiro tormento de Sísifo. Todo dia a mesma coisa: empurrar a pedra para o alto da montanha e vê-la rolar para o fundo do vale, para no outro dia, pela manhã, tornar a empurrá-la para cima. Mas o que me mantém viva é, justamente, essa tarefa contínua.

É uma luta inglória. A luta pelo peixe no aquário. Você resiste, sabe do que necessita, mas não tem a mínima chance de conseguir, a não ser contando com a sorte, para que tudo saia correto nas negociações do outro lado.

A base de tudo é o dinheiro.

Ando na pequena arena como uma fera. Os meus sentidos estão todos ligados. Meus olhos estão abertos para fora, minhas mãos querem apalpar, segurar, sentir algo lá de fora, as pernas querem caminhar, correr... Os ouvidos querem voltar a ouvir os barulhos familiares, as vozes das crianças, os sons do mundo. Tudo que está na minha cabeça pertence ao exterior, todos os meus cinco sentidos estão ligados ao exterior. Fecho os olhos e começo a sonhar. Começo a buscar as coisas com a imaginação. Vejo, sinto e toco os meus amigos – o meu eu espiritual está no exterior. Mas o eu físico está na jaula.

Sinto que é inútil buscar o impossível. Procuro relaxar e, de repente, sinto uma certa transformação. Vejo que começo a mover-me para dentro de mim mesma. Buscar a liberdade aqui é como buscar uma agulha num palheiro. É impossível.

O mão enluvada me assusta com a bandeja do almoço. Não sinto mais apetite. Devo ter emagrecido bastante.

Depois do almoço, relaxo o corpo sobre o colchonete e tento novamente dormir. Dormir, agora, é uma maneira de me anular. De não sentir as horas.

Durmo por alguns minutos e tenho um sonho agitado. Estou chegando em casa e, quando abrem a porta, vejo o mesmo cativeiro onde estou agora. Acordo e me sinto deprimida. Até no sonho a minha realidade é falsificada. Gostaria tanto de ter sonhado com meu namorado. Que estamos nos amando, como nunca tive a coragem de deixar acontecer.

Faço uma pausa e digo para mim mesma: pare de desejar, pare de sonhar, pare de ter esperanças... De repente, a minha imaginação se volta para casa e começo a chorar, pois tudo que desejo, tudo que amo, está lá. Lá está a razão do meu viver.

A vida no cativeiro é uma vida de desejos. Viver de desejos é como viver em uma estufa, esperando. Sei muito bem que o segredo desta passagem é a paciência – não existe escapatória contra o esperar. Todos os atalhos e todas as pontes que conduzem às soluções viáveis são fictícias, sinto que necessito criar as minhas próprias pontes dentro do meu eu. A felicidade está lá fora, com a minha família, e o desespero está aqui comigo.

Sinto que estou verdadeiramente cansada de tudo isso. Foi uma situação criada de repente, para a qual eu não estava preparada. Não foi como numa viagem para longe, em que você prepara tudo com antecedência e toma providências até para possíveis situações inesperadas. Não! O seqüestro é horrível porque arrebata você do cotidiano e quebra inteiramente sua personalidade através da dureza do isolamento.

O futuro é incerto, eu sei bem disso. Por isso a minha mente está sempre voltando ao passado, porque tudo que conheço está no passado. Não posso desejar o desconhecido. O desejo é apenas uma repetição do conhecido. É uma aritmética simples.

A minha cabeça continua dando voltas. Eu me levanto e ando. Tento dissipar os pensamentos, mas não consigo. A minha mente está ligada. Ela viaja entre o passado e o futuro com uma rapidez incrível. Mas logo percebo que tudo que existe no presente é o desejo. O passado e o futuro, aqui para mim, não existem. O aqui e agora são tudo. Tudo que existe para mim. E neles eu nada posso desejar... Os meus desejos, aqui, não adiantam absolutamente nada. Aqui eu só posso estar. Só posso desfrutar de mim mesma.

Fecho os olhos e me sinto vilipendiada, massacrada, humilhada, miserável. O único "gancho", aqui, é Deus. A única forma de prazer é a prece.

Sinto que não posso perder a esperança

* * *

Entre atônita e indignada a população brasileira em geral, e as dos grandes centros urbanos, em particular, assiste à escalada do crime organizado, mais precisamente da indústria do seqüestro, sem que a sociedade civil e o Estado, aparentemente, demonstrem possuir meios capazes de enfrentar com eficácia essa nova onda de terrorismo.

O delegado Max leu o artigo assinado pelo ministro da Justiça do início ao fim. Depois colocou o jornal de lado e consultou sua agenda, fazendo algumas anotações.

Massao entrou apressado. Estava ofegante.

– Acabei de receber uma ligação estranha... Já estava indo embora quando me chamaram ao telefone.

O cabelo liso, volumoso e negro, caía-lhe sobre os olhos, como usualmente acontece com os japoneses, e a jaqueta *jeans* estava tão desbotada que parecia ter permanecido uma semana em água sanitária. Aproximou a cadeira da mesa do delegado, sentou-se e apoiou os dois cotovelos sobre o tampo da mesa.

– Que aconteceu? – Max perguntou.

– A pessoa não quis se identificar, mas informou que alguém jogou um saco enorme nas proximidades da Billings. Ela disse, ainda, que o cara estava num Omega. Ela anotou a placa.

O delegado olhou para o relógio na parede, constatou que era quase meia-noite e disse, como se não tivesse prestado atenção ao seu auxiliar:

– A minha cabeça está baratinada. Recebi um telefonema do secretário da Segurança. O governador está exigindo uma solução para o caso da Patty Bravamel. Amanhã se completam dezesseis dias de seu desaparecimento e nada.

– Eu já pedi ao pessoal da patrulha para fazer uma vistoria no local.

– Local? Que local?

– Na Billings – disse Massao. – Estou aguardando a chamada de retorno.

Max bocejou, ajeitou-se sobre a cadeira reclinando o encosto, olhou para o outro e desabafou:

– Estou mais preocupado com o caso Patty... Não agüento mais as cobranças do comando, dos políticos e da imprensa.

– Eu sei, ele vão acabar nos crucificando.

O delegado desatarraxou a tampa da garrafa de café e serviu duas xícaras fumegantes:

– Imagine você que o assunto do dia é seqüestro. A imprensa está cheia de artigos. Até o ministro anda escrevendo a respeito.

– Na teoria, a coisa parece de fácil solução, mas na prática, a realidade é outra.

– Paciência... Esperar... É tudo que podemos fazer. Lá no Sul, a gente diz: "Não se muda de cavalo na travessia do riacho".

– Você é gaúcho? De onde?

– De Bagé. Cheguei criança em Sampa e não voltei mais.

– Eles estão demorando em dar o retorno da vistoria na Billings... – Massao murmurou, bebendo um gole de seu café.

Max observou a cara de lua cheia do detetive.

– Temos que fazer qualquer coisa para conseguir uma pista que preste. Não agüento mais a aporrinhação da imprensa.

– Estamos fazendo o melhor que podemos.

Max olhava mais uma vez para Massao, quando o telefone tocou.

– É para você – ele passou o telefone a Massao.

O detetive ouviu atentamente, sem dizer nada. Ao colocar o fone no gancho, sua expressão tinha se modificado.

– A patrulha encontrou o saco, na represa. Tinha uma mulher loura dentro.

Os dois correram para a viatura. Massao era um ótimo motorista. Dirigia com perícia, em alta velocidade, com a sirene ligada. Max, ao lado, com seu cinto apertado, observava o auxiliar: um tira dedicado, vivo e cheio de energia. O braço direito na equipe anti-seqüestro. Um tira de poucas palavras, sem rompantes ou picos de entusiasmo. Falava cada vez menos e, como Max já havia constatado, nunca ria. Sua marca pessoal era a jaqueta *jeans* desbotada, que parecia dois números maior, para ocultar a Magnum 357 que carregava no coldre sob o braço.

Décimo Quinto Dia

Hoje completo meio mês nesta sepultura. Sinto um movimento estranho na hora do café. Imaginei que fossem fazer novas fotos. Depois, só o silêncio. Um silêncio mais estranho do que o dos outros dias. Pelo menos é assim que eu sinto.

Tomo meu café normalmente. Respiro fundo e sinto que a vida está fluindo, jorrando dentro de mim. O silêncio é estranho, mas eu estou viva. A vida está acontecendo, a circulação do meu sangue, os batimentos do meu coração.

Um pressentimento estranho me domina. Da mesma forma que sinto a vida, subitamente, vem até mim a sensação estranha de morte. É a primeira vez que esta sensação me invade, desde que vim parar neste cativeiro. Sempre encarei a morte como algo remoto, como um inimigo longínquo. Agora, aqui, tomada pela depressão, começo a enfrentar a hipótese de que ela é possível.

Sinto que essa idéia vai crescendo dentro de mim. Uma idéia absurda cria misérias infinitas na minha cabeça. Tento afastá-la da cabeça, mas não consigo. Imagino que alguma coisa deve estar dando errado. Como jornalista, acompanhei casos de seqüestro, que eram resolvidos em três ou quatro dias. Como é possível que no meu caso esteja demorando tanto? Alguma coisa errada, sem dúvida, está acontecendo.

O meu ego teme morrer. Meu eu simplesmente se arrasta. Eu, aqui nesta sepultura, fechada dia e noite, não me sinto mais nem viva nem morta. Na verdade, a cada momento que abro o Evangelho e leio sobre a paixão de Cristo, acabo ficando toda cheia de arrepios. Me lembro das suas palavras aos discípulos: "Vocês terão que carregar as suas próprias cruzes". A cruz para mim, metaforicamente, é a morte. Eu estou carregando nas costas a minha morte a cada instante. Viver sepultada é o mesmo que viver carregando a morte.

Levanto-me e começo a andar na cela. Há uma movimentação estranha lá fora. Nem imagino o que possa ser. Rezo para que a polícia tenha descoberto o cativeiro. Aguço o ouvido e tento escutar as sirenes das viaturas policiais, mas nada acontece.

A morte sempre foi repugnante para mim. A bruxa de preto, demoníaca, o cavaleiro negro do apocalipse. Alguns poetas, como Rimbaud e Baudelaire, disseram nos seus escritos que a morte não é uma coisa ruim, é apenas um sono eterno. Como se alguém estivesse cansado de viver e embarcasse na morte como uma forma de repouso voluntário. Mas os poetas são fantasiosos. Eles têm uma sensibilidade além do corpo, além da mente. Não são pessoas que apenas comem e praticam sexo. São almas superiores, de sensibilidade refinada.

Imagino a hipótese espiritualista, que considera a morte uma verdadeira ressurreição. Uma passagem para uma nova vida. Uma nova porta que se abre para o reino dos céus.

Volto a escutar movimentos estranhos. Sinto como se estivessem apressados do lado de fora. Já passa da hora do almoço e não aparece a comida. Ou ainda não é hora? Perdi a noção do tempo, mas percebo que a rotina foi quebrada.

Sinto uma certa insegurança. Ando na cela, agitada. A cada momento a insegurança é maior. É um jogo. Não posso adivinhar o que vai acontecer. É horrível... É simplesmente horrível ficar assim, neste silêncio brutal.

Fico alerta e ando preocupada. O suor escorre pela minha testa. Não sei o que vai acontecer.

Pressinto uma surpresa desagradável.

Me lembro de uma passagem da vida de Sócrates. Isso desvia a minha atenção e acalma momentaneamente os meus nervos. Quando Sócrates estava morrendo, parecia tão maravilhado que sua mulher, Xantipa, não conseguia entender aquela felicidade. Ela perguntou: "– Por que está tão feliz? Nós estamos chorando e nos lamentando". Sócrates respondeu: "– Por que eu não deveria estar feliz? Conheci o que é a vida, agora quero saber o que é a morte. Estou diante da porta de um grande mistério e sinto-me excitado! Começarei uma grande jornada rumo ao desconhecido. Estou simplesmente cheio de curiosidade. Nem posso esperar!"

Imagino que tenho idéias diferentes de Sócrates. Pertenço ao grupo dos que lutam pela vida. Sinto que enfrento um momento de fraqueza, não sei para onde ele me levará. São momentos covardes e cheios de angústia. Bastou a quebra de uma rotina para a minha cabeça ficar desestabilizada.

Começo a sentir fome e um pouco de tontura. Não sei que horas são. Bebo vários goles de água da torneira, lavo o rosto e me sinto mais confortada. Mas ainda estou preocupada. Sinto medo de morrer... Não quero morrer depois de tudo isso. Um seqüestro é uma vil covardia.

Sinto que não quero mais escrever. As minhas palavras não passam de um desabafo idiota. Um desabafo que nem consegue mais me acalmar.

Aqui, neste túmulo, as minhas disposições mudam a cada instante. Decido escrever de uma certa forma. Busco palavras mágicas e, quando dou por mim, é uma verborragia inconsistente.

Não vale a pena continuar hoje.

Estou profundamente paranóica. Sei que alguma coisa não está bem. Posso sentir isso na pele. Sinto que posso explodir a qualquer momento. Jamais poderia imaginar o que seria estar num cativeiro. Aqui, tenho todo o tempo disponível para pensar, ler e escrever... Mas é tudo muito massacrante. O tempo parece não passar. Fico horas imaginando o que poderá me acontecer. Uma coisa eu sei: não quero morrer. Respiro fundo e sinto-me cheia de vida. Quero sobreviver... Rogo a Deus para sair desta, com vida.

Estou chorando...

Amo, adoro a minha família. Adoro a minha vida. Sinto a cela ficando cada vez menor. O silêncio é total. Quero gritar. Bater na porta...

Não tenho mais vontade de escrever. Não consigo encontrar mais as palavras adequadas. O desespero está tomando conta de mim. Um sentimento de pânico indescritível avança lentamente.

Agora ouço passos junto da porta. Oh, meu Deus! Livra-me do mal, não me deixe morrer.

Capítulo Quinze

Quando a viatura chegou, eles constataram – como era de esperar –, que a imprensa já estava lá. Vários carros da PM e Polícia Civil isolavam o local, e homens usando coletes pretos circulavam em volta. O mistério de um corpo encontrado é como abelha no mel. Max desceu um pouco longe da área isolada e uma repórter da Rede Jovem de Comunicações bloqueou sua passagem.

– Delegado Max? O senhor acredita que o corpo seja de Patty?

Ele sabia que os repórteres de rádio e televisão jamais obedeceriam às normas da polícia. Às vezes era necessário reprimi-los. Era a constante luta da investigação contra a informação.

A cena era macabra. Um enorme saco plástico de lixo, com a extremidade aberta, deixava ver, em seu interior, uma mulher loura morta.

Os braços estavam amarrados por sobre os joelhos encolhidos. Entre os braços e a parte posterior dos joelhos estava um pedaço de madeira, semelhante a um cabo de vassoura. Na cabeça, os vastos cabelos louros pendiam para os lados e estavam ensangüentados. Quase no meio das costas brilhava a ponta de uma faca, com um coágulo de sangue espalhado pelo local.

Uma brisa gelada soprou pela beira da represa quando o pessoal do IML chegou com o gavetão, para levar o cadáver.

Max ficou ali, tremendo. Havia reconhecido Patty. Agora era tarde demais. Olhou para o lado. Massao estava atônito. Parecia não saber que providência tomar.

Ouviu-se um ruído estranho quando os legistas colocaram o corpo sobre o gavetão frio. A milionária herdeira do deputado Bravamel agora viajava no mesmo rabecão destinado aos indigentes, bêbados e assassinos. A morte igualava as pessoas, dizia a Bíblia.

Massao ficou olhando o veículo atravessar a barreira de jornalistas, que, como tubarões, se jogavam sobre ele.

– Que coisa estúpida. Matar a moça depois que o pai pagou o resgate – Max comentou com Massao. – É melhor acompanhar o rabecão até a patologia. Talvez a gente consiga alguma pista na autópsia.

* * *

Christiano diminuiu a marcha e olhou atentamente para o sinal na estrada. A placa dizia: *Guarujá 3 Km*. O sol desapareceu no horizonte e ele acendeu os faróis. Já começava a sentir o peso da noite.

Olhou pelo retrovisor e conferiu que não estava sendo seguido. Sabia que já fora dada a ordem para que o pegassem. Era tudo uma questão de tempo. Imaginava que a polícia acabaria por encontrá-lo, mais cedo ou mais tarde.

Apertou o pé no acelerador e dirigiu até bem próximo da mansão de Goldenberg. O lugar era ermo e quase não tinha trânsito.

Ele parou o carro e caminhou até a casa. Precisava observar como estava a segurança. Verificar se havia alarmes, cães ou guardas.

Notou que o local estava calmo, e a segurança se reduzia aos empregados.

Ficou ali, observando a entrada da casa. A porta se abriu de repente. Ele se escondeu atrás de uma árvore. Viu Goldenberg, com seus cabelos grisalhos, conversando com sua governanta portuguesa.

Continuou atento, olhando fascinado para ele, tentando imaginar que processo insano o havia levado a tomar todas aquelas atitudes. Não era só o dinheiro, a causa. Possivelmente havia um componente doentio na sua personalidade que o fazia agir daquela forma. Algum desvio. Mas as razões pouco importavam. Ele era rico, poderoso e cruel.

Goldenberg terminou sua conversa com a governanta, olhou para o relógio e depois seguiu na direção do Mercedes. Deu a volta no carro e sentou-se no lugar que antes era ocupado pelo motorista. Deu a partida e começou a rodar lentamente.

Christiano voltou para seu carro, esperou que ele passasse, deitado no banco. Depois deu a partida e começou a segui-lo, a distância.

Goldenberg rodava em direção à praia e acionava sempre a seta cada vez que virava uma esquina. Não foi difícil segui-lo.

Depois de uns dez minutos de estrada, Goldenberg diminuiu a marcha e entrou num estacionamento iluminado na beira da praia. Uma placa luminosa informava: *O Albatroz*.

Christiano imaginou que ele estava indo encontrar-se com alguém naquele restaurante luxuoso, à beira do mar.

Estacionou na calçada. O local parecia ideal. Ele quase não conseguia se conter. Sua presa estava bem ao seu alcance. Havia uma sensação estranha se avolumando em sua mente. Aquela era uma oportunidade extraordinária.

Christiano tocou a pistola automática no cinto. Então saiu do carro e se aproximou do restaurante. A luz do interior refletia-se nas folhagens. Ele encontrou um local adequado, de onde podia ver sem ser visto. Tinha um bom ângulo para observar o interior do restaurante. Goldenberg estava sentado num dos cantos, conversando com um homem de barba branca, que parecia ser o proprietário do local.

Casais chegavam ao restaurante e Christiano sentiu que não poderia ficar ali por muito tempo. O lugar, aos poucos, ia ficando cheio de gente. Vários homens se movimentavam em torno da mesa de Goldenberg. Christiano imaginou que o melhor a fazer era buscar um local mais adequado. Ele não queria perder aquele espetáculo.

Calculou a distância de um muro na lateral. Sentiu que poderia alcançar o gradil superior e dali, em segurança, teria uma ótima visão de tudo.

Christiano subiu rapidamente no muro, depois pulou, alcançando o gradil superior. Agarrou-se com firmeza e deu um impulso para cima, colocando os pés na balaustrada. O ângulo de visão era perfeito.

A mesa de Goldenberg estava rodeada de gente. Alguns homens haviam se aproximado e pareciam receber ordens dele. Christiano ficou ali encolhido e o que viu foi assustador.

Goldenberg tirou várias fotos suas do bolso e as distribuiu entre os homens. Havia um interesse profundo estampado no rosto dos homens enquanto ouviam as ordens do Comendador. Tinham aparência vigorosa e aspecto não muito cordial. Pareciam policiais corruptos ou assassinos profissionais.

Christiano observou aqueles homens passarem de mão em mão as suas fotografias. Escutou quando Goldenberg disse em voz firme e alta:

– Quero ele vivo ou morto!

Ele respirou fundo, seu estômago estava nauseado com o que acabara de ver. Goldenberg lhe dava nojo. Só restava encurralá-lo, dobrá-lo e depois matá-lo. Não havia outra saída. Seu destino já estava traçado. O pacto com os assassinos fora feito ali, diante dele.

Ele saltou do gradil e foi se abaixando lentamente, até alcançar o muro. Seus músculos reclamaram. Compreendeu que não tinha tempo a perder. Voltou para o carro e ligou o motor, preparado para acelerar tão logo Goldenberg saísse do restaurante.

Não demorou muito e o focinho prateado do Mercedes apareceu, refletindo a luz dos postes. Ele permaneceu com os faróis apagados, enquanto Goldenberg passava ao lado. Depois, acelerou, mantendo uma distância regular do Mercedes. O sucesso de sua empreitada dependia de uma única coisa: a surpresa.

Dez minutos depois, chegaram às proximidades da mansão. Christiano olhou novamente em volta, à procura de faróis ou cães, mas concluiu que não havia nada.

Observou quando Goldenberg parou o Mercedes e entrou na casa. Ouviu o som de uma voz feminina. Certamente era a governanta. Em seguida, escutou um barulho na parte dos fundos da casa. Ficou imóvel e se abaixou.

Christiano aguardou por quase duas horas. Não tinha pressa nenhuma. Só iria agir no momento oportuno. Quando sentiu que esse momento chegara, atravessou a faixa de grama molhada e aproximou-se da casa. Conferiu sua automática e as balas.

Passou agachado pelo Mercedes e visualizou as marcas dos sapatos de Goldenberg impressas na terra. Não havia vozes. O silêncio era perturbador.

Cautelosamente, dirigiu-se à porta dos fundos. Não tinha tempo a perder. Havia uma certa ironia em ficar cara a cara com o algoz. Cobrar por tudo que ele havia feito. A vida do magnata terminaria onde começara sua obsessão.

Christiano se aproximou da porta. Tudo parecia calmo e os empregados já haviam se recolhido. Ficou ali, olhando pela janela. Ele já conhecia aquele ambiente. Então avistou Goldenberg. No fundo da sala, com um livro nas mãos, sentado numa poltrona. Lia e bebericava um conhaque. Era impossível para Christiano determinar se ele estava armado.

Christiano abaixou o trinco e entrou na ponta dos pés. Passou por um corredor e por uma saleta, antes de chegar onde estava Goldenberg.

O momento havia chegado.

Christiano segurou a automática e levou a mão ao trinco da porta. Foi abrindo lentamente. Sentiu o deslizar suave da maçaneta. Podia ver Goldenberg no fundo da sala. Levantou o braço com a arma, apontou na direção dele e disse com a voz calma:

– Se você fizer qualquer movimento, morre!

Sentiu que o velho gelou.

– O que significa isso?

– Você sabe muito bem – ele disse, mantendo a arma apontada para a cabeça de Goldenberg.

– O quê... – o velho engasgou com o conhaque e começou a tossir.

– Vamos acertar as nossas contas. Eu quero receber o meu dinheiro.

– Onde está minha filha? – Goldenberg perguntou.

– Depois eu digo. Primeiro, vamos ao meu dinheiro.

– Mas e a biografia? Você não escreveu nada?

Ele olhou bem para o rosto do Comendador. Percebeu que ele estava complemente aturdido.

– Eu quero meu dinheiro. Agora!

– E a biografia?

– Você receberá pelo correio.

Os olhos furiosos do velho cresceram nas órbitas. Seu medo repentinamente se transformou em fúria. Christiano sabia que os ricos lamentavam mais a perda de dinheiro do que de um ente amado.

Goldenberg ficou possesso.

– Você é um canalha.

– Eu quero o meu dinheiro agora mesmo – Christiano bateu com a arma na cabeça de Goldenberg. – Vamos já para o cofre.

A cabeça de Goldenberg mergulhou para trás, e Christiano pensou que nada seria mais adequado ao velho bastardo do que uma morte dolorosa.

– Tenha calma! Não faça isso! – berrou Goldenberg, levando a mão ao ferimento causado pelo cano da arma.

– Eu quero a grana.

Goldenberg o encarou. Sua respiração era intermitente e nervosa. Seus olhos piscavam sem parar, como se ele estivesse à beira de um surto. Christiano o agarrou pela gola da camisa e encostou o cano da automática em seu queixo, obrigando-o a levantar o rosto.

– Vamos lá... A minha paciência está se esgotando.

Houve um longo silêncio. Goldenberg permanecia imóvel.

– Está bem – disse, de repente.

Christiano olhou para ele, avaliando sua expressão de infeliz. O velho bastardo era esperto. Christiano conhecia seus truques. Sabia que, se tivesse qualquer oportunidade de reagir, não hesitaria.

– Nada disso teria acontecido se você tivesse agido corretamente comigo.

– Foi idéia de Condor – Goldenberg disse. – Ele me forçou a concordar com as medidas tomadas contra você. Me arrependi de ter concordado com ele.

– Chega de conversa fiada – Christiano disse. – Vamos para o cofre.

Goldenberg pareceu compreender que não tinha alternativa. Levantou-se e caminhou até um dos quadros na parede, afastou-o para o lado, deixando exposto o cofre. Parecia assustado e entorpecido, enquanto abria, com gestos muito lentos, a porta do cofre. De repente, algo aconteceu. Goldenberg puxou a porta do cofre e pegou algo em seu interior. Tudo aconteceu muito rápido. Uma explosão ecoou na sala e Christiano sentiu um gás invadir seus olhos, e teve uma crise de tosse. Goldenberg aproveitou para sair em disparada. Ele passou pela porta e Christiano saiu atrás, ainda tossindo. Perdeu-o de vista temporariamente. De arma em punho, andou encostado à parede, até atingir a sala no fundo do corredor. Colocou a mão na maçaneta e abriu de repente. Goldenberg estava lá, com uma expressão de desespero no rosto.

– O que você quer mais?

– Isso – Christiano disse.

E levantou a arma. Goldenberg ergueu as mãos, num gesto inútil.

– O que significa isso? Você não queria os dólares? Você já tem os dólares que apanhou com a minha filha...

– Não é suficiente.

Christiano avançou pela sala, sempre mantendo a arma apontada para o Comendador. A pistola agora era um prolongamento do seu braço. Olhou bem para o velho e, de repente, sentiu-se inseguro. Ali, na sua frente, estavam os olhos furiosos de alguém que desejava vê-lo morto. Mas alguém que também era pai da mulher que ele amava. Christiano titubeou por uma fração de segundo. O suficiente para Goldenberg atingi-lo com um potente soco.

O impacto do golpe derrubou Christiano. A arma escapou de sua mão e deslizou para longe. Goldenberg girou o corpo e retirou da parede um velho sabre japonês, que usava como objeto decorativo. Uma espada de samurai do século XVII, uma verdadeira raridade.

Goldenberg desembainhou o sabre com gesto seguro. Ergueu a lâmina afiada. A superfície estava escurecida pela graxa. Sacudiu o sabre de um lado para o outro, provocando um violento zunido sobre a cabeça de Christiano.

Ele recuou alguns passos e se encolheu todo, tentando ficar fora do alcance do sabre. Goldenberg investiu contra ele, para atingi-lo nas costas.

Christiano conseguiu esquivar-se e contra-atacou no ato, acertando um violento pontapé no peito de Goldenberg, que cambaleou e deixou cair o sabre. Com um movimento ágil, Christiano curvou-se e recolheu a arma. E olhou para Goldenberg. E viu que ele tentava apanhar a automática.

Christiano executou um movimento rápido e preciso, desferindo um golpe de grande impacto, que atingiu em cheio o ombro de Goldenberg. O velho caiu sobre o tapete. Mesmo ferido, tentou arrastar-se e alcançar a pistola. E iria conseguir se Christiano não tivesse golpeado seu braço esquerdo com a lâmina. O ferimento foi terrível. O sabre afiado então subiu mais uma vez e desceu com violência, atingindo o pescoço de Goldenberg. O sangue esguichou. Com mais um golpe, Christiano decapitou Goldenberg. A cabeça rolou pela sala como se fosse uma bola.

Christiano então jogou o sabre no chão e voltou para a sala do cofre. Retirou alguns pacotes de dólares e uma fortuna em barras de ouro. Esvaziou o cofre por inteiro e colocou tudo dentro de uma sacola. Em seguida, deixou a casa.

* * *

O patologista-chefe de plantão naquela madrugada era um sujeito bonachão chamado Sterup. Descendia de suecos e Max o conhecia de outras perícias. Um sujeito grandão, de um e noventa e cinco de altura, mais de noventa quilos e com olhos de um azul-acinzentado, tão frios quanto o aço. Como todo patologista, era um sujeito meticuloso que, na aparência geral, lembrava um monge beneditino.

Sterup era um estudioso da patologia forense. Bastava conversar com ele por alguns instantes para perceber o peso fantástico de seus conhecimentos.

– É um caso estranho – ele disse.

A loura nua e amarrada estava sobre a mesa de aço inox.

– Os índios costumavam amarrar os seus mortos nessa posição para facilitar o transporte...

– Facilitar o transporte? – Max perguntou.

– É, quando eles percebiam que o moribundo ia esticar as canelas, dobravam o corpo nessa posição e o amarravam antes que a rigidez se instalasse. Assim, conseguiam transportar com mais facilidade.

– Interessante – Massao comentou.

– Em quase trinta anos de polícia, é o primeiro caso que me chega nessas condições.

Os auxiliares tiraram fotos em diferentes ângulos. Eles soltaram as amarras e tiveram que usar muita força para vencer a rigidez cadavérica e colocar o corpo em decúbito dorsal.

Um policial apareceu e pediu que Massao atendesse ao telefone.

Max ficou ali, diante daquela estátua gelada e nua. O doutor Sterup começou pessoalmente a realizar a inspeção. Um escrivão de polícia tomava nota de tudo que o patologista dizia. Às vezes o tom da descrição médica parecia chato e sem nenhum sentido.

Na descrição externa, além das contusões nos lábios e olhos, da ferida transfixante do tórax, que provocara a morte, havia sêmen em quantidade na vagina.

Não foi difícil para Max imaginar que, além do seqüestro e morte, estavam diante de um caso de estupro. Um crime brutal.

Sterup, como se tivesse lido seu pensamento, olhou para ele e falou:

– Um caso de fácil conclusão: o assassino primeiro tentou estuprá-la. Como houve reação, ele a esbofeteou e matou-a com a faca. Só depois ele a violou. Um criminoso perverso.

– Imagino a repercussão que esse caso terá – Max falou.

Depois dos exames preliminares, Sterup solicitou um bisturi e uma serra elétrica e começou aquilo que provocou em Max um intenso enjôo: efetuou um corte profundo da base do pescoço até a região dos pêlos pubianos, fazendo uma curva ao passar pelo umbigo. Quando acionou a serra elétrica para cortar o externo, ele saiu da sala.

Massao se encontrou com ele no corredor.

– O delegado Santana, de Aparecida, acabou de telefonar após ter desmontado o Toyota. Valeu a pena o esforço, pois no painel foi encontrado um cartão.

– Que tipo de cartão?
– Parece o cartão de uma oficina mecânica aqui de São Paulo. Talvez o seqüestrador tenha mandado consertar o carro antes de viajar para Aparecida.
– É uma possibilidade – disse Max.
Os dois se entreolharam e Massao comentou:
– Não existe motivo nenhum para a gente continuar aqui, não é mesmo?
– Tem razão. Vamos checar essa pista da oficina. Sem esquecer que também temos a placa do Omega que *desovou* a Patty na Billings.

O sol já despontava quando seguiram para o centro. Massao parecia cansado, aspecto acentuado por sua barba por fazer.

Enquanto Massao dirigia, Max pensava na perversidade daquele crime: a família havia pago os dez milhões de dólares na esperança de ter a filha seqüestrada de volta. A vida era mesmo uma insensatez. Um mundo de violências campeando entre as pessoas. Desesperados, doentes mentais, psicopatas, convivendo lado a lado com as pessoas normais. O carro se aproximou do prédio do Deic.

Quando os dois policiais entraram no prédio, o encarregado da técnica abordou-os e disse:
– Max, parece que estamos com sorte.

Dois policiais tinham visitado a oficina identificada no cartão encontrado no Toyota. O dono da oficina se lembrava do caso. Por uma razão muito simples: ele não havia cobrado pelo trabalho – por cortesia, já que os homens que deixaram o carro para uma revisão geral eram da polícia.

No dia seguinte, ele se lembrava bem, um dos homens voltou para reclamar que o conserto não estava bom. O dono explicou que o melhor era desmontar o carburador para limpeza. No final da tarde, o homem reapareceu para apanhar o Toyota e se irritou ao descobrir que o carburador ainda estava desmontado. Deixou então o telefone da delegacia de Flores da Serra para contato. E pediu para ser avisado tão logo o carro ficasse pronto.

Enquanto os jornalistas acompanhavam tudo de perto, Max e Massao seguiram até o endereço deixado na oficina e prenderam Saulo Furtado, um carcereiro lotado na delegacia de Flores da Serra.

Saulo foi levado para a sede do Deic. Enquanto esperava numa ante-sala para ser interrogado. Massao, que o acompanhava, perguntou:

– O que você tem a ver com o seqüestro?

Saulo encolheu os ombros, resignado.

– O que vocês querem saber?

Massao levou o homem para a sala de Max e tomaram o seu depoimento. Saulo deu o serviço durante quatro horas. Foi uma confissão chocante e detalhada.

A polícia agora sabia a quem procurar.

Capítulo Dezesseis

Os funcionários da polícia e os jornalistas, perplexos, foram escutando o depoimento de Saulo Furtado, enquanto um datilógrafo registrava tudo o que ele contou:

"*Aos 27 de setembro de 2001, na delegacia anti-seqüestro do Deic, onde se achava o doutor Maxwel Galeno, delegado de polícia, foi lavrado o auto de prisão de Saulo Furtado, que declarou o seguinte: Não conhecia a vítima, Patty Bravamel. Vim a conhecer depois, através dos noticiários dos jornais. Eu sempre fui voltado para a leitura da vida das socialites e, particularmente, nutria uma profunda admiração por mulheres altas, louras, sexys e atraentes. Meu pai era um ex-comerciante, com algumas passagens pela prisão. Eu tinha sete anos quando ele, bêbado, foi atropelado por um caminhão de cervejas e acabou morrendo no hospital. Minha mãe mudou-se para o centro da cidade e começou a ganhar a vida trabalhando com faxineira. Acabei indo morar com minha tia Raquel, que trabalhava fora o dia todo e não tinha tempo para dedicar aos filhos. Fomos criados praticamente na rua, eu e os meus primos menores. Depois disso, nunca mais cheguei a ver a minha mãe. Até hoje não sei onde ela mora, se está bem de saúde, se constituiu uma nova família. Não desejo saber mais dela. Não tenho o menor interesse de falar ou pensar nela. A minha tia Raquel – que foi minha mãe de verdade – me disse certa vez que eu tive-*

ra a maior sorte em me livrar da mamãe, já que ela acabou virando mulher da vida, e eu concordo inteiramente com a tia Raquel.

A tia Raquel era casada com um policial – o tio Miguel. Ele morreu num tiroteio quando eu tinha onze anos e minha tia passou a viver com a pensão do marido, que não era lá grande coisa.

Meus primos Miguelzinho e Sebastião eram verdadeiros capetas. Tornaram-se piores após a morte do pai. Logo começamos a praticar pequenos furtos. E de furtos em furtos, acabei indo parar na Febem, aos treze anos de idade, onde acabei violentado.

Depois disso a minha revolta aumentou e comecei a viver um verdadeiro círculo vicioso, de entrar e fugir da Febem.

Quando completei dezoito anos fui recusado no Exército por ter pés chatos. O delegado do distrito vizinho da minha casa, que era amigo do falecido tio Miguel, me chamou e disse que agora eu tinha passado a ser maior e era responsável criminalmente. Ele disse também que achava melhor eu procurar um emprego porque, se entrasse em cana, ia mofar na cadeia.

Com a ajuda dele, ingressei nos quadros da polícia e fui, logo de saída, destacado para carcereiro em Flores da Serra. Logo ganhei a confiança e amizade do delegado Demian, que era um homem ambicioso e tinha várias amantes, a quem sustentava. Ele não era rico, o salário da polícia não era suficiente para sustentar aquele padrão de vida.

Acabamos formando uma quadrilha com presos que cumpriam pena naquele local. À noite soltávamos os marginais, que assaltavam postos de gasolina, lanchonetes e residências. Eram ganhos pequenos, mas dava para os gastos. Nessa época, assaltamos uma concessionária e levamos três caminhões zero-quilômetro para vender na Bolívia. Faturamos uma fortuna e minha parte foi suficiente para comprar um pequeno apartamento.

Na continuação com os ganhos dos assaltos, comprei um carro, uma moto e engordei uma poupança. Nessa época, viajei bastante com Demian, sempre me hospedando em hotéis cinco estrelas e freqüentando as boates da moda. Foi a melhor época da minha vida. Mandei algum dinheiro para tia Raquel, cujos filhos haviam seguido a carreira do pai, trabalhando honestamente e ganhando pouco.

Eu estava sempre com os bolsos cheios de dinheiro. Era gastador e simplesmente não sabia como administrá-lo. Acabei me viciando em álcool e maconha, e nunca tive qualquer relação com mulher. Eu tinha uma certa tendência à obesidade e ficava sempre muito constrangido diante das mulheres. Alguns dos meus parceiros me criticavam pelo fato de eu nunca ter uma namorada, mas, para mim, elas pareciam grosseiras e feias. Imaginei até que eu havia crescido com algum tipo de anormalidade. E isso, às vezes, me deixava deprimido e com tendências violentas. Mas eu não me envergonhava dessa situação. Conheci, na Febem, outros pivetes semelhantes a mim e até acho que o mundo seria melhor sem a presença das mulheres.

Com a entrada do dinheiro, minha vida mudou do dia para a noite. Eu andava bem-vestido, tinha carro do ano, as pessoas me respeitavam.

Ainda hoje me lembro do dia em que fui jantar num restaurante da moda e, depois, comecei a andar pela Haddock Lobo. De súbito, uma mulher se aproximou de mim e disse: Se você quiser passar alguns momentos interessantes comigo, é só dizer... Nem vou contar o que aconteceu, exceto que fomos até o apartamento dela e eu não consegui fazer nada. Fiquei muito nervoso. Tentei usar todos os conhecimentos que havia lido nas revistas e escutado dos meus colegas. É claro que ela percebeu que era a minha primeira vez. Tratava-se de uma mulher bonita, mas acima dos trinta anos. Era ligeiramente obesa e tinha uns cabelos escorridos e mal lavados. Aquilo tudo me levou a pensar que ela era horrorosa e grosseira... Enfim, falando sério, nada funcionou legal.

Sou um tipo diferente de pessoa. Eu me acho diferente. Sou capaz de aproveitar as oportunidades e não me importo com nada, quando se trata de conseguir meus objetivos. Sonho alto e nunca precisei dar duro. Aprendi logo que a profissão de policial oferecia tudo, e não pretendia abandoná-la tão cedo. Nunca fui de pedir nada a ninguém. Quando desejava algo, ia lá, metia os canos e conseguia sempre o que desejava. Havia desde cedo aprendido que a vida não era fácil e, para conseguir as coisas, era preciso, sobretudo, lutar. Nunca fui do tipo familiar ou adulador. Nunca aprendi a ser assim. Na Febem, o diretor certa vez me disse: Você tem que se mostrar mais amigável! As pessoas gostam de um sorriso ou de um gracejo de vez em quando. Eu não disse nada. Sabia que nem todas as pessoas eram iguais.

Houve uma certa época na minha vida em que passei a me interessar por revistas e livros pornográficos. Naquele tempo não existia a AIDS e tudo no mundo girava em torno da pornografia. Eu vivia nos cinemas pornô, mas sempre abandonava o filme *na hora do clímax, na hora da cena de sexo explícito. Considerava aquilo simplesmente repugnante. Claro que isso me deixava deprimido.*

E assim vivi bem, enquanto o dinheiro durou. Quando a conta bancária chegou a zero, procurei o Demian e partimos para algo que na época estava em moda: assaltar caminhoneiros. Praticamos alguns assaltos com sucesso, mas na terceira tentativa, fomos encurralados pela Rota e, no revide, alguns policiais morreram e só eu escapei, graças à interferência imediata de Demian. Depois a minha vida só mudou quando o delegado Demian me disse que estava precisando dos meus serviços num seqüestro que daria muito dinheiro. Antes disso, eu havia conhecido o Leo Nilsen e entre nós nasceu uma grande amizade. Eu sempre dizia para ele: Fique do meu lado, que vou fazer o possível para arrastar você para o nosso esquema. Tenho certeza de que você vai se dar bem conosco.

Acabei mantendo um ótimo desempenho no meu trabalho. Fui visitado pelo Demian algumas vezes e, depois de algum tempo, nós estávamos montando, a pedido do delegado, o cativeiro e o esquema que culminou nessa situação."

Saulo fez uma pausa para beber água. Estava tenso e excitado. Max olhou para ele e perguntou:

– O que você fazia durante a manutenção da vítima em cárcere privado?

Saulo voltou a relatar friamente:

– A rotina era sempre a mesma: acordar às sete da manhã, servir o café, almoço e jantar. Não falava nada, para ela não reconhecer a minha voz. Quando ela desejava algo, escrevia bilhetes. Existia um regulamento afixado na porta do cativeiro. Os alimentos ficavam estocados no *freezer* e eu passava a maior parte do tempo admirando ela pelo olho-mágico e vendo televisão. Eu observava ela o tempo todo. Era o que eu mais gostava de fazer...

Saulo fez outra pausa. Ficou pensativo, como se estivesse se deleitando com a lembrança.

– O que você fez após o pagamento do resgate? – Max perguntou.

Saulo continuou:

"Depois que o resgate foi recebido, o delegado Demian me telefonou, mandando aplicar uma injeção de calmante nela, colocá-la no carro, abandoná-la num lugar distante e telefonar para a polícia.

Olhei pelo olho-mágico e ela estava improvisando um banho, como sempre fazia. A minha cabeça começou a dar voltas. O meu pau ficou logo duro e senti que ia perdê-la, depois de tanta contemplação.

Esperei ela acabar o banho, preparei a injeção de morfina na seringa e andei até a portinhola. Perguntei se ela queria ler uma revista nova.

– Traz uma reportagem sobre sua família – eu disse.

Ela logo ficou interessada. Coloquei a IstoÉ perto da portinhola e, quando ela foi pegar, agarrei sua mão direita e puxei o braço através da portinhola. Ela deu um grito de susto e eu apliquei a injeção no antebraço dela. Acho que ela não sentiu a agulhada, pois nem chegou a reclamar. Depois, fui até o olho-mágico e fiquei ali, observando ela passar o dedo sobre a gotinha de sangue que saía do local. Ela chegou a chupar a picada e cuspir fora, no vaso sanitário. Quando senti que ela estava meio tonta, abri a porta e entrei na sala. Ela estava deitada sobre o colchonete e eu abaixei e agarrei-a pelas mãos. Eu tinha um capuz na cabeça, para que ela não pudesse ver a minha cara. Senti que suas mãos estavam frias e eram extremamente delicadas. Ela era bela. Incrivelmente bela! O corpo parecia meio mole quando a levei para a cama, no canto.

Ela, meio cambaleando, perguntou o que estava acontecendo. Eu a empurrei sobre a cama e comecei a retirar as suas roupas. Ela parecia reagir, pois fazia movimentos descoordenados com os braços e com as pernas. Quando, finalmente, consegui retirar a blusa, me deparei com aquele par de seios que há muito estava acostumado a admirar. Depois, comecei a tirar as calças do conjunto esportivo. Ela intensificou a reação, mas senti que estava começando a ficar meio grogue. Ela aplicou um forte pontapé na minha cabeça e cheguei a cair para trás. Virei-me para ela com raiva e, quando fui abaixar para tocar nos seus seios, ela reagiu feito uma fera, arrancou o capuz da minha cabeça, olhou dentro dos meus olhos com seus olhos azuis intensos e disse:

– Então é você? É você que me manteve cativa todos esses dias?! O que você quer mais de mim?

Eu fiquei ali, nervoso e constrangido. Minha primeira reação foi desfechar um forte soco bem em cima da cara dela. Acho que exagerei na dose, pois ela pareceu desmaiar e começou a respirar com dificuldade. Ajoelhei-me ao lado dela e comecei a beijar os seus seios. Ela começou a fazer movimentos descoordenados, me atingindo com as mãos. Chegou a arranhar a minha cara com suas longas unhas. Pareceu delirar, dizendo:

— Pare! Não faça isso comigo! Não!...

Sua voz era meio enrolada, mas ela parecia estar tendo uma reação totalmente adversa da esperada quando se toma morfina. Ela começou a tremer e ficar agitada. Parecia fora de si. Por um instante eu senti que a dose aplicada não fora suficiente para uma mulher grande, do tamanho dela. Eu fui até a cozinha apanhar outra dose de morfina, mas estava tão nervoso que a pequena ampola me escorregou das mãos e acabou caindo sobre o cimento e quebrando.

Fiquei ali desesperado, sem saber o que fazer. Enchi um copo de cachaça e virei numa longa talagada. Depois enchi novamente o copo e apanhei a faca usada para destrinchar galinha. Peguei a garrafa pelo gargalo e voltei para o quarto.

Ela estava sentada na cama e parecia procurar uma maneira de fugir. Me perguntou, meio sem nexo, o que eu queria fazer com ela. Eu ofereci uma bebida e ela aceitou de bom grado. Virou o copo na boca, sem saber o que estava fazendo. As suas mãos estavam trêmulas e, ao primeiro gole, ela vomitou um líquido esverdeado e fedido. Depois começou a tossir e ficar agitada. Achei que ela estava tentando me iludir e que aquele vômito havia sido proposital, para fazer com que eu sentisse nojo dela. Mas aquilo pareceu estimular mais ainda o meu tesão. Virei uma nova talagada de pinga e tirei a camisa, comecei a roçar o meu tórax nos seios dela.

Como já disse, eu era um tipo que nunca havia dado certo com as mulheres. Às vezes eu contratava uma prostituta e, quando chegava o momento exato, eu ficava nervoso, começava a beber e o tesão sumia. Acabava pagando a coitada para não me aborrecer e nada fazia com ela. Cheguei mesmo a consultar um médico, sobre este assunto, mas ele disse que eu precisava fazer um tratamento psiquiátrico longo, para descobrir a origem dessa minha anormalidade. Não gostei nada do que ele me disse, porque, às vezes, eu ficava excitado e passava horas de pau duro. Tudo dependia da ocasião. Acho que sou um tipo especial de homem, só me excito diante de mulheres especiais. Sou um indivíduo seletivo até nas minhas amizades e penso sempre em ter o melhor. Acho que fiquei assim de tanto olhar para as revistas masculinas de mulheres nuas. Acredito mesmo que isso tudo chegou a perturbar meu desempenho sexual.

Tentei acordá-la, mas ela parecia em estado meio letárgico. Seu corpo estava molhado de suor e ela parecia chorar. Não era um choro normal, as lágrimas simplesmente escorriam dos seus olhos, como se fossem de agonia. Fiquei ali parado olhando para ela, e disse:

– Se você não fizer o que eu disser, você vai morrer.

– Não faça isso comigo – murmurou ela.

Entendi que ela estava lúcida e tentando me enganar. Quis apalpar o seu seio, ela empurrou a minha mão com um gesto de repúdio. Gritou de súbito:

– Vamos, pare com isso!

Desisti de levar a coisa na base da calma. Apliquei uma porrada na cara dela e ela estremeceu na cama. Depois, como uma pantera raivosa, pulou em cima de mim, parecendo possuída pelo demônio. Era uma mulher grande e forte. Lutou desesperadamente, até que eu me emputeci e lhe dei mais um soco forte na cara. O olho esquerdo pareceu pular fora da órbita. Ela ficou desmaiada um instante e depois começou a gritar desesperadamente. Eu não podia deixar ela ficar ali gritando. Não sei bem como e por que tudo aconteceu daquela maneira. Apanhei a faca da cozinha e o primeiro golpe foi bem em cima da garganta. Ela ficou ali, arfando e se debatendo como uma galinha degolada. Parecia se retorcer de dores. Empunhei a faca em posição de 'furar-gelo' e apliquei um golpe certeiro bem em cima do seio esquerdo, mas a porcaria da lâmina era fraca e acabou entortando ao atingir a costela dela. Desentortei a lâmina com a mão, rapidamente, e depois, com a mão, limpei o buraco inicialmente aberto na pele e fiz um movimento para cima e para baixo, até a lâmina encontrar o espaço entre as duas costelas. A lâmina entrou que nem manteiga, enterrando-se até o cabo em cima do coração.

Olhei para ela. Estava toda vermelha, as pernas abertas deixavam aparecer uma vagina tão rosada como uma flor. Nunca tive um momento tão soberbo. Ela era toda minha. Senti uma sensação difícil de descrever. O meu pau ficou duro. Abri suas pernas moles com as mãos e penetrei sem dificuldades aquela vagina que parecia uma caverna enorme. Não demorou muito e comecei a ejacular dentro dela. Era uma ejaculação que não parecia parar nunca. Uma sensação indescritível!

Quando acabei, notei que sua face tinha um aspecto de repouso total. As pernas, em posição obscena, pareciam mesmo esticadas. Segurei seu pulso esquerdo e tudo parecia parado. Depois fechei seus olhos com os dedos e fui até a cozinha apanhar uma corda para preparar o pacote. Eu havia escutado na prisão que os tiras mataram um *fulano no pau-de-arara e depois o enrolaram encurvado sobre as pernas e esperaram a rigidez cadavérica. Colocaram ele dentro de um saco plástico de lixo que o caminhão recolheu naturalmente.*

Apanhei a corda, quebrei um pedaço de cabo de vassoura e voltei para o quarto. Aproveitei enquanto o corpo dela estava ainda mole e, primeiro, amarrei os dois pulsos, como se algemasse. Coloquei os braços por sobre os joelhos e atravessei o cabo de vassoura, exatamente como fazem os tiras, quando penduram os presos no pau-de-arara. Abaixei a cabeça dela lentamente e forcei, até a coluna dar um estalo e a cabeça encostar nos joelhos. Dei um nó, amarrando o pescoço junto aos joelhos e, com o resto da corda, amarrei os dois pés, fazendo uma verdadeira bola com o corpo. Quando ela rolou sobre a cama vi que a ponta da faca brilhava logo abaixo da omoplata esquerda. Fiz uma alça com o resto da corda e tentei levantá-la. Era como se levantasse um saco de batatas do chão. Fui até a cozinha e trouxe dois sacos enormes de lixo. Consegui, sem muito trabalho, acomodar ela nos sacos – um sobre o outro. Amarrei a boca do saco e depois fui tomar uma ducha quente. Fiquei quase meia hora no banheiro. Nisso o telefone começou a tocar. Era Demian, nervoso do outro lado da linha:

– Você ainda não soltou a mulher? – gritou ele.

– Já estou saindo para fazer isso – eu disse.

Arrumei o local, coloquei toda a roupa ensangüentada na máquina de lavar e coloquei bastante sabão em pó e água sanitária. Depois, liguei a máquina, e fui vestir calmamente a minha roupa limpa. Coloquei uma loção e saí arrastando o saco até a mala do carro.

Enquanto dirigia, lembrei cenas dela na cela, o seu sorriso franco e brilhante, e fiquei mesmo triste e arrependido por ter feito aquilo. Mas acabei fazendo o mal que não queria. Após ver a minha cara, ela jamais iria esquecer. Eu sabia que o Deic iria mostrar para ela os álbuns dos suspeitos, e ela ia apontar para a minha foto e dizer: Foi esse aqui... E o reconhecimento seria fatal. Compreendi que havia feito o mal necessário. Ela estava morta. Agora ela fazia parte do rol dos defuntos para sempre. Sempre.

Dirigi o meu carro na direção da Represa Billings. Ali seria um ótimo local para desovar o presunto. Cheguei mesmo a ter pena dela, enquanto recordava os momentos agradáveis que passamos juntos. Ela era uma mulher finíssima e extremamente bela. Uma fêmea de raça, como uma potranca árabe. A mulher mais especial que passou pelas minhas mãos. E foi tudo tão fácil. Recordei o dia em que ela chegou na casa, com o Leo Nilsen, após o seqüestro. Foi tudo tão simples, ela parecia tão inocente.

Foi como um alçapão para pegar um pássaro especial. O pássaro da mais bela plumagem. O pássaro dourado. Depois, foi a fase do cativeiro. Eu alimentando um desejo secreto de possuir aquela mulher. Até chegar no que chegou.

Pensei nos momentos felizes que passamos durante a fase do cativeiro, e que jamais vou esquecer.

Enquanto dirigia, as minhas mãos ficaram geladas. Procurava manter a calma e dirigir tranqüilo. Não podia cometer infrações de trânsito e ser surpreendido com um presunto na mala do carro.

A minha imaginação não parava de pensar. Não acredito em Deus, nem em almas do outro mundo, mas acreditava que a culpa era inteiramente dela. Se ela não tivesse reagido e facilitasse o sexo... Nada disso teria acontecido. Sem dúvida ela recebeu o castigo que merecia. A minha cabeça continuava a dar voltas. Eu procurava concentrar minha atenção no trânsito, mas volta e meia os meus pensamentos voltavam para ela. Minha cabeça latejava e parecia querer explodir.

Pensei que, depois de tudo isso acabado, eu iria apanhar a minha namorada Paula e seus cachorros, e ir viver no Paraguai. Não confiava muito no delegado Demian e... temia até uma eliminação na hora da partilha do resgate. A polícia não ia dar tréguas. O caso acabaria se transformando em ponto de honra e, sem dúvida, acabariam descobrindo. Eu já sofri tanto na vida que não podia correr o risco de entrar em cana. Com certeza, eu não ia agüentar.

As minhas têmporas latejavam. Olhei pelo retrovisor e o trânsito fluía normalmente na Marginal. Tive a idéia súbita de que o delegado Demian iria ficar bastante aborrecido quando eu lhe relatasse que fui forçado a eliminar a vítima. Ele, como velho e experiente policial, ia acabar me dando razão: é sabido que num seqüestro o reconhecimento bota tudo a perder. É uma coisa fundamental nesse tipo de crime.

Já era tarde quando finalmente consegui me livrar do sacolão de lixo. Não sei por quê, mas aquilo me trouxe uma satisfação imensa. Ela certamente iria ficar ali dias e dias... e, talvez, jamais seria encontrada.

Parei num bar, no caminho de volta, e tomei duas grandes goladas de cachaça. A pinga aqueceu o meu estômago e me fez ficar feliz. Comecei a dar risadas homéricas *atrás do volante. O trabalho estava feito, logo eu estaria embolsando uma pacoteira de dólares suficiente para o resto da vida. Agora iria ter tudo aquilo que o dinheiro podia comprar: fama, respeito, poder, felicidade, alegria e até sucesso. Tudo na vida é mais fácil quando se tem dinheiro. Aprendi isto lendo as colunas. Porque a vitória, na vida, pertence aos mais fortes. O fim justifica os meios. A vida é um mistério... No final, todos serviremos como alimento para as plantas. É uma guerra danada. Lobo engolindo lobo. Nunca se sabe o que vai acontecer... Tem sempre alguém querendo pisar na sua cabeça. É por isso que não consigo acreditar que exista um Deus, ou coisa parecida. Acho que essa passagem pela terra é transitória, sem significado algum. Não há diferença entre os homens, os macacos e os bois. É nascer, viver um pouco e depois morrer. Não existe vida depois da morte, nem céu e nem inferno. Não existe nada... só morte."*

Max ficou ali, quase sem palavras, tentando recuperar o equilíbrio após ouvir aquele depoimento brutal. Sua revolta era enorme. Teve que se controlar para não saltar sobre aquela aberração humana, diante dos jornalistas que, também horrorizados, haviam registrado tudo.

Uma profunda emoção tomava conta de todos.

Max então se virou para Massao e disse:

– Já cumprimos nossa parte ouvindo essa nojeira chocante. É hora de buscarmos os outros.

* * *

A prisão de Leo Nilsen aconteceu sem resistência. Ele morava num *apart-hotel* dos Jardins e cooperou de boa vontade com a polícia. Seu depoimento foi objetivo, claro, e confirmou ponto por ponto a confissão de Saulo Furtado, acrescentando algumas outras informações que completaram o que a polícia já sabia:

"O delegado Demian, com sua longa experiência em encarceramento, havia previsto todos os mínimos detalhes. Não havia dúvida de que o local era seguro. Fuga dali era impossível, e a vigilância poderia ser reduzida a apenas um homem de cada vez. De início fiquei assustado com as instalações, porém eu havia passado por celas muito piores e havia sobrevivido. Aquilo ali, diante da maioria dos presídios do país,

era um verdadeiro hotel cinco estrelas. O cubículo estava equipado de um colchonete de espuma, roupa de cama decente, um exemplar da Bíblia Sagrada, um livro de yoga de um autor de nome complicado e um livro de filosofia oriental. O delegado era, além de bastante supersticioso, cultor de meditação zen-budista, da yoga e das filosofias orientais e costumava dizer que aquelas leituras iriam amenizar e confortar a vítima nos momentos difíceis. Ele também havia comprado bastante papel e lápis. Toda comunicação deveria ser feita através de bilhetes.

Ele também fez o regulamento que estava colocado na parte interna da porta: era proibido fazer ruídos, conversar com os carcereiros, encostar nas paredes e qualquer pedido deveria ser feito por escrito e encaminhado no momento do serviço de alimentação.

Durante o período de cativeiro, ela não ofereceu qualquer resistência e se portou com dignidade. Nós a fotografamos duas vezes e ela nunca chegou a escutar minha voz ou ver minha cara. Eu olhava para ela não como um mulher bonita, mas como uma mercadoria que iria render uma boa soma de dinheiro para mim.

Às vezes eu ficava ali observando-a e chegava mesmo a sentir pena. Ela tinha uma força interior incrível. Tinha uma grande vontade de viver. Às vezes eu via ela tentando aprender as posições de yoga, outras vezes, simplesmente contemplava a sua beleza. Ela se mexia de um jeito todo especial, principalmente quando andava ou quando fazia gestos com a cabeça. Parecia uma pessoa tão bondosa... Tão cheia de vida! Por vezes eu imaginava que ela não merecia aquilo. Mas todos conhecíamos o poder econômico da sua família e tudo que a gente queria era receber o dinheiro."

Leo Nilsen fez uma pausa. Parecia emocionado. Depois de certo tempo, voltou ao relato:

"Eu fiquei profundamente chocado quando li sobre a morte dela. Jamais poderia imaginar que o Saulo fosse capaz de fazer aquilo. Da moça Patty só guardo boas recordações. No último dia que vigiei, ela parecia eufórica e feliz. Dava risadas discretas quando escrevia alguma coisa. Passava o tempo todo escrevendo e pensando. Acho que ela escreveu um verdadeiro diário... A verdade é que só tive boa impressão dela. Só tenho a lamentar o que aconteceu."

– Como foi o transporte de Aparecida até o cativeiro? – Max perguntou.

"Botamos ela drogada na mala do carro. Dirigi até a casa, sem problemas e em baixa velocidade. Saulo aproximou-se e nós colocamos ela no carrinho de mão, com *um capuz na cabeça e com as mãos amarradas. Ela começou a se debater e o Saulo segurou as pernas e eu agarrei os braços, embora ela lutasse furiosamente para se libertar, contorcendo-se e esperneando. Eu apliquei um golpe forte sobre a sua cabeça e ela ficou quieta um instante, enquanto eu segurava o pescoço dela, numa gravata apertada. O Saulo começou a empurrar o carrinho e com certa dificuldade conseguimos levar para dentro da casa. Colocamos os braços dela para trás e aplicamos uma nova dose de morfina e ela ficou imóvel, inanimada por um instante. Puxei o capuz e segurando com força os cabelos dela – sem que ela me visse, soltei a mordaça apertada e recoloquei o capuz de volta. Amarrei os pés e, quando chegamos ao cativeiro, haviam se passado apenas alguns minutos. Tudo parecia normal. Olhei para trás e o Saulo deu um sorriso e fez um sinal positivo com o polegar. Entendi que tudo tinha saído sem problemas. Saulo e eu retiramos as amarras e a conduzimos até o interior do cativeiro. Ela parecia zonza e logo se deitou no colchonete.*

Quando fechamos a porta, nós dois ficamos muito satisfeitos. Ela agora nos pertencia. Patty, a filha do deputado, a herdeira de uma das maiores fortunas do país, agora era nossa. Eu me senti excitado só de pensar naquilo. Podia sentir o cheiro do seu perfume nas minhas mãos. Tudo fora feito sem problemas. Exatamente como havíamos previsto.

Depois de meia hora Demian apareceu no local e conferiu tudo. Em seguida eu saí com ele, de carro, e fomos até um local distante de São Paulo, na Dutra, onde ele pegou uma mensagem já previamente escrita e, do orelhão, telefonou para alguém. Falou que ela estava em local seguro e que tudo estava bem. Disse, ao final, para manter a polícia e a imprensa longe de tudo.

Demian voltou até o Omega e seguimos viagem juntos. Depois de quase meia hora atingimos a entrada do sítio.

A primeira fase estava consumada com sucesso.

Eu olhei pelo olho-mágico e notei que ela tinha o rosto pálido, quando retirou o capuz. Sua roupa estava toda suja e notei que ela parecia em estado de choque. Perdida. Sem saber como fora parar ali. Ela olhou em volta da cela e depois andou até a porta e leu atentamente o regulamento que estava colado na parte interna.

Eu apanhei um conjunto esportivo novo e escrevi um bilhete ordenando que ela trocasse de roupa, vestisse o conjunto esportivo. Ela trocou-se, depois passou pela portinhola as suas roupas, que eu levei, coloquei na máquina de lavar e apertei o botão.

Voltei a olhar através do olho-mágico. Ela parecia cansada e estava estirada sobre o colchonete. Fiquei ali, vendo ela respirar durante horas. Ela era um belo animal. Um belo pássaro, que agora estava na minha gaiola. Ela era nossa... ela significava dinheiro.

Eu fiquei admirando aquela moça. Ela tinha os olhos claros, muito grandes, que pareciam assustados. Os cabelos louros estavam em desalinho, mas mesmo assim eram muito bonitos. A aparência dela era esportiva, naquele conjunto um pouco largo demais para ela.

Sei que é idiotice da minha parte confessar isso aqui, mas eu estava maravilhado com ela. Todos os meus sonhos pareciam estar se realizando. Meu pai, que adorava filosofar, me dizia que a gente nunca deve deixar a mulher perceber que a achamos bonita. Mas o mais estranho é que estava dizendo para mim mesmo que, pela primeira vez na vida, eu verdadeiramente estava olhando para ela como se quisesse comê-la com os olhos. Tudo que eu havia escutado falar a respeito dela, de repente, projetou-se sobre mim num encantamento inexplicável. Fiquei ali olhando e olhando para ela, sem cansar. O ruído do ar-refrigerado era o único som naquele porão.

Senti que teria alguns dias de alegria sendo o carcereiro daquela presa dourada. Ela tinha algo de tão especial que me deixava profundamente excitado. Era como se eu pensasse que ela era de uma outra raça. Alguém tão especial, que eu sentia que teria de tratar bem e satisfazer ali todos os desejos dela. Ela não era como as outras mulheres que eu já tinha conhecido e convivido. Ela era um tipo que se fazia respeitar, alguém frágil e extremamente bela e feminina.

Confesso que passei o resto da noite ligado nela. Acompanhei cada movimento que ela fez. Vi quando ela urinou pela primeira vez, e pareceu uma triste figura. Teve um dia em que cheguei a sorrir enquanto olhava ela sentada sobre o vaso sanitário. Eu estava deslumbrado com a beleza dos seus cabelos, com os seus gestos finos e com a beleza daqueles olhos enormes e expressivos. Logo, na minha cabeça, veio a idéia: Eu sentia pena dela."

O delegado Max ofereceu cafezinho para os presentes e depois perguntou o que os jornalistas ainda queriam saber:

– O que aconteceu com o carro? – um deles perguntou.

Leo Nilsen bebeu tranqüilamente o seu café fumegante e depois disse, com voz pausada:

– Fizemos exatamente conforme o previsto. O delegado Demian, Saulo e eu colocamos as roupas, os disfarces e as armas dentro da Omega e jogamos dentro da represa. Foi um trabalho enorme até conseguir que o carro afundasse.

– Você quer dizer que o carro ainda está sepultado nas águas da represa? – perguntou Max.

– É possível. A não ser que Demian, ou alguém ligado a ele, tenha ido lá e recuperado a Omega.

– Massao, requisite o helicóptero da polícia, vamos imediatamente vasculhar a represa – disse Max.

Capítulo Dezessete

O AR ESTAVA ÚMIDO E O DIA prometia ser quente, ideal para explorar a represa.

Max examinava a localização do local de desova do carro. Leo Nilsen, algemado, orientava a rota. Max temia por uma emboscada e chegou mesmo a levantar dúvidas sobre a veracidade da história de Nilsen.

Max voltou a se concentrar nas palavras do depoimento de Saulo, confirmado por Nilsen. Tudo parecia fazer sentido. A fase mais importante parecia estar chegando. Pensou num provérbio alemão que dizia: *a alegria mais sincera é a que sentimos na complicação alheia*. Era um provérbio sábio, que explicava o quanto o homem se sentia feliz com a derrocada do outro. Max pressentiu que a chave tinha que estar ali. Demian certamente havia planejado tudo. Aquele era um lugar seguro. O carro poderia ficar ali por meses ou até anos.

O helicóptero sobrevoou a região e Leo Nilsen apontou para baixo e disse:

– Lá está o local da desova do carro.

Max visualizou o espelho d'água brilhante da represa. Ordenou ao piloto que aterrissasse próximo da margem. Quando desceu no local, constatou a rampa próxima de uma grande pedra. Ele olhou para a água e admirou a beleza do local. Massao comentou:

– A represa é funda. O carro escorregou pela rampa.

– Acho que ele ainda está lá embaixo.

Max pensou na engrenagem do seqüestro. O carro desovado estava lá, descansando sob as águas. Não era mais uma abstração. Era algo que realmente poderia ser alcançado. Imaginou se era apenas o dinheiro que movia um homem como Nilsen. Sabia que todos precisavam de uma pitada de perigo. A vida sem perigo era entediante. Alguns conseguiam isso através dos outros: alguns liam sobre o perigo, outros obtinham sua dose via televisão. A segurança era incompatível com a natureza humana. Até no amor se buscava o perigo.

Max voltou a admirar as flores, o rochedo e a represa. Depois, avistou outros helicópteros: os jornalistas acompanhando atentos a investigação. Max colocou um bote inflável sobre as águas. Saiu para um reconhecimento da área. O bote deslizava nas águas escuras da represa. Controlando o leme, o delegado aproximou o bote da única formação rochosa do local. A pedra estava na posição correta e facilitou a ancoragem.

O sol esquentara e ele já começava a suar. Max soltou a âncora e vestiu o equipamento de *aqualung*. Amarrou o cabo no bote, enquanto Massao controlava o leme. A água estava fria. Ele ajustou a máscara. Sentiu uma inquietação ao saltar, mas logo se acostumou. O mundo instantaneamente ficou opressivo e silencioso. Tinha consciência da sua própria respiração. Suas expirações transformadas em rajadas de bolhas. A luz ficando turva, seus olhos se adaptando. Animado com a perda do próprio peso, bateu o pé-de-pato na água e nadou em direção ao fundo.

Explorou a ponta de projeção da pedra. Delineou a área e efetuou inúmeros mergulhos até o fundo. Aquilo era tarefa para mergulhadores profissionais, mas ele continuou tentando. As águas da represa eram estáticas e ele descia e subia de maneira incansável. Até que, finalmente, vislumbrou algo à sua frente, quase recoberto pelas areias do fundo: era a Omega cinza, que parecia uma forma coberta pelas algas. Viu alguns peixes curiosos, que se afastaram quando ele começou a mexer nas plantas aquáticas. O carro dormia sereno ali, ainda intacto.

Começou a afastar as algas e a areia com as mãos. À medida que limpava o local, sentia a exaustão se apoderando de seu corpo. O mundo ao seu redor estava gelado. Sua mente permanecia alerta, mas o corpo inerte. Resolveu intensificar o trabalho. Sentiu que o oxigênio poderia estar acabando quando viu, pelas janelas, a caixa. Seu coração bateu mais depressa no momento em que ele confirmou que ela estava intacta. Tentou balançar a porta para um lado e para o outro, mas parecia pesada demais. Olhou em volta, procurando algo que pudesse ser usado como alavanca, mas não encontrou nada.

A respiração começava a ficar difícil. Faltava-lhe o ar. Empurrou-se para a superfície. Uma subida interminável para a luz. Até que emergiu e respirou fundo, adaptando-se à claridade intensa. Estava ainda com falta de ar quando Massao lhe estendeu a mão.

– Encontrou o carro?

– Está lá embaixo. Parece intacto.

Max retirou o equipamento de mergulho das costas e sentou-se no bote. Abriu a garrafa térmica e tomou um café. Estava faminto e extenuado.

– Vamos buscar um cabo de aço e um trator para puxar o carro para fora.

Quando o barco atracou na margem do lago, Max olhou para Massao e disse:

– O homem escalou o Everest, desintegrou o átomo, bateu recordes... Por que nós não iríamos encontrar as evidências do crime?

Massao fez uma pausa para pensar e depois respondeu:

– Agora o palco do Deic vai ser armado. A partir de hoje você pode se considerar o ator.

– É a coroação por uma longa folha de serviço honesto – ele disse, com os olhos faiscando e as faces rosadas, enquanto saboreava a recuperação do carro.

Ele sabia o quanto aquela operação era importante. Representava o ponto mais alto do trabalho de toda a sua vida. Os sucessos na carreira policial eram raros e tinham um valor relevante. Ele imaginava sua vida depois desse caso. Imaginou a preciosidade do feito, como um diamante especial. A história dos diamantes famosos, ele conhecia de cor: o *Great Mogul*, descoberto na Índia em 1650, pesando setecentos e oitenta e sete quilates, desaparecera na França após ser lapidado; o *Orloff* fora roubado por um soldado francês do olho de uma estátua num templo brâmane na Índia, sendo posteriormente vendido ao príncipe Orloff, que o presenteou a Catarina, a Grande. Até mesmo o *Shah*, um diamante todo especial, de cor amarela, que pertencera a Baroda da Índia, fora misteriosamente roubado e integrado à coleção de Josefina. Max pensava nos diamantes e questionava o destino do resgate. Possivelmente estaria com o delegado... Depois que carregaram os equipamentos no helicóptero, voaram de volta até São Paulo. No aeroporto, foram abordados por um batalhão de jornalistas. Durante algum tempo, ficaram espremidos, respondendo às perguntas.

Era parte da missão de Max despistar os jornalistas quando inconvenientes. Era seu dever ser frio sobre a morte como um cirurgião. Ele olhou para Massao, fez um sinal e saíram andando na direção na viatura. Antes mesmo que os jornalistas fizessem novas perguntas, Massao abriu os braços, obstruiu a passagem, empurrou Leo Nilsen e saiu dando cotoveladas para abrir o caminho. Os jornalistas compunham um bando agitado e ruidoso. Pareciam moscas no mel.

– E os demais envolvidos? Os outros? – gritou um dos jornalistas.

– Todos serão presos – Max respondeu. – É apenas uma questão de tempo. Para nós, é ponto de honra esclarecer este caso, o mais breve possível.

– Acha que vai conseguir prender o delegado?

– Estamos trabalhando para isso. Vamos chegar lá...

* * *

Max e Massao, conduzidos por Leo Nilsen, chegaram à casa de Demian. Ele pareceu assustado quando os viu entrar. Ficou ali sem jeito, sem saber se apertava ou não as mãos deles. Alguém havia lhe dito que não se aperta a mão dos inimigos.

Massao percebeu o nervosismo que ele sentia. Notou, ainda, que ele trazia algo oculto sob o paletó, à altura da axila esquerda. Sabia que não podia descuidar. O homem era perigoso e estava desesperado. Suas mãos peludas, cheias de anéis baratos, tremiam...

– Eu sou o delegado Max, do Deic. Este é o investigador Massao. Somos da divisão anti-seqüestro.

Demian ofereceu um drinque e eles recusaram.

Max então comandou a conversa.

– Doutor Demian, temo que tenhamos que falar de um assunto muito sério.

– Verdade? – ele disse. – Vocês gostariam de um café?

– Sim, obrigado.

Ele andou na direção da cozinha e pediu café para quatro. Quando voltou, Max retomou a conversa.

– É sobre o seqüestro de Patty Bravamel... Você sabe?

– Eu li o noticiário. Estava em todos os jornais.

– Você tem algo a ver com isso?

– Nada. Por quê?

Os policiais se entreolharam. A empregada aproximou-se, trouxe o café e serviu a todos.

– Esta é uma situação profundamente desagradável – Max continuou.

– Eu não sei de nada – Demian repetiu.

– Bem, mais ou menos pelo meio da madrugada de ontem, fomos acionados. Havia sido encontrado o corpo da vítima do seqüestro na Billings. Um crime chocante. É por isso que estamos aqui.

Max fez uma pausa estudada e bebeu seu café antes de continuar.

– Você deve conhecer este homem aqui, não?

– Conheço, e daí?... Conheço muita gente.

Max encarou Demian. E esperou por sua reação.

– Sabe, delegado, a gente não tem a menor pressa – Max disse. – Temos esperado por esse momento já faz quinze dias.

– Esperar faz parte da profissão.

– Eu sei! Por isso pedimos que o senhor colabore... Pode nos contar alguma coisa sobre o seqüestro?

– Eu não tenho nada para falar – Demian disse, categórico.

– Como você conheceu o Nilsen?

– Foi meu preso lá no distrito. Apenas isso.

– E o Saulo? Eles confessaram tudo... Tudo!

Max procurou algum sinal no rosto de Demian. Enquanto isso, Massao fazia anotações num pequeno bloco. Depois, ele apanhou seu cigarro, deu uma baforada longa, olhou para Demian com olhos desdenhosos e fuzilou:

– Vamos lá! Você sabe que não dá para negar.

Demian levantou calmamente, andou até o fundo da sala e separou de uma pilha de livros um exemplar com a metade da bandeira brasileira na capa.

– Você conhece a nossa Constituição? A nova Carta Magna? – ele estendeu o volume para Max. – Será que conhece o artigo que diz que tenho o direito de permanecer calado?

Max suspirou. Seus olhos brilhavam como brasas. Ele falou mansamente:

– É dever de todo o cidadão cooperar com a polícia.

– A Constituição é clara – Demian disse, sustentando o olhar de Max. – Os políticos perderam um tempo danado para elaborar esta que é a melhor Constituição que o Brasil já teve.

Massao estalou os dedos. Parecia desolado. Ele olhou para Max e disse:

– É melhor deixar pra lá. Estamos malhando em ferro frio.

Depois, voltou-se para Demian e completou:

– Uma jovem foi seqüestrada e morta. Estamos tentando chegar aos culpados. Apenas isso. Esclarecer os fatos.

Demian colocou o livro sobre a mesinha de centro, bem debaixo do nariz deles.

– Quer dizer que vocês procuram os culpados. Então eram vários?

– Por que você insiste em negar? – Max perguntou.

– Eu não tenho nada a ver com esses caras. Se eles aprontaram, que paguem...

– Negar é fácil...

– Muito bem: vocês têm provas contra mim?

– Você mandou consertar o Toyota que foi usado no seqüestro, está lembrado? – Max disse. – Até deu um cartãozinho para o mecânico ligar para você.

– O que é que isto tem a ver? A perua foi roubada. Tenho um boletim de ocorrência registrado, quer ver?

Max ficou todo vermelho. As veias da sua fronte pareciam latejar.

– Saulo deu todo o serviço. Encontramos o carro no fundo do lago. Estive no cativeiro durante horas. A coitada foi morta barbaramente. Ainda está lá no IML. Não foi uma cena muito boa de se ver. Uma jovem bonita, com a vida pela frente, apagada de forma brutal...

– Eu não sei de nada. Não sou responsável pelos outros.

– É a velha história... Você, como policial, conhece os seus direitos... Mas existem evidências... indícios veementes. Como você justifica o cativeiro no Morumbi?

– Tudo isso é lamentável. Eu desconhecia esse fato – Demian falou.

– Desconhecia? Pare de dar voltas senão seremos obrigados a convidá-lo a vir conosco.

– Dar voltas? Que voltas?

Max percebeu que aquela conversa circular e infrutífera poderia durar horas.

– Polícia não tem bola de cristal, e agora, com esta Constituição aí... é perda de tempo. Demian não vai falar, Max. Acho melhor a gente levar ele logo – disse Massao.

– Você ouviu? – Max interveio. – Você escutou? É melhor para você dizer logo o que sabe. Facilitar a vida da gente.

Demian levantou a voz:

– Já disse que conheço os meus direitos. Vou ficar calado.

– Sendo assim, serei obrigado a deixar Massao agir. Quem sabe você abre o bico?

Massao levantou-se com um aspecto intimidador. Fez um movimento rápido e enrolou seu braço esquerdo em volta do pescoço de Demian, que tentou levantar o corpo fazendo força. Com sua mão direita Massao segurou os colhões dele... Apertou firme, como se espremesse uma laranja. Falou sussurrando em seu ouvido direito.

– Vamos lá, espertalhão. Só porque você é delegado de polícia, não significa que você não vai falar.

Demian começou a grunhir. Massao o manteve subjugado. E, depois de um tempo, deixou-o cair no sofá. Max estava sorrindo.

— Que tal a gente começar tudo de novo?

A dor fez Demian permanecer curvado no sofá. Aquilo tinha sido um golpe baixo. Ele olhou com ódio para Massao, que arrumava os cabelos desalinhados. Demian ficou ali quieto, esperando passar a fúria e temendo que eles o atingissem de novo. Max falou com Massao:

— Da próxima vez, você aperta com as duas mãos. Ele fez por merecer. Vamos ver se ele ainda pensa que a lei está na cartilha.

Max sentou-se ao lado de Demian e colocou a mão em sua coxa.

— Vamos lá: quero saber de tudo.

— O que eles disseram sobre mim? — Demian perguntou, tentando ganhar tempo.

— Deram todo o serviço. Falaram tudo.

— Bem. Existem outros, não é mesmo? Eu não estou sozinho nessa parada.

— Você foi o mentor intelectual, o cabeça, Demian — Max disse.

— Não. Vocês estão querendo me incriminar por antecipação. Fabricar um culpado para a imprensa...

— Isso depende de você. Se não falar, vai ter que vir com a gente.

— Só se for como testemunha.

— Testemunha? Você está me achando com cara de otário? — Max se exaltou. — Meu faro diz que você sabe das coisas. Sei que vai tentar dificultar o papel da polícia, vai se escudar na Constituição e tudo... Mas isso só vai piorar as coisas para o seu lado. Mais cedo ou mais tarde a gente chega lá... A gente consegue a sua confissão.

— Confissão?

— Claro. A polícia sempre consegue. Você sabe disso.

— Isso é conversa para otário.

Massao aproximou-se de Demian e gritou:

— E então? Vai ou não vai falar?

Demian se encolheu, assustado. Ele percebeu que não adiantava insistir em sua estratégia. A casa tinha caído.

— Está bem. Eu fui contratado por Goldenberg. Trabalhei como peça do quebra-cabeças. Ele é o cérebro. Fiz apenas um trabalho secundário. O resto, a elaboração do plano, o financiamento, foi tudo coisa dele. Vocês sabem, o trabalho do seqüestro é um parto demorado. Eu não tenho nada a esconder. Só disse que não sou obrigado a falar, entendeu?

Demian respirou fundo e depois indicou Massao com um movimento de cabeça.

– E tem outra coisa: se esse cara der outro bote em mim, ele vai levar a pior. Eu exijo respeito...

Massao olhou para ele com desejos de esganá-lo. Max disse:

– Você chegou onde queríamos. Agora vem conosco.

– Pra onde?

– Você vai nos acompanhar até a delegacia anti-seqüestro e, depois, vai nos levar até o cabeça de tudo isso.

– A minha liberdade não tem preço? – Demian ainda perguntou. – Que tal a gente fazer um acerto?

– Você está brincando! Saiba que na polícia também tem gente honesta. Com a gente não tem acerto.

Max sacou um par de algemas do bolso e Massao grampeou os pulsos de Demian. Eles nem se deram ao trabalho de revistar a casa. Já estavam convencidos quanto ao seu comprometimento.

* * *

Christiano voltou a São Paulo e hospedou-se no César Park. Dormiu o sono dos anjos. Acordou por volta das dez horas da manhã muito agitado, como se houvesse algo dentro de si querendo escapar. Imaginou ser um reflexo tardio do *stress* do dia anterior.

Saiu da cama e entrou na banheira cheia de espuma. Ficou imerso um tempão, pensando em tudo que havia acontecido. As imagens desfilavam em sua mente, como num filme. Saiu da banheira imaginando os tiras da Homicídios. Certamente estariam rangendo os dentes de raiva e sendo cobrados pela imprensa.

Enxugou-se e depois umedeceu o rosto com água quente, aplicou creme e começou a fazer a barba. Ficou olhando para o reflexo de seu rosto no espelho. Escorregou a gilete no rosto e barbeou-se com atenção. Sua mente, entretanto, ainda buscava respostas para toda aquela sandice: seria a história da biografia apenas um subterfúgio? Teria o bastardo do Albert Goldenberg o usado como laranja? Teria sido o crime de Linda o seu crime particular, longamente guardado e alimentado no seu íntimo? Seria ele apenas uma engrenagem nas suas maquinações? Alguém vulnerável, escolhido a dedo, para uma chantagem mortal? Na verdade, a única coisa da qual tinha certeza era que nunca saberia a resposta certa, ainda que tudo parecesse se encaixar como um quebra-cabeças. Com certeza, ele havia sido um joguete nas mãos daquela mente engenhosa, capaz de corromper tudo com o seu dinheiro. Mas as coisas, Christiano achava, tinham acontecido para além da capacidade de Goldenberg planejar.

Ele deixou o banheiro, abriu a janela e olhou para a linda manhã ensolarada. Depois, tomou o café da manhã. Então, trocou-se e conferiu sua aparência no espelho. Ficou ali um tempo longo, olhando e dando sorrisos de felicidade. Tudo que ele queria no momento era ver Nadja. Levá-la para almoçar num restaurante, passear, fazer compras e, depois, liberar o animal aprisionado dentro de si. Senti-la gemendo, suspirando, suando e até chorando.

Planejou que passaria num banco e alugaria um cofre de valores. Era quase meio-dia quando pagou a conta na recepção. Solicitou ao recepcionista um rádio-táxi e informou ao motorista o endereço do banco. Assim que o táxi saiu, ele sentiu uma dor de cabeça súbita e uma ansiedade irracional. Uma sensação estranha, como se houvesse sido tomado por *algo* inexplicável. Um pressentimento estranho...

Na agência bancária, Christiano alugou o cofre e guardou sua fortuna. Depois, passou por uma floricultura, onde comprou uma linda *corbeille* de rosas chá, com uma orquídea vermelha. Então seguiu para a casa de Nadja, ainda sentindo uma tensão estranha. Pensou: quando estivesse com Nadja nos braços, tudo aquilo desapareceria. Todos os obstáculos tinham sido removidos. Nada iria impedi-los de ficar juntos.

Ele conferiu o relógio, ajeitou as flores no braço esquerdo, descontraiu os músculos da face, andou até a porta do apartamento e apertou a campainha.

A porta foi aberta e o que ele viu tirou seu fôlego. Nadja estava sentada no sofá, com uma expressão desesperada no rosto molhado de lágrimas. Ao seu lado estavam os homens da polícia.

Ela havia sido *pressionada* e confessara. Christiano ficou parado, abraçado às suas flores. Não conseguiu dizer nada. O delegado se levantou e disse:

– Você está preso. Você foi reconhecido pelo porteiro. Sua foto está em todos os jornais.

Nadja levantou-se e o abraçou.

– Eu não vou te abandonar, aconteça o que acontecer.

Christiano a beijou e se perguntou se ela ignorava o que havia acontecido com o pai.

O delegado olhou novamente para ele e disse:

– Agora você vai ter bastante tempo para escrever seus livros. Vendo o sol nascer quadrado, todas as manhãs. Coloque as algemas nele, Massao. Bem apertadas.

Massao puxou os braços para trás e Christiano ouviu o barulho das algemas. Logo suas mãos começaram a ficar insensíveis.

Christiano foi conduzido para fora do apartamento e empurrado em direção ao camburão que acabara de estacionar diante do edifício:

– A imprensa agora conseguiu um prato cheio – Max comentou.

Uma sensação de medo percorreu a espinha de Christiano. Ele sentiu seu mundo cair. Seu sonho parecia ameaçado. À sua frente estendia-se uma vasta mancha de culpa, amenizada apenas pelo dinheiro, que prometia uma caminhada prisional *suave*.

Capítulo Dezoito

O CORTEJO FÚNEBRE SEGUIA PELA Rua da Consolação. Era o evento mais comentado do dia, muito importante para a cúpula policial paulista, que havia conseguido desvendar o crime e prender os envolvidos.

Em seu carro, Max levava Falcão e Massao. Todos vestiam ternos escuros. Tiveram certa dificuldade para estacionar o carro – apesar do emblema policial na porta –, pois o movimento era enorme.

O caso Patty havia chocado a opinião pública de forma brutal. O tipo de tragédia que os veículos de comunicação explorariam por muitos dias ainda.

Próximo ao portão de entrada do cemitério, o tráfego parou de vez. Por um instante, Max pensou em ligar a sirene da viatura, mas percebeu que de nada adiantaria. Permaneceu na fila, que se movimentava lentamente, aguardando a descida dos passageiros dos outros automóveis. Notou veículos com placas oficiais de diferentes órgãos do governo. Carros de reportagem se misturavam a reluzentes carros importados.

Um batalhão de jornalistas montava guarda no portão de entrada do cemitério. Desrespeitavam as regras de um evento fúnebre daquela natureza. Do lado direito do grande portão estava estacionada, estrategicamente, uma Sprinter da Rede Globo, com uma enorme antena parabólica no teto. Diversos jornalistas portando câmeras e gravadores acompanhavam a entrada dos parentes, avançando sobre as figuras importantes. Max desceu na companhia de Santana e Falcão. Massao, antes de seguir em frente com o automóvel, estendeu a mão com um enorme envelope e o entregou para Max:

– Olha aqui, você está esquecendo.

Max se voltou rapidamente, apanhou o envelope e entrou.

Um jornalista o abordou no ato e, aos empurrões, enfiou o microfone na cara de Max.

– O que vai acontecer agora com os seqüestradores?

Ele respirou fundo.

– Vão a julgamento e devem tirar férias no hotel cinco estrelas do governo.

– Cinco estrelas? – o jornalista perguntou.

– O presídio da polícia é um verdadeiro hotel de luxo.

O jornalista tentou mais algumas perguntas, mas Max se afastou, explicando que o momento era de pesar e de orações. Fez algumas poses para fotos ao lado de Santana e Falcão e prometeu ao repórter uma entrevista completa, após o funeral.

Assim que entrou no cemitério, Max viu que o assessor do secretário da Justiça gesticulava para ele.

– Vocês serão condecorados pelo governador. Fizeram um belo trabalho e merecem a recompensa. Parabéns!

– Apenas cumprimos nosso dever.

Quinze minutos depois, o caixão coberto de flores deslizava sobre um carrinho pela alameda do cemitério, ladeado pelos familiares da falecida. Um representante do governador e a presidente do movimento feminino seguravam as alças do caixão. Uma discreta garoa começou a cair. Atrás do caixão seguiam as múltiplas coroas de flores, que exalavam um perfume triste. Max foi avançando, acenando com a cabeça para conhecidos. Observou que ali estava a nata da sociedade paulista: empresários da Fiesp, *socialites*, escritores, autoridades eclesiásticas e políticos.

O enorme caixão florido parecia coberto pela névoa da garoa quando chegou ao jazigo da família Bravamel. O deputado Bravamel falou com a voz embargada sobre a filha, demonstrando uma dor imensa. Parecia ter envelhecido muitos anos. A chuva escorria pelas lentes de seus óculos, misturando-se às lágrimas.

Depois, o caixão foi acomodado no jazigo e as mulheres jogaram pétalas de flores antes que Bravamel despejasse a primeira pá de terra, encerrando o cerimonial.

Movendo-se com dificuldade em meio à multidão, Max se aproximou do deputado Bravamel. Durante alguns segundos, considerou se o momento era adequado para o que pretendia fazer. O deputado acenou para ele. E disse:

– Aprendi a render homenagens aos vencedores. O senhor realizou um grande trabalho.

Max olhou para ele de forma agradecida e entregou-lhe o envelope que carregava.

– O momento talvez não seja adequado. Mas neste envelope estão os diários escritos por sua filha durante o período de cativeiro.

Bravamel abriu o envelope e retirou o calhamaço de papéis, que parecia um tanto manuseado.

– Achei que deveria entregar pessoalmente ao senhor. Foram encontrados na casa que serviu de cativeiro.

Bravamel leu algumas frases da primeira folha e pareceu relutante em guardar aquele calhamaço. Então voltou-se para o grupo de jornalistas e fotógrafos que acompanhavam a cena e disse:

– É um depoimento e tanto. Dá uma idéia do que significa morrer um pouco a cada dia...

A garoa começou a cair forte e Bravamel seguiu, ao lado de Max, em direção ao portão do cemitério. Várias autoridades aproximaram-se dele, apresentando seus pêsames. O enorme carro preto aproximou-se e o segurança abriu a porta. Max acenou para o deputado, que se sentou no banco traseiro e respirou fundo. Depois, lentamente, o carro começou a se afastar. Bravamel colocou os óculos e começou a ler o registro escrito dos últimos momentos de vida de sua filha amada.

Sobre o autor

Hosmany Ramos era um médico famoso, intelectual refinado, no final dos anos 70, quando, de repente, por razões que nem ele mesmo consegue explicar, viu-se do outro lado da lei. Está preso desde 1981. Na prisão, fez cirurgias plásticas restauradoras em presidiários feridos; aprendeu a pintar e dedicou-se, finalmente, à literatura. Um de seus livros, Marginalia, foi descoberto na França, recentemente, e publicado na famosa *Serie Noire*, de literatura policial, pela editora Gallimard, uma das maiores do mundo. Pavilhão 9 – publicado no Brasil pela Geração Editorial, com grande sucesso – será lançado em breve pela mesma Gallimard, numa edição ilustrada.

Este Seqüestro Sangrento, que a Geração Editorial lança agora na coleção Carpe Diem, ao lado de autores consagrados do mundo inteiro, é prova inconteste de que Hosmany transformou-se realmente num escritor. Em pleno domínio do processo narrativo, é impressionante como ele recorre a acontecimentos do Brasil moderno, real, do qual tem notícias apenas pelos jornais, revistas e TVs, para fundi-los com suas próprias experiências no mundo do crime. Personagens reais e imaginários cruzam-se num mundo de violência, crueldade, corrupção e falta de perspectivas. A tensão dura o tempo todo. O final, terrível, imprevisto, fecha o círculo da desumanidade. Para Hosmany Ramos, poucos se salvam. Não há lugar para heróis ou para gente pura no mundo cruel do escritor Hosmany Ramos.

O AUTOR E SUA OBRA

"Existe um inegável fascínio pelos relatos feitos por encarcerados. Descobre-se, sobretudo, como um ser humano consegue sobreviver num apêndice do inferno.

O livro Pavilhão 9, do médico e presidiário Hosmany Ramos, carrega diversas histórias bem contadas, alguns contos de ficção e relatos pessoais, guardando uma surpresa ao final: um capítulo (que dá nome ao livro) que narra os eventos do 2 de outubro de 1992 na Casa de Detenção, em São Paulo, em que, após uma rebelião no pavilhão 9, detonadas por uma briga entre presos, morreram 111 detentos. (...)

Em Pavilhão 9, muitos contos são elaborados com todos os requisitos que definem uma boa narrativa. Há surpresa, ação e, sobretudo, vida. Destacam-se o conto que abre o livro, "Jogo de Xadrez", em que presos em uma cela contam seus crimes mais bárbaros e o conto em que um funcionário do IML desce em pé o cadáver de uma loira num elevador lotado.

Na melhor história do livro, "Visita na Cela", um preso que sofre de priapismo fica "entalado" à sua visita íntima. Os dois corpos num só despistam a guarda e passam uma semana grudados na cela, criando técnicas para as atividades diárias, como banho e higiene, e se amando sem parar.

(MARCELO RUBENS PAIVA, **Folha de S. Paulo**)

"Fios brancos, esvoaçando em revolta na cabeça; olhar de aço que parece cortar a gente, uma blusa branca amassada que termina numa gola olímpica deformada, a tradicional calça cáqui de presidiário, e o tênis preto que lhe dá leveza no caminhar. Depois de Paulo Coelho, Hosmany Ramos é o mais novo sucesso literário brasileiro na França. Seu livro Marginalia foi lançado pela importante editora Gallimard e vendeu bem. (...) Por trás do olhar metálico do autor de sete livros, vêem-se 20 anos de cadeia, meia-dúzia de fugas frustradas e uma pena de três décadas ainda para ser cumprida."

(DANILO ANGRIMANI, **Jornal da Tarde**)

Marginália é um grande livro, um olhar extraordinário para o universo da prisão e de si mesmo, violento e introspectivo ao mesmo tempo. Não se parece com nada.

(PATRICK RAYNAL, **editor da Gallimard**)

"Hosmany Ramos propõe uma viagem ao fundo do niilismo contemporâneo. Não sei por que milagre uma tal obra possa surgir, sobreviver e sair dessa cloaca, nos mostrando o verdadeiro dia-a-dia, tão tragicamente humano."

(MAURICE DANTEC, **escritor francês**)

"Este Pavilhão 9, de Hosmany Ramos, é uma porrada que, primeiro, nos tira o fôlego; depois, como acontece com seus personagens humilhados, espezinhados, aos quais se nega a mínima migalha de dignidade humana, nos pomos, como diz um dos presidiários deste relato, a 'maginar'. A Idade Média vai acabar quando? Não a Idade Média dos artistas, pensadores, humanistas, mas dos calabouços, dos torquemadas, dos castigos além das penas. (...)

Não nos iludamos. O enorme contingente de garotos mal passados dos 18 anos que partem para o crime, em número cada vez maior, e sobre os quais Hosmany até derrama um pingo de compaixão, esses garotos sinalizam algo bem grave: consciente ou inconscientemente, eles descarregam sua fúria contra um sistema que lhes negou e nega toda esperança de vida digna.

Nas histórias de Hosmany Ramos, os personagens não têm saída, mesmo saindo da cadeia. Remoem seu rancor hora após hora e não vêem a hora de saciar sua revolta com rodadas de sangue, revolta inevitável contra a qual 'só há os demorados – mas seguros – remédios da justiça social', como escreveu o criminalista Tales Castelo Branco sobre o projeto de fechamento do Carandiru."

(MYLTON SEVERIANO DA SILVA, **Caros Amigos**)

Impressão e Acabamento
Com fotolitos fornecidos pelo Editor

EDITORA e GRÁFICA
VIDA & CONSCIÊNCIA

R. Agostinho Gomes, 2312 • Ipiranga • SP
Telefax: (11) 6161-2739 / 6161-2670
e-mail: gasparetto@snet.com.br
site: www.gasparetto.com.br